1945—1949年

东北解放区文学大系

本卷主编◎郭 力

散文卷④

总主编◎丛 坤

黑龙江大学出版社
哈尔滨

图书在版编目（CIP）数据

1945—1949 年东北解放区文学大系．散文卷 / 丛坤
总主编；郭力分册主编． -- 哈尔滨 ： 黑龙江大学出版
社， 2021.10
ISBN 978-7-5686-0467-3

Ⅰ．① 1… Ⅱ．①丛… ②郭… Ⅲ．①解放区文学－作
品综合集－东北地区－ 1945-1949 ②散文集－中国－
1945-1949 Ⅳ．① I218.3

中国版本图书馆 CIP 数据核字（2021）第 099994 号

1945—1949 年东北解放区文学大系　散文卷
1945—1949 NIAN DONGBEI JIEFANGQU WENXUE DAXI SANWENJUAN
郭　力　主编

责任编辑　魏翕然　魏　玲　刘　岩　宋丽丽　范丽丽　高楠楠　张永生
出版发行　黑龙江大学出版社
地　　址　哈尔滨市南岗区学府三道街 36 号
印　　刷　哈尔滨市石桥印务有限公司
开　　本　720 毫米 ×1000 毫米　1/16
印　　张　151.25
字　　数　1694 千
版　　次　2021 年 10 月第 1 版
印　　次　2021 年 10 月第 1 次印刷
书　　号　ISBN 978-7-5686-0467-3
定　　价　488.00 元（全五册）

本书如有印装错误请与本社联系更换。

《1945—1949 年东北解放区文学大系》

学术顾问（按姓名笔画排序）

冯毓云　　刘中树　　张中良　　张毓茂

编委会（按姓名笔画排序）

出版说明

　　1945 年到 1949 年的东北解放区，社会风云变幻，文学繁荣发展。当时的文学创作者们以激昂向上的笔触，再现了波澜壮阔的解放战争和轰轰烈烈的土地改革，讴歌了人民军队可歌可泣的英雄事迹，描绘了劳动人民翻身后的喜悦心情，书写了时代的大主题。为了再现这段文学风貌，我们编辑出版了《1945—1949 年东北解放区文学大系》。

　　这套丛书大体以体裁分编，计小说卷（长篇、中篇、短篇）、散文卷、戏剧卷、诗歌卷、翻译文学卷、评论卷及史料卷七种，所收录作品以新文学为主。此阶段作品浩如烟海，而部分文字资料因时间久远或受当时技术所限出现严重缺损，考虑到丛书篇幅有限，故仅收入代表性较强的作品。对于因原始资料不全、不清晰而无法完整呈现，或受条件所限未收集到权威版本的篇目，则整理为存目，列于丛书卷末，以备读者参考。

　　丛书编辑过程中，多数篇目由原始版本辑录，首次收入文集，也有些篇目参照了此前出版的多种文集。原始文献若有个别字迹不清确不可考的，丛书中以□代替。

　　丛书收录作品以 1945 年 8 月至 1949 年 10 月为时间节点，个别作品的完成时间略有延伸。大部分作品结尾标注了写作时间，以及初次发表或结集出版的版本信息。作品编排大体以作者姓名笔画为序（特殊情况除外，如集体创作作品列于卷末）。

就筛选标准而言，所收主要为东北作家创作的主题作品，也有非东北籍作家创作的有关东北解放区的作品。除此之外，还有此时期公开发表的反映抗日战争题材的作品，以及在东北出版的反映其他解放区的、革命主题特色鲜明的作品。需要指出的是，在本丛书的史料卷中，还有一部分作品创作于新中国成立之后，但反映了解放战争时期东北解放区的文学发展面貌，或记述了一些典型事件、代表性人物，亦具珍贵的史料价值，为完整呈现当时的文学风貌，这部分作品亦收入丛书，以"节选"的方式呈现。

需要特别说明的是，此时期的个别作家受时代限制，思想表现出了一定的历史局限性，体现在文学创作方面可能表现为不同程度的瑕疵，这一群体的作品，只要总体导向是正面的、积极的，从保证史料全面性、完整性的角度考虑，我们也将其予以收录。个别作家在解放战争时期是积极追求进步的，但随着社会环境的变化，却出现思想动摇甚至走向错误道路，对于其作品，本丛书只选取其有代表性的、取向积极的篇目，对于其他时期该作家的不当言论、思想，我们不予认同。此外，在当时复杂的政治环境下，还有一些作品中的个别表述可能存在一些偏差，但只要其主题思想是积极进步的，则丛书亦予以收录。

丛书旨在突出东北解放区文学原貌，侧重文献整理，故此在编辑过程中，重点对作品中会影响读者理解的明显讹误进行了订正，对于字词、标点符号以及句法等，尊重原文的使用习惯，不予调改，以突出其史料价值。此外，由于此时期文学作品肩负宣传进步思想的重任,而读者对象大多文化程度较低,创作者亦水平不一,因此创作主旨以通俗易懂为要,一些篇目语言风格通俗、浅白,甚至个别篇目、细节存在一些俚语表达,为遵从原貌,丛书仅对不雅字、词、句加以处理,其余不予调改。本书选文除作者原注外,亦保留原文在初次出版时的编者注,供读者参考。

《1945—1949 年东北解放区文学大系》

散 文 卷 ④

总序 ·· 1

总导言 ·· 1

散文卷导言 ······································ 1

张望

八路军来了 ·· 1

房东最后明白了 ·································· 3

护送 ··· 6

老工友许万明 ···································· 8

拾物不昧 ·· 10

张蓓

辽吉前线纪行 ···································· 13

张蔚然

逃——一段回忆 ································ 17

陆地

马河图 ··· 21

陈广海

家庭民主会议 ……………………………………………………… 31

陈学昭

东北散记 ……………………………………………………………… 36

宫原和本溪所见 …………………………………………………… 53

过同蒲路 ……………………………………………………………… 58

进入新老解放区 …………………………………………………… 62

人民的审判 ………………………………………………………… 68

生活的体验 ………………………………………………………… 73

无人区和人圈 ……………………………………………………… 80

在陕甘宁边区境内 ………………………………………………… 84

张垣四日 ……………………………………………………………… 89

陈银芳

工人到处受痛苦 …………………………………………………… 94

陈隄

出狱一年 ……………………………………………………………… 98

陈腐

我的家乡改变了 …………………………………………………… 102

陈震平

介绍哈尔滨青年干部学校 ……………………………………… 103

苗康

"老子英雄儿好汉" ……………………………………………… 108

范文昌

丈夫办公事　老婆忙生产 ················· 116

范永德

献把老虎钳 ································ 118

范政

夏耘新景——记北安屯的一天 ············· 120

林念奚

翻身会长张友福 ·························· 123

目击记——彰武战斗前后的日记 ··········· 128

战地一日 ································· 137

林勇

一家人 ·································· 144

林耘

迎接永远的欢笑

　　——记东北全境解放的消息传到哈尔滨的时候 ·········· 146

林蓝

自卫队起枪 ······························ 148

忠砚

苏联厂长 ································ 152

罗立韵

富长清与他的生产小组 ···················· 154

李发插犋小组 ···················· 157

罗叔章

从反特务斗争中纪念"三八"

  ——去年蒋管区"三八"纪念会特写 ·············· 160

罗烽

哈南前线纪行 ···················· 164

欣朝

长春市上 ···················· 168

金人

沈阳的欢笑 ···················· 172

金羽

泥泞的路 ···················· 177

周洁夫

复仇的大炮 ···················· 181

建立赵尚志团 ···················· 188

手枪 ···················· 195

新炮手 ···················· 197

选举 ···················· 206

赵尚志团的组织者 ···················· 211

真理的传布者 ···················· 224

郑文

机车"青年号"

  ——牡丹江机务段工友给全国青代及红五月的献礼 ········ 228

郓景明

我怎样开始给工农园地写稿 ·· 230

建身

王智富的家 ·· 232

建柏

哲别罗斯基和刘登甲 ·· 234

赵大同

国民党害得我家破人亡

——蒋军连长刘×东在反蒋大会上的诉苦 ··············· 236

赵云华

记马文超 ·· 240

赵国有

老王讲故事 ·· 243

赵群

离开蒋匪军——解放战士王×文谈话 ·························· 246

赵彝

农村杂记 ·· 248

草明

被迫离开了老家 ·· 252

从奴隶到主人 ··· 255

工人艺术里的爱和恨 ·· 258

哈牡线上——孩子们的控诉 ·· 261

龙烟的三月 ··· 265

鲁迅忌辰在北平 ··· 269

杀不了——悼李公朴、闻一多两先生 ······························· 271

沙漠之夜——巨人的呼唤！ ··· 273

沈阳工友的控诉 ··· 277

他们这样进入了新年 ··· 279

一周年 ·· 282

在胜利声中跃进——记"北平号"机车的修复 ·························· 284

咱们的女区长 ··· 288

胡宗锷

在"大石房子"里 ··· 293

胡昭

乡间七日 ·· 300

胡贸成

金安和三次上火线 ··· 306

南云

战地行 ·· 309

哈欣农

从诉苦到报仇 ··· 311

幽仁

农村行 ·· 313

拜特

骤雨 ··· 316

叙真

机枪班长打突击 ··· 321

姜树人

李海山诉苦 ·· 323

姚立

渤海湾上的火 ··· 329

骆惠敏

北安巡礼 ·· 335

振亚

漫谈秧歌 ·· 338

袁文孝

笑 ··· 341

袁玉湖

锉股的"火车头" ·· 343

三次献物 ·· 345

存目 ··· 347

敬告 ··· 357

总　序

张福贵

从古至今,东北在中国历史与文化进程中,特别是近代以来都是决定中国社会政治发展走向的重要因素。当然,这种作用不单纯是东北自生的,更是多种因素叠加和交汇的结果。东北文化既是文化空间概念,同时更是历史时间概念,是不同空间、区域的多种历史文化的积累,是一种时空统一的文化复合体。值得注意的是,除了抗战时期的特殊因缘使"东北作家群"名噪一时外,作为东北历史文化和现实社会表征的东北文学特别是东北解放区文学,在相当长的时间里却未得到应有的关注。黑龙江大学出版社在对过去为数不多的东北文学史料进行整理的基础上出版的东北文艺史料集成——《1945—1949年东北解放区文学大系》,因而可以说是特别值得关注的。

《1945—1949年东北解放区文学大系》内容丰富,除了包括小说卷、诗歌卷、散文卷、戏剧卷之外,还包括评论卷、史料卷和翻译文学卷。这是一个前所未有的大工程,也是一件大善事。正如"总导言"中所说的那样,丛书注重发掘新资料,通过回归文学现场,复现了东北解放区文学的整体面貌。东北解放区文学处于东北现代文学快速繁荣发展的历史时期，在土改文学、工业文学、战争文学等方面代表了 20 世纪 40 年代解放区文学的成就，是对《在延安文艺座谈会上的讲话》所确立的文艺观念的全面实践。对东北解放区文学的系统研究有利于更全面地总结解放区文学的成就，有利于把握延安文艺传统与东北解放区文学的内在联系，以及解放区文学对新中国文学制度、观念、创作等方面的影响。以"历史视角""时代视角"对东北解放区文学，尤其是解放战争时期的土改题材、工业题材的小说和戏剧进行分析，可以勾勒出政治意识形态对东北解放区文学运动、文学社团、文学形态、文学制度、文学风格、文学论争等产生的影响，有利于把握东北解放区文学的历史价值、认识价值、审美价值与当代意义，同时对于挖掘东北地区的文化历史和建设东北文化亦具有现实意义。东北解放区文学是基于延安文艺传统而创作的，对东北解放区文艺运动、文艺理论的全面审视具有重要的历史价值和理论意义。此外，对东北解放区文学进行深入研究，探寻人民文艺理论的历史源头，对于当代文艺创作、审美观念的引导亦具有一定的启示作用。但是，受地域因素、资料整理程度、研究者文化背景等条件的制约，东北解放区文学在中国当代文学史上的特殊地位与价值一直以来并未引起研究者的足够重视。

东北解放区文学无论是在中国大文学史中还是在东北文学和文化发展的历史中，都是具有特殊意义的存在。

虽然现代东北文学在新文学运动初期晚于也弱于关内文学的发展，但是 1931 年九一八事变发生，新起的东北文学及东北作家被国难推到了文坛中心，萧红、萧军等青年作家更是直接受到鲁迅的关注和扶持，迅速成为前沿作家。这一批流落到上海等都市的青年作家由此被称为"东北作家群"，他们奠定了东北文学在中国大文学史上的特殊地位。然而,正像全面抗战进入相持阶段之后,中国文坛也变得相对平静、舒缓一样,除了萧红、萧军等人外,东北文学和东北作家也逐渐失去了文坛的关注。应当承认,一些东北作家的文学成就和文坛名声之间并不完全相符,是时代造就了他们,提高了他们的文学史地位。然而,另一方面,我们对其中有些作家及作品的价值却又是认识不足的。对此,我自己也有一个认识转化的过程:过去单纯依据多数东北作家的创作进行判断,感觉某些艺术价值之外的因素在评价中发生了作用,其地位可能有些"虚高";但是,对于20世纪的中国文学史来说,艺术之外的价值判断就是艺术判断本身,或者说,社会判断、政治判断就是中国文学史评价的根本性尺度。因为在中国作家或者说在知识分子的群体意识之中,政治的责任感和社会的使命感几乎是与生俱来的,而中国20世纪风云激荡的社会现实又为这种责任感和使命感提供了最好的生长环境。"悲愤出诗人","文章憎命达",文学创作是与政治、思想、伦理等融为一体的,脱离了这一切,文艺也就失去了时代与大众。所以说,无论是具体的作品分析,还是文学史研究,没有了这些"外在因素",也就偏离了其本质。"东北作家群"是时代的产物,也是时代文艺的产物,20世纪中国文学史中应该有他们浓墨重彩的一笔。作为后人,对历史做出评价往往是轻而易举的,但是这"轻而易举"往往会导致曲解甚至歪曲了历史,委屈了历史人物。"东北作家群"的价值和意义不是单一的,因为对中国现代文学史的评价从来就不是一种艺术史、学术史的评价,而是一种思想史和政治史的评价。正如鲁迅当年为萧军的成名作《八月的乡村》所作的序中所写的那样,"这《八月的乡村》,即是很好的一部,虽然有些近乎短篇的连续,结构和描写人物的手段,也不能比法捷耶夫的《毁灭》,然而严肃,紧张,作者的心血和失去的天空,土地,受难的人民,以至失去的茂草,高粱,蝈蝈,蚊子,搅成一团,鲜红地在读者眼前展开,显示着中国的一份和全部,现在和未来,死路与活路。凡有人心的读者,是看得完的,而且有所得的"。《八月的乡村》不仅是中国现代第一部抗日题材的长篇小说,也是世界反法西斯战争题材的第一部长篇小说,其意义和价值是特殊的、特有的,不可单单以艺术审美的标准来看待这部作品。"东北作家群"的存在及其创作的意义,不只是为20世纪30年代的中国文坛增添了特有的地域文化内容和东北文学特有的审美风格,更在于最早向全国和世界传达出中华民族抗敌御辱的英勇壮举,最早发出反法西斯的声音。此外,在抗战大历史观视域下,"东北作家群"的创作为十四年抗战史提供了真实的证据。特别是东北解放区的早期文学直书十四年历史的特殊性,这是十分可贵的和独特的。于毅夫的散文《青年们补上十四年这一课》,深刻而沉重地描写了十四年殖民统治下东北人的精神状态和文化演变:

这许多现象,说明了东北在十四年殖民统治的过程中,文化生活上是起了很大的变化。翻开伪满的《满语国民读本》一看,真是"协和语"连篇,如亚细亚竟写成アジヤ,俄罗斯竟写成ロシヤ,有的人一直到现在还把多少元写成多少円,这都是伪满"协和语"的残余,说明殖民统治残余的文化还在活着,还没有死去,这在今天不能不说是一件遗憾的事!仔细想来,这也难怪,因为日本的魔手,掌握了东北十四年,今天一旦解放,希望不着一点痕迹,这是完全做不到的,要从历史上来看,它切断了东北历史十四年,这十四年的历史是很黯淡地被抹掉了,十四年来也的确是一个大变化,在这期间多少国家兴起了,多少国家衰落了,多少血泪的斗争、多少波浪的起伏,都被日本鬼子的魔手所遮断! 我回到家乡接触到成千成百的青年,几乎都不大明了这十四年来的历史真相,有的连中国内部有多少省都不知道,连云南、贵州在哪里都不晓得。

难能可贵的是,作者较早地认识到在经历了十四年的奴化教育之后,对东北人民进行民族和民主意识的启蒙是至关重要的。"不过历史是不能停滞的,殖民统治残余的文化必须要肃清,法西斯毒化思想也必须要肃清,既然是日本鬼子切断了东北历史十四年,既然法西斯分子要篡改这一段历史,那我们就应该设法补足这十四年的历史!""要做到这点,我想青年们今天的迫切要求,不是如何加紧去学习英文、代数、几何、物理、化学,读死书本事,争分数之短长,准备到社会上去找一个饭碗,而是如何加紧去学习新文化,如何加紧学习社会科学,如何去改造自己的思想,如何进一步地去改造这遭受法西斯思想威胁的半封建的半殖民地的社会!""因此我向青年们提议要加强你们对于新文化的学习,加强对于社会科学的学习,特别是政治的学习,不要把自己圈在课堂里,圈在死书本子上。""新青年要掌握着新文化,新思想,才能创造起新中国新东北!"(《东北日报》1946 年 10 月 13 日)

在一批最前沿的左翼作家流亡关内之后,东北文学经过了一段艰难而相对平静的发展阶段。在表面繁华而内在凶险的沦陷区文艺界,中国作家用各种文艺手段或明或暗地与侵略者进行抗争,并为此付出了血的代价。这种状况直到 1945 年光复之后才发生根本性转变,东北文艺创作者们一方面回顾过去的苦难,另一方面表现出对新生活的憧憬,这正是后来东北解放区文艺的心理基础,而日渐激烈的解放战争又为东北文艺的走向和解放区文艺的诞生提供了具体的现实基础。这与以萧军、罗烽、舒群、白朗、塞克、金人等人为代表的东北籍作家的返乡,以及在东北沦陷区留守的左翼作家关沫南、陈隄、山丁、李季风、王光逖等人的坚持,是分不开的。当然,随我党十几万军政人员一同出关的延安等地的众多文艺家,在东北文艺的创设中更是起到了引领和带头作用。这其中已经成名的有刘白羽、周立波、丁玲、草明、严文井、张庚、吴伯箫、华山、陆地、公木、方青、任钧、雷加、马加、陈学昭、西虹、颜一烟、林蓝、柳青、师田手、李克昇、蔡天心等。

东北解放区文艺的创作直接继承了延安文艺特别是毛泽东《在延安文艺座谈会上的讲话》精神。在党的直接领导下,东北解放区先后创办了《东北日报》《中苏日报》《东北民报》《关东日报》《辽南日报》《西满日报》《大连日报》《松江日报》《合江日报》《吉林日报》《胜利报》等,这些报纸多为党的机关报,其文艺副刊发表了大量的文艺作品、理论文章及文艺动态。这些报纸副刊对于东北解放区文学的引导与建构起到了重要的作用。与此同时,《东北文学》《东北文化》《东北文艺》《文学战线》《人民戏剧》《白山》《戏剧与音乐》等文学杂志,以及东北书店、大众书店、光华书店等出版机构相继创办,这些文艺刊物和书店对解放区文艺的发展也起到了很大的推动作用。

革命的逻辑和阶级的理论是东北解放区文艺创作的普遍主题。这是一种革命的启蒙,与左翼文艺一脉相承,只不过东北的社会现实为这种主题提供了更为广泛而坚实的生活基础。抗战胜利后,为了开辟和巩固东北解放区，使之成为解放全中国的军事和经济基地，我党进军东北，抢占了战略制高点。可是，在东北，人民军队所处的环境与山东等老解放区完全不同，殖民统治因素加之国民党的宣传，使得我们的政治优势在最初未能完全发挥出来。正如李衍白在散文《黎明升起——巨大变化的东北一年间》中所写的那样："群众在犹豫中，岁月在艰苦里，这就是我们在东北土地上刚刚开始播种，还没有发芽开花时的现实遭遇。"随着革命形势的发展，革命军队传统的政治思想工作优势又体现了出来。我党在部队中开展了以"谁养活了谁"为主题的"诉苦运动"，这颠覆了中国东北乡村社会的封建伦理，提高了官兵的阶级觉悟，极大地增强了部队的战斗力。

这种革命的逻辑在土改题材的作品中表现得最为突出。方青的短篇小说《擦黑》讲述了这个朴素的道理：

> "……像赵三爷那号人，把咱穷人的血喝干了，咱们才不得不去找口水喝饮饮嗓；他们喝干了咱们的血没有一点过，咱们找口水喝饮饮嗓子就犯了罪？旧社会就是这么不公平！他们还满口的仁义道德，呸！雇一个扛活的，一年就剥削好几十石粮食，还总是有理！穷人的孩子偷他个瓜吃，就叫犯罪，绑起来揍半天，这叫什么他妈的道德？咱们要讲新道德，咱们贫雇农的道德；就是用新道德来看咱们贫雇农；像上边说的那些犯了点毛病的，都不要紧，脸上有点黑，一擦就干净了，只要坦白出来，都是穷哥儿们好兄弟。一句话：只要是姓穷的就有理，穷就是理！金牌子上的灰一擦净，还是金牌子。家务事怎么都

好办!"李政委讲的话刚一落音,大伙高兴地乱吵吵起来:"都亲哥儿兄弟么!"

除此之外,还有在"你给地主害死爹,我给地主害死娘……"的事实教育下,认识到了彼此都是阶级弟兄,大家都是穷苦人的"无敌三勇士",他们从此"火线上生死抱团结"。(刘白羽《无敌三勇士》)

土地改革是东北解放区文艺最引人关注的问题。东北解放区文学作品中有许多极具写实性的"穷人翻身"故事,如周立波的《暴风骤雨》、马加的《江山村十日》、白朗的《孙宾和群力屯》、井岩盾的《瞎月工伸冤记》、李尔重的《第七班》、西虹的《英雄的父亲》等文艺经典作品。

方青的《土地还家》描述的就是这一历史巨变给贫苦农民带来的心理和生活的变化:

二十年了,郭长发又重新用自己的手来耕作自己的土地了。这是老人留下的命根,叫它长出粮食来养活后代的儿孙:可是二十年的光景,它被野狼吞了去,自己没有吃过它一颗粮食——他想到是旧社会把他的地抢走了。

现在呢?他又踏在这块地上铲草了。他感到自己已经离开家二十年,如今又回到母亲的怀里,亲切地叫着:"娘!我回来了。"——于是他又感到是:这是新社会把我的地要回来的。他这样想着,不由得拉长了声音跟儿子说:

　　"柱儿！想不到啊，盼了二十年，那时候你才三岁。多亏共产党……记住！可别忘了本啊！"

　　他直起腰来，两手拉着锄把，又沉重地重复着这句话：

　　"柱儿！记住，可别忘了本啊！"

　　佚名的《永北前线担架队速写》则写了老乡们在一天的时间里就组织起了八百余人的担架大队，作者经过和担架队员们的交谈，感受到了新解放区人民的觉悟。大队长问担架队员们："你们这次出来抬担架，怕不怕？"大伙回答："不怕！"大队长又问："为什么不怕？"大伙答："不怕，这是为了自己。"担架队员们相信唯有民主联军存在，他们才能活着。他们说："胜利是我们的，土地才是我们的。""赶走国民党反动派，保卫我们的土地和民主。"这与《白毛女》"旧社会使人变成鬼，新社会使鬼变成人"和《王贵与李香香》"要是不革命，穷人翻不了身，要是不革命，咱俩结不了婚"的主题是一样的。淮海战役的胜利是山东人民用手推车推出来的，而东北解放区的建立和辽沈战役的胜利又何尝不是如此！

　　战争书写是东北解放区文艺中最主要的内容，革命理想主义、革命集体主义和革命英雄主义精神，是东北文艺的思想主题，也是东北文艺的审美风尚。这种简单明了的思想、昂扬向上的精神本身就具有一种审美特质，它奠定了新中国文艺的审美基调。就东北解放区文艺而言，无论是描写抗日战争还是描写解放战争的作品，都普遍具有鲜明而朴素的阶级意识、粗犷而豪迈的革命情怀。

　　蔡天心的诗歌《仇恨的火焰》，描写了在觉醒的阶级意识支配下东北民主联军官兵的战斗情怀：

仇恨燃烧着，

像火一样烧灼着广阔的土地。

听啊——

大凌河在狂呼，

辽河在咆哮，

松花江在怒吼，

在许多城市和乡村里，

哪儿出现反动派的鬼影，

哪儿就堆成愤怒的山，

哪儿有敌人的迹蹄，

哪儿就燃起仇恨的火焰……

……

我们要

用剪刀剪断敌人的咽喉，

用斧头砍下他们的头颅，

用长矛刺穿他们的胸脯，

用棍棒打折他们的脚胫，

用地雷炸弹毁灭他们，

用从他们手里夺过来的武器，

打垮他们，

然后用铁镐把他们埋掉！

我们要用生命，用鲜血，

保卫这自由解放的土地，

不让反动派停留!

"赶走敌人啊,

赶快消灭它!"

让这充满着力量和胜利的声音,

随同捷报传播开去,

让千百万颗愤怒的心,

燃起

仇恨的火焰!

这种激情在东北解放区的散文、报告文学和战地通讯中表现得最为明显,如丁洪的《九勇士追缴榴弹炮》、马寒冰的《雪山和冰桥》、王向立的《插进敌人的心腹》、王焰的《钢铁英雄王德新》等。这些作品内容真实,情感深沉厚重,延续了抗战时期散文书写浪漫主义与现实主义相结合的审美特征。这些既有写实性又有抒情性的东北解放区散文作品在战争中凝聚人心,彰显力量,具有极大的宣传、鼓舞作用。

最为难得的是,面对东北发达的近代工业景观,作家们更多地描写了工人们的斗争和生活,这些作品成为东北文艺中最为独特而珍贵的展示,而且直接影响了新中国工业题材文学的创作。战争期间,沈阳、长春、大连等地的工业设施惨遭破坏。光复之后,为了保护工厂和恢复生产,工人们表现出了忘我的精神和高超的技术。这使得从未见过现代工业景象的文艺家们感动和激动,他们纷纷用笔来描写现代工业生产和城市新生活,从而给中国现代文学带来了前所未有的新气象。大连大众书店于 1948 年 8 月出版的

《"工农园地"选集》，就收录了城市工人拥护并融入新生活的历史片段，如袁玉湖《锉股的"火车头"》，郓景明、孙聚先《熔化炉的话》等。此外还有李衍白《工人的旗帜赵占魁》，草明《工人艺术里的爱和恨》，张望《老工友许万明》等。李衍白在散文《黎明升起——巨大变化的东北一年间》中，描写了东北现代工业的风貌和工人们的热情：

> 今日的城市也正在改变着一年以前的面貌，先看一看今天的哈尔滨，代表它新气象的是全部工业齿轮的旋转，是市中心区黑夜中的灯光如昼，是穿插在四条线路的廿五台电车和六条线路上卅台公共汽车，是一万五千吨自来水不停地输送给工厂、商店和住宅。这些数目字不仅超过了去年今日（蒋记大员们劫掠后所造成的混乱情况），而且有些超过了伪满。在紧张的战争中加速地恢复这些企业，同样不是依靠别的，而仅仅是由于工人的觉悟。你想一想，一个工人为了修理一个发电的锅炉，但又不能停止送电，于是就奋不顾身钻进可以熔化生铁、数百度的锅炉高热中，他穿着棉衣，外面的人用水龙朝他身上喷冷水，就这样工作一会熬不住了跑出来，再钻进去，来回好多次，最后，完成了任务。我们有好多这种感人的事例。

我们在这些描写工友的散文里，看到了解放区新生活带给城市工人的希望。他们积极上工，传授技术，加班加点，争着当劳动英雄。这在中国同时期其他地域的文学作品中是极少见的。

质朴单一的写实手法是东北文艺的普遍表现方式,这种质朴不单是一种审美风格,更是一种直面大众的话语策略。这一传统与近代"政治小说"、五四新文学、左翼文学和抗战文艺等都是一脉相承的。文艺作为一种宣传和斗争的工具,自然要承担起团结和争取最广大人民群众的历史任务。因此,质朴单一的写实手法、通俗易懂甚至有些粗俗的语言风格,成为东北解放区文艺的普遍表现形式。

鲁柏的诗歌《夸地照》用简朴的形式表达了翻身农民淳朴的感情:

一张地照领回家,

全家老少笑哈哈;

团团围住抢着看,

你一言我一语来把地照夸:

长方形,四个角,

宽有八寸长两拃;

雪白的纸上写黑字,

红穗绿叶把边插。

上边印着毛主席像,

四季农忙下边画;

地照本是政委会发,

鲜红的官印左边"卡"。

里面写着名和姓,

地亩多少填分明，

拿到地照心托底，

努力生产多收成。

这首诗歌不仅使用了农民的口语，而且用东北农村方言来直观地描摹地照的具体形状和细节，表达了翻身农民朴素的情感。这种描写和表现方式与中国古代民歌传统有直接的联系。

井岩盾的小说《瞎月工伸冤记》以一个雇农自述的方式讲述自己的悲苦经历和内心感受。当工作队员问他是否受地主老赵家的气，他说："大伙吃他的肉也不解渴啊，都叫他给熊苦啦。"于是在工作队的启发和支持下，他"找大伙宣传去了"："张大哥，李大兄弟啊，咱们都是祖祖辈辈受人欺负的人呀！这回来了八路军啦，八路军给咱们穷人做主呀！有话只管说呀！有八路军，咱们啥都不用怕呀！"这是东北解放区贫苦农民普遍具有的经历和感受，而这种质朴无华的语言也是地道的东北农民的日常语言，具有天然的亲和力。

邓家华的小说《打死我也不写信》从情节到语言都相当质朴，甚至有些幼稚，但是那种情感是真挚的。"我"被敌人抓去，遭到严酷的鞭打，"当时我痛得忍不住，皮肤里渗透出一条一条青的红的紫的血痕，可是打死我也不写信的，他们看到我昏过去了，也就走了。等我清醒过来时，浑身疼痛，我拼死命地弄坏了门逃了出来，可是不巧得很，又碰到了伪军，又把我抓起来了，他们还是逼迫我写信，我坚决地说：'死了心吧！就是死了，我父亲会帮我报仇的。'救星来了，在繁星的晚上，忽然西面枪声不停地响着，新四军老部队来攻击了，伪军们都吓得屁滚尿流地逃走了，啊！新四军救出我了,我很快地到了家里,见了爸爸妈妈,心里真是高兴得流泪了"。

李纳的散文《深得民心》记叙了长春一个米面商人对民主联军和共产党的淳朴情感:"他已经将红旗展开,举到我的眼前,我看到七个大字:'中国共产党万岁!'""'中国共产党万岁!'他重复着这七个字,从眼镜里透露出兴奋的眼睛。这脸,比先前更可爱更慈祥了:'我喜欢这七个字,所以我选择了它。'""大会开始了,人们都向着会场移动,老先生也站起来要走,临走时他问我在什么地方工作,我告诉了他,他高兴地说:'好,都是民主联军。深得民心,深得民心。'"抛开其内容不论,作品文字风格的朴素也显露出解放区文艺在艺术层面幼稚和不甚精致的弱点,而这弱点又可能是许多新生艺术的共有问题。也许,正因为幼稚,它才有更广阔的发展空间。

形式的多样性特别是短小化是东北解放区文艺创作的普遍特点,短篇小说、墙头诗、快板诗、散文、战地通讯、说唱文学等成为最常见的艺术形式。战争的环境、急剧变化的生活和读者的接受水平与习惯等,决定了人们需要并且适应这种短平快的表达方式,而这也是延安文艺和抗战文艺形式的延续。天意的《县长也要路条》描写了两个一丝不苟的儿童团员在放哨时不放过民主政府的县长,硬是把他和警卫员带到乡长那里查证的故事。其篇幅短小,不到400字,但是内容蕴意深刻,语言风趣自然,简直就是一篇微型小说。

小区区的短诗《一心一意要当兵》,将人物的关系、思想、表情和语言都生动形象地表现出来,极具说服力和感染力:

葫芦屯有个小莲青,

一心一意要当兵——

他爹说：

"你去吧。"

他娘说：

"你等一等！……"

他老婆说：

"哪能行？！……"

忸忸怩怩来扯腿；

哭哭啼啼不放松：

"你去当兵啥时还？

为老为少撇家中！"

小莲青，

脸一红：

"小青他娘，

你醒醒：

八路同志千千万，

哪个不是老百姓？！

我去当兵打蒋贼，

咱们才能享太平。"

当然，东北解放区文艺中也有许多保留了浓郁的文人气息的作品，这些作品与五四新文学的"纯文艺"审美风格有明显的承续性。例如大宇的诗歌《琴音》：

一个琴师

把琴音遗失在幽谷里

滑落在幽谷的谷缝里了

琴音栽培了心原上的一棵草儿

琴音赞咏了艺术的生命

一支灿烂的强烈的光焰

我就永住在这琴音里了

就仿佛身陷于一片梦的缘边

仿佛浴着一片无际的云海

无垠的生旅无限的生涯

何处呀

我摸索到何处呀

琴音丢在幽谷里

滑落在幽谷的谷缝里了

十分明显,这不是东北解放区文艺创作的主流。

《1945—1949 年东北解放区文学大系》的编者耗费了大量精力来做这样一项浩大的地域性文学工程,这不只是对东北文艺的巨大贡献,更是对新中国文艺的巨大贡献。在此之后,东北文艺研究将迈上一个新台阶。

总导言

丛　坤

　　从 1945 年抗战胜利到 1949 年新中国成立这个时期,对于东北而言是极为特殊的。抗战胜利后,中共中央发布了《建立巩固的东北根据地》的指示,迅速成立了以彭真为书记的东北局,抽调了四分之一的中央委员、两万名党政干部、十三万主力部队赶赴东北,与国民党反动派展开激烈的斗争。在广大人民群众的支持下,中国共产党及其领导的军队从最初的战略防御转为战略反攻。1948 年 11 月,辽沈战役胜利,全东北获得解放。在解放战争时期,在中国共产党的领导下,东北人民反奸除霸,建立民主政府,消灭土匪,进行土地改革,在政治上、经济上翻身做了主人。东北的政治、经济、文化、教育等各个领域都发生了翻天覆地的变化,尤其是在文学创作方面,东北地区取得了不可低估的成就,文学创作出现了前所未有的发展和繁荣的局面。

　　"东北作家群"的回归、党中央选派的文化宣传干部的到来、文学新人的成长使得解放战争时期东北地区的创作队伍不断壮大。在东北沦陷后从东北去往关内的进步作家中,除萧红病逝于香港、

姜椿芳在上海从事党的地下工作外,塞克(即陈凝秋)、舒群、萧军、罗烽、白朗、金人等都积极响应党的号召,陆续返回东北。1945年9月至11月,党中央从陕甘宁边区和各个解放区抽调一大批优秀的文化工作者到东北解放区。据不完全统计,这一时期来到东北解放区的文化工作者有刘白羽、陈沂、周立波、草明、严文井、张庚、吴伯箫、华山、西虹、陆地、李之华、胡零、颜一烟、公木、林蓝、江帆、李纳、魏东明、夏葵、常工、方青、任钧、李则蓝、煌颖、侯唯动、李熏风、雷加、马加、袁犀、蔡天心、鲁琪、李北开等。① 中共中央东北局宣传部与东北文艺协会在"土地还家"口号的基础上,提出了"文艺还家"的口号,号召广大文艺工作者在与农民同吃、同住、同劳动的同时,领导农民群众参加土地改革运动,帮助农民成立夜校、学习文化、办黑板报、成立文艺宣传队,提高他们的写作能力与文艺欣赏能力,在农民、工人等基层劳动者中培养了一大批"文学新人"。创作队伍的空前壮大为东北解放区文学的繁荣奠定了坚实的基础。

东北解放区文学的繁荣也与当时出版事业的空前繁荣密不可分。东北局宣传部将建立思想宣传阵地(即报刊、出版机构)、改造思想、建构意识形态话语权确定为首要任务。进入东北不久,东北局于1945年11月在沈阳创办了机关报《东北日报》(1946年5月28日由沈阳迁至哈尔滨,1948年12月12日搬回沈阳)。该报面向东北全境的党政军发行,是东北解放区发行量最大的报纸。之后,东北解放区创办、发行的报纸近百种。据《黑龙江省志·报

---

① 彭放:《黑龙江文学通史(第二卷)》,北方文艺出版社2002年版,第354页。

业志》的统计,当时黑龙江地区(5省1市)的每个省市不仅有党政机关报,而且有人民团体和大行业的专业报纸,有些县也出版油印小报。仅哈尔滨出版的大报就有《哈尔滨日报》《哈尔滨公报》《哈尔滨工商日报》《大众白话报》《午报》《自卫报》《北光日报》《新民日报》《民主新报》《学生导报》《文化报》等。这一时期的报纸,无论设没设副刊,都或多或少地发表过文学作品。

东北局还出资创办了东北书店、光华书店、大连大众书店、辽东建国书店、兆麟书店、吉东书店、辽西书店等众多的图书出版机构。其中,东北书店是东北解放区规模最大、贡献最大的书店,在东北全境建有201个分店,发行网点遍布东北全境。除出版、发行图书外,东北书店还创办了《知识》《东北文学》《东北画报》《东北教育》等期刊。这些出版机构大量出版政治读物、教材和文学书籍,促进了东北解放区出版业的发展。仅以东北书店为例,从1946年到1948年,东北书店总共出版图书杂志760种、各类图书1 520余万册。① 东北解放区纸张和印刷质量上乘的大量出版物不仅发行于东北各地,还随着东北野战军入关和南下,成为陆续解放的北平、天津、武汉等地人民群众急需的读物。历史上一向"文风不盛"的东北第一次有大量的出版物输送到关内文化发达之地,这成为一时之盛事。

此外,东北解放区先后创办的文学类期刊的数量是惊人的。如1945年至1947年创办的文学期刊有《热风》(半月刊)、《文学》(月刊)、《文艺》(周刊)、《文艺工作》(旬刊)、《文艺导报》(月

---

① 逄增玉:《东北解放区文学制度生成及其对当代文学制度的预制》,载《文学评论》2017年第4期。

刊)、《东北文艺》(月刊)。1947年以后创刊的大型专业期刊有《部队文艺》、《文学战线》(周立波主编)、《人民戏剧》(张庚、塞克主编),综合性期刊有《东北文化》(吴伯箫主编)、《知识》(舒群主编)等。其中,《东北文化》与《东北文艺》的影响最为突出。《东北文化》的主要任务是协同东北文化界,从政治上、思想上启发广大的东北青年和文化工作者,提高他们的自觉性,激发他们的革命热情、积极性和创造性,使他们在东北人民解放的伟大事业中发挥应有的作用。《东北文艺》是纯文艺性的刊物,刊载小说、戏剧、散文、诗歌、漫画、速写、报告文学、杂文、书刊评价,以及文学理论、有关文艺运动史的论著等。《东北文艺》聚集了一大批优秀的作者,如周立波、赵树理、罗烽、公木、萧军、塞克、舒群、白朗、严文井、刘白羽、西虹、范政、宋之的、金人、马加、雷加等。在他们的影响下,《东北文艺》还不断提携文学新人,这成为该刊的传统。从创刊到终结,《东北文艺》在新中国成立前后产生了很大的影响,20世纪50年代成长起来的许多作家、诗人是从这里起步的。可以说,《东北文艺》在解放战争和革命胜利后对新中国文学新人的培养起到了重要的作用。报纸、文学期刊、综合性期刊和出版机构的大量涌现,为东北解放区文学的发展创造了良好的条件。

与此同时,为了更好地团结广大文艺工作者,东北局于1946年在黑龙江佳木斯成立了东北文化工作委员会,成员有张闻天、吕骥、张庚、塞克等。此后,若干文艺与文化团体陆续成立,其中最有影响的是1946年10月19日由全国文协的老会员萧军、舒群、罗烽、金人、白朗、草明6人在哈尔滨发起筹备的"中华全国文艺协会东北总分会"。这个文艺团体表面上是由文人自由结社,实际上主体是来自延安、具有干部身份的文化人,其中不少人是党员或东北文艺界的领导干部。"中华全国文艺协会东北总分会"对东北解放区文学的发展起到了不可忽视的作用。此外,中苏文化协会、鲁迅文艺研究会等文艺社团相继成立。1948年3月,中共东北局宣传部首次召开了由文学、戏剧、音乐、美术、电影等部门的150余名文艺工作者参加的文艺工作者会议。会议对抗战胜利以来的东北解放区文艺工作进行了总结,并制订了随后一段时间的文艺工作计划。此外,中共中央东北局宣传部内部成立了文艺工作委员会,吕骥、舒群、刘白羽、张庚、罗烽、何世德、严文井、袁牧之、朱丹、王曼硕、华君武、白华、向隅、田方、沙蒙、吴印咸任委员,负责指导东北解放区的文艺工作。

1946年秋,已迁至哈尔滨的原延安鲁迅艺术学院,按照东北局的指示北撤至佳木斯,并入东北大学,更名为鲁艺文学院。同年12月,东北局又决定让鲁艺脱离东北大学,组建东北鲁艺文工团。1948年秋冬之际,随着沈阳的解放,东北鲁艺文工团在经历了三年多艰苦卓绝的转战与工作后进入沈阳,随后正式复名为鲁迅艺术学院,恢复了延安鲁迅艺术学院的学校建制。文艺团体的纷纷建立为东北解放区文学创作队伍的培养提供了组织保证。

为了纪念解放东北这段革命岁月,为了展现东北解放区文学的勃兴与繁荣,我们编辑出版了《1945—1949年东北解放区文学大系》,分别从小说、散文、戏剧、诗歌、翻译文学、评论、史料等体裁角度进行整理、收录。

一

抗战胜利后的东北解放区文学是延安文艺的延伸与发展,东北解放区四年所发生的巨大变化,都生动、形象地展现在东北解放

区的小说创作中。东北解放区小说充分展示了当时的社会生活，塑造了形形色色的人物形象，给人们留下了时代的缩影与历史的印迹。

东北解放区小说创作大体可以分为两个阶段。第一个阶段是从1945年日本投降到1946年中共东北局通过"七七"决议，第二个阶段是从1946年通过"七七"决议到1949年新中国成立。在当时的局势下，中国共产党要最广泛地发动群众，进入东北的文艺工作者便肩负了与武装部队同样重要的"文化部队"的任务。他们用文学作品教育、引导群众，积极参与了粉碎旧的国家机器和意识形态的过程。在党的文艺方针政策的指引下，东北解放区的作家们广泛深入到农村土地改革、前方战斗生活和工厂建设之中，亲身体验群众生活。这使得东北解放区的小说能够迅速地反映生产、生活、军事等各个领域的变化与东北人民精神世界的变化。

从1931年日本发动九一八事变到1945年日本投降，十四年的沦陷历史构成了东北文学不可磨灭的创痛记忆。对沦陷时期东北社会生活的回忆，是这一时期小说的一个重要题材。而抗战题材小说则是对异族侵略者铁蹄下民生困难的真实记录，也是对战争年代民族精神的热情颂扬。但娣的《血族》、陆地的《生死斗争》、范政的《夏红秋》、骆宾基的《混沌——姜步畏家史》等都是这方面的代表作品。

土改斗争是东北解放区小说三大题材的重中之重。在那场深刻改变了中国农村政治、经济关系的运动中，东北解放区作家将强烈的政治使命感与巨大的创作热情相融合，创作出了大量的优秀作品，周立波的《暴风骤雨》、马加的《江山村十日》、安危的《土地底儿女们》等至今仍被读者反复阅读。

　　小说创作需要一个孕育的过程,相对来说,中长篇小说需要更长的时间来构思和写作,而短篇小说则完成得较快。在复杂、激烈的土改运动中,东北解放区作家们努力笔耕,迅速创作出大量的短篇小说。在这些小说中,我们可以看到东北农民在土改运动中的精神变化,农民经历了几千年的封建压迫,他们身上的枷锁不仅是物质上的,更是精神上的,从奴隶到主人的蜕变需要一个心灵的搏击历程。

　　反映前线战争是东北解放区小说的另一个重要题材,这些小说真实地体现了军民的鱼水情谊。西虹的《英雄的父亲》、纪云龙的《伤兵的母亲》等都是当时影响较大的作品。1947 年至 1948 年是解放战争中我党从防御转为反攻的时期,随着战事的推进,中国人民解放军(1948 年 1 月 1 日,东北民主联军改称为东北人民解放军,同年 11 月 13 日改称为中国人民解放军)的队伍急剧壮大,部队官兵的成分因而趋于复杂化。为此,部队采用诉苦的办法对广大指战员进行阶级教育,提高他们的政治觉悟和思想觉悟。诉苦教育消除了战士之间的隔阂,为解放战争的胜利打下了坚实的思想基础。刘白羽的短篇小说集《战火纷飞》、李尔重的中篇小说《第七班》等反映了这一主题。

　　除上述三大题材外,解放战争时期东北涌现出来的工业题材小说,亦可视为中国现代工业题材小说的发端,这也从一个方面证明了东北解放区小说的文学史价值和文化价值。

　　东北解放区的工业在新中国发展史上占有非常重要的地位。在这一方面,影响最大的是女作家草明的中篇小说《原动力》。这篇小说虽然存在粗糙和简单等不足之处,但作为新中国成立前描写工业生产和工人思想的作品,是值得关注和肯定的。此外,李纳

的《出路》、鲁琪的《炉》、韶华的《荣誉》、张德裕的《红花还得绿叶扶》等作品也广受好评。这些小说充分展现了东北解放区工业蓬勃发展的景象,展现了工业生产对人的改造,也开创了新中国工业文学的先河。

东北解放区的相当一批小说,强调小说的政治价值,强调创作为工农兵服务,大多通俗易懂,而缺乏对心理深度和史诗境界的发掘。然而,东北解放区小说明朗新鲜,创造性地继承了延安文艺精神,反映了东北解放区的历史巨变和社会变革中诸多的社会问题,为新中国成立后的十七年文学开辟了道路。

二

散文卷在本丛书中占有重要的分量,真实地记录了解放战争中东北解放区人民的巨大贡献,独特的作品体例亦标示出其在新中国散文创作史中的独特地位。

解放战争时期东北战区的胜利,不仅是军事史上的奇迹,更是人民意志创造历史的丰碑。许多作者都以醒目而直接的题目记录了解放军普通战士勇敢战斗、不畏牺牲的英雄事迹,以真挚的情感,突出了普通战士大无畏的战斗精神和取得战斗胜利的信心。这些作品表现了同一个主题:解放军是人民的军队,中国共产党是全心全意为人民服务的。这也是新中国强大的根基体现。

散文卷中还有一部分作品,叙述了悲壮的抗联斗争的事迹,如纪云龙的《伟大民族英雄杨靖宇事略》、菽沉的《老杨——人民口中的杨靖宇将军》、陈堤的《悼念李兆麟将军》等。英勇不屈的民族气节是抗联英雄所具的崇高品质,也是抗联精神最真实的写照。而东北书店于1948年6月出版的《集中营》,以革命者的亲身经历叙述了大义凛然、为真理献身的革命志士的事迹，让后人真正理解了"头可断血可流，革命意志不能丢"的气节，"永不叛党"是英烈们用鲜血和生命刻写在党章之中的。

从1946年到1948年，尽管国民党军队在东北重要城市盘踞并负隅顽抗，但是东北农村却发生了翻天覆地的变化。中国共产党在根据地开展土改运动，领导农民推翻了地方统治势力，领导农民斗地主、分田地，农民欢欣鼓舞，迎来了新生活。强大的后方农村根据地为部队供给提供了保障，同时，许多年轻的子弟为了保护胜利果实自愿参加了解放军，这改变了国共双方在东北的兵力布局。《永北前线担架队速写》等作品反映了这一主题。

此外，解放区散文作家的笔下还洋溢着新生活的喜悦，如严文井的《乡间两月见闻》。除了乡村，对于那些在战后重新回到人民手中的城市，我党也开始接管，并进行初步的恢复性建设。在作家们的笔下，新生活带来了新气象。大连大众书店于1948年8月出版的《"工农园地"选集》，就收录了描写城市工人拥护和融入新生活的散文。在这些描写工厂、工友的散文里，我们可以看到解放区的新生活给城市工人带来了希望。

这些散文作品大多短小精悍，有迅速性、敏捷性和战斗性等特点，具有独特的艺术特征。这与当时许多作家的出身密切相关。如刘白羽、草明、白朗、华山、西虹等作家对战争环境和百姓生活有着敏锐的观察力和真实的体验，他们的作品使得东北解放区1945年至1949年的散文创作呈现出独特的风格，表现出纪实性和文学性相结合的特点。此外，由众多从延安来到东北的文艺干部组成的随军记者，以大量的新闻报道反击了国民党的舆论污蔑，记录了解放军战士不畏艰险、顽强抗敌的英雄事迹，同时表现了后方人民

在解放区土改过程中翻身解放、分得土地的喜悦心情。

散文作家记录这些真人真事的报道在东北解放战争中起到了巨大的宣传作用,成为鼓舞人心的强大的精神力量。东北解放区散文也因为内容真实、情感真实而呈现出历久弥新的生命力,往往给读者带来身临其境的感受,也让人忽略了作品本身的艺术特质。实际上,这些散文正是在真实的基础上,以生动与丰富的细节给读者留下了深刻的印象,在真实性的基础上呈现出文学性。华山的《松花江畔的南国情书》就是代表作品之一。

细节的生动亦使东北解放区散文具有鲜明的文学性。东北解放区散文将我军战士的大无畏精神写得非常真实、感人。在展示解放区新生活、新风尚方面,许多拥军爱民的片段写得细腻、真实。

东北解放区散文在主题内容上具有很高的价值,大量的散文颂扬了东北人民解放军的集体主义精神和英雄主义精神,表现了我军指战员的英勇气概,体现了战士们浩气长存的革命豪情。因此,东北解放区散文具有较高的文学价值,其明朗的表现方式恰恰是后来共和国文学明确表达和高度肯定的。题材广泛、内容真实和情感深厚的纪实性文学,使得东北解放区散文在战争时期凝聚了强大的精神力量。反映中国人民解放军不畏艰险、英勇战斗的长篇报告文学,在风格上激情澎湃,体现出解放军崇高的革命乐观主义精神。这一时期的散文把东北解放历史进程的全貌和战士们的英勇壮举再现了出来,东北解放区散文也因此具有了军事史和共和国历史的资料留存价值。东北解放区散文在创作上因为具有纪实性与文学性相结合的特点,为军旅散文创作提供了新的美学范式。

三

在东北解放区文学中,戏剧具有内容丰富、种类繁多、通俗明了、利于传播等特点,兼之创作群体庞大,故而获得了巨大的丰收,这成为东北解放区文学繁荣的重要标志之一。东北解放区的戏剧具有鲜明的启蒙性、宣传性和战斗性等特征,对生产建设、围剿土匪、土改运动和解放战争发挥着不可替代的宣传作用。

东北解放区戏剧的繁荣首先得益于东北解放区报刊对戏剧的支持。例如,《东北日报》刊发的剧作涉及歌唱新生活、感恩共产党、批判美蒋、拥军劳军、参军保家、歌颂劳模等多方面的内容。1947 年 5 月 4 日创刊的《文化报》则是东北解放区第一份纯文艺性质的报纸,主要刊载一些文学常识、短文、小诗、书评、剧报等。此外,《前进报》《北光日报》《合江日报》等都刊发了大量的戏剧作品。而从刊载量来看,期刊对戏剧的支持力度更大。在众多的文艺期刊中,对戏剧传播影响较大的是《东北文学》《东北文化》《东北文艺》《文学战线》《知识》和《人民戏剧》等。

从 1945 年年底开始,东北解放区以各家出版社为依托陆续出版了许多戏剧作品,这是解放区戏剧传播的重要途径。较有影响的是东北书店和人民戏剧社等。在解放战争期间,东北书店出版的各类戏剧作品和理论书籍近百种,形式包括话剧(独幕话剧、多幕话剧)、京剧、评剧、二人转、歌舞剧(广场歌舞剧、儿童歌舞剧)、歌剧、新歌剧、小歌剧、道情剧、活报剧、秧歌剧、小喜剧、小调剧、皮影戏等。其中,秧歌剧超过一半。

文艺团体的迅猛发展是解放区戏剧广泛传播的最终体现。1945 年 11 月以后,东北文工团等数十个文艺团体在东北局宣传部的领导下先后成立。这些文艺团体以《在延安文艺座谈会上的讲话》为指导,坚持走文艺大众化的道路,活跃在东北城市和乡村,战斗在前线和后方。他们创作、表演了一系列以支援前线、土地改革、翻身当家为主题的作品,这些作品受到人民群众的好评。

从内容方面来看,歌颂工人阶级是东北解放区戏剧的一个重要内容。东北光复后,作为解放全中国的大本营,哈尔滨、沈阳等工业城市的作用得以凸显,工人阶级成为时代的主角。从剧作内容来看,第一种是反映工人生活的剧作,如王大化、颜一烟创作的《东北人民大翻身》;第二种是歌颂先进个人无私支援解放区建设、帮助工厂恢复生产的剧作,较有影响的有《献器材》《十个滚珠》《一条皮带》《刘桂兰捉奸》;第三种是歌颂党的政策的剧作,代表作品有《比有儿子还强》和《唱"劳保"》。工业题材戏剧的大量创作,极大地拓宽了解放区戏剧的创作领域,为新中国工业题材戏剧的发展奠定了坚实的基础。

东北解放区戏剧中描写农民翻身解放、分得土地的农村题材的戏剧的比重最大。第一类是反映东北农民翻身解放,通过新旧对比来歌颂新农村、新生活的剧作。第二类是反映粉碎各类阴谋、同复辟分子做斗争的剧作,代表剧作有《反"翻把"斗争》等。第三类是反映改造后进、互助合作,表现农民积极开展大生产运动的剧作,如《二流子转变》。第四类是描写劳动妇女反抗封建婚姻、争取民主权利、积极参加劳动生产的剧作,如《邹大姐翻身》。

东北解放后,群众的思想还比较保守,革命启蒙的任务十分重要,尤其是要帮助东北人民认同和接受中国共产党及其领导的人民军队。在描写军队的戏剧中,既有表现人民军队英勇战争、不怕牺牲、勇于献身的剧作,也有以军民互助、拥军支前为主要内容的剧作,这类剧作完整地再现了东北人民从最初的误解民主联军到后来积极送子参军、送夫参军、拥军支前的全过程。前者的代表作有《老耿赶队》《鞋》《两个战士》等,后者的代表作有《透亮了》《收割》《支援前线》等。

在艺术特点上,虽然东北解放区戏剧的整体水平不是最高的,但是其庞大的作者群体、巨大的创作数量、伟大的历史功绩,使得解放区戏剧创作达到了巅峰状态。东北解放区戏剧因对传统戏剧和西方舶来戏剧的融合而具有现代性,在这种融合的过程中实现了本土化,并形成了民族化、大众化、乡土化的特征。东北解放区戏剧的民族化特征源于延安时期戏剧的"中国化"。而其大众化特征是指具有广泛的群众基础,且创作群体亦十分大众化。东北解放区戏剧的乡土化则主要表现在地域特色上。

在创作方法上,东北解放区戏剧继承了延安戏剧的传统,剧作家们用现实主义的方法把自己身边刚发生或正在发生的事情通过戏剧的形式真实地反映出来,集中表现工、农、兵的日常生活。东北解放区戏剧起到了鼓舞斗志、颂扬先进、宣传政策、支援前线的作用。

在戏剧结构上,东北解放区戏剧的戏剧冲突尖锐而集中,叙事模式多元,表现方式多样。在人物塑造上,剧作塑造了一个个爱憎分明、个性突出、敢作敢为的人物形象。这些人物形象生动丰满、有血有肉,为观众熟悉和喜爱。

东北解放区戏剧在取得较高的艺术成就和发挥重要的宣传作用的同时,也存在一定的不足。然而瑕不掩瑜,民族化、大众化、乡土化的特征,使得戏剧的宣传性、教育性、战斗性的作用得以充分发挥出来。东北解放区戏剧对光复后进行的民众文化启蒙、文化

宣传具有不可替代的作用,对解放区的土地改革和解放战争做出了不可磨灭的贡献。

四

东北解放区诗歌秉承了我国诗歌的优秀传统,具有红色革命基因。它一方面与伪满时期的诗歌做了彻底的割裂,另一方面又延续了东北抗联诗歌的革命精神和爱国主义情怀,集中书写了山河易色、异族入侵带给东北人民的苦难和屈辱,书写了受难的人民在共产党领导下的觉醒与反抗,书写了东北人民在艰苦的自然环境与战争环境中形成的坚韧、乐观、幽默的性格。

东北解放区诗歌是中国解放区诗歌的重要组成部分,与其他解放区诗歌保持着一致性和连续性。它之所以能复制延安解放区的文学模式,主要是因为其创作队伍中的很大一部分是来自延安解放区的革命文艺工作者,故在文学制度和文学政策上与全国其他解放区能保持一致。东北解放区诗歌的作者主要有四种身份:一是中共中央派驻到东北的文艺工作者;二是抗战时期流亡到关内的"东北作家群"(在抗战结束后返回东北);三是虽然本人不在东北解放区,但是其作品在东北解放区的重要报刊上发表过并产生了一定影响的诗人;四是来自各行各业的业余诗人。《东北日报》文艺副刊曾陆续发表过很多业余诗人的作品,这些业余诗人中既有宣传干部,又有工人、农民、战士、学生(其中有许多人使用笔名,甚至使用多个笔名,今天有些作者的真实姓名已很难核实)。有一些诗人并不在东北解放区工作,但是其作品在东北解放区的重要报刊上发表过,并对全国解放区的文学发展产生过重要影响,如艾青、田间等。东北解放区的代表诗人有公木、方冰、马加、严文井、鲁琪、冈夫、天蓝、韦长明、刘和民、李北开、彤剑、侯唯动、胡昭、李沅、夏葵、林耘、顾世学、萧群、蔡天心、杜易白、西虹、师田手、白刃、白拓方、叶乃芬、丁耶、孙滨、阮铿等。

从内容上看，东北解放区诗歌主要是反映当时东北解放区的经济建设、军事斗争、农村工作和城市建设等，具有现实性、时代性。从艺术形式上看，诗歌谣曲化、大众化、民间化的特点突出。抒情诗、叙事诗、街头诗、朗诵诗、歌谣、童谣等成为当时最常见的诗歌体裁。东北解放区诗歌具有以下几个显著特点：

第一，诗歌内容具革命性且高度政治化。东北解放区文学是为中国共产党解放东北和建设东北的政治任务服务的，其主要功能和目的是紧密贴近和配合解放区的主流政治运动。很多诗歌是为满足当时的政治需要而作的，充分体现了《在延安文艺座谈会上的讲话》在诗歌创作方面的实践成绩。东北解放区诗歌与中国解放区诗歌在题材选择、审美价值上保持着一致性，并具有东北解放区特有的地域性特点。揭露、批判、颂扬是东北解放区诗歌的三大主旋律，诗人们以工人、农民、士兵、英雄人物、劳动模范等为书写对象，歌颂英雄人物，记录战争风云，赞美新农民，抒发家国情怀。

第二，具有鲜明的战争文学特点。东北经历了十四年艰苦卓绝的抗日战争，接着又经历了五年的解放战争，近二十年间，始终处于战争状态。诗歌也呈现出战时文学特质，记录了艰苦卓绝的战争场景与生活现实。对于重大战役的抒写与记录，英雄主义、乐观精神、必胜信念的情感基调，加之大东北茫茫雪原、天寒地冻的地域特点，使得东北解放区诗歌具有鲜明的东北地域特色。

第三，农村题材也是东北解放区诗歌的重头戏。东北经过十四年的抗日战争，土地荒废，农民思想落后。抗日战争结束后，解

放军入驻东北,一方面做农民的思想工作,进行思想启蒙,另一方面在农村贯彻党的土改政策,进行土地革命,让农民成为土地真正的主人。因此,在东北解放区,启蒙农民思想、反映土改运动、揭露地主阶级剥削农民的本质、塑造新农民形象成为农村题材诗歌的主要内容。

第四,工业题材诗歌在东北解放区诗歌中独领风骚。《文学战线》等报刊还专门设立了工人专栏,如《文学战线》专辟"工人创作特辑",作者均来自生产第一线。工业题材诗歌丰富了东北解放区诗歌的样态,也成为东北解放区诗歌的重要组成部分。

第五,叙事诗是东北解放区诗歌的主要体裁。长篇叙事诗体量大,便于完整地呈现人物或事件的变化过程,便于刻画生动、饱满的艺术形象,因此很受东北解放区诗人的青睐。在《东北文艺》《文学战线》等杂志和个人诗集中,带有浓郁的东北民间话语特色,反映土改运动、翻身农民踊跃参军等内容的长篇叙事诗一时间大量出现。

第六,诗歌审美倡导大众化、通俗化。在解放战争时期,文学要担负着团结人民、教育人民、打击敌人的任务,因此,战时诗歌不能一味地追求高雅的诗意,它既要通俗易懂,便于启蒙民众,又要迎合普通大众的审美需求,适应战争时期的宣传需要。东北解放区诗歌的谣曲化倾向突出,诗作大多出自部队宣传干部、战士、工人、农民之笔,以社会现象为题材,具有相当强的时效性,普遍具有语言通俗易懂、直抒胸臆、为群众所熟悉和易于接受等特点,真正达到了为工农兵服务的目的。

东北解放区诗歌也存在一些不足。由于过于强调宣传性、鼓动性和战斗性,重内容而轻艺术,艺术水准较低,东北解放区诗歌未能达到思想性和艺术性相结合的高度。

五

东北翻译文学兴起于 20 世纪 20 年代末,当时的《北国》《关外》等文学期刊上都登载过翻译作品,对俄苏、英、美、日等国家的民族文学作品,以及批判现实主义、"普罗文学"等文艺理论均有译介。但这种生动、活跃的局面随着 1931 年九一八事变的发生而不复存在。1931 年至 1945 年,在长达十四年的沦陷时期,东北翻译文学出现了两块文学阵地:一个是以沈阳、大连为中心的"南满文学"阵地,另一个是以哈尔滨为中心的"北满文学"阵地。辽南文坛在九一八事变以后出现了一股译介欧美和日本文学及其理论的潮流,主要刊发、翻译消极的浪漫主义、自然主义的文艺作品和理论,只刊发少量的俄苏文学。相对而言,北满文坛对俄苏现实主义文学作品及其理论的翻译有着更重要的意义。

解放战争时期的东北解放区文学的传播模式主要是"延安模式"。在翻译文学方面,东北解放区文艺工作者侧重译介的目的性和计划性。从目前了解到的情况来看,当时很多期刊都设有翻译栏目,其中《东北日报》《东北文艺》《前进报》《群众文艺》《知识》等都设立了介绍苏联文学的专栏,经常发表苏联社会主义建设时期和卫国战争时期的作品。此外,侧重刊发翻译文学的报纸、期刊还有《文学战线》《文化报》《知识》《东北文化》等。文学观念是文学创作的潜在基础,规范和支配着这个时代的文学创作。解放区的作家们译介了大量的苏俄作品,其中大部分是社会主义现实主义作品。除报刊外,东北解放区翻译文学的出版途径还有书店。由书店、期刊、报纸构成的媒介场,有效地促进了东北作家与世界

文艺思潮的交流,尤其是苏联所倡导的革命现实主义文学创作思想对东北的文艺运动发挥了指导作用。

《东北日报》的译介主要集中在俄苏文艺思想、作家作品方面,其中刊发爱伦堡、法捷耶夫等文艺理论家的作品的数量最多,产生的影响也最为深刻。这些作品极大地开阔了东北知识分子的视野。《东北文艺》每期都对俄苏文学作品、作家进行介绍,较有代表性的是1947年曾连载过的金人翻译的苏联作家华西莱芙斯卡娅的中篇小说《只不过是爱情》。《文化报》介绍了大批的俄苏作家,刊载了一些文艺评论、文学作品等。《文学战线》在刊发原创作品的同时,则侧重于介绍俄苏文学作品和翻译俄苏文艺理论。

东北书店出版了大量的翻译过来的苏联文艺论著和苏俄文学作品,目前搜集到的翻译文艺论著的种类达110余种。其翻译出版的俄苏文学作品具有丰富的题材,包括电影文学剧本、报告文学、游记、书信集、诗歌、小说等。辽东建国书社、大连大众书店、光华书店等也是翻译作品重要的出版机构。

翻译文学的发展有助于文学创作的繁荣与文艺理念的更新,但东北解放区译介作品的内容较为单一,翻译的作品几乎全都来自苏联,俄苏文艺思想、文艺理论和文艺作品得到高度关注,成为文坛的主流。其原因有如下几个方面:

首先,从地缘因素来看,东北与苏联有着天然的地缘关系。东北地区与苏联的东西伯利亚地区有着相似的自然环境,都处于高纬度寒带地区,气候寒冷,地广人稀。自然环境和原始文化的相似为思想的交流提供了基本契合点。

其次,从政治因素来看,俄苏文学在中国的兴衰与中俄之间的政治文化交流有着密切的关系。当时的文人也希望通过译介苏联文学作品来改造和影响人们的思想意识,以及树立新民主主义革命的奋斗目标和未来社会主义的奋斗目标。

最后,从社会现实来看,东北解放区的沈阳、大连等地在中国人民解放军进驻之前已经驻有苏联红军,而且在经济、文化等方面与苏联交往密切,苏联文学作品的翻译、出版自然丰富。

1942年之后,延安文艺工作者主要是对苏联等少数社会主义国家的文学作品进行译介。对于与苏联接壤的东北解放区来说,由于与外界接触困难,能获得的外国文学作品更少,在建设新文学方面,除了以五四新文学和老解放区文学为资源外,苏联文学便是重要的资源。苏联文学对建设中的东北解放区文学具有不同寻常的意义。

六

东北解放区建立后,文学创作繁荣一时。然而,文学创作在繁荣的背后也存在着一些问题,其中一个突出的问题就是创作者的背景复杂,其中有来自抗日根据地的,也有来自关内国统区的,还有本土的。不同的思想意识、价值取向、艺术趣味掺杂在各类作品中,部分作品的创作倾向出现了偏差。这些问题引起了文艺界的关注。东北解放区的主要报刊和杂志纷纷开辟评论专栏,采用编者按、读者来信、短评、述评、观后感等形式开展文艺批评,为确立正确的文艺路线提供思想保障。

初到东北的文艺工作者首先感受到的是新老解放区之间政治环境和文化环境的差异。自清朝灭亡到抗战胜利的三十多年间,东北民众饱受战乱的痛苦。抗战胜利后,虽然旧的社会结构和文化体制已经解体,但旧的意识形态还残留在一些人的头脑中,东北民众与新政权之间存在着一定的隔膜。刚刚到达东北的大多数文艺工作者对东北特殊的历史环境认识不足，尚未做好相应的思想准备，仍然延续过去的创作方法和思维方式，脱离群众和实际。以什么样的形式和内容来服务刚刚从殖民者的铁蹄下解放出来的人民，是当时文艺工作迫切需要解决的问题。

文艺争鸣与文艺批评既是抗日根据地文艺工作的优良传统，也是党指导文艺工作的重要手段。毛泽东同志在《在延安文艺座谈会上的讲话》中指出，文艺界的主要的斗争方法之一，是文艺批评。此时，东北文艺工作者的首要任务就是对旧的意识形态进行批判和改造，从而构建与延安解放区主体同构的新的意识形态场域。因此，在本地区文艺界开展一场广泛的文艺批评运动就显得十分迫切和必要。1945 年 11 月，陈云同志在《对满洲工作的几点意见》中提出了党在东北的几项重要任务："扫荡反动武装和土匪，肃清汉奸力量，放手发动群众，扩大部队，改造政权，以建立三大城市外围及长春铁路干线两旁的广大的巩固根据地。"这既是党在东北的中心工作，也是东北文艺界所面临的主要任务。东北解放区的文艺队伍自觉地将创作与政治任务结合起来，坚持为人民服务的创作方向，以《在延安文艺座谈会上的讲话》为指导来进行创作。东北这块古老而又年轻的土地上结出了丰硕的艺术成果。这些作品在内容上贴近当时东北的现实生活，在形式上生动活泼，富有浓郁的地方乡土气息，在教育人民、鼓舞人民、组织人民、团结人民、打击敌人方面发挥了重要作用。东北解放区文艺作为革命文艺版图中的一个独立板块开始形成，它既是"延安文艺"的派生，又具备地域文化品格。它不是由内而外自发产生的，而是在改造和清除原有旧文化的基础上通过外部输入逐步确立的。

与"延安文艺"相比,东北解放区文艺自身也出现了一些新的特质,特别是在文艺批评方面,文艺工作者表现出了强烈的自觉性。他们坚持无产阶级和人民大众立场,从不同层面和角度开展文艺界的批评与自我批评,引导东北解放区文艺朝着正确的方向发展。

东北解放区文艺的根本任务与延安文艺的根本任务保持着高度一致,但又具有特殊性。如果简单地照搬、照抄延安文艺的经验,那么东北解放区文艺很难适应革命发展的需要。东北解放区文艺首先具有启蒙的意义,它不仅具有文化启蒙的意义,也具有政治启蒙的意义。为此,东北解放区的文艺工作者以《在延安文艺座谈会上的讲话》精神为指导,树立起无产阶级的文艺大旗,以新文化来改造旧社会,重塑民众的国家意识、民族意识和政治意识,把东北建设成为中国革命的战略大后方。

在延安文艺旗帜的指引下,东北文艺界通过理论探讨和思想整风,统一了广大文艺工作者对革命文学根本属性的认识,东北的文艺工作焕然一新。广大文艺工作者在理论和实践两个方面取得了很大的成就,既继承和发扬了延安文艺思想,也将《在延安文艺座谈会上的讲话》精神与具体实践结合起来。夏征农、蔡天心、铁汉、甦旅、萧军、胥树人等知名的文艺界人士都对这个问题做了深入研究,产生了较大的影响。

与延安文艺相比,这个时期的东北文艺作品主题更丰富,创作者以切身的生命体验为基础,再现了解放战争时期东北所发生的波澜壮阔的革命斗争,以及在这个过程中东北人民的生活与精神面貌。

东北解放区的文艺发展也不是一帆风顺的,它也走了一些弯路。但是,在毛泽东《在延安文艺座谈会上的讲话》的指引下,文艺工作者不仅投身到创作之中,也开展了广泛的文艺批评,营造了一个宽松的舆论环境,作家们畅所欲言,在批评他人的同时也开展自我批评。这为创作的繁荣奠定了理论基础,也为新中国的文艺创作和文艺批评积累了资源和经验。

七

史料卷是大系的综合卷,其编撰初衷是反映东北解放区文学创作的初始背景,呈现当时的政策和文学创作的大环境,通过对资料的梳理,为弘扬东北解放区文学创作的优良传统提供第一手的基础资料。史料卷共分为七大部分。

一是文艺工作政策方针。文艺工作的政策方针是党根据一定历史时期的总路线和总任务确立的文艺指导原则,反映了一定时期文艺创作的总体规划、部署和要求。史料卷旨在呈现东北解放区创作繁荣的大背景下中国共产党对文艺工作的总体规划和实施情况。史料卷主要收录了与东北解放区相关的宣传文件,以及部分会议发言和讲话等内容,其中有出版、通讯、写作的相关规定,也有重要领导对文艺工作的指示要求,同时还收录了部分重要会议成果。

二是重要报纸、期刊。报纸、期刊大量创办是文艺繁荣的重要标志之一。报纸、期刊直接促进了文学事业整体的发展和繁荣,使优秀作品产生了广泛的社会影响。1945 年 11 月《东北日报》创办后,东北解放区先后创办、发行的报纸近百种。此外,在东北局宣传部的统一领导下,地方与军队也创办了数十种文学与文化类刊物。从成人刊物到儿童刊物,从高雅刊物到面向大众的通俗刊物,从文学到艺术,靡不具备。诸多的文艺报刊为文学作品的生产提供了园地,成为东北解放区文学创作的先锋阵地。

三是文艺团体、机构。在东北解放区,多个文艺团体和机构活跃在文艺创作和宣传的第一线,对东北解放区文艺事业的发展发挥了重要作用。东北局先后出资创办了东北书店等众多的图书出版机构,使得东北解放区报刊出版和传媒得到快速发展。1946年,东北局在佳木斯成立了东北文化工作委员会,此后,中苏文化协会、鲁迅文艺研究会等文艺社团也相继成立。东北文艺工作团等文艺团体也迅速发展。在组建大量的文艺团体和文工团之际,军队与地方政府和宣传部门还非常重视文艺人才的培养和文学教育体系的建立,在演出之余,也招收和培养文艺人才。在短短的四年间,东北解放区建立了众多的文艺工作团体与人才培养学校。这体现了我党对教育人民、教育部队和动员人民参与革命的重视。

四是作家及创作书目。从延安来到东北的革命文艺工作者数以百计,此外,20世纪30年代从哈尔滨流亡到关内各地的东北作家群成员也陆续返回东北。这些文化工作者云集黑龙江,办报纸,办杂志,从事广泛的文化艺术活动,使得东北解放区文学艺术以全新的姿态向共和国迈进。史料卷收录了活跃在东北解放区的多位作家的生平和创作情况,当然,由于这一历史时期具有特殊性,作家区域性流动较为频繁,对作家的遴选和掌握主要以创作活动的轨迹和作品发表的区域为依据。

五是东北解放区文学回忆与纪念。为了弥补现有资料不足的缺憾,史料卷特别收录了部分文学界前辈及其家人的回忆与纪念文章,其中既有参加文艺团体的亲历感受,也有对文艺创作细节的点滴回忆。由于年代久远,这些资料的某些细节无法准确、翔实地

体现出来,但这些资料记录了东北解放区文艺工作者的亲历感受,对补充和完善史料卷的内容大有裨益。

六是大事记。为了对解放区文学创作资料进行细致整理,进而为读者提供一个简明的、提纲挈领式的线索,史料卷呈现了大事记。大事记旨在将反映文学活动和文艺创作的各种资料予以浓缩,按照时间线索对史料进行编排。大事记简明扼要地记述了1945年9月至1949年9月东北解放区文学方面的大事、要事,涵盖了部分文艺作品创作、文艺团体成立的时间节点,有助于读者了解东北解放区文学的发展脉络。

七是索引。鉴于东北解放区文学总体呈现出体裁广泛、内容丰富等特点,史料卷以作者为线索,将分散在小说卷、散文卷、诗歌卷、戏剧卷、评论卷、翻译文学卷中的作品整理出来,形成丛书索引。索引以作者为基点,将作者在各卷中的作品情况(作品名称、所在卷册、页数)逐一列出,可以在一定程度上呈现出东北解放区文学的整体情况,亦可以体现出作者的创作风格和特点,进而从不同角度展示出东北解放区文学发展的脉络和趋势。

随着军事上的胜利和东北解放区的形成,东北的政治面貌、经济面貌发生了根本性的变化,特别是文化呈现出前所未有的发展和繁荣的局面。东北解放区在政策制定、政策实施、新闻出版、文艺社团、文艺教育体制、作家培养等涉及文艺发展与繁荣的各个方面,继承、发展和完善了延安文艺体制,对当代文学和文艺制度产生了重要和深远的影响。

尽管东北解放区文学得到前所未有的发展和繁荣,但这份珍贵的文化资料始终没有得到系统整理,有关资料分散在哈尔滨、齐齐哈尔、牡丹江、佳木斯、长春、沈阳、大连等地,加上年代久远,这给编选工作带来了很大的困难。一方面,区域性的文学史料不易引起一般研究者的重视,文学史料的保留和整理工作在通常情况下很不理想,尽管编选者在前期已有一定的资料积累,但是很多工作还需要从头开始。另一方面,由于年代久远,加之当时的出版印刷技术有限,许多资料的保存和整理已经成为一大难题。许多珍贵的文学资料甚至已经出现严重的、不可恢复的缺损,因此,整理和出版东北解放区的文学史料,对东北解放区文学和中国现代文学的研究具有重要意义,同时,对人们了解和认识东北解放区这段历史也具有重要意义。

东北解放区文学创作距今已有七十年的历史,从20世纪80年代开始,东北解放区文学作为中国现代文学的一部分开始进入研究者的视野,搜集、整理与研究工作逐渐深入,一大批有分量的成果随之产生。其中,具有代表性的成果有两项,一项是林默涵主编的《中国解放区文学书系》(重庆出版社,1992年出版),另一项是张毓茂主编的《东北现代文学大系》(沈阳出版社,1996年出版)。这两部著作以文学价值作为侧重点,对东北解放区文学进行了很好的梳理。此外,黑龙江、辽宁与吉林三省的社会科学院文学研究所通力编辑出版的《东北现代文学史料》(共九辑),其价值亦不可低估,当时资料的提供者或为亲历者,或为亲历者之亲友,这从文献抢救的角度来看可谓及时。尽管《中国解放区文学书系》和《东北现代文学大系》对东北解放区文学进行了较大规模的搜集与整理,但由于编辑侧重点不同,这两部著作对东北解放区文学作品只是有选择性地收录,东北解放区文学作品分散在各地图书馆与散落在民间的态势并未改变。进入21世纪后,随着时间的流逝,承载东北解放区文学作品的旧报、旧刊、旧图书流失和损毁的情况日益严重,对东北解放区文学进行进一步搜集与整理的必要性在中国现代文学界达成共识。2008 年,东北现代文学研究者、黑龙江省社会科学院文学研究所研究员彭放在主编完成《黑龙江文学通史》(北方文艺出版社,2002 年出版)之后,提出了编辑出版《东北解放区文学大系》的建议,这一建议得到了认可。事隔十年,2018 年,由黑龙江省社会科学院文学研究所与黑龙江大学出版社联合策划的《1945—1949 年东北解放区文学大系》荣获国家出版基金资助出版,这完成了老一代东北现代文学研究者的夙愿。

《1945—1949 年东北解放区文学大系》的编者,力求完整地体现东北解放区文学的整体风貌,在文学价值之外,亦注重作品的文献价值,以文学性与文献性并重作为搜集、整理工作的出发点。

《1945—1949 年东北解放区文学大系》的篇目编选工作,由黑龙江省社会科学院发起,联合黑龙江大学、哈尔滨师范大学、哈尔滨学院等黑龙江省多所高校共同开展。为了保证学术性,本丛书特聘请多位东北现代文学领域的专家组成编委会,各卷主编均为中国现代文学方面学养深厚的研究者。本丛书的篇目编选工作得到了北京、吉林、辽宁等地多家相关单位的支持。东北现代文学界德高望重的老一代学者亦给予大力支持,刘中树、张毓茂与冯毓云三位先生欣然允诺担任本丛书的学术顾问,本丛书的姊妹著作《1931—1945 年东北抗日文学大系》的总主编张中良先生亦为学术顾问。特别应提及的是,张毓茂先生在允诺担任本丛书学术顾问不久后就溘然离世,完成这部著作就是对先生最好的悼念。

本丛书的资料搜集工作,除得到东北三省各家图书馆的支持外,还得到了中国现代文学馆、黑龙江省浩源地方文献博物馆的大力支持。东北红色文献收藏人胡继东、华东师范大学历史系博士崔龙浩，以及华东师范大学历史系高铭阳、雷宇飞等人为本丛书的集成提供了大量珍贵而稀缺的第一手资料。对于他们的无私奉献，在此表示诚挚的感谢！此外，黑龙江大学文学院、哈尔滨师范大学文学院许多在读的博士生、硕士生和本科生也参与了资料搜集工作，在此，请恕不一一列名。

《1945—1949 年东北解放区文学大系》除入选 2019 年度国家出版基金资助项目之外，还被列入黑龙江历史文化研究工程项目，在此谨致谢忱。

散文卷导言

书写战争风云　奏响解放凯歌

——东北解放区散文纵论

郭　力

东北解放区文学大系散文卷，为我们打开了一扇历史之门。当那些熟悉的东北地名——哈尔滨、长春、四平、沈阳、锦州、黑山被放置在 1945 至 1949 这一历史时空中，它们就会是刻写在中华人民共和国历史上与辽沈战役密切相关的一连串血与火镌刻出来的滚烫的名字，就像一串跳跃激荡的音符，以一浪高过一浪的气势奔向辽沈战役东北解放的最强音，而在这些地名背后，是站立起来的中国人民解放军（东北联军）战士的光辉群像。四战四平、围困长春、锦州攻坚、沈阳解放等著名战役，都刻写在共和国解放的历史上。通过东北解放区文学大系散文卷中那些真实记录的文章，你会真正地理解"为有牺牲多壮志，敢教日月换新天"的革命豪情，真正地明白在解放战争中辽沈战役的重要作用和东北解放区人民的巨大贡献。

历史永远铭刻着战争的正反面,因为在战争摧枯拉朽毁坏一个旧世界的同时,新世界也在熹微中诞生。东北解放区文学大系散文卷因其作品体例的特别,而标示出其在新中国散文创作史中的独特地位,其以写实散文的真实性,带来战争场面的震撼性,以鲜活的纪实体引发后人对战争的思考。中华民族经历了太多的灾难和战争的创伤,和平永远是我们这个民族最善良的愿望。也正因如此,东北解放区文学大系散文卷对战争的描写、对东北人民对和平生活热烈向往之情的刻画,都反映出一种基于人道主义精神的自由畅想。这些散文作品中所描写的前方战事和后方百姓的生产生活,都洋溢着革命乐观主义精神。得民心者得天下,解放战争东北战区的胜利,不仅是共和国军事史上的奇迹,更是人民意志创造历史的丰碑。

民族精神与一个国家的历史密切相关,尊重历史的本真性,就是还原历史的真实,是对历史上存在的世界观、价值观的尊重,而对待人类历史上曾经发生过的战争,从来都不应该是单维度的价值评判。对史实的尊重,体现国家的政治理想,关涉民族精神、国家观念,以及历史书写的知识架构和美学范式。而当文学作品还原了历史事件时,文学史的风貌将是对生机勃勃的历史审美精神的再现。东北解放区文学大系散文卷还原了辽沈战役中曾经发生过的一些真实的战争场面,不论是在战略思想上还是在艺术价值上都具有十分重要的意义。

一

东北解放战争的胜利在共和国历史上意义深远,在军事史、党史等方面研究成果颇丰,尤其是关于东北解放战争胜利的原因,很多理论研究成果早有定论。理论著作所书写的战争史如同一座恢宏的建筑,宏大而庄重。就像今天的人们怀着敬仰的心情去参观坐落在锦州市的"辽沈战役纪念馆",走进陈列馆大厅,"前言"第一句就是:"辽沈战役是 20 世纪中期中国人民解放战争中具有决定意义的三大战役的第一个战役。"结尾一句是:"为辽沈战役胜利暨东北解放而英勇牺牲的革命先烈,其功名同山河长在,与日月同辉。"首尾两句精要地概括出辽沈战役的重要性和英烈浩气长存的英雄壮举。墨写的历史是今天人人得见的纪念馆的前言,而真正走进历史才会知晓血染的历史的凝重壮烈。今天我们在纪念馆看到的那些英烈名录中的名字,在东北解放区文学大系散文卷中,被还原为一个个血肉之躯,一个个"一不怕苦,二不怕死"的英雄战士的身影。抚卷追思,想到那些"同山河长在,与日月同辉"的英烈们,他们在战场上何以会那般英勇壮烈?阅读完这些作品,才会真正明白答案就在那些普通战士身上,那就是我军战士旺盛的斗志和建立新中国的决心。而旺盛的斗志和胜利的信念,化成强大的精神力量,对打败国民党全副武装的精锐部队起到了重要作用。"没有一个人民的军队,便没有人民的一切。"这是毛泽东主席总结中国革命胜利经验得出的一个重要结论。

东北解放区散文记录了东北战区许多重要的战斗,描写了解放军战士英勇杀敌的典型事迹。许多作者都以醒目而直接的题目记录了解放军普通战士勇敢战斗、不畏牺牲的英雄事迹,那些可爱的战士形象随着朴实无华的题目和文字扑面而来,一个个普通的名字,就如同一张张生动朴实的战士的面孔。他们不仅仅是著名战役当中一个个的名字,也是从东北解放战场上走来的一个个活生生的年轻人,为了保护亲人,也为了新中国的诞生,他们成为最勇敢

的战士和祖国最骄傲的英雄儿女。

在描写这些普通战士的英雄事迹时,作家笔端充满了真挚情感。正如刘白羽所说:"在战争中,指挥员的责任是指挥,战士的责任是用枪,我的责任是用笔。"刘白羽以饱含革命激情的笔墨记录下解放军英勇的战斗,并以高质量的战地通讯和报告文学,书写了共和国壮烈的历史。

在《光明照耀着沈阳》中,刘白羽以文艺干部的觉悟和史学家般的目光,精准切入沈阳解放后的新气象,揭示出中国共产党胜利的历史必然性。文章巧妙地用了三个小标题,把新生的沈阳与历史和未来衔接起来,如同进行曲一般,一步步迈向胜利的前方。

第一部分的标题是"历史的暴风雨",一开篇就点出了沈阳解放,也是辽沈战役胜利的伟大时刻。1948 年 11 月 2 日这一天,沈阳永远属于人民了!抚今追昔,刘白羽还回忆了 1946 年 4 月他在军事调停处执行部邀请下,与其他中外记者来访沈阳的事情。第二部分的标题是"混乱的崩溃与清醒的胜利",以对比的手法叙述了国民党覆灭前夕,即 10 月 29 日在沈阳机场狼狈出逃的混乱场景,被国民党视为生死线的东北和被国民党军队最后盘踞的东北城市沈阳就这样回到了人民手中,蒋介石的防御神话全部破灭了。这一天,沈阳人民走上街头,走入工厂,保护自己的城市和工厂。因为他们知道,解放军来了,中国是全体人民的了。第三部分的标题是"光明日月永属人民",叙述了军事管制委员会是如何帮助沈阳这座城市恢复正常的生活秩序的。几天的时间里,工厂复工了,学校复课了,老百姓拿到救济费买到粮食了,一切都是解放后的新光景。新政权如何让老百姓信服拥护?刘白羽在文中给出了让人信服的结论。在沈阳解放之后,市民有三大满意:"第一是解放军纪律好，第二是水电交通恢复快，第三是粮食价格低落。"正是出于这种对新政权新国家的信心，刘白羽在文章的结尾才能由衷地写道："沈阳千万人民在这样光照里喊出同样的一句话：光明的日子开始了！"

这些来源于事实的文字，不仅使我们今天的读者感叹刘白羽对战争细腻的观察和精准的表达，同时也激发了读者的爱国情怀，透过东北解放战争的风云，我们看到了新中国这轮红日喷薄而出的壮观画面。刘白羽以笔为枪，把辽沈战役难忘的时刻以文学的方式刻写在新中国的历史中。作为战地记者的代表，他始终奔波在战争的最前沿，在炮火中锻造出那些如火如歌的战地通讯报道。他曾亲赴四平前线，在炮火硝烟中，以充沛的革命情感，写下一篇篇反映东北人民解放军浴血奋战的真实报道。其中最震撼人心的画面莫过于我军指战员在激烈的炮声中，在低矮的地堡里发出铿锵有力的誓言："我誓死坚守，死了也要把尸身挡着敌人！"战场上这一响彻云天的誓言，让我们感受到英雄战士们热血洒疆场的大无畏精神。他们每个人都是勇敢的人。刘白羽后来创作的《村落战英雄孟绍武》《六勇士》等通讯，都是通过挖掘战斗英雄们内心真实的情感，以细腻的笔触来记录这些勇敢、不怕牺牲的战士和他们饱满的复仇情绪、勇敢的战斗精神的。

这种大无畏的战斗精神在散文卷其他作者的作品中同样得以真实再现。在这些作品中，一个个闪着光的名字照亮了新中国的黎明。孤胆英雄王永泰，一个人追击逃敌，俘获38人，并连续冲锋，被授予"战斗英雄"的光荣称号（刘爱芝《第一名战斗英雄王永泰》）；爆炸英雄任子厚，为炸掉敌军火力猛烈的带有扇形枪眼的碉堡，把炸药包的引火线割下大半截，扛起药箱挺身炸掉了碉堡，自

己被强烈的炮火掀到空中炸得昏了过去,醒来后感到头脑昏沉、两腿飘飘,却对自己说轻伤不下火线,又扛起炸药冲了上去,立下了大功(华山《爆炸英雄任子厚》);抢救英雄登科是一名身经百战的老同志,因为身体受伤虚弱而被调到炊事班,他所在的连队是获得"顽强冲杀第三连"锦旗的光荣连队,在著名的四平保卫战中,他接下火线抢救工作,冒着敌人密集的炮火,从火线上背运伤员,多次被敌人猛烈的炮火掀倒埋在土里,但是他凭着"我死了也得把彩号抢下来"的信念,成为抢救英雄(西虹《抢救英雄登科》)。通过这些作品所记录的战斗时刻,一个个有名有姓的英雄被载入共和国史册。

　　同时,还有许多无名的英雄。他们是一天里击退敌人四次冲锋、激战七个小时坚守阵地的六勇士(刘白羽《六勇士》);他们是勇敢沉着压制敌人火力的重机第五班(彦克《重机第五班》);他们是在敌人密集的炮火中连续冲击的勇猛机智无伤亡的英雄二排(树生《勇猛机智连续冲击的二排》);他们是攻下要点高地,把尖刀刺进敌人心脏的第三连(王暖《"攻无不克"的第三连》)……从一个个同仇敌忾的解放军战士到英雄班、英雄排、英雄连以至全军,中国人民解放军以高昂的斗志彻底地打败了国民党的王牌劲旅。

　　这些记录东北解放战争的散文作家都深知我军指战员顽强的精神和胜利的信心来自何处,那是因为解放军战士知道自己是穷人的部队,也知道自己是为那些像白毛女一样处在穷苦境遇的亲人们而战,所以才以旺盛的革命斗志战胜了敌人。当年一位亲身经历了黑山阻击战的国民党军官,在回忆录中仍然心有余悸地表示出对解放军顽强战斗意志的困惑。他说:"廖耀湘兵团使用了所有的重炮部队,倾泻了数以万计的炮弹,先后投入了三个军五个师的兵力,发起了数十次的猛烈进攻,结果遭到惨败。黑山、大虎山仍掌握在解放军手中。思之令人生畏。"①国民党军官的不解之处,恰恰是我们共产党的初衷所在——军队是人民的军队,中国共产党是全心全意为人民服务的,这是新中国强大根基的体现。

这种信念不仅体现在解放战争中,而且贯穿于共产党发展的历史过程中。在东北解放区还有一部分作品,回忆叙述了悲壮的抗联斗争。纪云龙的《伟大民族英雄杨靖宇事略》一开篇就写道:"杨靖宇三个字,自'九一八'以来,在东北三千万人民的心中,早已成为不可磨灭的斗争的标帜。全东北人民没有不知道这位伟大的民族英雄的,他的响亮的名字,无论在他生前或死后,永远是一个战斗的号召。"抗战胜利后,以这个响亮的名字命名的"杨靖宇支队"并入了东北民主联军,继续为全国解放而战。而在菽沅的《老杨——人民口中的杨靖宇将军》中,作者通过一位老乡的眼睛,把杨靖宇如何平易近人地对老百姓讲述抗日道理的场面表现出来。让老乡们最感动的话是:"我们这个军队不怕吃苦,不怕死,只有一个信念,就是将日本鬼子赶出国境,使大家过好日子。"明白感人的话,让文中老乡的儿子当场就下了决心参加抗联,老乡自己也做了秘密交通员。革命的火种就是这样在东北人民内心中播下的。就像陈隄所由衷感叹的那样,李兆麟在小兴安岭上啖草根树皮,喝雪水与尿液,仍鼓舞部下"不灭日寇,誓不回师"。抗联英雄崇高的人格,英勇不屈的民族气节,是抗联精神最形象的写照。抗联英雄们在十四年抗战中的悲壮斗争,被镌入共和国的丰碑,抗联精神也永

---

① 中国人民政治协商会议全国委员会文史资料研究委员会《辽沈战役亲历记》编审组编:《辽沈战役亲历记:原国民党将领的回忆》,文史资料出版社1985年版,第237—238页。

远是中华民族的精神财富。

苍茫而壮烈的历史画卷，沉积着暗沉的底色。悲壮的故事后面是英烈们为新中国诞生，不惜抛头颅洒热血的碧血丹心。东北解放区文学大系散文卷中还收录了东北书店 1948 年 6 月出版的《集中营》中的部分作品。一个恐怖而罪恶的名字"茅家岭"反复出现，这是国民党特务机关关押他们所认为的共产党最顽固分子的地方集中营的代号。季音的《地狱茅家岭》《茅家岭集中营》、暮鹰的《上饶集中营罪行》、孙秉泰的《集中营在福建》等文章，都记录下国民党特务机关对共产党人无所不用的残酷手段。灌辣椒水、坐老虎凳已是惯用伎俩，火烙、摇电话、刺指甲叉、老鹰飞等一系列酷刑的折磨，目的就是得到共产党员的"自首书"，但是特务们最后只能怒骂："你们中毒太深！"散文集《集中营》以革命者的亲身经历向我们展现了那些大义凛然为真理献身的革命志士的形象，让后人真正理解了"头可断，血可流，革命意志不能丢"的气节。"永不叛党"是英烈们用鲜血和生命刻写在党章上的誓言。

从抗联英雄到集中营里坚强的共产党员，再到同仇敌忾要把国民党王牌军逐个歼灭的英勇的东北解放军将士，东北解放区文学大系散文卷以纪实性描写，把共产党和革命军人信仰与意志的原动力表达得清楚透彻，是英雄主义最生动真实的写照。

二

在东北解放战争中，中国共产党领导的人民解放军以坚韧不拔的革命意志解放了全东北，书写了军事史上辉煌的辽沈战役新篇章。这场伟大的胜利不仅胜在人民军队的旺盛的斗志和坚定的信念上，还胜在道义民心上。因为这不仅仅是一场战争胜负的较量，还是一场体现阶级伦理的更为深刻的阶级斗争。从 1946 年到 1948 年,尽管国民党军队在东北重要城市盘踞并负隅顽抗,但东北农村却发生了翻天覆地的变化。

中国共产党步步为营,建立了农村根据地,并在根据地开展土改运动。党领导农民推翻了地方统治势力,斗地主,分田地,农民欢欣鼓舞,迎来了新生活。农村根据地作为强大的后方,保障了部队供给,同时还有许多年轻的子弟为了保护胜利果实自愿参加解放军,大量的新兵入伍,改变了国共双方在东北的兵力布局。

《永北前线担架队速写》中写道,动员令传到堡子里的时候,老乡们都勇敢地站起来了,在一天工夫里就组织起来一支八百余人的担架大队。作者经过和担架队员们交谈,感受到新解放区人民的觉悟,他们士气高涨。大队长问担架队员们:"你们这次出来抬担架,怕不怕?"担架队员们回答:"不怕!""为什么不怕?""不怕,这是为了自己。"担架队员们相信民主联军存在,他们才能活着,他们说:"胜利是我们的,土地才是我们的。""赶走国民党反动派,保卫我们的土地和民主。"作者写道:"每个人的心里,都在准备如何贡献自己的力量,这力量是无形的,他将捶碎美国装备的蒋家军。"这篇散文以朴实无华的话语,把解放区老百姓心里最真实的想法表达了出来。共产党给农民分了土地,就是农民的大救星,参加担架队是为了自己,拥护解放军,保证胜利,土地才会是自己的胜利果实。

共产党的土改运动在农村蓬勃开展,党和人民建立了紧密联系。解放战争是人民翻身解放的战争,是一场不同于历史上任何一场战争的翻天覆地的阶级战争。而我们的人民解放军战士来自于人民,也爱护人民群众,即使在战争的艰苦条件中也严格遵守着

"三大纪律八项注意"，获得老百姓的赞扬。吉戈的《血肉相联——爱护老百姓的故事》讲述四平战役中解放军不顾生命安危，从地窖里救出郭老先生一家十四口的故事。老先生感动得冒着弹雨跑来帮助攻城的解放军搬子弹，嘴里不住地说："我死了也忘不了八路恩人的。"王晓旭的《一只小鸡——民主联军六二部"立功运动"中的插曲》，以诙谐幽默的口吻叙述了一个英雄二排，如何因为一只小鸡表现出爱护群众、不拿群众一针一线的思想觉悟。文章开篇写道，四班班务会上大家兴高采烈，检查战役过程中的群众纪律，大家说二排全体都没有犯错，一定会立功得奖。可是最后一个发言的老战士李景春涨红脸面说，在三道林子买了一只老太太杀好的鸡，准备回头给钱，可部队出发了，忘了给钱。大家埋怨说鸡肉大家吃了，犯了这次纪律，连七连的好名声都叫你弄坏了。因为这个连队从来没有拿百姓当勤务员用，纪律严明从不白吃老乡一粒米。抗战时在物质非常艰苦的情况下，还给老乡送衣服、裤子等用品。作品围绕着一只小鸡展开，故事情节一波三折。全体同志在战场上杀敌立功，在战场下严守纪律，就是要争得奖旗和荣誉。而因为一只鸡，营里说，二排哪都好，本来可以立个大功，就是吃个小鸡吃坏了。团里说，要不是这只小鸡二排又中奖，还要照相。这些消息引起大家对李景春的埋怨，连里做了工作才渐渐平息。最后团首长经过慎重考虑，认为二排全体都有战功，而李景春又是误犯，能悔悟改正值得表扬，决定仍旧给二排奖励。二排的同志开完祝贺大会，扛着白面和猪肉走回去时都说这个肉不是好吃的，以后要特别注意，打仗爱民要做得更好，保证没有一个违反纪律的。二排成为旗帜，成为全团学习的目标。这篇散文生动活泼，从吃一只小鸡吃坏了到成为学习榜样，二排的故事反映了解放军严明的纪律、正派的军风。解放军所到之处对老百姓尊重、爱护,得到当地人民群众的拥戴。从抗日战争到解放战争,前方是英勇杀敌的战士,后方是热情支援的老百姓。与国民党在蒋占区对人民盘剥搜刮所犯下的罪行相比,爱护群众、胜在民心是中国共产党取得革命胜利的一个重要原因。

对解放区新生活的描绘,散文作家的笔下洋溢着喜悦。严文井在《乡间两月见闻》中还特意提到农村幸福的夜晚场景。夜晚到了,"年轻人还在宽敞的院子里谈笑;有几个调皮的小伙子先后试着骑一匹性情暴烈的牛,牛固执地躲避这个试验,环绕着系它的木桩打转,有一个人迅速地跳上牛背,随又迅速地跌下,引起一阵哄笑。不知什么时候,放马的牵马进了院子,自卫队员拿着扎枪准备出去站岗去,女人们忙着把猪同鸭子关起来,院内静下来,白鹅则依然高昂着脑袋在墙边阔步。天色逐渐变得更加暗淡,不知什么时候星星已开始闪亮,广大的原野在朦胧中显得更加无边无际。"这段描写把北方农村傍晚闲暇时的快乐轻松展现了出来。要不是自卫队员还要站岗放哨,那就是一个和平安静的农村的普通夜晚。作家严文井在文中感叹,这不是一个屯子,而是若干屯子夜晚的景象。人们对和平安乐的盼望在东北解放区大地上实现了。

除了乡村,对于那些在炮火中重新回到人民手中的城市,共产党也开始了接管和初步恢复建设的工作。对沈阳、长春、大连的工业,能保护的保护,能恢复的恢复,能生产的投入生产。在作家们笔下,新生活、新气象跃然纸上。大连大众书店于1948年8月出版的《"工农园地"选集》,就收录了城市工人拥护和融入新生活的历史片段。金人的《沈阳的欢笑》、袁玉湖的《锉股的"火车头"》、草明的《翻身工人的创作》《工人艺术里的爱和恨》、张望的《老工友

许万明》等,我们在这些描写工厂工友的散文里,看到了解放区新生活带给城市工人的希望。他们积极上工,钻研技术,加班加点,争当劳动英雄。从牡丹江到齐齐哈尔,从长春到沈阳,解放的城市中开始有了机器的轰鸣和铁锤的叮当声。

沈阳车辆厂工人在诗里表达了解放后的快乐:"解放工人乐,工厂复了工,人人有工作,大家有饭吃,从此不挨饿。"(草明《工人艺术里的爱和恨》)作家草明在《从奴隶到主人》的结尾中写道:"工人们在民主政府领导下,解脱了奴隶的命运,当了主人。"这句话鞭辟入里地揭示出历史的沧桑巨变,受压迫的工人阶级成了中国真正的主人。共和国长子东北的工厂工人,他们是新中国的建设者,展现的是最优秀阶级的先锋品质。

三

东北解放区文学大系散文卷所收录的散文作品,主要是战地散文和解放区新生活即景,短小精悍,带有新闻报道的迅速性、敏捷性和战斗性。

解放区散文创作带有新闻报道和强烈的艺术特征,这与当时许多作家记者或文艺干部的出身密切相关。作家群体中不乏刘白羽、草明、白朗、华山、西虹等一批写作风格成熟的报告文学家,他们对战争环境和百姓生活有着敏锐的观察和切身的体验。也正因如此,他们笔下的散文或因作家随军记者的身份,或因延安时期文艺思想的积淀,或因个人艺术写作风格习惯,体现出报告文学特有的纪实性与文学性相结合的特点,使东北解放区的散文创作呈现出独特风格。作家队伍的身份构成,作为一个不容忽视的因素,首先成为观察东北解放区散文创作的一个视角。

在东北解放战争中,有许多由共产党文艺干部组成的随军记者,他们从延安来到东北,亲赴前线,以大量真实的新闻报道反击了国民党的舆论污蔑,同时记录了人民军队不畏艰险、英勇战斗的英雄事迹,表现了后方人民在解放区土改过程中翻身解放、得到土地胜利果实的喜悦心情,凸显出老百姓对共产党的热爱和军民的鱼水情深。以报告文学家刘白羽先生为例,1945年8月15日日本帝国主义投降后,为了加强共产党的宣传,在舆论上对国民党的构陷予以反击,让全国人民了解国民党意图夺取胜利果实的阴谋,组织决定调刘白羽以新华社特派记者的身份随军进入东北,报道战争形势。刘白羽的报道凸显新闻的敏捷性、迅速性,反映国共两党战场情况,既场景宏大,又细节充沛,更有许多英雄战士、英雄班、英雄连出现在他的通讯报道中。

散文作家们笔下这些真实的报道在东北解放战争中起到了强大的宣传作用。部队战士们看到自己身边战友的英雄事迹,都很受鼓舞,榜样的力量在战争中成为鼓舞人心的强大的精神力量。以刘白羽为代表的战地记者们,以亲赴战场的第一手资料,发挥出新闻报道重要的宣传作用。战争场面的恢宏,解放军排山倒海的英雄气势,都促使短小精悍的战地通讯向场面宏大、内容深刻的全方位表现形式的报告文学转变。报告文学以其真实、全面反映现实的特点而成为适用的文学手段。报告文学写真实的人、真实的事、真实的场景,加上作家本人的真情实感,因而具有了极强的感召力。东北解放区散文创作也正因为内容真实、情感真实而呈现出历久弥新的强大生命力。散文写作贵在真实,报告文学以真人真事和真情实感,为解放区的散文创作率先做出了美学范式转换的榜样。

初读东北解放区的散文作品,读者往往会因为作品中的真情实

感及其所带来的身临其境般的感受,而忽略了作品本身的艺术特质。实际上,这些散文恰恰是在真实的基础上,以细节的生动丰富,而给读者留下深刻的印象。有大量的作品是在真实性的基础上显示出文学性的。

细节的生动,使东北解放区散文作品具有鲜明的文学性。散文卷中那些聚焦辽沈战役著名战斗场景的令人震撼的战地通讯,把我军战士"誓死坚守,死了也要把尸身挡着敌人"的大无畏精神写得壮烈感人。作品中出现了许多在战场上冷静果敢的董存瑞、黄继光式的英雄,他们是突破蒋军层层封锁和密集炮火的爆破手任子厚(华山《爆炸英雄任子厚》)、钢铁英雄王德新(王焰《钢铁英雄王德新》)、连续五次完成爆破任务的英雄施万金(刘德显《连续五次爆炸的英雄施万金》),这些英雄筑起了新中国的铜墙铁壁,让所谓的国民党王牌军新一军、新六军,在具有钢铁般意志的人民解放军的队伍前束手就擒。

在描写解放区新生活、新风尚方面,散文卷作品对拥军爱民片段刻画得细腻真实。有未过门的姑娘巧用心思,劝未来丈夫去参军打仗、保卫家乡的故事,把女孩聪慧进步的个性,通过写信、见面等场景表现出来,读之让人对这个识大体、明大义,送郎上战场的姑娘留下深刻印象。(白刃《送郎上战场》)有推起小车、扛起担架,跟随大部队打仗的民兵的故事,同样是解放战争中一幅生动的英雄剪影。他们在战场上除了抢救伤员、运送物资外,还可以用大扁担缴机枪,代替机枪手继续战斗。(关山等《民夫英雄剪影》)有因为部队出发未来得及给大娘一只小鸡钱而导致评先进受影响的活报剧,因为一只鸡从评不上先进到最后评上,把部队不拿群众一针一线的铁的纪律写得生动感人。(王晓旭《一只小鸡——民主联军六

二部"立功运动"中的插曲》)

这些细节生动的描写,把人民拥护共产党和人民军队的真情实感表现出来,勾勒出解放战争中英雄的军队和人民为新中国热血奋战的集体主义和爱国主义精神。

东北解放区散文作品在主题内容上有很高的价值。大量的散文表现了中国人民解放军集体主义和英雄主义精神,表现我军战士以昂扬的士气歼灭国民党军队的英勇,体现出革命军人浩气长存的革命豪情,也因此奠定了共和国散文书写的文学反映论的文学观,表现战斗英雄,书写解放军新生活、新人物、新思想,以及解放区昂扬向上的时代面貌。战场上血与火的革命浪漫豪情,催生了解放区散文黄钟大吕的豪迈风格。为了全景式再现辽沈战役的军事奇迹和解放区的新生活,出现了以刘白羽等为代表的散文作家长篇报道的书写尝试,这种书写方式成为以纪实性与真实性相结合为主要特点的长篇报告文学的成功体例。

以题材广泛、内容真实和情感深厚为主要特点的纪实性文学书写,使散文创作在战争时期凝聚了强大的精神力量。也正因如此,这些反映中国人民解放军不畏艰险、英勇战斗的长篇报告文学,在风格上激情澎湃、气势磅礴,以摧枯拉朽的气势渲染了文章的叙事氛围。战争场面宏大,主题鲜明,节奏明快,体现解放军强烈的革命乐观主义精神。英雄的军队和优秀的人民(解放了的农民和工人),天然地和优越的社会主义制度联系在一起。人民当家做主的新中国图景鼓舞激励着解放军和东北解放区的人民,一个不证自明的逻辑在这些豪迈的散文中呈现——伟大的军队和人民一定会创造出伟大的新中国。这一历史时期的散文创作,以强烈的政治宣传特性,奠定了新中国军旅散文的美学范式。以时代精神和革命乐观主义、英雄主义为基调的军旅散文,在美学范式上是思想磅礴的黄钟大吕和沉静开阔的高山流云。

东北解放区散文创作在共和国的文学史上,留下浓墨重彩的一笔。在共和国72年壮阔的历史画卷中,我们仍然可以看见那些为缔造伟大的新中国而浴血奋战的英烈们的身影。解放区散文把东北解放的历史全貌,通过真实的战斗场景和战士们的英雄壮举再现了出来,东北解放区的散文作品也因此在纪实性方面具有了军事史和共和国历史层面的资料留存价值。而散文创作也因为报告文学纪实性与文学性的结合,为共和国的军旅散文创作提供了美学范式。战火硝烟已经远去,散文书写却以文学影像记忆的方式,刻写了血与火的壮丽历史画面。东北解放区文学大系散文卷中的作品穿过历史的风云,以真实朴素的面目呈现在读者面前,史诗般的壮美激荡着现代人的心灵,使后人抚今追昔,缅怀英烈,牢记历史。东北解放区散文以文艺轻骑兵的时代使命书写战争风云,化成嘹亮的革命号角,奏响了新中国解放的凯歌。

2021 年春于哈尔滨新区寓所

◇张　望

八路军来了

　　八路军来了,人们传说着,可是人们不相信。"听说八路军在黄河北哩,啥时候过来呢?""恐怕又是冒充的吧!"于是队伍还没有来到,村里的老百姓跑光了,有寨墙的把寨门关得紧紧的。有人去交涉,喊话,说明我们的主张和政策,寨门仍是不开,队伍被关在外边。大家的肚皮都饿得直叫唤,还是耐心地在寨外跟他们交涉。

　　费了很大周折,寨里才答应给我们做饭,但是不许进寨。待一会,饭送来了。老百姓站在寨墙上,用长绳子系着一瓦罐一瓦罐的"稀面条""蜀忝糁""红薯面馍"都送下来了。我们吃了后,用寨壕里的水,把瓦罐洗得干干净净的,里面放上钱,又把它系在绳子上,仰着脸喊道:"老伯! 这可麻烦你老人家啦,多谢啊!"老乡把罐子又吊上去。有的一看里面还放着钱,"俺不要钱!"说着,又把钱扔下来。我们固执地放在另一个罐子里再给他捎上去。

　　天黑了,寨门仍是不开,忽然雷光闪闪,雷声隆隆,从西北方来了一块云彩,下了阵大雨,战士们的衣服淋湿了,肚子又没有吃饱,加上一天的劳累，真是又冷又饿又乏，但谁也没说一句怪话，自己找好地点，就在露天地里，打开背包躺着或靠着，抱着枪睡起觉来。

天亮了，有的人实在饿得发慌，难受得不能再支持了，打眼四下一望，见有一块红薯地，这时已是秋天，红薯已经成熟，便扒了一窝来压压肚子好继续往前走。

老乡看见队伍走了，提了个筐子拿着锹头到地里刨红薯，一看红薯跟土松松的，有人的脚印，便知道是被人扒了又埋起来作样子，很生气地过去一把把秧子拔去，谁知，连根拔出五块钞票和一张纸条，上边还写着些小字。"呀！这是咋一回事？红薯地里长出票子来，怪啦！"他发呆了，他不明白。

他把钱和条子拿到寨子里去找教书的老先生，看看那条子写的是啥话。老先生接过条子一看，随着大声地读起来：

老乡：

　　对不起得很，我实在饿得厉害，没有经过你的允许，扒吃了你一棵红薯。这是五块钱，请查收。

敬礼

八路军

他一面拿出钱来让大家看，一面大声地叫道："这是真八路来了，真是公买公卖，连吃一窝生红薯，没人在，还给你留下五块钱哩！"他的声音很大，充满着从来未有的喜悦，这话像长了翅膀一样，到处飞传着，此后河南人民才相信真的八路来了。

选自《八路军到新解放区》，东北书店 1948 年 10 月

房东最后明白了

反攻开始，八路军英勇地从各方面向日本鬼子进击，（李庄）部第×连开到桥头村，桥头村老百姓平时受了反动宣传，全村人心惶惶，关门闭户，躲在家里谁也不敢出来。

队伍叫开了王老汉的院门，看他们还有几间闲屋子，要求借住，王老汉全家大发慌，婆婆暗暗地祷告着"神神保佑咱家平安"，老汉吓得呆呆站着老半天才结结巴巴地说："……要……住……你们……就住……吧……"

队伍驻扎下来了，大家忙着挑水做饭，班长派战士去向房东借东西。但是，借盆没有盆，借碗没有碗，老乡早就把东西藏起来，连声对同志说："没有，没有！"

战士们回去了，有的很着急，直埋怨："真糟糕，借啥没啥！"有的说："咱们不把鬼子赶跑，看他们怎过太平日子啊！"班长听到了，忙向大家解释："不能怪老乡，他们受了反动宣传的影响。我们要坚持八路军爱护老百姓的优良传统，日子长了，自然会好起来。"

房东住在北屋，提心吊胆一夜没好睡，天刚亮，队伍在院子里出操，王老汉以为他们在寻找他隐藏起来的东西，暗地想："他们该不会全寻找出来吧！"于是穿上衣裳偷偷地打开窗子往外看。

一会儿，早操完事了，战士们有的忙着洗脸刷牙，有的争先恐后地抢了扫帚在打扫院子。不多一会，院子打扫得干干净净。

还没有吃早饭，同志们早把内务整理好，看书的看书，看报的看报，王老汉听见没有动静了，连忙走到门边，紧贴着门，暗地里往里看了一会说："八路军像个学校。"

王老汉看得呆了，忘记水缸里没有水，当回到厨房里的时候，战士李在勤却先抢过来那条扁担，接连着给老房东挑了三挑水，把缸和锅都装得满满的。

第三天忽然乌云盖顶，倾盆大雨哗哗地下来。一刹那间，院里汪了一片水，王老汉又不在家，没人收拾，走起路来实在艰难！

天晴了，同志们把裤腿卷扎起来，出去借了些铁锹一类的东西，全体出动帮助老乡们排除积水，有的抬土，有的垫，有的把水朝外赶，到吃晚饭时才做完。院子垫得平平的，还挖了两个水道，不怕下雨了。

房东看见这些情形，心里非常感动，恰好又有一个同志来借东西，老两口把箱子打开，取出盆、碗来递给同志们，对他们说："我以为你们住一天半晌就走，人头也记不清，怕拉丢了，没有给你们，对不起，现在日子长了，不怕了，你们拿去用吧！"

第四天大清早，王老汉心里很高兴，从窝里抱出一只鸡，笑嘻嘻地告诉正在读报的同志们说："'中央军'和鬼子在这时，净打小鸡吃，这只鸡怕同志们吃了，我才藏起哩。"

把鸡放出来后，它每天到处乱跑寻食吃，天黑了，鸡进窝，天亮鸡又叫鸣，一根鸡毛也没有掉，有时同志们还捉了几个蚂蚱喂鸡。再过三天后，房东又笑嘻嘻地放出来三只鸡。

房东最后明白了，八路军真是呱呱叫的好队伍，一见同志们进屋，王老汉忙请同志们上炕，老婆婆连忙叫媳妇去烧了壶开水给同志们倒上，大家坐在一起，像一家人一样，说说笑笑多么亲热。

选自《八路军到新解放区》，东北书店 1948 年 10 月

护　　送

在××山口，为了防止汉奸和特务混进解放区，有八路军的两个哨兵在盘查着来往的行人。

一天，天快黑时过来了两个人，周身上都被搜查了一遍，什么也没有发现，只搜出每人身上都带有四五万元的伪币，这是从洛阳来的商人。两个哨兵把钱交给他们，向他们解释为什么要盘查后，说了一声对不起，放他们过去了。

两个商人正往前走着，忽听得背后有人喊道："老乡！别走哩！咱们一块走。"声音有些怪耳熟的，扭回头一看，原来是那两个哨兵赶来了。"糟啦！"两颗心都在跳动，互相望了望，脸都吓白了，但又不敢不站住。两个战士赶上了他们，四个人一块走着。"他们这是来干啥的？"他俩心里只是想，但又不敢问，越想越害怕。

"我把钱都给了他们，只要放我一条活命就行！"一个商人在想。

"想要钱花，为啥不说话呢？到什么地方才说呢？"另一个商人也在想，好像他一切都准备好了，只等着他们开口要了。

战士们还是不说话，只是不住地往四外望着。天更黑啦，四外不见村庄，连一声狗叫也听不见，只有他们的脚步声。

当走到一个非常险要的高山顶的时候，一个战士说："伙计！你看这地势多好，埋伏下两个人，谁也不知道啊！"

两个商人听到"地势多好"几个字，吓得直哆嗦，下面就不听了，心想，这回可完了，要收拾我们了，连命都活不成啦！两颗心跳得像打鼓！高山过去了，可是也没发生什么事情，两个商人拼命地往前走，他们想赶快走到一个村庄上。两个战士仍然一句话不说在后面跟着。

就这样，他们走了三十多里路，才到了一个大村上，两个商人放下了心，两个战士也放下了心。这时候，一个战士说道："老乡！我们连长说，这一段路不好走，你们又带那样多的钱，怕出了岔子叫我们把哨兵交给下班，特派我俩来护送你们，以下的路好走了，你们自己走吧！"噢，原来如此！两个商人感激得不得了，又要请他们吃饭，又要请他们吸烟，但他们什么也不要。只说："老乡！以后再见，我们另有任务，连长还叫我俩赶快回去。"说罢连一口烟也没有吸，转头就回去了。两个商人，站在村外，望着他俩的背影，直到爬过一个小坡，他们才回到旅店中去。

选自《八路军到新解放区》，东北书店 1948 年 10 月

◇ 张　望

老工友许万明

　　阳光透过玻璃窗照着老工友许万明,他脸上浮出笑容。我紧握他那粗壮的手,我们就在机器旁边拉起话来了。

　　他告诉我,今年已五十八岁,是天津人,在牡丹江检车段工场已经十年了。他说:"十年来,一直在这里,没换过工作,头几年是'常役方'①,每天赚八毛,停一天就得挨饿!⋯⋯"说到这,他立即敛起了笑容,皱起那副短小的眉毛:"俺从小在家受苦,十八岁起就'扛大个'②,又磨了二三十年⋯⋯"的确,他满脸皱纹,深深地刻烙下数十年的劳动生涯。

　　"你家里有几口人?"

　　"现在只剩下咱一个,老婆头年到长春二姑娘家里没回来,小子也是头年走的,他当八路一年——一年多啦⋯⋯"他数着指头,加重语气地说,心里感到无限光荣。

---

　　①　即临时工。
　　②　即搬运苦力。

"你愿意他去吗?"我故意地询问。

"当然!"他毫不迟疑地答,"俺小子自来好耍枪,先参加护路军,后来说要打反动派去哈尔滨,我说:去就去,我用不着你照顾,你在前方打老蒋,俺后方修车支援前线啦!"这时,他圆黑的眼珠,分外发亮,他又微笑了:"前几天哈尔滨来人,说他还当了队长呀!"

"那要给你老人家道喜了!"

"不敢,不敢!只要八路打胜仗,老百姓都喜欢,工人也提高了……俺每月赚三千五百二十八元,一百三十五斤高粱米,不出房钱,还给六百斤桦子烧。再说有家属的每口还多领一份粮啦。"

上工了,我不敢耽误他们工作,辞退出来。

好几次我到工场,总是见他满头大汗,不是挥动大锤子,就是聚精会神地在检查车轴。他干活比年轻人还强,青年人搬移车轮,两人搬一副,他却独自扛一副。人家搬木板,顶多背两块,他要背三块,不管什么工,他包管比人家多干,从来是早到晚退。他是修车第一组组长,不但能团结全组,而且全车段都搞得好,随时愿意帮助他人。他到四月上旬止,已立了一大功和两小功,人家说他是"劳动英雄",他总是说:"不,不行!就是劳模大会不开,大伙也得起劲干,现在是为自己干活呀!"

他浓黑的圆小的眼睛,多线条的赤色脸庞,饱满的精神,结实的中等身材,整天忙碌在铁轨、车轮、车厢间为人民效劳。

四月,牡丹江,鲁艺

选自《东北日报》,1947 年 5 月 6 日

拾物不昧

河南的老百姓是受兵灾最厉害的,因此他们最害怕当兵的,也是最恨当兵的。为收复失地,打日本,八路军开到了河南。队伍还没有来到村上,老百姓早就拿着包袱,背着孩子,牵上牛跑了。在大路上,指导员拾了一小包东西,用白手巾包得紧紧的,他提着进了村子。

村里静悄悄的,没有人声,大门都朝外开着。连长下命令,凡是大门上搭着(门拉吊)的,谁也不准进去。先在街上休息,每班派两个战士到山上去动员老百姓返家。

队伍把背包放下,有的在谈话,有的在屋檐下靠着墙跟打起盹来。

一会儿,老百姓回来了。

"不知道是你们啊!俺们又当是老日本来啦,早知道是你们,叫跑也不跑了。"他们解释着,好像怪不好意思似的。

指导员提着手巾包,问着回家的人们:"这是谁丢的东西?你们领回去吧,我也没解开来看,也不知道包的是什么。"大家都望着他,没有人吭气,他只好又提着回来。

不久,一个老太太哭着回来了,通讯员把她领来见指导员。

"老大娘!你为什么哭啊?"

"不为啥,老总!我没有哭啊!"她马上止住了眼泪,不敢再哭。她以为指导员在怪她。

"是不是丢了啥东西?"指导员以试探的口气问。

"没有啥。"她显出很难受的样子。

"要是真的丢了东西,你只管告诉我好啦,不要怕。"

"唔,唔,丢啦!"她的声音很小,也没说丢什么东西。她的意思好像是说:丢啦还不是丢啦,对你说有啥用处,难道你拾了能还给我吗?

这时候,指导员叫通讯员把那包东西拿出来,又问她道:"老大娘,这是不是你丢的,要是,你就拿回去,我没有解开来看,也不知道里面包的是啥。"

老大娘笑啦,但却感动得流出了眼泪。她对指导员说:"唉呀!我的好老总啊!俺闺女和俺几房媳妇就这些儿银生货(银首饰),都在这里头哩,我也是吓糊涂啦,不知道啥时候丢了。我只当是没想头啦,谁知道叫你这个好心肠的老总拾了!"说着,她又忙着问指导员的姓名,并用两个手拉着他,叫他到她家里吃饭。

指导员说:"老大娘,你不要这样,这是应该的,我们八路军都是这样。"指导员再三地谢绝了她。

老大娘只好提着小包裹回家了,她走得很快,边走边和街上的人讲:"八路军实在是老好,普天底下哪里见过这样好的队伍啊!我丢了包袱,他们捡着又还给我了,要是鬼子和'中央军',你不给他,他也到箱里给抢走啦。"

街上的人看着她手里提的那个小包,心里盘算,八路军真是好,名不虚传。

选自《八路军到新解放区》,东北书店 1948 年 10 月

◇张　蓬

辽吉前线纪行

这是严寒的十二月,我穿行在松花江嫩江两岸三个接近前线的城市与乡村,进入了东北平原腹心地区的边缘。

在前线,在战线的后方,与五个月前不同的新景象,在兴奋你,接近你。进犯军的矛头,向北指,人民解放军运动在他的左边、右边、前边、后边,主动地选择机会,捕捉它,歼灭它。而三万有组织的农民后备大军,像洪流一样从各个方向白天黑夜地支援前线,这是一幅广大人民从土地斗争迈进武装斗争的新图景,是走向人民战争的一大画面。

在前郭旗的吉拉图区(这是面对着敌人的前线地区),每一个人都参加了战争。二十万斤草,在一个晚上送到军队里,这不是一个简单的数目字,它象征着群众巨大无比的热情。在最近几天,七家子一带所有男人都离开了自己的热炕,奔跑在零下廿度的寒流下,屯子里每一个碾子从黄昏响到天明,绕着碾子转的,不是高大的马匹和健壮的青年,而是姑娘媳妇和老大娘。我们访问了一个贫寒的家庭,这是在黑夜的空房中,屋内空无一人,大门口的碾子吱吱响,一个六十岁的老大娘,一步步地在碾高粱。她说:"马和儿子参加了运输队和担架队,老头子帮助军队修路,咱不推,八路军吃什么?"在她的旁边,没有鞭子和刺刀的威迫,她家是翻身会会员,执行翻身会交下的任务,一切出于自愿。

在这纵横近百里的地区里,身肩扎枪站岗放哨的全部是妇女会员,没有路条,无论军队和老乡,每一条大路和小道都难通过,从前郭旗到王府,这七十里长的途中,每一个屯子都安置着一排排的水缸,战士们走过这里,都说:"在关内,也不过如此啊!"当队伍通过前瓦房屯时,大群妇女跑到队伍跟前,毫不羞涩地给每个战士插上朵花,锣鼓在旁边敲着,他们热情地说:"插上一朵胜利花,到前面去消灭敌人!"

组织起来的农民,翻身觉悟的农民,就是在激烈的战争中,也没有放松对奸细的警惕,敌人的猪嘴,曾两次伸进王府,在离王府车站十里的登楼库屯,两个反动的国特地主王恩德和胡宗成,计划乘机组织暴动,枪杀穷头。这个计划实行前的九小时,被群众发现了,翻身会立刻召集了三百人的群众,大会公审,在炮声隆隆中农民枪毙了自己的敌人。

严寒不能消失人民参战的热情。

今年的松花江封冻特别晚,当第一批粮草从江东转运过江时,无数大冰块在江心互相冲击,渡河的木船,被冰块钳住不能前进,英勇的水手,经过增资翻身的水手,当他想到粮食对于军队的作用时,没有犹疑地脱光衣服,跳进冰流,推船前进。

在白茫茫的雪原上,担架队抬着伤兵往后方转运,农民的衣服已很单薄,但伤员痛楚呼叫时,他们把自己的棉袄脱下,盖在伤兵身上,农民的手已冻得通红,但有人脱下自己的手套,穿在伤兵的脚上。

美制蒋机不能绞杀人民参战的热情。接连三天,从上午九时,美制P四一式的战斗机,就出动至哈拉海王府一带扫射,在七家子曾有九个担架队员,在惨无人道的扫射下牺牲。但是蒋机兽行带来的不是惊惧和恐怖,而是悲愤和仇恨,农民们给英勇的死者举行了隆重追悼会,旗政府主席代表了政府来参加,一个死者的家属,一面流泪,一面向死者尸体说:"在'满洲国'当劳工,死了人好比死了一条狗,你今天为自己翻身而死,你死得光荣!"

在另一个地方,蒋机扫射以后,数百担架队员,每人拾了一颗美国大子弹壳,装进腰包,这是仇恨的纪念,农民们已从这颗子弹壳里,认识到美国帝国主义的残暴和凶恶。

人民军队和觉悟的农民,在战争中亲如家人,伤员在途中饿了,担架员自己拿出钱,买东西给伤员吃,一个伤兵不能动弹,担架队员就用双手去接他的大便,这个参加过抗日战争的老战士感动得流泪了,担架抬到了目的地,一个负伤的战士同志吃力地从内衣的口袋里,掏出了节省下的五百元,送给老乡买饼吃,六个担架员没有一个肯接受,因为他们知道,更深重的感情不在这上面。

在前线的空隙时间中,军队派人到群众中讲部队生活,军队进一步熟悉群众,群众加深了对军队的了解。

在十二日往北开的火车上,车厢中的乘客,有半数以上是半月换班从前线归来的担架员运输员,他们带着战斗的辛苦回家去了,笑声和谈论民主联军勇猛战斗的喧哗声,充满了车厢,他们亲眼看见了人民解放军的强大主力,英武的炮兵和如虎的战士,躺在行李架上的赉广县的一个担架小队长,向他周围的同伴说:"你看那八路

军真是一望无边,我看打下××××不成问题。"他是随军到过靠山屯(德惠附近)前线的,坐在他底下的是一个年纪较大的农民,他沉着地说:"现在八路军忽东忽西,一有机会就消灭中央军,你看伏龙泉靠山屯,八路军的炮一响,中央军哇哇叫,一营营地被消灭俘虏了。"人民解放军运动战的方针,已在群众的思想中得到体验。

当我目睹这些人民战争的画面时,我们将回忆起五个月前的情景,那时,我们的部队曾经碰到一些不应有的阻碍,这些阻碍来自军队不了解群众,人民也不熟悉自己的队伍,而在五个月的土地斗争的烈火中,在思想上开始受过洗礼的觉悟的农民,已受到了战争的考验。(在这里我们不能也没有忘掉更大的艰难在前进道路上等待我们),现在普及全辽吉区的参军运动,说明了人民解放军有强大不竭的后备,无穷的兵源,经过考验再考验的人民,终必在东北大平原上,扭转战局,收复失地。在归来的火车上,我以无限希望回忆着毛主席在七大政治报告中的名言:"战争教育了人民,人民将赢得战争,赢得和平,又赢得进步。"

选自《血肉相联》,东北书店 1947 年 8 月

◇ 张蔚然

逃
——一段回忆

火车在疾驰着,窗外的景物——积雪的远山,茫茫的黑土地,参差的茅屋,枯干的树干……从我眼前闪电般逝去,我伏在车窗上默默地想,贪婪地看,感情是苦辣酸甜地交织成一片!

东北,可爱的家乡,我二十年来生长于斯的土地,别了,别了!让你在我的记忆中再深刻地留下一个痕迹,让我再呼吸一口这黑土的气息!于是我轻轻地启开一点窗子。

奴隶的日子终结了。从今后,我将再不受奴化教育的摧残,不再在敌人刺刀尖下战栗!明天,明天呵!我就要生活在自由幸福的祖国的怀抱!

我兴奋,我焦躁,内心好似火样地燃烧,我希望火车快快地跑,明天快快地来到。想到明天,便不自主地要笑出来,但看见对面座的留仁丹胡穿西装的人,在注视我的时候,又不自然地合拢了嘴。

走后,哥嫂将如何地惊慌失措,想到两年来他们对我的冷遇,感情上生出一种报复后的爽快！

但是，这打击对于六十岁的老父母，也许是太重了太残酷了，现在，母亲的头上已经找不出几丝黑发，父亲也是步履龙钟，他们已为抚育我受尽了辛苦，还忍心让他们为思念我而加深老病吗？

今天的一幕，更深深地感动了我，清晨的北风夹杂着屑雪，直刺到父亲皱纹堆垒的脸上，他的胡子结成冰柱，鬓发堆积着霜雪，手在颤，身在抖，但他还毫不犹疑地摘下他的帽子，戴在我的头上。在火车将开的时候，他还谆谆地用无限期待的声音对我说："孩子，暑假回来吧！不要离开我，不要离开年老的爸爸……"这是如何圣洁的爱！如何深沉的话语！

火车停留在一个小车站上，我为着清理一下这紊乱的思潮，便到车门口去瞭望。

站台是异常冷落，没有旅客，也没有小贩，在这里简直找不出一点儿新鲜的事物，但当我刚预备转回身去的当儿，忽然，辽远的田垄间的一个行人，吸引了我的视线，那是一个伛偻着腰肢的老年人，挂着拐杖，手里提着小包袱，穿着臃肿的棉衣，背向着我，顶着风雪，吃力地走着。突然一阵风雪吹来，他脚下一滑，便跌了一跤，全身整个地贴到地上了。好久好久，他才撑着腰颤巍巍地爬起来，当他回过身来拍拂身上的泥雪时，我模糊地看见他皱纹堆垒的脸，胡子上结着冰柱，鬓发堆积着霜雪，这时我的心，剧烈地痛起来。老父的影子浮现在眼前，深沉的话语，响动于耳鼓，不自觉地涌出了热泪！

父亲，我还是不离开你吧！我还是回到学校去——回到女二中，暑假一定回来看你。

是的，我还很幼稚，很浅薄，到革命队伍中去，对革命能有多大贡献？还是读完高中继续升大学，大学毕业再说吧！

想到这,心境突然平静了。好像一个人从闹市中走出旷野,头脑清醒。然而一个默想,又觉得平静到空虚得难受,明天我又要回到那死气沉沉的北平,进入那讨厌的学校,让那秃老头子,什么"礼义廉耻",什么"中日提携"咕噜在我的耳边! 唉,讨厌,讨厌!

猛然打嘴巴声,骂声,摔东西声,在邻座发生着。一看,啊! 原来到山海关了。——照例是宪兵、警护队老爷们的检查。

车中乱作一团,行李、衣服、食物、旅行用具被零乱地抛掷到车厢的每个角落,旅客们都带着惊慌失措的表情,互相交换着无可奈何的目光。

一个穿着露膝盖裤子的劳苦人,正在地下,珍惜地一片片地拾着他的被践踏的干馍馍,后面忽然飞过一只皮鞋脚:"混蛋,不许动,还没有检查完。"他被踢倒在地下了。接着又传来了大声嚎叫的声音:原来是一个白发苍苍的老太婆,被连推带打地拉走了,说她棉袄里藏着钱。

检查到我的面前了——一个油头粉面镶金牙的警护队和一个眼睛里闪着凶光的日本宪兵。把我的东西,从上至下翻了一阵,因为没有翻出犯私的东西,那日本宪兵便照着我的皮包,狠狠地踢了一脚,但那镶金牙的警护队还不肯干休地抓来抓去,最后从我的文具盒中,翻出我一张照片,看了一看,做着一个淫邪丑恶的笑脸对我说:"送给我作纪念吧!"我涨红了脸,赶紧一把手夺来,他瞪了我一眼,狞笑了两声,骂了句:"他妈的!"就掉转身走了。

我感到被屈辱了,极度的愤怒使我的身子都在发抖,一泡眼泪将要夺眶而出,但我抑止了它。"这是弱者的表现! 这是奴隶像!"

我开始鄙视、憎恶我自己,为什么我方才会有那种妥协的思想? 这是无边的耻辱!

我要坚决离开这个魔鬼的世界，一刻也不要再留下！

车开出"山海关"了。我深沉地向东北方点了点头，再会吧，可爱的家乡！再会吧，亲爱的人们！等待着我吧！我会回来的——唱着凯歌回来。

到北平的第二天，我和一个名叫徐英的好朋友，一同逃走了，那是一个没有月亮、没有星光的漆黑的夜。

我给老父母留了一封信，曾写过这样几句话："我不愿再生活在这魔鬼的世界，更不愿再到学校去读那奴才书了，我走了。不必牵挂我，我会走到一个生活得自由而幸福的地方。"

这是我摆脱了敌伪的桎梏、走向革命的第一步。

两年过去了，春天又来了，随着春天的莅临，我回来了，唱着凯歌回来了。

选自《东北日报》，1946 年 6 月 3 日

◇ 陆　地

马河图

我跟东北的老百姓有过认识,以至后来有过交往,第一个就算是马河图了。

那是刚到海龙的时候,因为公共宿舍的缺少,只得到老百姓家去暂时借房子住。其时,我就跟随着一位牌长的引领,到每家每户去看有没有宽裕的房间,然后,向房东询问愿不愿意我们借宿。

"你们要不嫌窄,就住我这屋吧! 咱可没有啥说的。弟兄们为着咱们辛辛苦苦,几千里路跑来,还能叫弟兄们挨冻吗?"

这位五十多岁的老头,在我刚到他屋里看了看,还没有说什么的时候,就从炕上连忙下来,诚恳地望着我说。

由于他质朴地请我们住他的屋,我又重新审视一下。屋子是不太宽敞,碗筷、案板、菜刀、水瓢,以及破旧的水袜子、破损了的麻袋、黑腻的洗脸布……这些,都是东一件西一件,随便搁置着。墙上,挂着泥水匠用的一把瓦刀和一块瓦板,再往后的角落里,有一个牛轭和绳索在一根木钉上悬挂着,被灰尘封得满满的了,周围全是蜘蛛

21

网似的烟灰。朝南一个不大的方格子门窗,用好几样写过了字的纸糊着,靠近炕头的墙上,还有一张八寸大的镜子,镜面有着好多条裂痕,显然,主人在很久以前就没有照顾它了,上面积下厚厚的一层尘埃。

"地下站着冷,上炕坐吧!"

老头又恭恭敬敬地让我上炕,但,为着鞋子不好脱,只在炕沿坐下了。

他告诉我,他姓马,名叫河图,今年五十七岁了。从他那顶满是油污和破洞,连帽檐也残缺了的呢帽子下边显露出来的鬓发,已经斑白。在这样冰冷的日子,他却只穿一件破烂的棉袄,袖子都烂到肘节上了,虽然系着一条宽边的腰带,可是,这怎能挡住寒冷袭来呢?

"没有错,这都是日本人给咱们东北的灾殃!不过,现在是比早先好多了。"他这样说着,表示同意我对敌人的看法,也表示他得了救似的称心。

大概是我是南方人的缘故,我们交换过几句普通见面话之后,很自然地就谈起这边的天气和食物。也就因为这,使对方很容易想到寒冷和饥饿,跟着就很自然地想起过去了的奴隶生活。

"这真遭罪啊! 就说我这一家吧,我的家起始并不这样的——"

他看我对他的命运表示了同情,看我亲切地坐在他的炕上,看我关心他的生计和职业,完了,他就乐意将他所遭受的灾难都对我做尽情的倾吐。

他早先是种庄稼的,两口子和一个小孩,种人家四五坰地,除去交租完粮,一家人穿衣吃饭都不发愁。碰上好年成,过大年夜,不是自家杀一口猪,也得同旁人合伙平分的。赶到后来,世道可就变了。

自从来了小鼻子,出了个"康德皇帝",租子增多了,出荷加重了。好像日本人把天灾也带来,接连都没有好年成,缴不起租,出不了捐税。加上孩子的妈一死,他就没有再到地里去了。

"你看,墙角的牛轭,已经快十年没动它了,唉,说来话长,你先生喝水吧,我去烧点水。"他讲得自己觉得口干了似的,突然想起要请我喝开水。

"不,不要。我真的不渴!"我把他拦住了。

"我说,你先生到咱们这儿来可不要客气!"他坐回去,在火盆里拨拨上面已经熄黑了的草灰,草灰的底层偶然闪现着还没有冷熄的火星。

屋里静了。封住窗户的雪,经过阳光的融化而掉落,发出悉索的微声。

"你不种庄稼,后来干了啥?"我问。

"后来做这个弄那个,不一定了。人总得想法子活下去,是不是?不过我后来学了一门手艺,做泥水匠。夏天能烧窑的时候,就做砖瓦,冬天就给人家砌个灶,修个炕什么的。日子可真是不好过呀!还带一个孩子。"

"孩子多大岁数了?"我好奇地问了一句。

"提起孩子来,可是把人气死了。他,七岁就没了他妈了。这十年来,我一个人苦的甜的,受够了奔波、折磨,都为的望他成人。人嘛,一到了年纪,总望有个亲人依靠呵!"

"如今世界不同啦,人也变了,好比小鸟,翅膀长了毛,就要飞的,只要他——"

"不,不!你先生弄错啦,"他立即抢着我说,"我说的,倒不是我的孩子不听话,我的孩子可孝敬我哩。我说的是:日本人太狠毒!

你听我说吧，我的孩子赶到今年二月十五才满十八岁呐。可是，那个人家都管他叫海龙王的坏蛋，他硬说我的孩子够二十了，要抓去当国兵。抓到半路，孩子跑了，他又转回来硬说我把孩子藏起来。你把人家活活抓走，完了生不见人，死不见尸，我不追究算好了，还回来向我要人！你先生评评看，能有这种道理吗？"

他越发激动了，嘴唇颤抖着，眼睛睁得那么大。停了一会，紧接着又说：

"说实话，他哪里不知道我的孩子没有跑回家来，他故意为难我，就是要借口抓我去当劳工。因为有一个人给了他八百块钱，免了劳工，海龙王就来抓我去顶名。啥事咱都看得雪亮呵！只是咱们穷啦，没有咱们讲的！"

"真是混账的世界！"我禁不住骂了一声。

"可不是怎的。我不止去一次劳工哩。头一回，去磨盘山挖水壕，人家日本人验身，说我有寒腿病，年纪也大了，送了回来。谁知道，那个黑了良心的海龙王，又在半夜三更把我抓去第二回，到二十里方地去修飞机场。就这样，害了我父子离散，真是冤枉事讲不完！"

"海龙王是谁？早先干啥的？"我越听，越发觉得这个人太岂有此理了。

"海龙王，他就是'满洲国'的区长嘛。人家又是县长的女婿，又是日本特务的朋友——都是一伙坏心肝的人！你先生没见过，他可真是头上长疮，脚下流脓，坏透啦。提起海龙王，三岁小孩都怕他哩，人家在'满洲国'可真威风呀，有钱又有势！"

"现在可不能让他这样霸道了！"

"那是呀!"他应了一声,马上沉默了,好像忽然想起了什么事。我才又注视着他,在他瘦黑的面容上,看出他有着农民们所特具的诚实,也有着在农民中不常见到的见识和聪敏。比如他的谈吐,比如他的眼色和神情。然而,他的眼光却违背着他,泄露着轻微的迷惘和寂寞。

"来了吗? 快请屋里坐吧!"

屋外突然有人说话,随着是脚步的声音。老马听到这,马上尖起耳朵听,眼睛闪烁着希望的光。但,当他听到脚步消失在对屋的喧声时,他又回复了原先的迷惘和寂寞。

"你的孩子现在还没有回来吗?"

"他不会回来了! ——他叫我找他去。"

"他在哪儿?"我不禁惊讶了。

"他——"他转过头来,老老实实地对我看,仿佛得到什么安慰,说:"我的孩子吗? 他也同……唔,你不是八路军吧! 他上个月给人带来一封信,说是参加了你们八路军了,驻在本溪湖。他信上还说,叫我到那边去,随便找个什么工来做都好。还说你们八路军就跟一个家一样。你先生说真不?"

"真! 那好,那你的孩子将来会有出息的!"

"哈哈,那就好! 实在,咱们在'满洲国'真遭罪呀! 也该有个好日子过啦!"

他变得快活一些了,从这一笑里,我看到他曾经是一个快乐而坦直的性格。而这个被压抑多年的本性,仿佛经过霜雪摧损的草木,一到春天的来临,它又开始复活,滋长。

"你现在想不想去找他?"

"现在交通还不方便,待些日子再说吧! 不过,咱们这地方,你

们也都来了,还不都是一样吗?"

"那是,我们都是一样的——都是给老百姓办事!"

这位老头是挺能谈而且殷勤的。可惜,我不能分出更多的时间献给谈天,也因他的房子过于窄小,使我不能有比较长的日子和他同住,只得从他温暖的炕下来了。

"有空来串门,陆先生!"

他一直把我送到院子外边,殷勤地说。

从此,每次听到旁人谈起伪满人民的生活来,眼前老是闪出老马的憔悴的颜面。他的为着贫苦的叹息,为着仇恨而激怒的言语,都常常在我的听觉中交织成乐曲似的,响着幽怨和铿锵的回声。

从此,每次一有空闲,我就想到他最后对我说的殷勤的话句:

"有空来串门! 陆先生!"

然而,我第二次到他家去"串门"时,不是为着"有空",而是为着工作,为着关系到他翻身的事了。

当时,地方上正酝酿着肃清敌伪残余的运动,召唤老百姓起来向汉奸特务做控诉和清算的斗争。我是为着帮助这个运动的展开而到区政府去的。

老马算是受伪满损害的人民的标本了,如果要控诉,他应该有发言的优先权。想到这,我访问他去了。

这是美好的春日。街道上的冰层,在微温的阳光里,化成乌黑的泥泞,挂在屋檐的黄色的冰柱,逐渐地变细以至减少了。

到老马家去,必须通过弯弯曲曲的小巷,这些弯弯曲曲的小巷就是泥泞的路。好在他的院子没有积雪,收拾得挺干净。这使我感到经过这艰难的泥泞的路,得到了一种说不出的畅快。

我正要推开门,猛然,一个声音,使我的手在门环上停住了。

"人家那样大的财户,咱们拿啥东西去跟人拼呀?"一个声音寂寞地说。

声音是从里边传透出来的。紧接着就是五六个不同的语调抢着要说话。老马和他的邻居已经在商量控诉的事情了。我怕突然进去,会使他们受到拘束。因而,走到窗下去谛听。

"我说,老徐,世界可变得大了,你还睡觉呢! 你说咱们没有东西同人拼? 哼,咱们就凭着大伙一条心嘛。早先有钱人能勾通日本,现在,哼,只要咱们联合一气,准能压住他! 好比说,一个小指头没大劲,要是五个手指握拢起来,你看,一个拳头哩! 一个拳头就能把人打倒!"

我听明白了:这是老马的声音! 我仿佛看到黝黑而多皱的脸颊,为着激情的燃烧而绯红,仿佛看到他多茧的手,握成了拳头,在空中挥动。

"对,老马讲得差不离。咱们一定得跟海龙王算账!"

"他妈的,他逼死我爸,咱明天也得上政府告他去!"

"大家如果都干,我也不怕。"

"怕啥呀,你真是!"

"现在就下定决心吧,赶到明后天大会,咱们大伙一定得上台去控告海龙王。昨天政府说了:如今咱老百姓的话,说了算。老杨,你说是不是?"

又是老马说的。

"是!"两三个声音响在一起。

"是就这样干!"

声音又是乱嘈嘈的。

"喂!"有一个提高了嗓子喊:"不是说要选个组长吗? 咱们叫老

马做领头吧?"

"行!"好几个声音同时叫在一起。

蓦地,一只手在我肩上拍了一下。回头一看,原来是在一起工作的老于。他说家里等着我回去开会。

这样,就没了工夫让我在窗下边,听老马他们宣说斗争的誓言,或者让我进屋里去看看他的拳头在空中的挥动。

"海龙王"被审的那一天,有一个人从人群中怒冲冲地奔上台去了。正在他的语言支配了全场好几千人的眼睛和耳朵,赢得了风暴般的掌声和欢呼的时候,我走到近处去一看,认得出来了:

他就是马河图!

他愤慨地指骂那个垂下了头,站在台角边受审的罪人"海龙王"。末尾,他大声呼叫:

"大家都来呵! 都来跟他算账! 杀人要偿命,欠债要还清!"

老马喊得嗓子都哑了,这哑了的嗓子,引来了台下潮声一般的咆哮。

虽然,我不是一个艺术家,却常常感到这些群众愤怒的声浪,这些为着洗雪冤仇而举起的林木般的手臂,这个马老头的站立着挥动着拳头的丰姿,都应该让它在画布、在浮雕中,留下恒久的生命!

我愈益觉得这位马老头的可亲了。

后来,我的工作少一些了,每天黄昏总有些闲空,因而在一天下晚,马老头的洁净的院子,又印上我的足迹。但,我正要叫他的门时,发现门上被一只古旧的铁锁锁住了,只能推开一条小缝缝。

我扫兴地回来了。

街上已经弥漫着黄昏,电杆上的路灯已发出微黄的光亮。我才要从道北拐到道东,左边突然送来一声亲热的呼唤:

"陆同志,上哪儿去?"

"呵,老马!"听他亲热地叫我陆同志,我也叫他一声老马——表示我的欢喜的回答。

他如同做了新郎的人,满脸盈溢着欢欣,高兴地走到我跟前。我把他仔细看了一下:他是和以前不同一些了。胡须、眼眶和鼻翼,都用心洗得干净了好多。人也年轻了好几岁似的。

但最耀眼的却是他胸前缀着的红布条!

原来他是被选为县临参会的议员,刚在县政府喝了酒回来。

"开会很忙吧?"我问他。

"忙一点算个啥。大家都说要我出来代表讲个意见什么的,我想,这是公意,耽误些工不算个啥,只怕我年数大了,脑筋不灵便啦,得请你们老同志开导开导!"

"我刚才还去看你的,你不在。"

"那,现在去,走吧,往回走!"他再向我走近一步,想把我拉住。

我说天晚了,回来不方便,不能去了。

"那有空常来串门,陆同志!"末了,他又殷勤地叮咛。

我在往回走的路上,不断地看到同老马那样,胸前缀着红布条的人。他们三个两个挨着走,计议着,谈笑着。走得远了,我还贪婪地回转头去看望他们。赶到回家来了,脑子里依然出现着老马,以及同老马一样的人民的议员。不论是他们的身影、笑貌,还是他们那抑止不住的喜悦的语言,都使我留下难忘的记忆,使我有着说不出的欢欣,使我今夜忘记了睡眠。现在,人们都给疲乏引到温暖的眠床去了,我却静静地,给一个在迢远的南方的朋友写着一封信。我告诉他:

"假如说,你问我到东北来看见了些什么?那么,我应该告诉你,我看见了曾经被奴役十四年的人民,今天已经翻了身,已经变成了主人了!"

一九四六年三月二十九日夜于海龙

选自《东北日报》,1946 年 4 月 7 日

◇ 陈广海

家庭民主会议

"旧历年眼看着就要来到啦！"这是每个翻身后的农民们最关切盼望的心事，过了"春节"即到"春耕"。每个农民都穿着崭新的衣裳、鞋子，买着年货、红纸、年画……像等待着"新娘子"似的，愉快地准备着这个全东北解放后第一个胜利"新年"的到来！望着自己今年丰收的肥胖的粮食粒子，放进了"自己"的粮食囤子里，更现出了得意的微笑。

刚吃过了晚饭，天渐渐地黑起来了，狼窝屯每家都点上灯，这是忙秋后的冬天，又来到了年底，所以全屯每家老少在晚上，都比往常消闲一些。

正好，昨天晚上抽空由工作队和生产委员领导着，开了个全屯生产动员大会。在会上，生产委员潘友林说："今天开会主要是咱们大家来合计合计，今冬的副业怎样搞法，还有明年生产怎样才能搞好？到底和谁家搭小组生产好？"在会上得到了一些初步意见，最后生产委员潘友林又说："恐怕大家在会上一时半会合计不好，我希望大家回去后再好好合计合计去年生产小组失败、垮台到底为什么。大家要没有意见就回家歇着,明天好生产去。"就这样散会了。

今天晚上差不多狼窝屯每家都自动地开了"家庭生产合计会",都准备着自家的明年生产计划与全屯计划的意见。

"只有'生产发家'才是正道!""生产发家决不再斗再分!""生产致富,劳动发家!"

这样明确的生产致富的思想,普遍地燃烧在每个农民的心里。

农民李江老大爷家里也开着"家庭生产合计会"。李江是本屯的老住户,也是正经老实的庄稼人,虽然今年四十九岁但身板可很结实,又很勤俭,过去领着两个儿子,起三更爬半夜活在地里,租着地主几垧地种,像牛似的干着,但一直是受着穷。二儿子前年翻身后已经参加了解放军,家里只有大儿子帮助他干庄稼活。李江办事向来是很耿直的,又勤俭又是军属,这回本屯新农会产生时被选举为宣教委员,工作倒挺积极。

李江就做了这个"家庭生产合计会"的主席,坐在炕头上,他老伴也叨着烟袋,坐在一旁。大儿子和两个媳妇、两个孙子也都来开这个会议。老大用脑筋帮助他记着每件事情,大伙也叫他为"记录"。一家人欢欢笑笑地坐在一起开会——这也是几百年来在中国农村所未曾有过的场面呀,今天居然在解放后的农村出现,这象征着在共产党领导下生活着的农民,喝口水都是甜的呀!

"今天咱家也开一个'家庭民主会'合计合计今冬副业怎样搞法,生产小组和谁家搭伙生产好?去年咱几家就不对头直打吵子,明年可要找好对象坚持到底,千万别放炮……"没等李江说完,大家都笑起来了。这"笑"正是表现出主人翁的姿态,特别是两个媳妇在今天的新社会里也真正地得到了地位。李江家里的"生产合计会"

就这样地开始了。

"现在我们民兵队也没有啥事，等过两天过完年，叫小栓子他爸爸和别人一块到山里去拉'套子'赶到街里，还可以挣些钱。"李大嫂说着指向大哥。接着李大哥说道：

"对啦，今冬决不能寡待着，必须得搞点'副业'干，今冬雪还不太厚，正好合适。"

"现在拉'套子'可以挣一半钱，明年冬天还可以添一匹马啊。"李大娘很细心地打算着。

"我看这样好，今冬你们三个出去不太方便，你们在家可以编席子，老大上山，小栓子他俩放学后和我捡粪，都不闲着好吧？"最后李江发表了自己的意见，大伙都异口同音说"赞成"。

紧接着老大抢着说："咱们今年应当把南坡上那一垧地种麦子，东头那块地种两垧苞米、一垧黄豆、九亩高粱，你们看看行不行啊？我看可挺好。"

"正好南坡那块地是'豆茬'，种麦子挺有劲，可得多蹚几遍。"李大娘很有经验地补充着。

"一定要做到三铲三蹚、深耕细作才能完成生产任务，发财才有准。"李江又说："我看今年和老王家、夏纯江、幺祥，咱们四家合伙插犋差不多吧？"

没等李江说完下面的话，李大娘又很急地发表了自己不同的看法："我看可不好，幺祥有点懒，和他可白吃亏，况且他孩子又不老实。"李二嫂又说："我看别和老幺家插犋，和老刘发吧，他可勤俭。老王家记账，还很细致，省得差账。选夏纯江去当组长，一定能听咱的意见，能领导好。"

"大伙不是合计人力和畜力都要配备开吗？俺四家可正好，一

33

家是军属,一家寡居,一家是小富农,咱选贫雇农老夏家当组长,人马都挺硬,也挺合乎条件啊。"李大嫂很敏感地用很大一口气说完这些话。

"好吧,大家都愿意就这样办吧,明天下晚到会叫大家伙议议吧。"李江说着显出很后悔似的,不该和老幺家搭小组。

"爷爷,明年我们两个放学回家还能放猪呢!"小栓子和小二说着自己。

李大娘也嚷着说:"明年我还可以看孩子,下晚还可以喂马。"

李二嫂也开始报着说:"我和大嫂在明年种地的时候,可以轮班煮饭,下地薅草、送饭都能办到啊。"李江一看别人都分完了"工",就剩自己和老大没报啦,急忙说道:

"你们都报完啦,我和老大完全是庄稼活和副业生产,咱们'报'可'报',千万要'做到底'别'放空炮'!要对得起自己的嘴啊。"小栓子用怪声一叫"做到底",惹得大伙笑了起来,就这样愉快地开完了会。

全家都睡着了,李江倒在炕上想起了往事:"去年小组垮台,还不是和老幺不对头吗?半道就各干各的啦。真不怪余同志说,如果不是自愿组织的生产小组,就不能干到底……"

忽然又想起了以前种地,自己的"汗珠子"摔在地上,成了八瓣,但打了粮食自己不能要,都得给地主,今年竟装进了自己粮囤里来,这是一辈子头一回啊,今天要不发财就怪自己手懒。今天再不好好生产对得起谁了?只有多缴公粮,才能早点打垮蒋介石——穷人才有饭吃。以前痛心的事情和今天欢笑的日子一幕幕出现在李江的眼里,翻来覆去地想了一夜。

第二天工作队刚起来,李江一步就跨进了屋门,看到烧火做饭的同志就说:"高同志你得给我写张生产兴家的'财神爷'!"接着就把他家昨天怎样开"家庭民主会"的事情一点一点地告诉了大家。一直到贴晌,李江才乐呵呵地从工作队把昨天"家庭民主会"所定的计划和分工都写好拿着回家,贴在了自己的墙上——把李江的眼睛笑成了一条"缝"似的。

见到谁就说:"这回可好了,有共产党来领导,也有兴家计划的'财神爷',保证不放'空炮'。照这个道儿去做,还愁明年九成粮食年吗?还愁不富吗?"李江家里都笑了,在共产党领导下的农民也都笑起来了。

一九四八年于东北行政学院

选自《文学战线》,1949 年第 2 卷第 2 期

◇ 陈学昭

东北散记

一、抗日联军的女游击队员

我一踏上东北的土地，就遇着了过去在冰天雪地里和敌人坚持战斗了十四年之久的抗日联军。他们的足迹，踏遍了白山黑水，并且，和远在敌人投降以前就从热北辽西推进东北的八路军李运昌将军的部队联合起来了，这就是东北今天的民主联军，他们的力量是强大的，他们所以强大，因为这是一支人民的军队。

虽然敌人曾捕杀讨伐抗日联军，想尽法子搜找每一个抗日联军的战士和干部，但抗日的战士是杀不完的，很多抗日联军的战士，同样的，很多抗日联军的女战士，虽然吃尽了千辛万苦，却还很健康地参加今天解放东北人民和建设新东北的伟大事业。

在一次旅行中，很荣幸地能和抗日联军的领袖之一，今天是东北民主联军副总司令的周保中将军的夫人王一知女士认识，她曾是抗联的一位坚强的女游击队员。她那爽朗的性格，她的热情，立刻吸引了我。由于我的请求,她开始对我谈起过去抗联对敌斗争的故事来了。从她的叙述中,我还发现她有那么惊人的叙述天才,只要把她所说的记录下来,就是最生动的故事,并不需要加以修饰,但是很遗憾,火车的震动阻碍我记录,仅仅凭着我的记忆和笨拙的笔,是不能表达得深刻的呵!

"已经是深秋的季候了,下过一次雪,"她开始说,"我们的缝衣队(女游击队)正好接收到一批布匹,叫我们赶紧替战士们缝棉衣。这些布是白的,这天,天气晴朗,大早,我和两个女战友,"一知女士指着坐在她旁边的一位韩国籍的女游击队员,"正把树皮煮成染料,把布染好,晒到山坡上去,恰在这时,敌人的山林讨伐队来搜山了,我们急忙把布收藏起来,这是同志们过冬的衣料呵!没有了这,大家都只有冻死!把缝衣机拆散用布包好背着走,我们三个人才只有一支撸子,怎能和他们作战呢,只有跑!敌人从东边的山头上来,我们往西边的山脚下去,一忽儿,敌人已经赶上我们了,我们只有转往另一个山头上跑去,在敌人瞅不见我们的一刻,钻到一堆干高粱堆里。我们清楚地听到敌人的皮靴声,刺刀碰地的声音哗啦哗啦地近来,在我身旁的另一位女战友是比较胆小的,她年纪也比我们俩小些,她还想逃跑,并且吓得要喊出声来了。没有办法,我只好威吓她,不许她动,也不许她出声。从高粱秆的空隙里,眼望着敌人向我们走来,可是,他们走过去了,刺刀也没有来挑动高粱秆堆。一看见敌人往前走去了,我们立刻起来往相背的山里跑去。敌人是十分狡猾的,他们搜山时,常常走去了又回头来,但我们也有了经验。果然,当我们到了另一个山头上隐蔽起来时,瞅见敌人正向回来的路走了。这是侥幸的一次啊!回想起来,觉得当时有那么多的危险,但在那些年月里,我们常常背着缝衣机——虽然拆下来,但还是沉重的,从那高而大的满是冰块的山跑上跑下,真是光滑得没有一点东西可以攀缘,跌下来也是难得活的——行军和转移,也不觉得什么。抗日的意志和革命的信念,是那样的坚决,它使我们超越了一切的艰难困苦。"

最后,她自己作了一个恰当的解答。

二、东北人民大翻身

东北文工团在沈阳时曾演出了一个动人的话剧:《东北人民大翻身》。我没有能够看到他们的公演,但是不止五次,不止十次,从南满、东满、北满、西满,城市或农村,我看到了东北人民大翻身的场面。

东北人民翻身啦!人民自己组织、自己召集人民的法庭——群众大会,公审汉奸、特务、恶霸,有冤报冤,有仇报仇,倾诉十四年的冤苦!

马千举,在东满一带是无人不知的,虽然他还不到三十岁,应该说这是一个青年。这个青年,在敌人多年豢养下,成为敌人用以残杀东北青年的忠实走狗,他是"协和会"里的理事,负责做青年工作的。在夏天,他常常带着各个学校的"勤劳奉仕队"去替敌人的田地锄草,他在年轻的女学生中穿来穿去,看见有生得较整齐的,就把她拉出来,说:"天气热得很,到树荫下乘乘凉吧!"谁敢说个不字?不从,好罢,那么把你关起来,甚至把你报成一个反满抗日分子,送给敌人毙了你。年轻的女孩们被污辱了以后,还不敢声张。有时,他并不把她拉出去,他蹲在旁边,挑剔这,挑剔那:"你锄得不干净,给我跪下来!"她就在地里跪着。马千举拔了一根狗尾巴草在女孩的面孔上挥来挥去,如果笑罢,要挨皮鞭的揍,如果哭罢,同样要挨皮鞭的揍。

多少青年被残杀，被污辱，成百张的妇女的控诉状投进民主的县政府，十多个妇女一个接着一个地上台去控告。在群众一致要求下，马千举当场就拖出去枪毙了。马千举的母亲哭泣着走出会场去，一个年轻的妇女从她身旁走过，对她说："你也有今天么？你从不叫你儿子少作一点罪孽，以前多少女人家的哭声你可曾留心听过？"

三、东北青年

离我第一次过东北的时间，相隔已十六七年了，东北的面目，有极大的改变。在日常生活中所接触到的，就是最小的一件东西——吃饭用的筷子吧，夹菜的一端也都是削成尖尖的，日本式的筷子。在长春，要找寻很久，才能找到一家可以吃一碗中国面或一顿中国饭的馆子，也不易找到一个中国医生，已经日本化到这个地步了。听到满街都是噼噼啪啪的木屐的声音，我的感情便不能克制地有些激动：想起那些大轰炸，想起长年战争所带给我们的苦难。但是，使我兴奋而快慰的，人心还没有改变，那是中国人的心呵，东北人的心呵！正像到处我看到东北人民大翻身，到处我听到东北青年高唱《民主进行曲》的歌声，从太子河、松花江、牡丹江、嫩江，到处都是民主的歌声！东北的青年，热情而且勇敢，今天，由于他们认清了自己的力量，更百倍地勇敢了。

我曾有机会和各处的东北青年接近，他们有追求真理和追求知识的迫切心理，他们是谦虚的，然而对人对己都有严格的要求，他们欢喜听我叙述自己所经过的道路、自己的思想、自己的理想，以及对世界和对人类的看法。他们也很坦直地对我讲出他们过去的苦痛和今天得到解放后的快乐。作为一个"人"的这种要求，在东北青年身上是普遍地觉醒了！

今年在东北，是有史以来地开了一个"三八"节国际妇女纪念会。在筹备会里，我遇到一个二十二岁的女护士，她对我作了这样的叙述：

"我是怎样参加民主联军的？哈！说起来话长呢！我告诉你，在日本人统治我们的时候，我们相信终归有解放的一天！那样的日子终归会到来！那个时候，我在哈尔滨日本人办的所谓伪满洲国国立护士学校，这是伪满独一无二的护士学校，我们毕业以后，要义务地替他们服务三年。在那里学习的，日本女人占大多数，她们吃大米，我们吃高粱，便是连高粱我们也不能吃饱。可是，她们日本女人吃剩的大米饭，拿来喂狗，她们嫌不好时，索性把大米饭倒给牲口吃。我们每天饿着肚子，也不可能想法从家里或街上买一点东西来充饥，这是绝对禁止的，偶尔，当我们请假外出归来时，在外边买了一个馒头，把它塞在厕所外那道围墙的小缺口里，这样，在回进学校后，乘去厕所的时候，把馒头拿来悄悄地吃。日本女人在饭后还有苹果吃，我们是没有的，只偶尔逢到她们什么节日，才给我们苹果吃。'这是我们从日本带来的，靠了我们，你们才得有苹果吃。'这些日本女人总是说这是她们从日本带来的，那也是她们从日本带来的。都是靠了日本人我们才得有大米，有苹果，有这有那。有一次，就为着吃苹果，我和一个日本女人争执起来了。我说：'那是我们的国土上出产的。'她们去报告校长，说我有危险思想。那一次，我被罚跪了半天。她们就这样来折磨我们。我们经常被侮辱被贱视，除此以外，她们还把日本女人的那种封建妇道搬过来教育我们。比如吃饭的时候，捧饭碗罢（她两手比着一个捧碗的姿态），那饭碗离嘴巴要有一定的距离,两只眼睛不许斜视,正正地对着饭碗。坐的时候,两个膝头并着,两只手平搁在膝头上——呀!像你这样是不许可的!"她望了一下我的姿态,一条腿搁在另一条膝上舒服地垂着,她笑着说,"还常常要我们跪着坐,日本女人可以跪坐一整天也不觉得累,这是她们的习惯。"

"恰在哈尔滨解放前的两个月,我回到家里。我们很不容易请得假的,这是因为我母亲病了,父亲自己到哈尔滨来给我告假领我回去的。学校里曾因为那次吃苹果而争执的事通知我父母,说我思想不纯,父母很担心我,一直想要我回家。只有一件事情使我遗憾,就是我没有看到学校里那些日本女人的下场。"

"说到我怎样参加民主联军的,我的弟弟老早就吵着要去参加民主联军,父亲和母亲舍不得他,没有同意,我父母只有我们姊弟俩。那一天,弟弟向母亲要了二百元,说是要到朋友家去玩,他换上一套上一天他自己洗干净的旧衣服,午饭后,他出去了。夜里,直到次日……一直都不见他回来。母亲哭着,父亲整日伤心。约莫过了半个月,还是没有弟弟的消息,决定叫我出去找找看。这样,我就一直坐车到本溪,因为弟弟曾说过他想投考东北大学。到本溪,我往学校、机关、部队都去探听,有很多和我弟弟同年龄的人,但是没有我的弟弟。回到海龙,我听说有一个伤兵医院,一路我哪里都找过了,只有医院里还没有去过,我想,说不定他负了伤在医院里呢!当我一进医院,我看见许多负伤的同志,因为缺乏医务人员,从前方下来,没有能很快地给他们洗换伤口,他们一点也不抱怨,悄悄地躺在炕上。我一看见他们这样,差不多就要落下泪来了。我看过了所有的病房,没有找到我的弟弟。可是我想了一下,跑去对院长说:'我是找弟弟来的,现在想帮你们工作,我是学护士的,你们要我么?''这顶好了!'院长回答我。我就留在伤兵医院里,每天替负伤同志洗换伤口。这些同志都很好,他们用着大哥哥的身份对待我,并答允大家分头替我找弟弟。有时,他们天真地问我:'你知道我们为了谁负伤的呀?'我知道,都是为了我,为了我们这些女人呵!"

"后来,我帮助建立第二个医务分所。大家帮我找弟弟,也终于找到了,他在××队,很好地在学习。我写信告诉父母:不要想我弟弟回家了,就是我,也不回家的。我要工作,我是属于社会的,属于东北人民的,属于中国人民的。我的父母还不至于受饿,但公家说我在这里工作,他们也会照顾我的父母。院长和指导员劝我等这边的工作告一个段落,回去看一下父母再出来,免得太使老人挂念了。"

如果问我东北有多少像这样的青年男女,那么我回答:到处都有,并且是难以计算的。

四、被血灌溉过的土地

从吉林到长春,在车厢中,望见窗外接连不断的肥沃的平原,我的心激跳着,向往于江南的平原,却不知道为什么在这一瞬刻我是那么深沉而忧悒地想念起我的故乡来了,可是,人爱故乡,才会爱祖国。爱故乡、爱祖国的情感,绝不是抽象的,具体的人,具体的表现,难道不是很自然的么?

突然,一排长达数里的黄色泥土的矮小的洞——因为它实在不能够说是房子,给它房子这样的名字是不恰当的——从我的眼前过去,这么奇异地打断了我对故乡的思念。

"那是什么?"我向坐在我对面的一个老乡问。

"那是从前'满洲国'的时候,劳工住的房子呵!"

"啊!"

在那仅开着一个长不满两尺的门的泥土小房子附近,有许多尚未建筑完工的大小洋房,都是红瓦。

老乡跟随着我的视线,也朝向那渐渐远去的黄泥土小房子。

"你看,人家的狗洞还比这大些呢!怎么不叫人闷死在里面!人死了,只要一丢,第二个替死鬼又来补上了!"老乡像对我说,又像自言自语的。

劳工!劳工!不知道究竟有几个东北同胞幸免于日本统治者的劳工,看来是绝无仅有。

"你也当过劳工么?"说出口以后,我深悔有些唐突,但所有劳动的人民,不分地区,甚至不分国籍,我以为都是坦直而朴素的。

"怎么没当过呢!我在煤矿里当过一年多劳工,是苏联红军把我救出来的!唉!如若不,我准得早晚死在煤矿里,没有衣穿,没有饭吃,却要做十五六小时的苦工,人到底不是活神仙呵!"

斜对面的一个青年,在唱着东北流行的小调《十二月》,可是已经改变了,有了新的内容:"正月里来正月正,毛主席啊,他领导东北人民大翻身……"坐在老乡旁边的一个约莫有二十四五岁的穿黑布短衣裤的庄稼汉模样的人,也跟着哼起来了。

"你是干什么的?"我忍不住好奇地问。

"我么?今天参加部队的,还没有换衣服,我们是××队。"他骄傲地摆了一摆头,笑着回答我。我也不由得微笑了。

解放了的东北同胞呵!好好地保卫着这些用同胞的血和肉建筑起来的房舍和这些被血灌溉过的土地,好好地保卫着,好好地珍惜着!

五、再认识

我曾到过牡丹江边的一个城市佳木斯,如这个美丽的地名所显示出的意义——那一带有美丽而浓密的森林。森林是这样的浓密,树枝丫杈接连起来,把天空也遮没了,太阳和月亮的光都射不进去,长年都是阴沉沉的。提起这些密林,曾是抗日联军活动和隐蔽的地方。王一知女士告诉我,当敌人的山林讨伐队搜寻他们最严密的时日,他们游击队成月都只好在密林的深处钻来钻去。冬天,虽然是那么的冷,他们也不敢取火,只在极深的夜,用树枝烧成一堆小火,用雪化的水烧一点干粮吃。最苦的日子要算是雨季,密林里成年累月堆积着的枯叶,这时候发出一种腐臭的气息,有时雨下深了,密林里就变成一片汪洋,抗日联军的战士们只好用树枝架在树杈里,好像一只挂床似的,坐在上面。

佳木斯是苏联某一路红军推进伪满洲国边境最早进入的一个城市,敌人的抵抗很顽强,当敌人的军事力量溃败时,敌人的居留民也都向哈尔滨、长春撤走。这些日本居留民,他们在撤走时,背上整理好的东西,前门上了闩,从后门出来,把后门锁上,房子里就着起火来了。他们来不及烧的,竟还留一笔钱,交给他们私人的亲信,嘱咐说:"我走后,请你把我的房子放火烧掉。"今天佳木斯有不少房子只烧剩了一个空壳子,四壁砖墙,就是这个原因。

有不少新闻记者曾经在报道中提到今天在东北的日本人的生活,说日本人很多做小贩的,这倒是事实。今天在东北的大城市里,如像我到过的长春、哈尔滨等地,日本人是很多的——长春有二十万日本人,哈尔滨有十八九万。因为那些地方本来有很多日本居留民,而在红军推进时,日本人又都集中到那些地方去。这许多日本人，他们之中，过去有的曾是官吏、高级职员，只有他们才有权利吃东北出产的大米和白面，他们为所欲为，仅是到了东北解放后，他们才变成小贩。在我看去，他们做小贩，也还应该说是幸福，因为今天的东北，还有人民没有翻身的反动派统治的区域，人民连做小贩也不可能呢。

在长春时，我曾走进一家白俄的咖啡馆，女主人在东北住了近三十年，丈夫是个日本人，她对我说："中国人真宽大，今天日本人自由地在街上走来走去。军队（指民主联军）也是最好的军队。您看，她们不都还像平常一样么？"她指着坐在我对面的两个穿了中国女人服装——旗袍的日本女人说。"当'九一八'后，"她一边说，一边望着玻璃窗外的街道，"中国人很久不敢在街上走路，我亲眼看见日本人整天都在街上捕人！"

在长春的日本小贩街上，听到那些吃得肥胖的日本女人在那里咿哩哇啦地吵个不休，特别是公共马车站的地方，每次经过那里，我简直连头都胀痛了。听到那些声音我心里忧悒，并真觉得啼笑皆非。如果要我真实地说出我的情感，那么我怜悯她们，我也不欢喜她们。她们吃得那么胖，在东北，我就没有遇见过一个瘦的日本人。她们和他们为什么到东北来呢？是东北人请他们来的么？他们到东北后的日子怎样过的？他们怎样对待东北？他们亲手打过多少次东北人？杀过多少个？能把所有的罪恶都归给日本军阀和帝国主义者么？

一个打回老家去的东北朋友告诉我，在沈阳时，他亲眼看见沈阳的一个日本居留民会长，约有七十多岁，须发皆白的老头子跑去对革命的军队表白："日本军阀把我们出卖了，把我们赶到这里来的；但是我们自己也有责任，对于中国民族我们过去是认识错了，今

后应当再认识。"

我想这话还是恰当的,是的,对于中国民族应当再认识。日本侵略者对于统治东北有千年、万年的计划,这是从他们在东北的各种设施上都可以看得出来的。但是最后,还不是成了一场春梦!

今天,有别个外国帝国主义妄图利用中国的败类,乘此机会代替日本帝国主义来统治中国,我想这是最愚蠢不过的企图,他们既然也不能实现而只是替他们的人民制造一个耻辱、一个悲惨的命运,而你们敢于来号召一个西洋式的百年圣战么?到头来也还不是白费心血,"赔了夫人又折兵"!

六、长春市外的贫民区

凡是敌人足迹所到的地方,他们所留下的痕迹是:残杀、腐化和贫穷。我们到处都看得到敌人统治时残杀我们抗日人民的痕迹,就在我到佳木斯的次日,在过去敌人的特务机关——太和旅馆的一只洗澡盆里发现了一个已在腐烂的中国人尸首。附近的老百姓说,那地方从来只看见抓人进去,看不见放人出来的。

在长春,有一处,整条街都是日本式妓馆,我曾到过那条街,马车夫告诉我当敌人统治时,这地方是不夜之区,敌人的狗男女们到半夜以后,坐上私人的马车,到这里来做人肉的买卖。敌人到处散布他们的残杀、腐化,而可怕地广泛和深刻的是剥削东北人民,使东北人民愈来愈贫穷,以至活又不能、死又不得的地步。

如果你要歌颂长春,说长春的街道比较宽阔,说长春也有不少日本式的西式房子……那么我要请你慢一点,我将邀请你往长春四周的近郊去巡视。看一看罢,是多少贫民的血,来养育这伪满时代的"首都",羞耻和罪恶的中心。

我到过离长春市十多里路的贫民区,去看过贫民的生活,看过矿工们的清算斗争大会。

贫民住的房子家家都是一式,房子的高恰好给一个人立直时那么地顶天立地,要是一个高个子,那么他只好弯下一点头来。他们常常一家八九口人,睡一个长不到五尺,宽不到四尺的炕,剩下来的财产就只有一口破锅了。他们中很多的是矿工,过去受汉奸恶霸经理许多难以言语形容的压迫和剥削。这个汉奸经理,想尽了方法来压榨工人,在清算大会上成千的工人纷纷发言控告他,工人们领到薪金不能自由去购买必需品,必须到这个工矿的所谓合作社——那汉奸统治的合作社去买必需品。"他把油烧热了卖给我们,因为油在热的时候是涨的,等到冷下来,却不够量了。"一个工人控诉时,愤怒得连声音都发了抖:"你看他的法子多不多?"

在工人们纷纷向该区的民主政府投控诉状时,这个汉奸恶霸曾经想贿买该区民主政府的工作人员,先送去两万元没有得到回音,又送去两万元。在清算大会上,民主政府的工作人员就把这贿买的经过向人民一五一十地做了报告,并问大家的意见,怎样来处理这四万元。有人提出把这笔钱拿来发给急需救济的最贫或有病的工人,大家都同意。说了就办,当场由工人自己选举组织了一个处理这款的委员会和一个清算委员会。钱呢,马上就分发了。工人们的脸上都露出了微笑,大家显得那么年轻,大家哈哈地笑了。是的,他们是翻身了,他们从没有像这一天那样感到自由和快乐!

但是民主联军撤出了长春。留在长春和长春市外的人民是不会忘掉那些自由和快乐的日子的。虽然在过去,一般东北人对共产党、对八路军,对国民党、对顽固军都不怎么了解,现在,却从那些地方传出了这样的民歌:"盼中央,想中央,中央来了更遭殃!"

七、追逐和轰炸

为了博得和平谈判，为了东北人民的利益，为了长春八十万人民的利益，民主联军撤出了长春。但是国民党的美式飞机，所谓"盟国"飞机，追逐并轰炸撤退的非武装的人民和学生的车辆。五月二十三日，这在东北人民是一个难忘的日子，离长春的某处车站被国民党反动派飞机轰炸，当场死了五人，负伤二十多，连老百姓在内，死伤共有四五十人。在追悼会上，当面对着死者的遗像时，不禁想起在《解放日报》上看到的新四军军长陈毅将军悼彭雪枫将军的诗里的这两句："新生千百万，浩荡慰忠魂。"反动派，你丧尽了良心的败类，你轰炸罢，你打罢，你炸死五个东北大学学生，便会有五十个五百个更多的东北大学学生，看你能炸得完?! 今天民主的阵营是这样广而大，绝不是你的魔手能撑尽天下的!

我在东北曾接触到各阶层的人士，他们对我提到那过去的痛心事情——"九一八"，有好些人一谈着还要掉下泪来。他们说："听到说是南京政府蒋委员长的命令叫不抵抗时，驻在沈阳的军队都有抱头大哭的。谁想到早晨还是堂堂中华民国的国民，夜里就成了被出卖的亡国奴。不要真的以为东北人是命该做亡国奴的!谁愿意做? 有些人趁乱跑进了关，有些人跑不掉。"他们始终不了解为什么不抵抗，为什么被出卖，难道东北不是中国的土地? 东北的人民不是中国的人民? 他们以为如果当时稍加抵抗，东北不会，至少不会全部丢掉，因为日本当时在沈阳的兵力并不多，在其他的地方是没有，连日本人自己也没有想到这样一下子那么容易地得到了全东北。以后日本人的统治一年凶一年，终使整个东北全盘沦为最严密、最反动、最残暴的法西斯统治。到后来，东北人民什么都得上捐税,什么都被统治,被配给,连桌子上柜子上的抽屉用一个拉手也要出捐税。人民一丝毫的自由也没有,自由两个字在伪满的字典上根本消失了。他们也不了解,为什么在敌人统治的十四年里,没有见过飞去半只国民党的飞机——连飞机的影子也没有,也没有半个国民党的要员去看看东北人民是过着怎样灾难的日子,但是今天国民党的飞机去轰炸解放了的东北人民,和平的人民和学生——他们不是共产党人也不是民主联军,派要员去接收,还要武装接收。至于共产党、八路军,到底是中国人呵,又不是日本人,是自己人,是自己的弟兄,为什么要杀他们,打他们?从来总说联合政府,为什么不和自己人讲道理?他们从来对我这样表示着。

受了那么长久的灾难的东北同胞,的确,他们是有发言权的,如果全国人民要求和平、民主和建设,东北人民将更有权利这样要求的。

八、共产党到哪儿,哪儿的好人就会出现

住在老解放区时,我仿佛常能听到或看到这两句话:共产党到哪儿,哪儿的好人就会出现。听多了,看多了,我觉得有些八股味了,或者恰当些说:公式化了。但是一到东北,看见许多动人的事实,使我想起这两句话来了:共产党到哪儿,哪儿的好人就会出现。它一点不是八股,也不公式,是被事实考验过的真理。

今年"三八"国际妇女节,我在海龙,大家说应当纪念一下,于是开个会,大伙儿商量怎样纪念法。在会上,知道东北妇女从未听见过什么"三八"节,她们也不知道"三八"节的来历。"'三八'节是什么意思?"一位女子中学的国文教员提出问题,稍停了一下,一位农

民老太太说："我知道，'三八'节不就是敌人那个时候有过的'三八'节罢？一个月当中有三个八：初八，十八，廿八。在这三天，我们要去献金献钱，去祈祷圣战胜利……"显然她所说的和我们大家要纪念的"三八"节是有怎样的不同，但没有一个人笑她，也没有一个人打断她的话，特别是从关里去的女同志们，她们听着这些话，心不由得激跳着。什么事情都可以有惨痛的联系，想想看这十四年来东北妇女的生活，她们也惊奇敌人的鬼名堂是这样的多！

这一次的"三八"国际妇女节，大家估计以为人一定来得不会多，所以只向基督教会借了一间能容四五百人的屋子，但是，出乎意料之外，屋子里坐满了人，甚至站得水泄不通，还有半数以上的人只好待在门外。有农家妇女，有知识妇女，有女商人，有朝鲜妇女和朝鲜义勇队的家属；老的，中年的，年轻的。好些妇女都讲了话。一位山东的女同志讲了抗战时期对敌斗争中的许多模范妇女——冀中八路军回民支队之母马老太太和拥军模范戎冠秀等等事迹，大家热烈地鼓着掌。当她讲完走下台，人群中突然走出一个中年妇女，中等而结实的个子，穿着一件蓝布旗袍，她向主席点一下头，就跳上台去。

"好罢，我也来讲几句，刚才听了从解放区来的女同志讲了那里的许多妇女模范，我想我们东北也就会有的，会有无数民主联军的母亲，无数拥军的模范。"接着她说她今天是东北解放的妇女，她拥护民主联军，把她的弟弟和儿子都送到民主联军里去了。她说得既简单又坦率，充满了无限的热情，简直是一个向东北妇女保卫民主自由的动员号召。

我内心又快乐又惭愧，因为，这的确使我吃了一惊。我快乐，是看到了这样好的东北妇女；我惭愧，是过低地估计了东北妇女。

过了几天,我去访问她,坐在她的炕上,听她长长地谈她的过去。她是一个助产士,但在敌人统治的时候,她是受尽了压迫,吃不饱穿不暖,她被限制,不能自由行业。因为,她是一个基督教徒,这是敌人所憎恨的,基督徒不会诚恳地去信仰他们的天照大神。事情常常是祸不单行,也许,男人是势利的,正在她倒霉的时候,她的丈夫托言去吉林寻找亲戚,一去不返。从此,十多年来,她独个人担负她父亲、弟弟、儿子和她自己一共四口人的生活。她的父亲脾气很坏,一点也不体惜女儿的遭遇——这不幸的婚姻却还是父亲强迫成的,又因为有特殊的病,好像是肠打结,每天都要吃肥猪肉,她从来都不少父亲吃的。但她和她的儿子,却常有饿着肚子的日子。她又告诉我,有一次,她实在穷到了极点,眼看着一点柴火都没有了,天下着雪,大早,四周是静静的,忽然院子里有落下一块什么东西的声响。"我的儿子立刻惊觉了。'妈,'他说,'敢是那破房子顶上一块板给雪压坏了掉下来的?我们一点柴也没有了,可不可以拾来烧呢?'我说:'这是落下来的,我想可以的罢?将来有了钱买一块板来还罢。'虽然日子是那样艰苦,但我从来不会做见不得人或告不得人的事,大家都说我是一个正直的女人,不管割肉补疮,我从不拖欠债务。大家都尊敬我的,穷固然穷,穷得清白。"

"现在我自由行业,收入是足够生活的,我父亲死时所欠的棺材债也已还清了。这都是民主政府、民主联军给我的好处,街坊上四邻八舍没一个不说我是真正地解放了。你想我能不拥护民主联军么?什么是封建压迫,什么是外国帝国主义的压迫?哼!我是懂得的!"她的拳头在炕沿上狠狠地击了一下,表示了她的愤慨,也表示了她的力量。

走了不少的路，我衷心觉得中国是大的，中国人民是大的，中国妇女是大的。

一九四六年八月十七日

选自《漫走解放区》，牡丹江书店 1946 年 10 月

宫原和本溪所见

一踏到东北内地，无论耳所闻、目所睹，都留有敌人侵略的痕迹，一切东西对我都是触目惊心的。

整个宫原布满了大大小小的日本式的西式房子，每座房子前还有一块小小的空地或是院子，据说过去，这地方是日本人的住宅区，住在这里的都是统治本溪市的行政、经济各种事业的日本高、中级官吏及职员。

东北日报社住的是一座日本式西式房子，一层楼，过去该是一个宿舍，一小间一小间的房间里，有两个日本式的铺位，那铺位倒像轮船上的挂起的舱位。每间房间都有热水汀设备。在那挂衣服的钩子下面，还留有日本人的名字，什么三本、笠原……从我房间的窗口，每天早晨，看见那边通山沟的幽僻路上，走出一些穿着中国农民所穿的黑色短棉衣裤的日本人，日本人都已改了装，穿起中国农民所穿的衣服——有些日本女人还有穿着她们的和服，虽然这样，从他们走路的姿态，他们的语言，也还掩饰不了他们是日本人。此外，他们臂上有一个符号。

一天，一位在延安认识的同志——他是东北人，领我逛街去，我们从宫原步行到本溪（这段路程约有十来里，如果专雇一辆马车，约费二十元，普通乘客每座五元，马车很多，交通方便），经过宫原车站，望见彩绸的牌楼上，有这样几个大字："欢迎中华民国！""这个标语有些不通，欢迎中华民国！"我说。"怎么不通呢？那是以推翻伪满洲国的那种身份来说的，不是欢迎中华民国吗？"同伴校正我。我点头称对。我想大约在我的脑子里从未有伪满洲国的存在，才有那种的看法。在宽敞的马路上，我们慢慢地走着，先要走过一条"共荣桥"，经过"满映馆"，最后走过太子河上的大桥——桥头有哨兵检查军装同志的通行证，老百姓是自由往来的，本溪的军风纪也很严——眼前就闪出了煤铁公司的高大的烟囱，这便进入了本溪市了。

街上拥挤着来来往往的人，商店、小摊接连不断，显得很热闹，每走几步路就可以碰到一个日本女人，胸前挂着一个小木盘，两手捧着，问你要不要"母基"——一种用软米粉做成的饼。也有日本男人摆着个香烟摊。这些从前踏在别人头上的人，他们的一句话、一个表情可以关系到被奴役的人的生命，他们的残暴，他们的傲慢，他们的卑劣的行为，是人类有史以来所少有的。今天，他们从别人头上跌下来了，他们垮了。我不知道他们的心里怎样想。我想，这对于他们是一种教育。

本溪是我国有名的煤矿区之一，煤矿外，还有铁、硫磺、石灰、焦灰等矿产。在敌人统治的时候，本溪有五个煤矿：柳塘、采家屯、茨沟（总公司所在地）、田师傅和牛心台。煤矿工人占了本溪市居民的一半（全市居民约有十五万）。本溪对于日本帝国主义的侵略战争的军需工业贡献了那么多，不用说他们重视这地方到怎样的程度。

据说在解放以前,曾有日本的一个海军中将驻在宫原(宫原有一个铁矿),他负责监督本溪出产的特种钢,是制造日本海军军舰所需用的。他常常教育他们日本人说:"宁死毋忘本溪。"

一位对本溪煤矿做过调查并亲自下过煤矿的记者告诉我,在敌人统治时,本溪煤矿工人的生活比牛马还不如,他们"配给"到的是每人每天六两"协和粉"(高粱粉一类),没有衣服,能够披到一只破麻袋已经是不错的了。更悲惨的是茨沟的煤矿,敌人把从华北华南战场上俘来的、捕来的八路军和共产党员,以及东北的反满抗日分子,敌人所认为的"政治犯""思想犯"都送到这个煤矿里做工,这些工人,敌人叫作"辅导工人"。别的煤矿设置一层电网,这一个煤矿则用两层电网围起来,还有"矿卫队"放哨。煤矿工人被打死、饿死、冻死的,不知有多少,工人死了也不用棺材,把他们拖到南天门(本溪附近的一个山)上一丢就完了。过去,南天门上可以看到一堆堆的白骨,但是日本人哪里管中国人的死活呢,他们说:"三条腿的金蟾找不到,两条腿的人还不好找……?"

敌人的统治是最反动的法西斯统治,最残酷的殖民统治。对于经济,那是严格的经济统治,禁止自由贸易,即使你想卖一点儿花生米或葵瓜子那样的小东西也不行,这种小买卖也有一个"小卖联盟",要是有人敢于偷卖,至少也要被罚劳工两年。日本人拿有限的东西(十分之三)"配给"中国商店,而以十分之七的商品"配给"日本商店。往往有许多商品,中国人只听到过名字,就从来没有看见过。比如拿一件小东西来说罢,从张家口直到本溪,找遍了西药房,没有能够买到一点擦皮肤的甘油,店家异口同声地回答我:"这是日本人禁卖的,找不到这东西。"什么都用来服务于日本帝国主义的侵略战争了。

民主政府建立以后，立刻取消了敌人的配给制度，人民得到自由贸易，现在本溪市有商店六百余家（在"八一五"解放以前，本溪市有商店四百五十家，中国人的商店只有二百家），小贩小摊没有统计。

民主政府曾组织了一个临时国产保管委员会，接收了各工厂煤矿，现在工厂大多数已复工，遭受损失的工厂也在筹备复工中，民主政府又把敌人仓库里的棉衣拿来发给工人（每人一件）。工人的生活是大大地改善了，从前，每天只一元八角工资，还要扣去五角"饭伙"，做十五点钟的工，没有休息日；现在，工资增加到每日十二元到十九元，另外每月发给粟米五十斤，工人家属未满十二岁的，每月津贴十元，直属亲属不能参加生产的每月津贴廿元，能生产的十元，工作时间三八制，星期日休息。也曾大量地发救济粮给贫民和贫穷的工人，每人十公斤，以应他们的急需。

本溪有不少外乡来的人，从山东和江苏北部被敌人欺骗或强抓来做劳工，有几次坐马车和赶车以及同车的人谈起来，他们中好几个告诉我都是被骗来的。有一个徐州人告诉我，日本人骗他们说济南怎样好，谁知他从徐州上火车以后，就再也不让他下车，一直送到东北来了。在本溪解放以后，这些被欺骗和强迫来的劳工，有的已经改就了原来的职业，今天，他们能自由地过日子，不一定需要回家乡了。

有一次，我在本溪进一家鞋子店买一双布鞋，店伙不很懂我的话，以为我是日本人，对我很冷淡。我们的商人不愿出售东西给日本人，这是很可理解的。幸而那位陪伴我去的东北同志替我做了一个说明，于是他便和我谈起一种在我听去异样的话来了："嗯，这双鞋子，小小的合适？布的没有，呢的有。你的明白，我的不明

56

白……"我告诉他,请他不用说这样的话,虽然他不甚懂得我的南方话,但我完全听得懂他们的本地话,我愿意听纯粹的中国话,纯粹的东北话。那个店伙笑起来了。后来,我有更多的机会听到这类的话,据说,这是敌人所称为"协和语"的,不但要中国人说,而且还要中国人写,敌人要把我们的语言、文字也弄成残废。

单单从宫原和本溪留给我的印象,使我觉得,十四年的烙印,是多么惨痛和深刻呵!

一九四六年三月二日

选自《漫走解放区》,牡丹江书店 1946 年 10 月

过同蒲路

　　我们在某村停留两天，准备过同蒲铁路。在抗战时期，一般人过这条铁路叫作过封锁线。因为沿整个铁路敌人满布了据点，五里路一个碉堡，配备着人员和重武器。敌人虽然已经投降，由于国民党不准许八路军接受日军的投降，更由于阎锡山勾结敌人，把日军用作反共的骨干，同蒲路的敌人据点里，不但依旧布满着敌军，有几处还比敌人投降以前加多了，他们四处扰乱，抢劫老百姓的财物。

　　我们到达那村庄时，正是"四围山色中，一鞭残照里"，老百姓这里那里到处在打场，我不是画家，却也被这幅辛勤、生动的景色所感动，使我联想起米兰的油画《秋收》。

　　这一带的物产不丰富——包括五寨在内，只出产莜麦、胡麻和山药蛋。"吃莜麦，睡热炕"，这就是晋西北老百姓生活的概括。我第一次看见莜麦和莜面，也不知道这东西应该如何吃法，只好请老百姓帮我们做。我住的那家老百姓，妯娌俩很高兴地帮我们做，一边做莜面一边和我谈着天，她们把我从没有见到过莜麦这件事当作一个笑话，因而问这问那，想象我是什么都没有见过，而过着一种异样的生活。她们把莜面揉好之后，做成小小的一个一个卷，放在蒸笼里蒸熟，这就可以吃了。她们告诉我，莜面是耐饥的，照本地的习惯，吃莜面必须吃醋或吃酸菜汤，这地方老百姓家家户户自己做有酸菜。她们把自己做的酸胡萝卜切成丝，浸在酸汤里，拿来请我，虽不爱吃酸味却也觉得很可口。新蒸的莜面卷有一种引人的香味，倒像那新烤出炉的面包香味。她们和我谈，在敌人占领时，老百姓是没有吃的，每垧地至多只能收一百多斤，但敌人要他们缴三百多斤，老百姓把家里一切所有都收集起来送缴敌人，自己只好拔野草吃。现在，他们能吃到莜面和洋芋，还储藏着几缸酸菜。她们欢天喜地地谈到减租减息的好处："现在租减啦，种庄稼的也有得吃啦！"当然，他们对革命的政权是拥护的，对革命的八路军队也有认识，总说："八路军不让咱们老百姓吃亏。"她们的家庭看去是个和睦的大家庭——这也一定的，农民的生活得到了保障，家庭也就自然和睦了，女人被打骂，成为出气的对象这类情形也没有了，所以在我遇到的新老解放区的妇女，没有一个不赞扬八路军。革命政权和革命军队带给妇女的好处实在多，这因为中国妇女是一向受着双重压迫的——翁姑都健在。两个当家人都在前两天因事出外去了。那年近六十的老汉，高高而多皱的额角和乌黑的眼睛，高大的个子，显得还有神采。他好像怕惹人讨厌似的，不声不响，悄悄地从他家人身边走过。我发现他是一个善会人意而有着细致感情的老农民。他为我向他的侄儿换得一个骑鞍，用着他那发颤的手替我修理鞍上的皮带并告诉我应该注意的地方，使我觉得那么亲切。同行的马夫是一个急躁而脾气暴烈的人，这一路来，当他挥动着鞭子，口里大声吆喊着咧咧咧的时候，不单牲口害怕，连我也真觉得是惊心动魄的；每在我跌跤的时候,生怕被他看见了,好像要被当作一个错误来受他批判似的。这个老汉却使我想象,如果作为旅途的同行者,他一定是不讨人厌的。青春从来是美丽的,但我更爱高贵的品质和智慧。

当我坐在他们院子里的莜麦秸上,暖和的太阳照着,用铅笔随意地记一下我的旅程时,他们九岁的大孙子,不管大人们如何喊他走开、不要打扰我,他还是依依地靠在我的膝头,看着我写。"欢喜念书么?"我问他。"欢喜。"他回答。"为什么你不念书呢? 这里有小学堂么?""过去是有的,咱们不念他们鬼子的鬼书,全是鬼话。"老汉走过,接下说。"以后你可以念书了,念咱们自己的书,中国人的书!"我抚着孩子的头说。"日本鬼子到你家来过么?""来过。""他们来做什么呢?""他们跑进我们家里来,说'请教请教的',把我们鸡棚里的鸡捉走了,莜麦也装走了,鸡蛋也拿去了。他们什么都要,我的裤子他们也要。"小孩说,"他们还拔出刺刀问我爷爷:'什么的干活? ……'把我爷爷打倒在地上。"老汉感慨地说:"受够罪了! 偏偏还不死!""你不能这样说,你还要活呢! 还要让你看见一个繁荣的新中国,还应该让你过一些快乐的日子!"我对他说。

在那里人和牲口都吃饱、饮饱,休息够了之后,我又上路。黄昏时分,到一个小村,我们停下休息并饮水。忽然,我转过头来,看见一个背枪的人,紧紧地立在我的身旁,不觉怔了一下,问:"你是做什么的?""我是来保护你的。"他傲然地说。"你几岁了? 叫什么?""我叫马三笑,二十岁。"他回答。"你是什么时候参加八路军的?""已经参加了四年。今夜我的任务是送你安全地过路去。"我为他坦率的傲然的口吻所感动,同时却觉得需要一个才二十岁的青年来保护,好像自尊心受了伤似的有些不好意思起来。但我是了解这位青年战士的心理的,这么年轻,他已有了四年的战斗历史,做一个革命军队的战士,是多么光荣,多么值得骄傲的事! 用不到我来替他们宣传或夸赞,他们自己的行动都将是证明。八路军是这样好的军队,同了他们纪律的严格以及他们对于老百姓的爱护,他们是中国这一代优秀青年的代表! 我衷心尊敬他们。"这样说来,我们已经到了危险地带了?"我问。"还没有。"他回答的话都是斩钉截铁的,一个字不多,一个字不少。

我们出发不久就过一条河沿,我的牲口竟顽强地不肯过河去,好像被什么东西所惊吓,尽在河沿乱窜着。我用力打它但柳条鞭子一点也不生效力——这一路来,每天上路总要找一根树条,把驴子打着走,同伴们笑我"出洋相"——幸而马三笑的枪托一下就让我赶上了前边的人。整个夜行军中,都是依靠他的枪托使我不至于离前边的人太远;但我觉得很抱歉,因为,显然这绝不是他的任务。牲口跑着跑着,跑过高山,跑过碎石子路,它迅速地跑着,竟使我觉得在这夜里,牲口的脚仿佛矮了似的,矮得已经接近地面。四周是静寂的,只有马蹄嘚嘚的声音,单调地从地面上滑过。马三笑一直在我的旁边。我们只听到敌人的六响掷弹筒,什么事情也没有遇到地过了同蒲路。

人们不是被瞌睡,就是被口渴所困,多数是被瞌睡所困;有的人甚至因在马上蒙眬而跌下来。但我却清醒地望着那闪烁在天空的北斗星,好像发光的眼睛,不禁痴痴地想:今夜,可曾有远方的朋友,在埋头在工作中的不眠之夜里,想到有人是在跑着路过夜的么?

当我伸手从棉军装袋里摸出两个饼子,递送一个给马三笑时,不知什么时候,他已离我而去了。

一九四六年一月十九日

选自《漫走解放区》,牡丹江书店 1946 年 10 月

进入新老解放区

　　从蟆蜊峪望到对岸，山西的山和陕西的山，同样都是黄土质，没有什么不同，只是人们的说话语调和风俗以及服装是不同了。黄河把两岸的山自然地划分了界，这一段河身，看起来还没有及得上长江的辽阔，只有几丈的距离。我们从蟆镇的码头上船，顺流而下卅里，渡到碛口，费去一小时又廿分。我曾好几次听人谈到渡黄河是一件讨厌的事：黄河好像是一个无情的老于世故的人，当他一翻起脸来，就可以立刻不理睬你。据说渡河的人都需在精神上有受得起惊风骇涛的准备。但如果水不涨，天气好，没有风，那么也不是如何可怕的。当渡过一个骇浪的时候，船夫们便紧张地摇着桨，齐声喊着，浪花飞进船舱，人们静悄悄地危坐着，小孩子吓得哭叫起来，也有人晕船而呕吐的。但是生长在海边的人，海的儿女，他们经历过更大的浪涛，不会觉得惊奇的。

　　一踏进山西境，新鲜地投入眼底的是在断墙残壁上的许多标语："武力和劳力结合起来""一面战斗，一面生产"，使人一下感觉到踏进了前方。

碛口、三交都是新近解放的。碛口曾经过敌人几次的占领,也被敌人不止一次地轰炸过。街道狭隘——旧时的石板路,但很长,两旁拥挤着摆摊摊的人,他们都来自附近乡间,想起来,一定是因为战争的关系,他们已习惯地住在乡下了;街上的房子十室九空,好多被毁坏了,门、窗、板、壁,很少有完整的。居民还没有恢复到正常的生活。

当我们走向三交,远远地瞥见临河的城门口有一个烈士塔。三交曾经敌人两年多的占领,为着三交的解放,有七个优秀的共产党员率领着二百多忠勇的民兵,做了壮烈的牺牲。三交的人民是值得骄傲的!三交,这地方也还另有纪念的事:当抗战的前夜,陕甘宁边区创始人之一刘志丹将军率领八路军抗日先遣队东渡黄河,正进到三交,一颗可恨的反动派亲日分子的子弹,打中了他!还在延安的时候,我曾不止一次地在晚会里、在老百姓的口里听到《歌唱刘志丹》的歌声。陕甘宁边区人民对于"老刘"(老百姓是这样称呼他的)是这样的敬爱,当一听到要修造志丹陵时,远近的老百姓,不避炎热,送这送那,甚至有抬着石头来的。据说刘本富家子,曾是黄埔军校的学生,国共分家之后,他回家乡来,把家里财富都散了,后来,成为陕甘宁边区的创始人。他能够走出自己生活的圈子,浸到人民中间,忠心耿耿地做人民的仆人,无怪人民这样爱戴他。

三交虽然受敌人两年多的摧残,可是一直都在八路军的影响之下,人民是这样的热情,他们对于革命的军队,真如自己兄弟、姊妹样地亲热。他们一定从实际经验中懂得,如果没有八路军,就没有他们。无论问路也好,或向小摊摊上买一点东西也好,老百姓总是热情地欢喜和你攀谈,谈敌人的残酷和他们自己英勇战斗的故事。

在从三交到城庄的路上，我们向一个老百姓问路，他和我们谈一九四〇年这地方第一次被敌人占领时，老百姓所受的灾难：敌人将该村四十多个妇女赶到附近的山沟里，都被污辱了；死在敌人刺刀下的男女老幼，难以计算。那时，敌人大胆极了，两三个人也敢上山去搜山，枪上装着刺刀，哗啦哗啦的，看见荆棘和草堆都用刺刀来挑。但是老百姓受了这一次惨痛的教训后，他就更加相信八路军的话了，再也不让敌人如入无人之境地来横行了。有骨气的男人都参加了民兵，民兵普遍地发展起来，到处都埋有地雷。每个民兵，甚至妇女，都学会了埋地雷。一九四三年敌人再来时，中了八个地雷，一切东西都已坚壁起来，敌人不敢久留，也不敢搜山，就退走了。

我们愈进入山西，敌人残杀我们同胞的痕迹愈深刻地映入我们眼底。从城庄前去，我们路过一处名叫康宁镇的。原先，我们准备在那地方过夜；可是这地方简直找不到一间较完整的房间，整个村子都毁了，甚至没有一垛完整的墙。敌人在这一带，所有残酷的手段都施用过："铁壁合围"，"梳篦队形"，三光——抢光、烧光、杀光——政策，想拿残酷的手段，来征服、来统治我们敢于反抗的同胞。他们每次都是失败了，碰了钉子回去。我们停在离康宁镇八九里之遥的另一个小村，这村庄的破坏仅稍次于康宁。我们一进这村子，碰到的第一个困难，便是饮水问题。现有的卅户人家，只有三副水桶，每天他们都要排定了次序轮流担水。从前，家家都有一副水桶的，这许多水桶给敌人毁掉了，或是当柴烧了。这里不出产木料，还得向外边去想法，但是，如果眼前摆着水桶，他们也没有力量来购置，因之，他们的希望是寄托在民主的政权——公家，相信公家不久会想办法来帮助他们解决水桶问题的。

我们借宿的一户人家，仅有一个中年男人，带着他的九岁男孩，孩子的母亲在某次敌人秋季"扫荡"时，冻死在山沟里了。他们像谈说一件平常的事情那样对我说着，我的心却忍不住紧紧地收缩着，我的眼睛也润湿了。那孩子披着一块破麻袋布，簌簌地发抖。男人对我说："什么都给鬼子破坏啦！抢走啦！"但他们充满了信心和希望，他们觉得只要有共产党贤明的领导，加上军民一致的努力，好好地生产，那么在一两年之内，他们就能做到有吃有穿的。他们很知道河西那边的事情，更加有这样的自信力。但他们受够了过多的教训，他们决不容忍谁来专制独裁，统治他们、支配他们、奴役他们，像敌人一样的。我不能不同意，觉得他们的想法是对的，也相信他们如果被谁压到头上来时，他们会使用那丰富的战斗经验，起来反抗的。

当这个男人和我谈着，在我的身旁渐渐地围拢了一大群妇女和娃娃："看！好衣裳！"她们是来看我的好衣裳的，其中一个摸着我的衣角，说："又软又暖。"我身上穿着一条西装裤和一件为了不要太洋气而故意改得土里土气的西装上衣，都是七八年前的旧东西，而在她们看来，是这样的珍贵、新奇。我从来没有感到过这样惭愧和苦痛，也从来没有像这一晚地责备自己和不满意自己。我享受得太多，拿出得太少。忽然联想起显克微支的《你往何处去》，不管它是带着怎样浓厚的宗教气息，转回罗马去的信徒的自我牺牲精神，为群众而牺牲自己，永远是感动人的。一个革命者应有极高度的自我牺牲精神，具体点说，那就是个人的利益服从于集体的利益。推而广之，他们可以为集体，在必要的时候，甚至抛掷他们的生命。他们有自觉的纪律——由于有坚强的信仰，对人类社会有热烈的爱和理想。刘少奇先生在他的《论共产党员的修养》一文里说得很透彻。我觉得这篇文章，对于我们每一个普通的中国人，也是值得一读的，对于做人的道理,有极正确的见解。

如果我在这地方留下两年,我便能够亲眼看到康宁镇同胞生活的改善,我将和他们同过艰难困苦的日子,充满着和他们一样的希望。然而我毕竟走了,但他们留在我心里的印象是深刻的:不管我将走得如何远,当我一闭上眼睛,一个披着一块破麻袋布的小孩,簌簌地发抖的,便映到我眼前来了。

过了一天,我又从新解放区走入老根据地:兴县,它是晋绥边区的首脑地。这一带地方,都是八路军和人民从敌人手里,经过无数次残酷的战斗,夺过来的,最初是一小块一小块插在敌人的中间,现在连接起来了,整个晋绥边区的面积在三十三万一千平方华里以上,人口三百二十二万余。每年秋收时,敌人一定要来"扫荡",来抢粮——"扫荡"不止一次。去年,敌人也还来过。当敌人在岢岚扎下据点,他总想来打击这首脑地点兴县。一九四〇年以后,由于民兵的普遍发展,敌人来得少些,来既得不到什么,还常常被民兵伏击,而且到处地雷,来也不敢久留。

兴县城东关毁得最厉害,大街上一排排整齐的房子都是新造的。老百姓对敌人的仇恨深极了,因之对敌斗争的创造性也发挥得特别丰富和灵巧。兴县附近,到处都有英雄战斗的故事,道路旁边留着埋地雷的洞,也有破过路的痕迹。从兴县到界河口的路上,沿公路两旁,有一个一个的小土墩,上面插着一根木杆,约两丈深的壕沟围着土墩,我觉得这些奇怪的坟墓很是刺目。问老百姓,才知道敌人为阻挡民兵割电线,每个电杆用土高高地埋着,四周挑了深沟,而变成这样的。

原以为东渡黄河无故人,却没有想到在兴县就遇到了不少的新老朋友。在兴县附近的一个村上,遇见该区共产党负责人张邦英先生,四二年某次当过路的几个法国记者邀我陪去见高岗将军时,曾见到过他,留给我的印象是朴素、爽直、干脆,而有些天真的人。我们顺路到他的地方去打尖。蒙他赠送了我一头好牲口。这几年在延安和共产党员相处的机会多些,觉得他们有个特点,他们自己的生活一切都极刻苦,但对于党外人士总要设法照顾。

一九四五年十二月二十八日

选自《漫走解放区》,牡丹江书店 1946 年 10 月

人民的审判

　　二月二十八日上午，从八九点钟起，在靠街的玻璃窗口，就看得见男男女女往道北走去。当我走到那个广大的场子上时，整个场子里已经挨挨挤挤地站满了人，连场子角落里的石磨上也都立满了人，有男女学生，有武装队伍，更多的是老的、小的、男的、女的老百姓，该有六七千罢。他们的视线都朝一个方向望着，朝那挂有"复仇清算大会"横联的台上望着。

　　今天，海龙人民控诉、审判一个日本的走狗汉奸特务，过去曾是伪"协和会"的"委员"、万字会的"院监"，除了这许多"显赫"的头衔以外，他还有一个更"显赫"的绰号——由于他的依靠敌人起家，无数的市房，数千担的谷子，加上敌人扶植的势力——"海龙王"王文超，在这一带他是无人不晓的。

　　会场的空气是紧张而严肃。天空开始飘下一大朵一大朵的雪，但人们的心为一件不平常的事所激动，所兴奋，完全没有理会那落下来的密集的雪花。本来，在东北，在海龙，这个时季下雪，也实在是一件太平常的事。

主席宣布开会以后，便有两个带枪的人拥着一个人上台来，广场上的人群起了一阵躁动。"干什么给他上台去，那小子，把他摔下来，还给他坐凳子！"有人咕哝着，可是，主席一定没有听到。

"谁？那汉奸在哪里？"我拉着旁边一位须发皆白的老头子问。

"就是那个鸦片烟鬼，面孔又瘦又苍白的。"老人用手向台的左角指了一下。

在台的左角，一个高个子瘦长的男人，穿着一套黑布棉衣裤，戴着一顶皮帽，靠着一只长凳子，面孔斜向着台幕，好像恨不得缩到台幕里，隐藏起来似的。但是从我立的地方，还能够看得到那走狗汉奸特务的面孔，方方的，对敌人如此谄媚、服从，对同胞如此冷酷、无情的面孔。

海龙县县长首先报告接受这件案子的经过："民主政府收到老百姓对王文超的控诉状有这么厚一摞（他用手撑开，比了一比），我们才把他扣押起来，现在，乡亲们，你们控诉罢，把你们多少年来受这个走狗汉奸特务的苦都倾出来罢，不要再害怕他了，民主政府会给你们做主！"（大意是这样）

掌声、口号声和控诉者的喊声混成一片。县长的话还没有说完，台前已经挤拢了要上台去控诉的人。

控诉开始了。

一个七十五岁的老婆婆，牙齿都已落光，她向王文超要儿子，儿子是被王文超抓劳工抓去的，至今一去不返……

一个老汉控诉被王文超占土地；另一个控诉被王文超占了房屋。

小学教员杨云龙，王文超的大配给店掌柜的儿子，他父亲不忍心克扣老百姓的配给，被王文超赶出来，替王做了一辈子掌柜，没有

得到一点报酬,照东北当地的规矩,在商店里做掌柜是可以分到一定的红利的。杨掌柜一回家就气得病死了。"孩子!将来光复的时候,要给我复仇呵!"杨云龙说到这里,哭泣代替了话声。

台上人丛中,有人悄悄地用手巾擦着眼角,有人擤着鼻涕,大家想起过去的悲惨年月,好像几千斤石头压在肩上挺不起身来的年月,受敌人、汉奸践踏的年月,不由得眼泪滚下来了。

"太坏了,这赖小子!"在我旁边的老人,一边擦着眼睛,嘴唇颤抖着说。

"看起来他还年轻呢,谁想到他已经做了这么多恶事!"我说。

"哼!你别看他年轻,这小子做恶事的办法可多呢!"旁边一个中年妇人对我说。

"他今年二十七岁,已经做了十年的走狗汉奸!"一个商人模样的男子说。

确实,这坏蛋所做的罪恶,如果一件一件地记录下来,起码可以成为一本有二三十页的小册子。

十三岁时,王文超和一个姓张的女子结了婚,可是不久,他为了"高攀",与张离婚,重与伪县长王永恩的女儿结婚。

在一九三五年,他就认识了治安队的日籍教官伊东,以后,他和海龙县的日本特务股长也好,警务主任也好,经济股长也好,没有一个不是取得密切联系的。日本特务要他在万字会里探听有没有"家里"的活动,怀疑"家里"和抗日联军的杨靖宇有关系。又对他说:"你做买卖,多造几个大资本家,这好统制经济。"于是,王文超就在敌人的扶植下成为大资本家了。这是用敌人的统治,同胞的生命、血和肉造成的大资本家。

控诉继续着。

"八一五"日本投降以后，王文超的恩人，特务股长兼经济股长日本人广田，把手枪送给王文超，可是王把手枪回给广田。"给你自卫罢！"王说。他又赠给广田二百元、两套衣服，把广田夫妇化装了，用汽车送出海龙。分别的时候，还和广田抱头大哭。当时，王是维持会的委员。

"忘本的家伙，对日本人这样好！把手枪送回给他，来打死我们中国人么？"人群中传出咒骂的声音。

"什么维持会？"我好奇地探问。

"就是那些国民党闹的！"一个老婆婆带着愤慨的口吻回答我，"八月十五日那天中午，从无线电中听到说两小时以后，国民党来接收海龙，到了下午两点钟，老百姓到街上一看，那些从前的汉奸、特务、警察，都挂上了国民党员的袖章，大摇大摆地走在街上，他们都变成国民党员了！我们都关起门来躲到家里。你是关里来的罢，你不知道这些。王文超，就在那个时候做维持会的委员。"

商人模样的人对我作补充："有的汉奸听说花二十万伪币买一张国民党党证，也有的还要买个老资格，更多花上几万，写上一九四三年、四四年入党。"

"有冤报冤，有仇报仇！"喊声穿过那寒冷的天空，像一股热流冲激着。

我看见过鲁佛尔博物院中世界有名的雕刻《最后的审判》，今天，我看见了真实的最后的审判。

真相和正义出现了，复仇之神在微笑。

"海龙王"打躬作揖，向大家认罪。

最后，判决他的财产一部分没收归公，一部分退回给他从前所强占的别人，一部分留给他养家，三年徒刑，五年褫夺公权。财产由清算委员会来处理。

"多么好的政府,还留一部分财产给他养家呢! 想得多周到。"

"将来坏人都要变好,好人要更好。"

人们在谈论着。

一九四六年三月十二日

选自《东北日报》,1946 年 3 月 30 日

生活的体验

广武一宿

我们在一夜和一天半的时间里,走了近二百四五十里路,其间只在过同蒲路以后,在一个小村庄里喝水,休息三小时;到达广武镇时,人和牲口都很疲惫了。

广武镇留给我一个忧悒的印象。我所接触到的当地人,对我们都极殷勤,殷勤到使人感到不自然,使人摸不着他们的心理。诚然,这八年多来,他们在敌人统治下所受的委屈、所受的摧残,是在根据地里的人所不能想象的,但今天,他们重又投进祖国的怀抱,见着自己的兄弟姊妹,该是多么欢欣呵!尽情地流你们快乐和苦痛的眼泪罢!尽情地诉说你们所受过的一切罢!别再像惊弓之鸟了,过去的是过去了,将永远不再回来了,你们将被民主的政权和革命的军队所热爱,所关怀,再没有人敢于来践踏你们了!

我们到一家饭馆吃饭,馆子只有羊肉包子,不会炒菜,自然也不同意我们买菜来自己炒，正在交涉的时候，一个穿着短衣裤的，使人看去好像是有些灰溜溜的人，热心地告诉我们："那边巷里有一个好馆子，跟我来！"我们为好奇心所驱，便跟他走去，在大街转角的一条小巷里，黑漆的大门上写着四个白色字："此门卖面"。如果不是这个引路的人对我们早已有了说明，我们真会给这四个字引起一些奇怪的误解。

我们赞美着面和菜做得合味，便问主人为什么不把这馆子开到交通要道上去呢。主人长吁一声，带着名士风流的口气，告诉我们说，他做这小买卖，并不当作一个什么事儿的，只是为着消遣，他感叹整个广武镇没有一个好馆子——这倒是事实，也没有懂得做菜的人，而他，只愿意把他的技术给知音者去欣赏。他又告诉我们，以前他在包头做过厨司，一九四〇年，他回到家乡——广武来。他还和我们谈他对于汉奸的看法：汉奸有几种，有自动做的，有被迫做的，有死心塌地做的。那个领我们来的人在旁边殷勤地给我们送茶水，我们问他是做什么的，他回答说给饭馆主人帮个忙。他们招待得这样客气，竟使我难过起来。我爱热情、坦率而天真的人，从来受不起阿谀和逢迎，天！愿我们消灭这些丑恶的字，我们再不需要使用它们，我们是人，愿我们彼此用"人"样来平等对待着。

夜里，我睡在一个老百姓家的炕上，望着屋顶的天花板，糊满了敌人的报纸和杂志，一张伪《蒙疆新报》上登着头条大标题："孙良诚将军幡然觉悟，率所部参加和平阵营"，小标题："即被任为第二方面总司令"。我想到我们的国家和人民，我们曾受尽了敌人和自己败类的种种污辱，现在，人民用血来争得了胜利，用血来洗刷了我们的污辱，这许多事实，是决不容许歪曲的，抗战的历史将必须用真实而正直的笔法来记述。正想着，院子里送来小孩们清脆的歌声："什么花开花朝太阳,什么人拥护共产党? 迎春花开花朝太阳,老百姓拥护共产党!"虽然广武镇解放了才两个月,老百姓的大门口还贴着敌人占领时的荒谬春联:"维新""共荣";但孩子们却已唱开了新鲜的歌曲,夹着愉快的笑声,从院子里直送到街上、远处。

祝福你,广武和广武的人民,相信破碎的镇子不久将建设起来,人们将挺直胸膛,变得爽朗而且快乐!

生活的体验

从广武以后,接连五天我们都是爬着高山,即使偶尔遇到有一二十里平坦的路,那也是极难走的碎石子路,整天,我们是翻过一个山岭又一个山岭,直到北路口,走过恒山。在从界河口到岢岚的路上,我已经开始认识山西的山,是这样严峻、枯燥而难行的,可是,我还不知道更严峻而难行的山是在广武后的一段呢。有时,几乎是爬着走的,有时,攀缘着荆棘走,有时,拉着骡子的尾巴走,但是只要走着,哪怕是被雨雪所浸湿,或是铺着浮沙的极难走的高山,也还是挡不住我们的脚步! 只要我们是坚持着,就一定能达到目的地。对待革命工作也就是这样。有一两天,我们是在滹沱河的边沿高山里转着圈子,当我们到达山顶,便望见了滹沱河,当我们走下山坡,我们眼前又消逝了这条斜放着的带子。就在爬着这些高山的时候,我沉思,并仿佛自以为开始懂得一点什么叫作"生活的体验"。假定在一个长夏的清晨,坐了滑竿上峨眉山去,在轿子里的人玩赏着山景,可是抬轿的人呢,他也有心情赞美和欣赏山景么? 我想,他一定只愿望早一点跑到目的地,早早拿得他的报酬,那是他用以养活一家老小的。他多半会这样想:"怎么老跑不到呢?"我自以为在这个时候,我是懂得做一个轿夫、一个樵夫,或山居的人的情感——我也觉得

了解那驮东西的牲口。人在体验着生活的时候,情感是变得现实些,变得接近大众些,享受和剥削的情感也就自然会淡起来了。这高山是多么的美丽,像一垛削壁似的耸入云天,那么,好罢,请你走走看呢!

晋西北的山是远远地抛在后面了,但这五天的行程,留给了我一些新鲜的悟解。

民兵

我们停在一个村庄,名新窑。这地方离繁峙和宁武只有五六十里,那两处都还有敌人。

夜晚,我睡在一个老百姓家的外间,一个大炕上。一会儿,院子外的狗叫了,又一会儿,主人家的小猪来顶了门,一个农民青年高着声音在院子里和屋主人讲话,我不很懂得的山西话,接着,他推门进来,出去又回来,整个黄昏便是这样的不宁静。最后,我索性燃着洋蜡,穿起棉军装,坐在炕上,不准备睡觉了。当那青年农民又推门进来,在那木柜上不知摸索了些什么东西而要出去时,我忍不住有点不愉快地问他:"你们夜里不睡觉么?"他静静地回答我:"我们不睡觉的!""这简直是开玩笑!"我起来一边顶上门,一边被他的回答所恼,便喊起来:"真讨厌!请你不要再进来了!"好像他是听得清清楚楚的,大约在院子的门口罢,依然是静静地回答:"好,我就不进来了!""这地方人和狗都不可爱!"我叹气。多么烦扰的夜呵!多么厌烦的狗声呵!这里,那里,四处都是吠声,一犬吠影,百犬吠声,成了这一晚上的真实情景。刚刚群犬的吠声消寂下去,而我也是蒙眬地快要进入佳境的时候,忽然一只狗汪汪地大声吠了几下,于是,整个村庄又完全被包围在狗叫声里了。

次日大早，当我带着一些懊悔的情绪走出院子去，看见大门口有一个民兵，腰间挂着手榴弹，在放哨。一看，那就是昨晚进来又出去的青年农民，原来为着我们几个人过路，村里的民兵都出来给我们整夜放哨的。一个旅伴对我说："你总说碰不到一个民兵，是一件憾事，及至碰到了民兵，你又说'真讨厌！'"我笑了，觉得很抱歉，但又不知道怎样向这个民兵表示我的歉意，终于，当我离开这个院子上路时，从他身旁走过，"真对不住，苦了你们了！"我说。"哪里的话，只要你们很好就成了。"他回答着，微笑了。

崇高的友爱

由分水岭到蔡家沟去洪水河的山岭上，七八十里无人烟，但我们平安地走过这些高山，没有盗匪，也没有遇到一个坏人。这些绝端分散在山岭中的农村，由于发动生产，减租减息，生活是繁荣起来了，人民都能自己管理自己，而且管理得这样好，并且，人与人之间的关系，改善得渐渐接近到理想的地步！我见到在民主政权的培养下中国今天的农村，是这样进步了。无论在经济建设上，在政治觉悟程度上，在人与人之间的关系上，这种进步，是我从前所不曾想象到的。

好像就为得证实我这个思想，在前面的陡坡上，一个穿黑布衣服的老百姓躺在路边。"老乡，你病了么？走不动么？我扶你上我的牲口走罢！躺在这儿要着凉了！"一个穿黑布制服的工作人员，一边说一边去扶起那躺在路边的人，把他扶上鞍子，缓缓地为他牵着牲口走。我还听他们在亲切地交谈着，哪村人，去哪里，做什么。

我是那么的快乐，甚至快乐得要流泪了，为着目睹人类最高贵最美丽的行为，我愿意把其他一切的丑陋和罪恶都忘掉而且都宽恕了!

是的,没有共产党,没有八路军,这些地方将是一些不可想象的地方!

桃花墕

走了近二十里的平坦路,到一个面临河流,被水桐围绕着的村庄,名桃花墕。

我住的老百姓家,姓张,一家五口,老夫妇俩,大儿子有二十二岁,私塾教员,二儿子十一岁,女孩十五岁,生得还整齐。他们有一排四间正房,我睡在其中一间的柜台上,那一间里供奉着乱七八糟的各种神仙:大仙、灶君大王、富贵神……

这地方敌人已一年不到。房子很整洁,墙壁上粉得白白的。我从这家人家出发,往全村去溜达了一下,觉得不但这一家整洁,整个村庄也都是整洁的。如果在国运兴隆、政治修明的年月,这地方真可以成为世外桃源。但现在,敌人摧残的痕迹还很深,这样冷的天气,还有不少的小孩是完全赤着下身的。这一带的老百姓很迷信,家家都供奉着各种各样的神仙;北路口竟使我有这样的印象,好像每条街的十字路口都有庙的,那些从不见经典的庙名,伏魔宫等等的殿里,放着许多涂上大红大绿的艳丽颜色的塑像,使人觉得在敌人占领的年月里,真是连神像也都鬼子化了。

在私塾教员的家里,看见一份十月十一日的《冀晋群众报》,年轻的张先生是这个村里的唯一知识分子,能写能算。在这村里他们是小有产者。"你的媳妇呢?"和他们一家聊着天,我问。老太太回答我:"父母娶来的,旧派的,面上长一个疤,他不要了,回娘家去了!"指着她的长子,骄傲的口吻说。"那么让他自己找一个情投意合的,美丽的,年轻的。"我微笑着说。"可不是。现在大人也管不了他们的事了! 只好由他自己找去!"老太太说。儿子笑着接下说:"还没有找到对象。"这农村的知识分子所表现的第一个反抗旧社会的行动,却是离婚,使我觉得"五四"的时代并没有结束。但我觉得即使在我们理想的社会里,婚姻的稳定性也是很难说的。也许——但愿将来能到那样的时候:两性的选择完全可以自由,不受物质条件的限制,两性的结合纯粹是为着爱情,到那个时候,离婚将变得像现在社会上的理想夫妇一样,很难得的事了。

次日清晨,当我离开桃花墕,地面上铺着一层浓霜,地里结了冻。这情景使我想起周邦彦的那几句:"马滑霜浓,不如休去,直是少人行。"几个早起的妇女和小孩立在门口目送我们走出村庄去。"你看她多么威武!""威武乍咧!"另一个说。前面还有很多的高山和难走的路,但是阻挡不了我们走的心,走罢! 我依然拿着一根树条,上路了。

一九四六年一月二十三日

选自《漫走解放区》,牡丹江书店 1946 年 10 月

无人区和人圈

　　从张家口坐火车到怀来，才下午三时左右。在怀来停宿一宵。怀来以后，我便又骑牲口了。蒙晋察冀军区司令部调了一个马夫、一个勤务送我。那个马夫姓李，河北人，他是从阜平来的，是一个农民出身的共产党员。李同志约有卅多岁，沉默而寡言。依然觉得法朗士的话是对的："讨厌的人比讨厌的书还要讨厌。"我从来不爱那些为着一点琐碎小事而整日呶呶不休，或是言不及义的多话的男人或女人。在这样的人面前，我真觉得我的耳朵还是聋了好。但是，在现社会里，也还有契诃夫所写的那类人，那么在某些场合，装聋作哑，也是必要的了。老李同志有令人不讨厌的长处，特别，他对我和牲口是这样的负责，这回，倒不再是我自己怕掉在路上，而是他怕我掉在路上了。我从这个农民党员的行动上，了解一个共产党员和一个平常人不同的地方：当一个党员他被分配到一个工作，那么他一定要完成这个任务，无论有多少的困难；而一个强的党员，有锻炼的党员，他对于任务的观念是极重的。

从怀来到古北口，我们所走的路和伪蒙军李守信部——这时候已变成"中央军"了——的驻地是成一直线的，最长的距离是四五十里，短的只二三十里。我所经过的地方的老百姓，谈到伪蒙军，没有一个不咬牙切齿地痛恨。伪蒙军的拿手好戏是向老百姓"奔袭"，在后半夜，或在天快明的时候，突然跑进村庄来，奸淫抢劫，无恶不作，如果有八路军的工作人员一落到他们手里，那么日本人所用来残杀中国人的那一套：灌煤油、吊打、活埋，也都用出来。

行军的第三天，我们又开始爬高山。上午走了约十里路后，进入热河省界；下午踏进了从前的伪满洲国，便是从前敌人的"皇道乐土"。一路我们看见被拆毁或烧掉的房舍所遗留下的瓦砾堆。村庄都用土墙围起来，每个村庄的围墙门上，用砖砌成一个丑恶而原始的形式：好像好莱坞的影片里所假想的原始人手中所执的武器，或者，像陕甘宁边区过去的巫神所用的三山刀。围墙上有着白底黑字："建设部落，自兴乡土"。这便是敌人所创造的无人区和人圈。敌人把我们堂堂的有着悠久文化的民族，侮辱而贱视为"部落"。

十一月二十五日中午，我们在杨柳树底下村打尖，村上的男女老幼围着我们，看我们吃红薯——这条路上唯一买得到的粮食，孩子们赤着下身和脚，大人们穿着褴褛的衣服，在这样的季候，看不到有穿棉衣的。有一个同伴从包裹里拿出在张家口买到的白糖来吃，小孩子们好奇地走近去问："那是什么？""是糖。""糖是什么滋味？""甜的。""给我吃一点儿罢！我的手指上生着疮。"一个小孩子向同伴伸着手。"给我一点儿罢！我的眼睛痛。"旁边一个孩子挤上去。"给我一点儿罢，我有咳嗽病。"一个年老的婆婆走上前来。一忽儿，那位同伴把一斤白糖分完了。

当晚我们宿于崎峰茶，这是一个典型的敌人所"建设"的"部落"。所有这个"部落"里的老百姓，都是敌人从别处的村庄赶拢来的，老百姓抛弃自己原来的家舍田园，屯集到这地方来，要一样没一样。敌人把人民屯集起来，一则是便于他的统治，二则把那些自然村庄消灭之后，变成无人区，使八路军的游击队难以存身。人圈里的房子，都是一式一样的一排一排的矮土屋，就像关内的猪圈、羊圈一样。没有一个人穿着完整的哪怕是旧的衣服，千疮百孔，一点也不是形容，人人面黄肌瘦。一个老汉对我说："八路军要再不来，我们也活不成了！我们都要冻死饿死，快要绝种了！我们村里从前有四百多户，现在死得只剩一百多户了！"老人颤着声音，我仿佛见他落下了泪。在敌人统治的时候，每年春耕时，敌人把老百姓编成队，排了队到离他们原来田舍不远的土地上去耕种，来回跑几十里路，晚上再排队回到人圈里来。

看到这地方只有红薯，我便问一个老百姓："为什么你们不种点萝卜呢？""我们不种萝卜，"他回答我，"因为鬼子一见萝卜就拔来吃。明年我们要种萝卜了，"他微笑起来，"明年咱们爱吃什么就种什么。"农民对于解放了他们的人——八路军是感激的，道理很简单，就是这个老百姓所说的："明年咱们爱吃什么就种什么。"他又告诉我，热河省政府已有命令下来，农民可以取得农贷。明年，我想这地方农民的生产情绪一定是高涨的，因为他们都将为自己而耕，而且是自由耕种了。有些农民，他们已经从人圈里搬回从前自己的住处，搭个草棚，住起来了。

夜晚我睡在一间土房的破柜台上——屋顶上挂了好些烟草叶子，直垂到我的头上，同伴们玩笑说，是无数的璎珞。老百姓男男女女都跑来问我："你有烂衬衣么？你有烂裤子么？"也有人说："把你这双鞋子卖给我罢！你身上穿的毛衣多么暖，肯卖么？"多么遗憾，除了身上穿的以外，我也只有一肩被褥，便连几双破袜子，也早在山西境内时，送给老百姓拆来当"洋"线用。我问："这地方没有布买么？为什么不买点布来缝件衣服穿呢？""唉！你哪里知道？买布么？布是日本鬼子配给的，我们一家六口人，一年配给几尺布，一个人穿都不够。你买布穿么？那是国事犯，不但布被没收，还要罚钱坐牢呢！谁敢买布？有钱也不敢买。"

真的，我们从根据地来的人，一下子是不容易了解在敌人统治了很久的地方，人民所受的苦痛。但愿我们中国人不要忘了我们的同胞和土地是被日本鬼子这样践踏过，这样奴役过的！

一九四六年二月十二日

选自《漫走解放区》，牡丹江书店 1946 年 10 月

在陕甘宁边区境内

由于从未经过行军——像这样长的陆路旅行,并且用着这样原始的交通工具——牲口,有时也还步行,一路我所闹的笑话,虽然没有像唐·吉诃德那样人物所做的严重,但因为没有做过调查研究,从主观主义所产生的可笑的事,是并不少的。

出发的第二天,发现我那头曾被大家称赞的牲口,原是前两天买来的,是一头老百姓推磨的牲口,它不会跟着直线走路,只会转圈子,在行人道上,好像一个醉鬼似的,它的步子总是踉踉跄跄,颠来歪去的。在到五寨之前,我是一直把驮鞍当骑鞍骑的,我很惊奇有些人能够在牲口上骑一整天,至于我,两只脚搁在骡子头上的皮条里,骑上半小时,脚就痛得不大好忍受了!在最初的几天,骑上牲口,想下来走走,走上一些路,又想骑牲口。总之,骑也不好,走也不好。几天后,胆子大起来了,也渐渐地熟悉了自己的牲口,也会想办法去对付它的缺点,而在现有条件之下来较好地处理每天的行路。

开始,我们一天只走三十里就宿营了;后来,我们每天从走四十里、五十里，直走到八十、九十，甚至一百里的。在陕甘宁边区境内，我们走得十分自由，并不像一般赶路的人的原则："未晚先投宿，鸡鸣早看天"。我们出发有时已日高三丈，停宿的时候往往已在黄昏了。在陕甘宁边区，社会秩序和治安是这样的好，路不拾遗，夜不闭户，这已是现实社会的情形，而不再是在古书上写着的人们的梦想。在出发的第三天夜里，我们停在禹居，是一个镇，店铺都已住满了客人，我们好容易在一家骡马大店歇下来，但找不到足够的窑洞，我睡在马房边的干草堆里，搁上一块门板，算是床铺，虽然没有门，也没有窗，但却是安心睡到大天亮。

就在禹居，几个老百姓听说我们是从延安来的，走来问我们可知道毛主席去重庆谈判的结果怎样，可曾回来。我说我们走时毛主席还没有回来。其中一个老者说："怎么去了那样久还不回来？"老百姓对于毛主席是这样的关心和拥护，因为他是真正地代表着人民的利益，而和人民的利益息息相关的。

我们每天到一个新的地方，每天也有新的见识和感触。"入乡问俗"，我们可惜没有很多时间去访问，但所见到的，所听到的，虽然只那么一点点，随处学习，也使我对于祖国，对于翻了身的人民，有更亲切的了解。显然地，我觉得陕甘宁边区人民的生活，是大大地改善了，他们吃着面条、油炸糕……穿着自纺自织的土布，小孩们都是胖胖的红润的面孔，活泼快乐地在田野间、山坡上拦着牛或吆着羊。我便想起在劳动英雄大会上，毛主席谈到这几年的生产运动时曾说道，生产建设使边区面目为之一新。这新的面目，我不单在毛主席的讲话里听到，在《解放日报》上各地的通讯报道里读到，今天是亲眼看到了。这是共产党的领导、民主的政权、革命的队伍和人民这几年来所共同努力的成绩！只是在极端分散的农村中，由于过去文化长期落后、医生的缺乏,虽然多年来经过反迷信和反巫神的教育,巫神在农村中是还没有完全绝迹的,这还待边区医疗队今后继续努力地工作,替老百姓治病,同时进行卫生教育。

从延川到绥德,是一个纺织区域。延川城外满川都种着棉花,棉梗高高的,棉桃很大,可以看出曾经过很好的打理。延川是个模范植棉区,曾得过边区政府的奖励。特等模范抗属折碧莲住在附近的山上,可惜不是我顺路经过的。

清涧,多么美秀的地名! 一条水流从青色的石板上流去,也许就是这地名的来源罢! 在清涧我们做了县政府一位女副科长的上宾,她是我同行的一位女伴的朋友。晚间,我们在县府的石窟顶上,看清涧商界同人组织的业余剧团演戏——戏台就在斜对面,这是他们自动发起演出,来慰劳留在这里养伤的战士的。演的是秦腔,箱子很新。剧是一个风俗人情剧,所谓家庭悲剧:围绕着一个不贤的后母虐待前母所生的儿子的种种情节。这类型的剧本是古典的,也是现代的,但从来就是中国式的,因为那是半封建社会的特有产物,我们从南中国到北中国,到处都看得到的。但在共产党领导的,实现了新民主主义政权的地区,这个从古以来,连清官也觉得头痛的"清官难断家务事"的家庭悲剧,在今天已不复存在了。恰恰和外间某些传说相反:共产党很重视家庭生活,他们反对封建,他们主张家庭的结合应当是自愿的,家庭的纠纷以调解融洽为原则,人们的家庭生活,正如社会生活一样,是有民主权利的。从人权,从民主权利,从人情来处理家庭纠纷,是最入情入理的,因此很多过去不和睦的家庭转变成为进步的,一家都积极生产而生活得很融洽的模范家庭。这样的例子,《解放日报》上曾有过不少的报道。我认为这也是共产党的一个很好的创造。我们不能否认,在那种家长专制制度的家庭里，人是被摧残的。但像资本主义国家的小家庭，年老的父母往往和儿女分居，老年人的暮年是很寂寞的。今天在解放区的这种民主的模范家庭，可说是照顾了老的也照顾了年轻的，照顾了男的，也照顾了女的，是适合于中国国情的。

绥德位于盆地，商业繁盛，在过去文化也比较发达，号称陕北的上海，附近有不少的古迹：扶苏是赐死在这里的，无定河边的山上有他的墓；这里又是韩世忠的故乡，有纪念他的庙宇和石碑。我们在绥德休息了三天。

从绥德以后，我们开始借宿在老百姓的家里，婆姨们以极大的好奇和热情来招待我这个女客。"你来了么？"好像等候很久，如获至宝样的。"你几岁了？有汉么？"她们团团围住，便这样问起来。"真的你没有汉么？为什么不找一个呢？""不好找。""咦！你怎么会不好找呢？""那么照你看起来，是很好找的了，说说看，你是怎样找的？"她们听我这么说，便咯咯地笑起来，拉着我的手："好同志呢，你真会说笑语。"陕北的妇女是开通的，爽朗的，特别是这些朴素的农民，不论男女，都有快乐的精神，并且差不多个个都是善于开玩笑的。接着她们便关心地问起来："今天你走了几里？熬了么？"不必请求她们，就替你烧起洗脚水来。她们说："你们都是欢喜清洁的，欢喜天天洗脚。"

最令我不能忘记的是已经夜晚九点钟的光景，我们在月光下迷了路，虽然划着火柴，在碎石子路上，也找不到牲口的蹄印，我们请求一个赶路去替死了人的邻家买寿衣的老乡，给我们领路。螅蜊峪，这个镇子真的像藏在螅蜊里一样地难走和难找。那天因路不好，我没有骑多久的牲口，足足走了六十多里。我借宿在一个依山傍水的老百姓家里，一位年近六十的老婆婆把我接到她那小小的石窑里,她那种关切简直好像迎接她久别的女儿,她殷勤地把炕扫刷又扫刷,用一块小小的布把纸窗上的一块玻璃蒙住了——因为怕睡热炕,我尽量往炕外边靠窗的地方睡。"你熬了罢?脱衣服睡觉罢!不要动弹了!"差不多带着命令的口吻,她的好心和关切使我惘怅地起了微微的乡思。睡在炕上,我听她兴奋地和我谈他们的生活,八路军来了以后,租息都减了,也没有了苛捐杂税,船夫——她的儿子是黄河里的船夫——的生活有了保障,老头子做一点小买卖,媳妇和她纺线,她满意地说:"过日子还没有什么。"在小小的麻油灯下,她一边谈,一边熟练地倒她自己纺的线,盘着两腿坐在炕角。她的媳妇回河东娘家去了,孙子已经熟睡,她还起劲地倒着线。真的,他们对于生产是这样的积极,生活是这样的愉快,充满了希望!

这是我在陕甘宁边区的最后一晚,想到就要离开这个地方,很少会有重来的机会,我有些感动。窗外,黄河的水汹涌地流着,流着,不断地流着,自由自在地流着,好像为着解放了的祖国和人民而在欢唱着。涛声引起我很多错综复杂的回忆,好像一会儿把我送到钱塘江边,一会儿送到地中海上,我也很自然地联想到《木兰辞》:"不闻机杼声""但闻黄河流水鸣溅溅"。显然,时代是不同了,中国进步的女性在抗战中所做的工作、所起的作用,在历史家的笔下,将来也会有生动的一页罢。

选自《漫走解放区》,牡丹江书店 1946 年 10 月

张垣四日

　　去天镇的路是一条开阔的公路，没有什么山坡，但一直是微微地向上陡着。房东赵先生曾对我说，这条路高起一点高起一点，好像是接上天去似的。当然，我们谁也没有走过上天去的路，但那一天的路程我们是走得那么愉快，因为，心里有一个希望：一到天镇，可以弃马坐车了。

　　人疲了，牲口也疲了。牲口是我们长途行军的最好伴侣，听说红军长征时，牲口是非常被重视的。是的，如果没有牲口，我想也许不可能走这么多的路。我们的马夫常常用好些话来咒骂牲口："人老则奸，看来牲口老了也是奸。"骂得使我们笑起来。牲口在经过了一个多月行程之后，变得很疲懒了，也许是由于经验，柳条鞭子已经不产生效力，我的骡子在走了二三十里路后，它的后腿就一颠一颠的，马夫说它奸，想把人颠下来。的确，这个毛病是以前所没有的。

　　我们在天镇过一晚，次日早间，便去车站候车。这里每天都有客车，老百姓鱼贯地在售票处等候买票。十时左右，正当火车到站时，来了美国飞机,在车站上空低飞徘徊,侦察很久。老百姓都翘首而视,并报之以抗议的声音。

下午五时左右,我们到达察哈尔省城张家口。这城市给我的第一印象,仿佛有杭州那么大——不把西湖算在内,实际是及不上杭州的大。一条大清河把它劈成两块。张家口沦陷了已九年多。自一九三九年九月一日起,敌人在这地方设立了伪蒙古自治政府。敌人曾那么处心积虑地来统治张家口,计划以十五年的时间,接连到重工业区的宣化,成为大张家口。在敌人占领的时间里,老百姓是吃尽了苦头,敌人的统治是那么严密,除了空气之外——便连空气,老百姓怕也不敢自由呼吸——真是什么都统制起来了,实行严格的配给。捐和税的繁重,出于常人想象之外。就拿饮水这件事来说罢:敌人把所有的水井都统制起来,有一个"水井组合会",把水价提得很高,每担水要二十元;单单水的税收,每月也达六七千元以上。一九四五年八月十三日,八路军从东山坡冲进张家口,解放了该市。当时,敌人正烧好午饭准备吃饭,拿起饭碗,听到八路军已进来,便抛下饭碗,仓皇往北平方向逃走。

今天的张家口是充满了活泼、新鲜的气氛,它在晋察冀行政委员会和晋察冀军区直接领导之下,各种事业都是蓬蓬勃勃的。水和电都畅通。人民自由贸易,市面热闹,工厂已复工,工人的工资提高了。复仇清算运动已经进行得细致而深刻,罪大恶极的死汉奸有的已付诸极刑,有的扣押起来,准备公审。社会秩序良好,特别是军风纪的严格,值得赞美。老百姓可以自由地在街上行走,但穿军装的人必须有通行证,必须是有事才可以外出。因此,我虽然做了军区司令部的客人,却为着穿的是军装,而不敢随意往街上去溜达,免得弄得不好被抓起来,才是有趣的笑话。

老百姓对八路军尊崇备至，并且都把他们神话化了。解放大饭店的侍者对我谈那天八路军打进市来的事情："不知道他们从哪儿来的，他们进来的时候，日本人弃放在桌上的饭还是热的呢！"

每天上午十时到十一时，美国飞机总要到张市上空来盘旋侦察。有时几架，有时十几架。我在张市四日，只有初到的次日，夜里下过雨，天色是阴暗的，美国飞机没有来。余三天，天天都来。这种举动，在中国人民心上留着深刻的印象。我相信这是遗憾的事情，而美国的广大人民，也不会同情这类似的举动。

成仿吾先生领我去参观了一次晋察冀行政委员会的办公厅。穿过清水河，因此得环游了张垣全市。接着，我又参观了晋察冀日报馆和它的印刷厂，访问了《工人报》的主编者吴小武先生，妇联的李宝光和李殿影二位女士。

《晋察冀日报》和延安的《解放日报》一样大小。最初，当一九三八年八路军到阜平时，开始办的报名《抗敌报》，是石印；一九四〇年，改为《晋察冀日报》，铅印，初用老五号，后改六号字。张市解放后，由阜平搬来出版。每天印两万七千多份，每份售价边币五元。现用的器材是敌人遗留下的，有一辆现代化的轮转机。

吴小武先生和我谈了《工人报》的情形，也是从阜平搬来的。《工人报》只《晋察冀日报》一半大，准备从明年一月起，扩大成和《晋察冀日报》一样的版面。它现在是三日刊，每期印两万份左右。编排得很活泼，有好些工人的通讯。吴先生还和我谈晋察冀的工业建设和民兵英雄李殿冰、李勇、贾玉，以及冀中地道战等的故事。我初以为他是一个工人，后来才知吴先生是个知识分子出身——曾是杭州工专的学生，在晋察冀，在敌后工作已很多年，和有实际工作经验的人作一夕谈，真是胜读十年书。李殿影女士告诉了我许多关于晋察冀边区妇女在抗战中所做的工作,以及她们今天在社会上、政治上、经济上的地位提高了等种种事实。

我对于晋察冀边区,充满了仰慕的心情。去年九月,在延安遇见从天津逃出来的法人 Mélinand 先生等七人,他们那么地赞扬这个边区的好:阜平什么都好,八路军好,八路军的工作同志好,老百姓好,鞋子好,被子好,真是没有一样不好,而民兵更是了不起的英雄。

我问:"好在什么地方呢?" Mélinand 先生说:"工作人员是诚恳的,老百姓是热烈的;至于鞋子,那是结实的,您看,"他指着他脚上的鞋子,"这是我从阜平穿出来的,您觉得不好看么? 但我就靠着这双鞋子走到这里来的! 走了这么多路,还没有破。您没有到过前方么?"他笑起来,"我要说我比您了解中国!"他们也称赞晋察冀的军事工业建设,冀中军民关系的好。当时我曾很奇怪,在延安住了这么多年,也遇见过一些从前方回来的八路军工作人员,但从没有听他们谈过,也许这些事情在他们做的人看起来是一些平常的事,而不值得一谈么? 在我,觉得没有能够到阜平去看看,是一件憾事。

从张家口各方面的工作情形看来,这地方是充满了共产党里的人才——优秀的干部,他们和人民在一起管理这个城市,显得绰绰有余的样子。

华北联大也搬来这里,听说还要办一个艺术学院。民众剧院正在演出《李自成》。口外的老百姓欢喜看洛子(上海称作硼硼戏),这种戏的特点是充满了风骚和低级趣味,但如果把它加以改造,放进新内容去,对观众不再是单纯的娱乐,也有了教育的意义。据说在我到张家口之前,曾演出《枪毙汉奸杨小脚》,就是改造了的有新内容的洛子,很受老百姓的欢迎。张家口的文化工作也显得很活跃,可惜在我还没有能够更多地了解这个城市的时候,却不能不离开它,重又上路了。

一九四六年二月十日

选自《漫走解放区》,牡丹江书店 1946 年 10 月

◇ 陈银芳

工人到处受痛苦

我是在上海被招工招来大连的一个工人，老少三代同上大连来的，但现在死得就剩我一个人了。

因为日本狗打到上海，工厂都倒闭了，工人都失了业，只有到乡下去背米来维持生活。那时候我才十四岁，也要到乡下去背米挣几个钱来维持一家的生活。但那时候日本人封锁上海的租界，粮食不准往租界运，所以背米的时候，要偷偷地钻过几道铁丝网，越过几条河，有时白天不能走，要等到半夜才能走。日本宪兵还时常化装了便衣，埋伏在铁丝网的附近来堵我们，跑慢的就被他们抓去痛打一顿或押起来，妇女时被他们强奸，甚至还把你脱光了衣裳推在河里，不准你抬起头来，不然就拿大石头打，他们在岸上拍手大笑，逃跑快的就放枪打或放狗咬你，被害死了不少的老百姓，所以随时都有送掉性命的危险。汪精卫的警察，大部分都是国民党的警察改编的，堵在道上要买路钱，给少了就不让走，或用刀把装米的口袋割破，把米都撒在地下，所以拿性命换来的几个钱，大部分都被他们剥削去了。

有一次晚上,我正和很多人背了米在钻铁丝网,忽然窜出一群狗来咬我们,我的腿上被咬了一口,直烂了三年,烂成一个很大的疤,做了一个永久的纪念,当时我吓得把米也丢了,光顾着逃命了。

在十七岁的那年,日本宪兵封锁租界一天比一天紧,我几次背的米都被宪兵劫去了,弄得我一家实在无法生活下去。正在急得走投无路的时候,忽然在马路边上看到一个大广告,上面写着"好消息"三个大字,仔细一看,原来是大连船渠在上海招考技术工人,上面写的待遇是每月薪俸军用票一百二十元至二百四十元(实际上最多不过五十元),并由厂方供给大米、白面和小米,还先发给两床被、一套衣裳,到了大连后一年四季还继续发给四套衣裳。洗澡和娱乐也由厂方供给,如果干了半年想要回家,也可由厂方起船票送回上海。我们一看认为再满意也没有了,就回家和祖母商量,最后决定要到大连来。父亲就去投考,录取了。不料把行李一切东西都搬进去以后,就像监狱一样把我们锁在里面,不准出来。那时就知道上当了,但还希望到了大连能过好日子。当时是发给了一套衣裳一床被,但那床被却叫他们吃掉了,当晚就把我们送到船上,在船上就听来往的客人说,大连日本人怎么怎么压迫中国人,吃豆饼皮、橡子面,我们一听真害怕极了,祖母就哭了。船到了大连,日本人领着我们到寺儿沟碧山庄东山上去住,一看那房子的两旁都是脏水沟,真是又臭又脏,人一进去就要恶心。当天晚上连饭也没有吃,祖母就哭了一夜。以后就把上海带来的东西,卖的卖,当的当,换几个钱来买东西吃。过了四五天,日本人又叫我们搬到秋月町去住,不管你有技术或没有技术都叫你去当养成工,练习打大锤,下日本操。下操因为不懂日本话,转错了向,就拿洋镐棒好一顿打。日本监工名叫石桥,他也不管你有病没有病,一口气就叫你打一个钟头的大锤,不准休息。如果打得稍稍慢一点,他拿的洋镐棒就会恶狠狠地打到你身上来。那时候大部分的工人都有病了,躺在炕上不能去干活,监工就拿了洋镐棒去一个一个地打,非干活不可。

一个多月以后,我和祖母都病倒了,父亲真急坏了,祖母还时常对他哭道:"你赶快想个办法,让我们走吧! 要不然我们的命都断送在大连街了。"父亲的心碎了,真是比用钢刀绞还难受,但是有什么用呢? 眼看着我们的病一天比一天重了,也没有钱请医生治。

有一天,父亲忽然被石桥找到了一个岔子,用洋镐棒打得他在地下直滚,打了足足有二三十下,打得浑身都发紫,接着也病倒了,连气再加病,不到一礼拜就死了。那时我也病得很厉害,不能起床,祖母浑身都发肿,只听得祖母微弱的声音哭叫着我父亲的名字,不几天祖母又死了,我的病则更加厉害。祖母临死的时候,我还和她睡在一块儿,但什么也不知道,以后怎么样抬出去的,埋在什么地方,我直到现在还不知道。那时,工人间发生了传染病,每个人得的病都是发冷发热,但日本人不但不给我们医,还把我们封锁起来,不准随便走。死的最多的时候一天能死七八个,死了以后就放在地下,要等六七天以后才来抬。正在六月天,死尸都臭了、稀烂了,不能用手抬,就用铁锨把死尸装进棺材里去。那棺材是用八块薄松板钉起来的,中间有很大的缝,抬着走的时候,死尸的血都从棺材缝里滴出来。

有一次我的病比较好了一些,日本人就叫我到劳务科去干活,不料跑了一天回去累得倒在炕上不能动了,因此又犯了病,这样好了又犯,犯了又好,过了二年多,连我自己也以为决定不能活了。冬天,大部分工人都光了膀,没有衣服穿,有病不能干活就不给饭吃,冻死和饿死了很多人。于是他们就把病重的人都放在一间大房子里,用钉把门钉死,只听得他们有气无力地哀号:"哎呀,救命啊!""哎呀!饿死我了,冻死我了,我不能死,我还要活呀!"这种悲惨的声音一听到,汗毛就会竖起来。过了两三天,都活生生地冻死和饿死了。大连船渠共招来了六百二十多名上海工人,死了一多半,只跑了一小部分。

"八一五"以前的日子是和痛苦、受罪简直分不开的,回忆起来,一字一句都是眼泪,庆幸今天已结束了。

选自《"工农园地"选集》,大连大众书店 1948 年 8 月

◇陈　隄

出狱一年

到了八月，我底心上就涌起了无限往事的感慨。

那是去年的八月六日，我们一群被定为有越狱危险的囚徒，一清早起，就都被召唤到监房的中央岗去，一个个验明了正身，在背上用粉笔画上了特殊记号，然后扣上手铐，又用麻绳紧紧地捆绑了两臂。一个移送我们的日本看守，恐怕在途中发生意外，走过来，把每个手铐又重新往里扣了一下，一种难忍的疼楚，迫得我咬紧嘴唇。

我们被一串串牵上了载重汽车，车的周围坐满了荷枪实弹的看守。

"不许往街上看！"一个看守在嘈嚷着。

长年被押在没有太阳的监狱里，一看见长春街上的风光，那绿色的杨柳，熙攘的行人，尤其那穿了时装，不时走过去的少女，这些都足以诱惑着每个囚徒偷偷向外张望的心情。

在长春车站上，火车没有进站，我们就一排一排地被摆在地上等着，日本宪兵佩着长刀，得意地从我们身旁过去，那些穿着木屐的

日本女人,也趾高气扬地漫踱着步子,一会儿,来看囚徒热闹的人们就多起来了,一个光着屁股的小孩子,一边跑,一边嚷着:

"妈妈,快来看呀,这一大堆囚犯哩!"

我感觉到一种精神上被宰割的痛苦,把头低下来,在看着地上的蚂蚁搬运食粮。

火车刚一进站,我们就被一串串地牵进月台了,像鱼似的,火车刚一停稳,又被一串串牵进车厢去。车窗完全给关闭了,车里是十分闷热,一个不认识的犯人将把窗子打开一条缝,鬼子看守的刀背立刻砍到他的头上去:

"妈拉个×,跑的干活计,打死没关系呀!"

一群没有自由的囚徒,就像坐蒸笼似的,一直坐到了吉林车站。

到吉林的第二天,忽然落起雨来,监房只要一下雨就漏的,起初是一个地方漏,后来没有一个地方不是漏的,大家只好躺在湿淋淋的床板上。

监狱长听说是姓林的,关东州人,日本话说得很漂亮,前些天还曾请求加入日本国籍,现在还没有批准下来。他很小心,生怕我们要越狱,第三天,就把一些判得刑期长一点的,都给轧上铁镣子了,我幸亏是判七年以下,没有尝着脚镣的滋味。

八月九日的黎明,我们突然被空袭警报的汽笛声惊醒,接着就是照明弹的亮光和轰隆轰隆炸弹的爆裂声,我们沉重的心情立刻兴奋了。到天亮,一个中国看守过来告诉我们:

"苏联红军对日宣战了! 夜里的炸弹,就是苏联空军投的。"

我们一听到这个消息,乐得几乎要哭出来,苏联既已对日宣战,想象不久我们就可以出狱了。

以后,每天我们都可以听到中国看守告诉我们空袭的消息,听

说苏联红军已经打到牡丹江，准备十六日打到哈尔滨，然后分兵南下，我们就估计着苏联红军几时可以打到吉林，可以打开监狱的铁门。大家高兴得要互相哭起来，都觉得前途已经显出光明了，都相互地商量着，出狱后要怎样给社会做一些事情，想象着今后的中国该是一个怎样自由民主的新中国。

那是八月十三日吧，林监狱长把我们这群思想犯召唤到教诲室去了，他很神气地训诫着：

"你们别太高兴，苏联能一定胜过亲邦日本么？你们过去做的坏事要好好悔改一下，别梦想一两天就可以出狱的，告诉你们，谁要领头炸狱，我是一点也不客气的。"

那家伙还在信仰着他爸爸亲邦日本的最后胜利！到了八月十五日正午，日本无条件投降的广播传来，他又把我们召唤出去，这回可换了一副面孔，很谦恭和蔼地让我们坐下，嗫嚅地说：

"同志们！我告诉诸位一个好消息，就是我们的宿敌日本，已经无条件投降了。一两天，诸位同志就可以出狱了。"

我们一齐说道："我们早就知道了。"那家伙红一红脸又让我们回到监房去。这时，中国看守们，一个个过来和我们谈笑着，日本看守一个也看不见了。

夜里，我们乐得没有睡觉，大家乱糟糟地唱着歌。

八月十六日，天一蒙蒙亮，我们就打好了行李，吃完早饭，在吉林市民代表的欢迎声中，用庄严的步伐，迈出了吉林监狱的铁门。

自由了，从今天起，我们又看见有光有色的世界啊！五年来漫长的灰色岁月，在敌人的酷刑下，在敌人过度劳力的剥削下，使得我丢掉了青春，使得我一天天在计算着未来的日子，我乐得不断地流下眼泪，我忍不住地喊着："苏联红军万岁！"于是高呼的声音竟响遍了吉林天空的行云。

到今天,我出狱整整一年了,事实竟打破了我在狱里的梦想,中国除了十几个解放区外哪处是和平光明的土地呢?而且中原的"围剿",美军的进驻,全面性内战的展开,湘省灾情的严重以及李兆麟将军、李公朴先生、闻一多先生的被害……是加重了多少中国人民的痛苦!

"九一八"的不抵抗主义,使东北人民受了十四年涂炭和痛苦,今年的蒋介石勾结美寇,我担心着第二个"九一八"会从美帝国主义手里制造出来。

我想起了在狱中被拉上绞刑场的一些中华儿女们,我望着西风吹动的树梢、树丛那边潺潺流动的江水,我立刻停下笔来,吐出了一声悠长的叹息。血液在奔腾着……

一九四六年八月在太阳岛上

选自《东北日报》,1946 年 8 月 17 日

◇ 陈　腐

我的家乡改变了

学校放假了,我借着这个机会,探问将别一年的故乡。一月六号坐汽车由兴隆出发,经过古老的宁安,到蓝港下车,向西南步行约二十里,就到了我的家乡——高力房屯。

高力房东离固家线铁路半里余,为石头站北第二个屯子,约有住户百余家,土地八百多垧。土地不肥沃,出产很少,没被日寇没收。伪满时,不仅受警察特务的压迫和剥削,还受铁路警护队的欺压,所以,全屯中农多降为贫农了。

我将进屯时,忽然听见"东方红,太阳升,中国出了个毛泽东"的歌声,非常嘹亮、动听。原来是三四个女孩子唱的,她们看见有生人走过,都不唱了,每人的两只眼睛睁得像豆似的,观察外来人的行动。其中忽然有一个女孩向我行礼说:"三哥回来啦!"我看出那是我的堂妹惠学,今年才九岁,我问她谁教的,她说:"在儿童团学的!"说完跑着回家告诉大人去了。

选自《牡丹江日报》,1947 年 3 月 23 日

◇陈震平

介绍哈尔滨青年干部学校

这是一件非常值得庆幸的事,哈尔滨青年干部学校在人们热烈的期望下,以民青总部所在地为校址,第一期于六月二日开学了。许多青年将青干校的创立引为喜讯相告,寄以无限的希望,这从青年们踊跃报名,使学校得以在极短期内开学的情况来看,就是一个明证。

这样一个新型的培养革命青年干部的学校,在哈尔滨还是第一个。它的建立,完全是为了客观需要,适合时宜的。

首先,青干校的建立,是东北进步的青年运动的新发展。由于伪满法西斯教育的影响,东北青年长期和真实消息隔绝的缘故,一般东北青年是不认识共产党,也不理解人民力量的。反之,他们存在着相当浓厚的所谓"正统"观念,因之,在"八一五"解放后,甚至较长的时间里,他们很多人在盲目地反对民主政府,整天在盼望着所谓"中央",而这几乎又成为一种自然的现象。然而它是可以而且正在迅速地改变着的,为时才不过一年多,东北青年耳闻目染,他们看到共产党全心全意地为人民服务，民主政府干部艰苦朴素的纯洁作风，看到民主联军英勇善战，他们从蒙昧之中苏醒过来："原来这和反动派完全两样啊！"这是一方面，这是共产党这个"教员"给东北青年的事实教育。

其次，还由于东北青年本质上还是纯正勇敢的，他们所受的痛苦压迫最深，要求进步和追求真理的心情也最迫切，这样，东北青年自己的进步翻身，无疑问地就成为不可遏止的群众运动了。一年来东北青年运动，尤其是十个月来哈尔滨的学生运动，是蓬勃地开展了，他们在民主政府亲切的领导培育之下，在学习、竞赛、宣传、歌咏、新秧歌……各种活动中，在下乡、到工厂实际的工作中，锻炼了自己，涌现了大量的积极分子，思想上有了飞速的进步，一扫以往那种无意识的"反苏反共"情绪，他们从彷徨、苦闷、颓丧之中找到了力量和方向，从而以新的民主青年的战斗姿态活跃起来，这又差不多是许多东北青年从"八一五"以来的经历，一经回忆、对比，我们怎能不感到这种可喜的急剧的转变呢！

东北青年运动底发展，表现在民青组织的迅速扩大，民青盟员已经遍布东北各地，他们在各种工作岗位上起着先锋与模范作用，许多进步的青年迫切要求参加实际工作，许多人对于目前正规学校的学习，已感到不够满足，对于新的革命理论、政治常识探求的热情是提高了。就在这样的情况下，青干校就以适应今天青年运动的新形式而出现了。

其次，青干校的建立，是目前客观形势的需要。当着关内人民解放军胜利出击，特别在关外民主联军夏季攻势发展，东北形势急转直下，大量的工作放在我们面前之际，它需要很多人去做，东北应该由东北人民做主，东北进步的青年自然更是建设新东北的先锋，为了在短期内(一期定为六个月)培养出一大批真正为人民服务的青年生力军,青干校就负担起这个任务而诞生了。

青干校的学生都学些什么? 要达到一个什么目的? 校长蒋南翔同志在开学典礼上讲得很明确,他说:"青干是一个新的学校,它有新型的学习制度和新的作风,如果从教育观点上来说,它是打碎了旧的一套,青干校的目的在于培养建设新民主主义的青年干部,所以青干校训是'为人民服务',我们所要学的也是实际为人民服务的本领,我们要解决的就是一个立场问题——在民主与独裁、光明与黑暗斗争中站在哪一边,即为谁服务的问题。"

现在我们来看看青干的课程内容,一共是六门课:

课别	中国问题	近百年史	唯物史观	国际问题	各种政策	国文
主要内容	中国社会、中国革命、中国政党史	自鸦片战争至现在的人民革命运动史	世界观与人生观、社会发展史	苏联与美国	土地、工商业等政策、群众工作、生产运动	文艺基础知识、写作方法
主要参考书籍	《中国革命与中国共产党》	《中国近代革命运动史》	《唯物史》或《社会科学概论》	书报杂志	《群众工作手册》等	《活叶文选》
目的	认清当前中国的矛盾及掌握解决的办法	吸收革命经验,提高革命信心	正确处理人生观与青年出路问题	分清敌友,认清世界发展趋势	了解与学习民主政府现行政策	能写工作报告、新闻通讯

从上面的课程表上,我们看到青干学习的中心是放在中国问题

上，解决对国共问题的认识，即以立场、观点为主，而且青干校在学习的步骤上是这样确定的：第一步学习中国问题，其次学习国际问题，最后学习政策。国文等课是齐头并进的，为的是使这批不久将成为干部的青年们获得一些必要的工具。

适应这种新的课程的学习方法，是"讲授为辅、自学为主"的群众路线的学习方法，同时在学习中要随时把理论和实际（国内外的实际、个人的实际）结合起来。

青干除了这样的新的学习内容、学习方法而外，还有三个特点，就是充分的时事教育、集体主义的作风和文化娱乐生活。在青干规定，早饭后要读报一小时，随读随讨论，《东北日报》已成为每个青干同学的好朋友和好学习工具。每星期六青干规定为"盟日"（即民青盟员们的日子），因为在青干的同学多数是进步的民青盟员，而直属青干民青支部是青干唯一的群众组织（民青总部是青干的心脏），这一天是同学们生活得最有兴趣的一天：请名人演讲，开小组会（生活检讨会），举行课外活动（民青文工团、合唱团等），最近还举办了一次热烈的大辩论会（论战题目是"'反饥饿、反内战'对吗？"甲乙方为同学推选的四十八个代表）。

在青干，任何一个地方都强调集体主义精神，提倡艰苦朴素作风，发扬团结互助，反对小资产阶级的个人主义和自由主义。在日常生活中如此，在学习竞赛中也将其规定为竞赛的重要标准之一。因为青干就要使这群青年们，在短期内既改造了思想，也能养成一种正派作风，这样才能在出校后去为人民服务。

在朝气奋发的东北解放区的首都哈尔滨，在捷报频传的欢腾空气中，近二百五十个活泼的青年们，他们在紧张地学习着，自由地生活着。在晴朗的夏天的早晨，我们常看到男女同学们跑步到美丽的松花江边去洗脸,在大操场里,兴致勃勃地扭着秧歌当早操,踏着健步进出那宏伟的门楼,在自由活动时间,球场里总是挤满了人,歌声在四处飘荡……

生活在解放区的青年是幸福的,生活在青干的同学尤其是幸福的,我们祝贺青干的创立,期待着它的成就。

六月二十日

选自《知识》,1947 年第 4 卷第 1 期

◇ 苗　康

"老子英雄儿好汉"

一

　　"满洲国"一倒台，彰武一带有许多所谓"中央军"都起来乘机作乱了。有个自称是张作霖亲儿子的土匪头子，名叫张学之，据说蒋介石明令委他为第三军军长，来"接收"法库等地"主权"。他们的"大军"号称三个团，纠集伪军、警察、特务、土匪两千多人，到处抢掠，老百姓叫苦连天。

　　我们的队伍在六家子一带扎了一个团，老百姓也自动组织联庄会来配合军队作战。曾小成是联庄会里最积极的一个。他虽然只有十六岁，但穷苦的生活锻炼得他非常胆大。在漆黑的夜里，他独自在野外放哨或带着红缨枪到三五里以外的村子去送情报。他不怕劳累，破烂的黑棉衣虽然挡不住深冬的风雪，但他的满腔热血是不怕任何寒冷的。

　　在三连刚到五凤子的第二天，小成拿了红缨枪到那里送信，他

走到连部门口,好奇地问着哨兵:

"我可以进去吗?"

哨兵请示了连长,允许了他。他走进连部,笔直地站在连长的桌旁,连长看着情报,指导员再三请他坐下,他才很端庄地坐在那里。

"你几岁?"指导员和蔼地问他。

"十六岁!"

"有爹妈吗?"

"爹当兵走了十六年了,妈在家,我给人家放牛。"

连长看完情报,知道是土匪又出来扰乱,向他说:

"你知道土匪住的地方吗?"

"他们没有一定地方,今儿在这,明天到那。他们的军部听说这两天在小西沟住,那地方我熟。"小成稳重地说。

连长心里想到一个主意,便马上叫警卫员向老乡找了便衣,要亲自随他去侦察一下。

张学之匪部盘踞的地方,是一个长二十余里的区域。这里有许多伏在雪下的小山丘。前两年小成在那里放过牛,那些村子有多少人家,路怎样走,他都知道。于是他们背着一个布袋,装着送粮食的样子向那里走去。一进村就碰见土匪的哨兵,小成向前行礼说:"咱们来这里送粮食的。"那哨兵就放他们进去了。小成像个猴子似的引着连长,钻进沟底又爬到山上,终于他指着一个深灰色的房子向连长低声说:

"那就是他们的司令部,你看由这里支一个机关枪能打着吗?"他比着手势,对着那房子,好像他已经有了一挺机关枪似的。他不知道这是多么远的距离,那房子是否在有效射程之内。连长笑了,他也笑了。

在回来的路上，他用试探的口吻问连长：

"你们用小孩子不？我参加军队行不行？"

"当然行，我们那里比你小的孩子都很多。"

"能打仗？"

"能打仗的就打仗，不能打仗的做别的工作。"

"我要打仗！给我一支枪。"

"可以！你会打枪？"

"我会放土枪，洋炮我干不来。"

"不要紧，在关里我们一个小同志用手榴弹还缴了敌人的枪呢。还有的小孩子摸到敌人的堡垒里，把炮上的闩都偷来了。"

"怎么偷法？你教给我，教我使手榴弹，我愿学……"

"回到连队上慢慢教你。"

他们说着话很快地回到连部。

当天下午，连长就把小成领到团参谋长那里，把侦察的情况报告了参谋长，参谋长拍着小成的肩膀问着：

"张学之住的什么村？"

"小西沟。"

"小西沟正北什么村，有多少敌人，正西有什么村……"参谋长一面看着地图一面问，小成答的一点也不错，而且敌人的数目及枪支都记得清清楚楚。

当天下午参谋长留小成在司令部住宿，连夜做好了战斗计划，发下命令。

次日拂晓在小西沟东面二十余里的弧形战线上打响了战斗。参谋长的指挥所设在一个距敌司令部两千多米的较高的土丘上。当敌人正要抵抗时，他们司令的房后突然腾起了一股黑烟，随着那黑烟的方向射过去的,是设在参谋长身边的迫击炮的炮弹,屋子在火花中崩塌了。敌人的阵容混乱了,冲锋号一响,战士们都像虎似的扑了上去。敌人都吓得慌了手脚不知向哪里逃才好。腿长的就向南溃窜下去,余下的大部分都被缴了械。

战斗结束了,小成提着一把盒子枪、背着一支大枪从人群中走来。他乐得嘴也抿不住了,他走到参谋长面前行了个礼,表示他完成了任务。原来他在半夜里就从团部出发,一个人摸到那座深灰色房子后面趴在地下,听到第一声枪响后,他不等第二声枪响,就在房后一个草堆上放起火来。那个号称军长,自认是张大帅嫡子的"张司令",刚要上马逃跑,就被炸死在房门口了。他从容不迫地在一个炸死的尸体上解了盒子枪,就从敌人后面冲了出来,刚好碰见一个匪军迎面跑来,他把盒子枪对准那土匪吓了一声"站住",那家伙就把枪丢下跑走了。于是他得到了两支武器。

二

从那次战斗以后,小成就跟着参谋长一起,他学会了打枪,学会了侦察,白天出去工作到很晚才回来,有时就和参谋长睡在一张床上休息。这样不分昼夜地奔波,眼睛都熬红了。参谋处的人,都觉得这个神出鬼入的孩子是个小英雄,都愿意和他接近,而他也不像刚见三连长时那样拘谨呆板了,常常和别人在一起打球,玩杠子跳高。他见谁都笑眯眯的,特别是和司令部那些小同志们非常和气,他让小东教他认字,让小马教他唱歌。

有一次他刚从操场打球回来,正好碰见了团长和参谋长一块散步,他赶快把衣服穿好,擦了擦脸上的汗,把帽子戴好,行举手礼。

"小成,你往家里写信了吗?"团长关心地问着。

"写了！妈妈没有回信。"他挤了挤眼睛向首长撒谎了。

团长看出了他的神情，笑了，参谋长也笑了。"还是给你妈写个信，当八路军不是不要家了！"团长郑重地说。

"你不回去，也可以叫她来看看你，她的生活，将来政府照顾……"参谋长补充着。

小成走过以后，团长望着他的后影向参谋长说："这小鬼有两下子，我的儿子将来长大能像他，那就是我很大的光荣。"

"我的儿子如果现在还在的话，也和他一样大了。"

参谋长是通辽人，九一八事变就在张学良部下当兵，西安事变以后参加了红军，抗战中在冀中的大平原上转战了八年，他是一个士兵出身，现在担任了团参谋长，他深恐自己的能力不足，恐怕贻误军机，因此他小心谨慎地忠实自己的任务，更没有心思去想家庭那许多往事了。

在小成刚到团部那天夜里，参谋长就知道了小成和自己同姓，又是十六岁，家庭的情况也差不离，但天下类似的事情太多了，而且小成的家在新武，他的家在通辽。因为小成，他曾想起了家，但一会就过去了。

三

二十团连打了几个胜仗，把土匪肃清了，六家子周围三十里的老百姓，有的抬着猪，有的抬着鸡蛋，有的拿着刚烙好的油饼向团部送来。

小成的妈自从那天不见了小成以后，到今天已经十多天了，因为以前小成给人家放牛，也常好在外面住宿，现在没回来，她倒也不很在意，但不知道小成是当了兵。

她从二十来岁就同自己的丈夫随着翁翁,由山东老家来到东北,下户在通辽。他们房无一间,地无一垄,只给王老财家耪了一年青,第二年因为人家要按三七分粮,无地可种了,小成的爸就气得当了兵,小成的祖父上了年纪,得了"急心疯病",不多日子就死了。第二年秋天正好又碰上九一八事变,她带着不满三岁的孩子,"靠天天高,靠地地厚",怎样生活呢?乞讨着流浪回关里的老家去?这却不是一件容易的事。兵荒马乱,男人在道上都不好行动,一个女人家在这千里迢迢的路上怎样能走呢?

在小成刚满四岁的时候,她在小白屯一个有钱人家找到了混饭吃的事情。这是一个繁重的劳动。全家二十多口人吃饭,就靠她一人煮,同时还要照料自己的小孩。她的可贵的青春很快就被这烦恼的岁月折磨过去了,脸色逐渐苍白起来,头发也被那整日的炊烟和炉灰纠缠得纷乱不堪了,深陷的眼睛时常在灰暗的灯光下淌着泪水,饱受了人生创伤的心,时常在绝望地痴想着丈夫,夜里搂抱着孤苦的孩子,暗吞着眼泪,蜷伏在那像牢狱似的厨房里。

"天老爷有眼,保佑我的小成平安地活着,赶快长大吧!"她常常在凄酸的深夜中,如此自言自语地祷告着。

在敌伪统治时期,他们是没有做人的权利的。他们是被作为"黑人"埋藏在那黑暗的世界里。无论春、夏、秋、冬,从来也没有走出大门见见世面的机会。这样绝情的环境,几乎使她变成了一个傻子,只有孩子是她的精神寄托。

十六年来的残忍光阴,我没有能力写出她是怎样度过的。

八路军来了,她觉得这是解放了自己的队伍,她经常坐在街头打听剿匪的消息,今天听说村里人都到六家子慰劳,她不能落后,抱着仅有的一只小母鸡送到团部来了。

团部正在召开庆祝胜利大会，人像蚂蚁一样向会场里走，小成的妈，挤在人群的前面。

主席台上是团长、政委、参谋长、主任，还有许多工人农民的代表，另外有一个十多岁的孩子，穿着整齐的军衣站在一边。她走进会场，顾不得去分辨那孩子是不是她的儿子，她先仔细地听着政委的讲话：

"今天的胜利大会，特别值得提出来表扬的，是小战斗英雄曾小成，他缴了敌人十五支枪，侦察了十多处匪窝，我们特以一等战斗英雄的光荣称号奖励他。"台下的掌声像暴雷一样地响起来。

她听到"曾小成""战斗英雄"这几个字，就立刻明白这是怎样一回事了。她挤近主席台，向司仪的人献上了带来的母鸡，并且说明她是小成的妈。司仪就赶快把她请到台上了。

她看见自己的儿子戴着英雄花，骄傲地站在那里，心里乐了，慈善的笑拂去了十六年来笼罩在她脸上的愁云。小成也得意地向着母亲笑了一下，团长让她和自己坐在一起交谈着，小成的妈，不断地看着参谋长，她想这人实在面熟。参谋长正听着政委讲话，猛一回头，看见了小成的妈。他知道前两天所不能相信的事情，现在居然成为事实了。他走近她的近旁说：

"你是小成的妈？认识我吗？"小成的妈欢喜的脸上挂了几丝兴奋的泪痕……

团长看到这件事高兴极了，像一个狂热的孩子似的马上走到台边拉了拉正在说话的政治委员，扬着手向大会报告了这个可喜的消息，并跟他们一家三口坐在台前和大家见面。会场上浮动起来了，有的鼓掌，有的说：

"不易呵！十六年……"

在会场平静以后,政委继续讲话,他说:

"刚才的事情,正说明了我们的军队是老百姓的队伍,是人民的子弟兵。古人有言:'老子英雄儿好汉。'又说:'上阵还凭父子兵。'今天我们参谋长和他的儿子曾小成,是英雄,是好汉,又是父子兵了。"台下的群众都大笑起来,鼓掌和口号的声音持续了很久。

在散会以后,群众都传诵着:"熬了十六年,今儿又团圆,老子是英雄,儿子是好汉。"

选自《东北日报》,1946 年 6 月 6 日

◇ *范文昌*

丈夫办公事　老婆忙生产

　　刘成修从去年六月间，由甘井子搬来姜家村，他生活很困难，他的老婆便领着女孩子每日到山上挖苦菜回家补助，就这样地过着日子。

　　等到了七月里刘成修就加入了姜家村的自卫团，自卫团员的工作是每日苦心地看守庄稼，但是自卫团员们都是赤贫的穷汉子，所以经全村的老百姓讨论，决定要给自卫团员一点报酬，就是每人一年给三石粮食，这样一来，刘成修亦领到了三石粮，从此他家里便开始有点吃的了，所以他看守庄稼更忠心了。

　　他家中共有六口人，一年只有三石粮是不顶事的，因此他老婆在秋收时还是要整日地到山地里去捡山（拾粮食），待秋收过去，庄稼已收获完了，自卫团呢也就解散了。刘成修因没有活计做，就在窝棚里开了一个小小的豆腐房，自己又没有驴子，拉磨便由他老婆自己每天抱着棍拉，待挣了几个钱后就赁了邻居家一条驴子。直到今年的春季，政府分配官有地时，每人一亩，刘成修就分得了一天荒地,他与他老婆又不分昼夜地在山上开荒,不过半月,就将那一天荒地一锹头一锹头地开了出来,把石头捡得一个也没有。使人最感佩服的,就是他老婆,天天干活,从也不觉有一点疏懒,时时自在地说:"民主政府比咱们的父母还好,我们的父母亦没有给我们留下一点地,政府就白白地分给我们这些地,真使我一辈子也忘不了。"

在春耕时,刘成修就被选为村长,他老婆一听,当了村长,真是高兴得了不得,便说道:"你当了村长,是要给老百姓办事的,可不能有一点吃私贪污,你尽管放心地去工作好了,家中一切事情不用你挂心,由我自己来料理。"

刘成修就成天地在村里办公去了,他那可敬的妻子除了在家里做饭而外,一时亦忘不了那心上的一块新开荒的地,等把地整理好了,就由犒犋组的牲口来帮助种地,她自己来播种子,一粒种子亦不肯让它丢,地种完了以后,就到山坡上挖菜来家吃,或者切碎了喂鸡和鸭子。

庄稼苗子发出来时,她真好像当自己生命一样地爱惜这些小苗儿,她把地里弄得一棵草茅都没有。有天早晨天刚一亮,她就跑到地里去看庄稼,一看地里有好多的小草茅,她心急了,马上简直疯狂一般地去拔除那些小草,至日上三竿时还没有回家,她的老母亲可急了,因为她还是没有吃早饭出去的呢。待她回家时,的确,她自己也忘了还没有吃饭呢!

选自《"工农园地"选集》,大连大众书店 1948 年 8 月

◇ 范永德

献把老虎钳

大连化学工厂第五分厂赵明山工友，家里存着一个七八十斤重的大老虎钳子，很久以前他就寻思，这个大家伙摆在我家有什么用，不如献给厂方，多少还可起点作用。

有一天他告诉工务股于股长说："我家有个老虎钳子，有七八十斤重，我愿意献给厂方使用，不知厂里要不要。"

于股长笑着说："那太好了，你可以雇个马车拉来，费用公家报销。"赵工友接着说："嘿！我们工人有的是力气，可以自己生办法，用不着花钱雇马车。"

几次他都想一个人背，但总是因为太重，实在没办法。六号那天，许春景工友听到这个消息，自动在工暇时间到赵工友家——飞机场北泡子崖去帮助抬这个笨重的家伙。从赵工友家到厂子里有六七里路远，还要翻一个山，道路狭窄弯曲，再加上刚下过雪，光滑难行，他俩在路上摔了四五跤，等抬到厂后，已累得满头大汗。

大家都说："赵明山、许春景两工友这样爱护工厂，应当立一大功。"

一、工友献金

大连化学工厂的工友从自己家中拿来许多东西献给厂方,他们爱工厂真正像爱自己的家一样。这些物资的献出,对工厂来说真是解决了不少问题,像白钢焊条在整个大连都买不到一支,而王廷山工友一下子就从自己家中拿来了一大盒。厂方负责人看见了真高兴极了,立刻要估价发给各个工友们奖金。当工会王主任分发给大家奖金的时候,工友都纷纷拒绝。许春景工友说:"俺们大伙儿献这些东西,是为了帮助咱们自己的工厂生产和节约,也是略表大家的心意,不是为了要公家的钱,如果要钱的话,那俺们也不必往厂子里送了……"工会主任和其他负责同志都再三动员说服他们收下,但工友们坚决不收钱,后来大家一致的意见是将全部奖金募给工会做生产救济基金,帮助家庭困难的工友们。这种精神真使人感动。

二、东西虽小含意大

二月廿九日下班后,郭焕升走出厂子,要走到大桥洞了,他一掏布袋,发现里面有两个电流表里的小螺丝钉,他赶紧把饭包交给别人说:"你们慢慢走,我把螺丝钉送回去。"同伴说:"得啦,明天捎回来就行了。"他说:"不能,别看东西小,现在厂内工友立功,每个人都献东西给工厂,我不但没有多献,反倒拿出去,如有个丢失,整个电流计不就坏了!"说着急忙送了回去。正赶上晚间工友准备安装电流计,他正好送来了。工友们都说他工作有责任心。

选自《"工农园地"选集》,大连大众书店 1948 年 8 月

119

◇ 范　政

夏耘新景
——记北安屯的一天

钟声

在铁道东边的青山背后，太阳放出光芒，宛如一朵盛开的大玫瑰花，公鸡小心地叫了两声，生怕惊醒累坏了的主人——是的，刘主任昨晚往炕上一倒，就把千斤重的眼皮合上了，又酸又疼的四肢瘫软在炕上，虱子跳蚤怎么也闹不醒他，他的老婆连女人特有的惊觉也失去了，半夜里孩子哭着要奶吃，她闭着眼睛把奶头塞进小嘴里就又迷糊过去了，至于孩子什么时候才松口，她根本就不知道，这短短的（只五小时）夏夜是多么珍贵啊！——现在，刘主任睡眼蒙眬地下了地，推开门，一阵草原的凉气直扑他脸上，他连连打着寒噤，接着他敲起钟来——不是礼拜堂那种醉人的调子，而是紧张的号召劳动的钟声！

北安屯醒了，家家冒着炊烟。

消息

山坡上,刘主任和他的小组正在锄草,各人把住一垄,默默地使着劲,不时有人向两面张望,就怕自己落在人家后面,但谁也不肯"溜门槛""冒锄"。

汗,从刘主任那牛一样又壮又红的脖子上顺着沟淌下来,他是桦南一等劳动英雄,自然不能落后。

区里有个战士从田边经过,他说:"告诉你们,阎敬甫屯的头遍已经锄好了!"这消息像一场冰雹打在刘主任的头上,倒不是他嫉妒人家,而是他纳闷:"什么好法子我都使了,怎么会比他们慢?"他用一双迷惑的眼睛,向四面田里一望,看哪:在那块苞米地里,那红的、绿的、白的一堆,不正是老陈全家六个老娘们儿吗?在西边的山坡上,像蚂蚁似的那一群,不是那十七个小学生给军属代锄吗?村子里头除了掉光头发的老太太在炕上剥葱,吃奶的孩子满地乱爬和艾家的痴子、焦家的瞎子而外,差不多都下了地了。往年七虎力河的水泡子边总有十来个人钓鱼,今年一个也没有了,为什么会比别人慢呢?

"刘主任,我去看看!"一个年轻人骑着没有鞍子的马,消失在铁路那边。约莫几袋烟的工夫,他回来了,马吐着白沫,他说:"放心吧,阎敬甫屯五月节也铲不完呐!"

刘主任稍微安了心:"咱们北安屯这回可别现世啊,我在县里,有几十个屯子跟咱们挑战,你想想,春耕时候五个奖旗就给咱拿回两个,人家怎能不眼红呢?……别愣啊!干吧!"

雨来了

"哎!雨来了!"刘主任看着东南方的黑云说。

大家就像没听见似的,照样去对付那些野草。

"要挨浇了,回屯子吧!"刘主任看着地平线上一隐一现的,像金色的树枝一样的闪电说。大家仍然不动身,他高兴透了,他想:"这些小伙子,要是往年给人家扛活的时候,还没等打头的说一声'避避雨吧',他们就赶快躲起来了!"东面已经扯起了一道灰色的纱幕,大雨点被风猛烈地摔到脊背上,雷在头上轰隆着,他喊了声:"跑啊!"大家才扛起了锄头。

刘主任站在庄头上,用一副得意的笑容迎接那些被淋湿了的小伙子们、姑娘们、老娘们儿。他连连地说道:"好雨,好雨,正是要雨的时候,哈哈哈……"

六月十八于北安屯

选自《东北日报》,1947 年 7 月 4 日

◇林念奚

翻身会长张友福

王府是前郭区东南接近农安县境的一个区。起伏的小土山在王府屯周围绵亘着,沙田里整齐的行子从山上拖下来,又向另一个土山上爬去,正像所有蒙古地区一样,村庄稀疏得有些荒凉。自从土地改革以后,农民们都获得了土地和牲口。翻身会,自卫队,参军……荒凉的土地开始动了起来。

但是,敌人进占了哈拉海以后,王府区变成了接敌区,反动的地主们勾结了"中央军"、胡子、流氓,开始向农民施行报复,很多惨痛壮烈的故事发生了!武装委员被打死,农会长被枪毙,皮鞭抽打,用冷水浇,从房子上摔下来……这些都是反动地主和"中央胡子"的集体创作。但是在翻身的农民方面,"先打降队大杆子,后打'中央军',剥他的皮来抽他的筋",血的债要血来偿还,农民是不会屈服的。

王府区的满头山是一个小屯子,和东北其他屯子一样,庄子外面筑着高高的围墙。张友福就是这个屯子的翻身会长。自从"中央胡子"侵入了这块地区以后,他就组织了乡邻们站岗放哨,保卫他们分得的土地。

一天晚上,胡子到了满头山,庄子里枪太少,庄子被胡子打开了,那时张友福正在一个碉堡里抵抗,没等他跑出来,两个胡子就堵住了碉堡的小门。张友福抱着一支从区里借来的套筒枪,身上的子弹打得只剩六粒了,他向门口连打了两枪,一闪身冲了出来。因为地形熟,几个转身就躲进离他家门口不远的一个空猪圈里。

从猪圈里他清清楚楚地看到:胡子们打开了他家的门,屋子里点起了灯,胡子们向他老婆和十二岁的独生子威吓地叫着:

"快把张友福交出来,要不,就枪毙了你们!"

他看到胡子用马鞭打他的老婆和儿子,看到他们在地上滚,他们那凄痛的喊声刺着他的心,他紧紧地咬着牙。

他看到老婆跪在地上哀求,那个独生的孩子也跪在地上哀求:

"老爷,我们实在不知道,你枪毙了我们,我们也交不出人来呀!"

他又看到胡子们拿着烧红的烙铁,放到女人和儿子的手上,一阵高而惨痛的叫喊,他马上闭了眼,脑子里轰地响了一下,他感到心里像一把筷子搅动一样,几乎忍耐不住地喊了出来。两只手握紧着枪,食指不自觉地放到扳机上去,但忽然他的头像被什么敲了一下一样,他惊醒地把手指抽出来:

"只有四粒子弹了,这四粒子弹顶多能打倒他两个,那以后,什么都不能想了。"他摸了摸空了的子弹带:"只要他们找不到我,只要我活着,什么仇以后都能报的。"他咬了咬牙,把支棱着的帽耳子向下拉拉。

一阵更高的凄惨的叫声冲进他的耳朵,那是他十二岁独生子的哀号,他的心绞了起来,牙齿咬得更紧了,孩子的叫声是越来听得越真。

"老爷,你们枪毙了我吧!我实在不知道爸爸在什么地方呀!"

他不敢睁眼往屋子里看,今年四十多岁了,只存下这么一个孩子,孩子聪明又会说话,每次区长和政委到满头山来,总要和他的孩子聊聊天,要孩子唱歌给他们听,他们也教他识字,所以虽然这苦孩子一天书没念过,现在也能识得几十个字了。区长和政委常常和张友福开玩笑地说:"这孩子长大了总比你强,你两口子是怎么生下来的呢?"他听了笑起来,嘴里说着客气话,但心里却感到有这样一个儿子是可以自豪的。

现在这个聪明的孩子正跪在小屋子里受胡子们虐打。"你们枪毙了我吧!"这一点也不像一个十二岁孩子说的话。"他们会弄死他的!"他气得脸上发烧,一个念头突然来到他脑子里:"我出去,和他们拼了算了!"但当他准备站起来的时候,沉甸甸的枪碰到猪圈的矮墙上,这很小的响声马上使他镇静下来,他想到区里孙政委交这杆枪给他的时候对他说:"张友福,这个枪虽然不如三八式,也是队伍里拼死拼活从敌人手上夺过来的,你要好好保住它。"他想,要是他出去的话,那么,枪、人,什么都完了。他擦了擦头上的汗,把枪抱得更紧。

胡子退了一步:"好吧,我们不要人了,你们把那支枪交出来吧!"

又是那个孩子回话:"老爷,枪是我爸爸随身带的,我们哪有枪交给你呢?"接着噼啪两下打耳光的声音。"小兔崽子,没有枪,今天就宰了你!"这回没听到孩子的叫喊,只女人叫了一声,随后就嘤嘤地哭泣着。接着又是胡子说话:"张友福,你不要以为我们找不到

你,除非你个狗日的不要老婆孩子了,放明白一些,把枪交出来,老子们手下给你留一条路,要不,等着瞧吧!"

胡子们静了一刻,似乎等他回话,张友福一声不响,更紧地抱住枪,心里叨咕着:"好,等着瞧吧!"

后来就是胡子们骚动的声音,夹杂着"捆起来!""带走!"的吆喝声。声音渐渐远去,他睁开眼,眼前一花,定了定神,才看到屋里的东西乱七八糟地翻在一地,人已经没有了。这时忽然不远处响起了两下枪声,他的心往下一沉:"完了!"就发狂样地穿出了猪圈,骑上一匹光背的马,毫无目的地向草原里跑去。

当东方发白的时候,他冲进二十里外的一个村庄里,他下了马,钻进一家小屋里,那家人已经起来,看着这个疯子样的怪人,满脸是泥,汗流划出一道道的白痕,身上也沾满了土。眼睛定着神,他把步枪往炕上一放,木然地躺下去。

好久,他才缓过一口气,哽咽地说了一声:"完了!"

他的经历引起那家人的同情与愤恨,他们做了点东西给他吃,然后在庄上找了两个人把他送回去。

回到庄子上,农民们正在合计如何去营救那母子两个,原来他们并没有死,后来胡子捎来个信:要他三天以内把枪交出,不然,派人去领尸首。庄子里人的意见:"人要紧,枪就交给他算了。"有一个年纪大的插一句:"张家只有这一条根呀!枪是公家的,交去是为了救人,政委和区长也不能说什么!"他气得红着脸,狠狠地望了那老头一眼,说:"什么话,公家这样相信我,我怎么也不能把枪丢了,人死了算了,尸首我也不领,这个仇我总有日子报的。""我祖宗多少辈没有看到过自己的地,十四岁扛半拉子,现在共产党分给我地,又发枪给我保护这块地,我把枪送给胡子,我的人心在哪里?承你们

126

的情,我的枪是不能交的!"有些农民就劝他:"公家的枪先拿去抵一下,以后大家就是卖了马也凑乎买支枪还公家!"他听完这话,一句话没有回,骑上马就走了。

在区署里等了三天,胡子又退了一步,只要二斤大烟土就可以放了他母子俩,区署也答应公家替他想办法,但张友福坚决拒绝,他说:"有钱什么地方不好使,他母子俩死了算了,我人在枪在,你们又有这么多老部队,我的仇是报得了的……"

孙政委告诉我说:"自从那件事发生以后,张友福一趟也没有回去过,他手不离枪地跟着区政府,在过着游击生活。"在这艰苦复杂的斗争中,张友福不过是千万个农民中的一个,像他这样坚定,比他有着更多血海深仇的农民是数不清的。现在是春天了,我们多少次踏过松花江的坚冰,把敌人成千成千地消灭在江南的土地上,我们用胜利来证实了张友福和这些农民的信念:"有这么多老部队,我的仇是报得了的。"

三月二十日于前线某地

选自《东北日报》,1947 年 4 月 2 日

目击记

——彰武战斗前后的日记

十二月二十四日

昨天下了一场雪，原来踩出来的路又被漫住了，我踏着雪地上稀少的脚印到二连去。

到二连的时候，几个班正在开"想办法"的会议。连里虽没有给他们公开动员，但是，依照老战士的经验，他们早知道一定要打彰武了，不然队伍赶到这里来干什么呢？

我到四班的屋子里去，战士们都挤着蹲在炕上。这个小炕顶多只能睡下四五个人，但是这里却要住一个班。地上都铺满了谷草，几件卷好的大衣凌乱地丢在炕上。

我进去的时候，他们的会已经开了一半，有一个大个子红红脸的战士正在发言，看他那反穿的花条子布里子的棉袄和那敞开的袖口（这个部队原有战士的棉衣都是袖口上带扣子的），我知道他是解放团来的,我在草铺上的一个米升子上坐下来。

"说困难,这么大的人,还挺不过去吗?养兵千日,用兵一时,早把他们消灭,我们东北早解放,全中国也早解放。"他刚说完,靠在他旁边的一个战士就开了口:

"打仗靠灵活,不要仰耳朝天的。组长往哪去,就快跟上。上面比我们经验多、见识多,我们一定要听指挥。"

战士一个接着一个地发言:

"越等,子弹说不上越会打着你。是凡壕口与大道口,就非有枪眼不可,那时候,眼睛得亮,要趁枪不打的节骨眼,猛的几步就跨过去了。"

一开头大家的意见全在于想办法:如何爬山,如何防冻,如何爆破、冲锋与利用死角。最后题目转到下决心上头来。一个战士表示:

"我在家是抓来的,国民党把我一家都害了,我一定要在战斗中报仇……上级指到哪里打到哪里,不怕牺牲流血,要是我负伤或是牺牲了,你们也不要管我,打上去……这回我打不死一定要立上功。"

刚回到营部,就听说马上出动。天黑以后,队伍就像雪地上打成一道墙样的,向彰武城边前进。

越到城边队伍越多,在路上看到很多用雪和土堆起来的工事,也有许多是用木柜装了土筑成的掩体。

十二月二十五日

九点钟吃完了第二顿饭。在战地,吃饭是没有时间的,有时一天吃五顿,有时一天一顿也吃不上。所以每一顿饭,不管你饿不饿,想不想吃,总要把肚子塞得不能再塞为止。

我们是昨天下半夜挤到纪嘎窝堡这个庄子里来的。这庄子刚刚被打下几小时,敌人主要是在庄西头一个高岗子上抵抗的,这里离彰武只有三里路。

我们的任务是今天下午攻击城东南的一个小据点——苗圃。那里离城半里地。吃完饭后,我就同教导员一同去看打下来的敌人工事。

庄头上有一道土墙,墙边筑了很多工事,工事的原来入口被堵住,在另一面开了口——一看就知道这原来是敌人的工事,我们占领后改用的。从这道矮墙过去,要通过一百多米的一片广场,场上有些树毛子,过了广场就是敌人的地堡和鹿寨了。

地堡筑在岗顶上,每个约可容一班至一排人,里面铺了草,听说敌人除了到庄子上去做饭外,食宿都在里面。整个高岗的右前方,铁丝网、树枝围和梅花桩被炸开一尺来宽,在树枝和梅花桩上还挂着血的冰条,其余的白色的雪地上,也间或有鲜红的血染在上面。

在一处树枝障的旁边,一个半截埋在土里的蒋军死尸仰天躺着,在他的身旁放着一堆枪榴弹和些子弹壳。树枝障的外面躺着一个蒋军的伤兵,战士们把棉絮堆到他身上,有一个同志正去招呼担架,预备把他抬到庄里去。

我们沿工事走着,时时有战士招呼:“小心地雷!”或“那里有敌人机枪封锁!”战士们都蹲在单人掩体里。天是蓝的,一切十分平静,只枪声在城的那面零星地响着。

※　　※　　※

攻击苗圃是在晚上开始的。黄昏的时候,我在团指挥所,他们除了计划一些战斗问题以外,那个年轻的副团长正在打电话,他完全若无其事地向打电话的对方开着玩笑：

"怎么，几乎喝你的喜酒了！我也差点……"

他是打给另一个团团长的，那位团长在看地形的时候，敌人的炮弹打来，跟随他的几个警卫员被打倒，而他却一点伤也没有受到，这位副团长也遭到同样的危险。在前线，这有一个专用语，叫"跟美国炮弹结婚"。

我随着跑到阵地去，天已经完全黑了，从苗圃及城里不停地打过枪炮来。战士们正弯着腰在撮雪，预备在冲锋道路上堆起一条掩蔽身体的雪堆来。因为攻击时间在半夜，我钻进一家作为临时绷带所的小屋子里，一倒在炕上就入睡了。

十一点钟，我被嘈杂的人声扰醒。副团长正在和各连的干部开会，指示他们攻击时应注意的事项与具体任务。我醒来的时候，会已开完，只听到有些人说："没有问题，不死一定完成任务！"就跑出屋子去了。

我跟着牛营长走出屋子，冬夜的冷气使我打了个寒噤，等我跑到那条雪堆起来的冲锋道路时，帽子的绒毛上已经结起一层轻软的霜了。

在雪墙下，已经有很多战士趴在那儿，重机枪蹲在墙后，从掀开的空当里伸出头去，软软的长条子弹从枪身上拖下来。一条电话线从地上爬过来，电话机架在雪堆上，副团长披着防空衣，站在机子旁边，他的上身高出雪墙，显得很沉着，这对战士是一种有力的鼓舞。

子弹吱吱地打在雪上，我们的炮在暗夜里向苗圃射击着，敌人的炮回击着，硝烟的气味荡漾着。

攻击的队伍由雪墙旁弯着腰跑过去，刺刀闪着光，爆破组的抬了爆破筒，背了炸药。这些人看不清面孔，但他们一定就是我今天

白天还见到的，他们是那样表示了决心，现在就是去实现他们的话。我在心里默默地祝福他们胜利归来。

炮和机枪响得厉害起来，只隔百十米远的地方，已听不出人声。副团长在电话里指挥着炮火，通讯员不停地来报告前面战斗发展的程度，伤员被抬下来，夜被曳光弹划破，被硝烟充塞，枪声风一样响着。

二连指导员提了匣子枪，正向伏在地上的战士一个个地传达胜利消息，战士们不说什么，一等到向上冲的命令，他们霍地从地上跳起，弯着腰向前跑去。

十二月二十六日

我第一次看到"没有完成任务"对一个军人的荣誉心的巨大侵蚀。牛营长默默地躺在炕上，有时无可奈何地笑一笑，但那好像阴天的闪光一样，马上就消失了。昨天晚上的攻击没有成功，这中间原因很多，但牛营长并不因为有这许多原因就减轻一些痛苦。他们这个营向来是完成最艰巨的任务的，革命往往把那些最艰巨的任务交给他们，而他们总是一句："没有问题，我们完成任务。"而现在，他感到难过极了。他还想团里再使用他一下，所以虽然团里规定今天由别的营来攻，将炮火与战斗组织重新整理，但他仍然不走，他带了一个连挤在这庄子上，他希望团里交任务给他，他要赎回这光荣。

团里的首长都默默地坐在炕上，参谋长打电话要地堡里的副团长回来吃饭，副团长回答说他气饱了，吃不下。这时我看到营长脸上掠过一道暗云，大家都沉默起来。

师长亲自跑来了，他一进门就拿下了皮帽子，一面揉着冻得发红的耳朵。大概他走得太急，帽子没有放下。他匆匆地谈了一下今天应如何打法,就跑到阵地上去。

我到阵地的时候,师长他们已不在了。我们的炮重新瞄准,一炮一炮地向敌人试射,敌人也一炮半炮地打过开花弹来。阵地上掀起了烟。

我走着,炮兵们喊我趴下,我刚刚走到一尊山炮旁边的时候,一个敌人的炮弹在离这门炮三十多米的地方炸了。从那里一个防空洞里,跑出一个炸掉两个指头的战士来,他捧着那只受伤的手跑到一个大地堡前来,似乎忘了自己样地叫着:"快去看看,文书炸倒了,快去看看,文书炸倒了。"

我小心地顺着高坡跑着,跳进一个迫击炮手挖的大坑里去。

这时我们的炮一炮接着一炮地打到敌人的工事上,有时冒着黑烟,有时冒着黄色的轻烟。(据炮手说,冒黄烟是炮弹钻进地堡里炸了。)炮还没有开始效率射,前面爆破已经成功,我清楚地看到战士一个顺着一个由土墙上爬了进去。

十二月二十八日

二十七日整天较平静,这像暴风雨的前夕一样,一切都在酝酿着。

牛营长当晚召集了连的指挥员开会,他细心地组织了突击排,配备了干部,一直搞到十点多钟。散会的时候,他站起身来,插起驳壳枪,严肃地说:"打好打不好,就看这一下了,我们一营以后能不能打仗,也就看明天一仗。打不好,以后一营就看看伙夫担好了。(在部队有这样的歌谣:'×营打,×营看,×营看伙夫担。')"接着他指着地上一堆东西说:"回去赶快派人来领炸药、爆破筒、炸弹。"这整整一夜,干部们很少睡觉,他们忙着领东西,调整武器。战士们除派

到公差勤务的以外,却都睡了觉,他们已不需再动员,所有人的气都鼓足,就等着拉导火索了。

※　　※　　※

夜后两点钟就匆匆地把饭吃完,我睁着一夜未睡有点发红的眼,跟着队伍向彰武城走去。

在团指挥所的那个庄子上,队伍逗留了几个钟头,天明以后,我们才绕着道,把队伍运到南关去。

我们被留在这庄子上等候命令,我就站在一个防空洞里看炮击的彰武城。三颗照明弹升起的时候,炮不分点地响起来,彰武已整个被罩在烟尘中了。有些炮弹大概钻到屋子里了,从钻通的洞里鼓出圆圆的大烟圈来,这烟圈一直上升得很高,才慢慢地散开。有一个战士仇恨地说:"妈拉×,掀平他个狗日的!"飞机在天上惶惑地转着,找不到目标。

五个照明弹升起,那表示着突击队已经占领城墙了,我随着部队向城墙冲去。

炮已停止射击,指挥员正拿着望远镜观察他们的成绩。一路有很多防空洞,洞里留有子弹壳,大概是前面部队待命的地方。很多条电话线顺着路直向城里爬去,电话员们早已冲到前面去了。

到处是弹壳,雪地上留着一块块炮弹的烙伤,留着被打死的尸体。子弹"出出"地打过来了,重机枪点射着。

冲过几道拉开的刺铁丝障碍,我们从南关的屋子旁钻过去。在一个山墙下面,我看到血乎拉的第一群俘虏,一个看守的战士用四川口音安慰他们。在另一个墙角旁,挤着穿杂色衣服的民工队员。有些服务人员正在替伤兵包扎。

队伍好几路冲上去,战士们的帽子掀到头顶或取下来,热气从发青的脸上升起。（这时大家的脸都紧张得发青，嘴角紧绷着。）在冲到壕边的时候，我看到穿了防空衣的师团首长早已站在那里，他们喊着："快！快！冲上去。"

我们从一架网了铁丝作为桥梁使用的梯子上冲过壕口，又从一架梯子上翻过被打得稀烂的城墙。

一路都是地堡，有的被炸裂，有的还完整，但都已空空荡荡的。各个巷口均激烈地打着枪，战士们刚想利用墙角，就被别人用"有地雷"的话喝住，只好弯着身子从巷子中间冲过去。在一间打烧了的屋子旁边，一个蒋军的死尸冒着烟。

钻过一条条巷子，又钻过一间间屋子，所有屋子都留有炮火的痕迹，在院子里，敌人的地堡像蛤蟆鼠的窝一样凸出地面，地堡与地堡之间连着有盖沟的通道，就像蝼蛄拱的一样。

在一家药铺的院子里，我们被阻住了。药铺前面就是大街，大街上两个地堡中的两挺机枪疯狂地向这面射击着。在那儿，一连长牺牲了，好几个人负伤了，血引起战士们的仇恨，重机枪被架到房顶上去，几个战士直着身子站在屋顶上扔出手榴弹，手榴弹在天空翻了几个筋斗就在街心里爆炸了。

这时我在一间抛得满地都是纸的小屋子里往外看，牛营长逼在两座房子拐角的地方指挥着战斗，火箭炮声、爆炸声、枪弹声，我看到战士们弯着腰跑来跑去，不一会我也就随着队伍冲到大街上去了。

爬过一个折断铁棂子的窗户，我们钻到另一个大院去。师团首长早已到了那里，一间敞房里挤满了俘虏，我因为在那儿听了一下情况，就与我所跟的部队失掉联系，以后一直到战斗结束，才找到他们。

我一个人到处钻着，到处都是我们的部队，大车上装着武器，几辆汽车停在打坏了的房子旁边。等我找到了教导员，战斗全部结束了。我同他们跑下地堡收搜资材，顺便我仔细地参观了这些一直钻到地底下的敌人的窝。那里面黑得要命，常常踢到水壶、手榴弹和子弹。在一个团指挥所的地堡里，乱七八糟地堆着衣服、被子、文件、地图和一盆吃了一半的大米饭，——这些军官们连吃饭都没有敢钻出地面来。等他们钻出地面的时候，他们已变成俘虏。敌人两架飞机在天上画着白色烟圈的联络记号，它什么也联络不到了，敌人已被全部解决。

我们规定住到城外去，太阳快落下去了，雪上映着红色的光，这时我又在牛营长的脸上看到了真正愉快的笑容，他开玩笑地说：

"大小王都'起'来了，把×××师推了一个光头。"

一九四八年一月十日于前线

选自《攻无不克》，东北书店 1948 年 9 月初版

战地一日

  无数人在前线的冰天雪地里生活着,战斗着。这里包括着英勇善战的战士,包括着从远远后方来的人民参战队,他们把血和汗流在这广漠无垠的雪野上,把幸福生活的圈子扩大起来。这里记载的是前线无数日子中的一日,又因为生活的圈子限制着我,所看到的只能算是这疾风暴雨般斗争场景中的一个平凡的片段。

※ ※ ※

  攻击法库城的炮声在山的那面沉重地响着。

  等我们走出这个小山庄一里路的时候,天慢慢地透亮了。严冬早晨的空气像一块冰一样地磨着前额和两颊,一切,不管是帽子上、面孔上,凡是有毛的地方全结了霜。皮手套冻硬了,擦着身体,"哗哗"地响。

  我们的任务是翻过一条山岭去阻击援兵。这条雪路虽然有部队走过,但仍很难走,踩翻了的碎雪,有时飞到鞋子里来,像刀子一样地割着脚跟,走了几步以后,鞋子里才又温暖起来。

队伍一进庄,分下了房子,就有大部分人被派去做工事了。我在营部听了他们一个动员布置会议以后,也跑到筑工事的地点去。

冬天的土地铁一样地硬,战士们就用雪、草和土,再浇上水,筑起各种掩体来。因为天气冷,水一浇上去就冻起来,有个干部开玩笑地叫它"钢骨水泥"。战士们扬着锹,雪块飞扬,白色的蒸汽从结了霜的皮帽子里冒出来,换了班的人在旁边跺着脚,用运动来抵抗着寒冷。远看起来,好像一群北极熊一样。

从工事那儿,我走到一个连的住地去,那里只有少数人留在家里。在一间烟雾腾腾但仍满上了霜的小屋子里,战士们忙着炒花生(这是用来做干粮的)。我在那里找了些战士谈谈这次行军的情形,就有一个通讯员送行动的通知书来,我也匆匆地赶向营部。

在山顶上做工事的战士们已经集合了,扛在肩上的军用锹在阳光里闪着光。工事已筑得差不多了,但他们要马上离开这儿。望着这辛辛苦苦筑成的工事,他们一定觉得可惜吧?

在前线,一切做了的,不管用没用上,都没有什么叫作多余的。工事做成了,丢了;奔走了很远的路,敌人跑了。但所有这些,辛苦、疲劳,总有它的收获,敌人终于一点一点地被吃掉。

※　　※　　※

我们一出庄子,侧面的枪声就响了起来。等我们进了另一个庄子,那里完全在战斗气氛里了。庄子里早已有了队伍,队伍顺着夹巷里跑着去进入阵地。所有的机关枪的枪衣完全除去了,各种枪身上也都结上了一层霜,使原来黑黝黝的闪光的枪身变成了暗淡的灰白色。指挥所的院子里站了很多的人,都是些来领受任务的指挥员,小屋的平顶上,一个指挥员拿了望远镜向对面岭上瞭望。

所有这些纷忙只是不到半小时的事,过后一切又归于日常一样。新来的已进入阵地,原来守卫的又转到新的方向去了。只有枪炮声有时比先前激烈一些。

我跑到阵地上去。

阵地是顺着庄子东南一溜围墙筑起来的,除了轻重机枪和炮的阵地筑得较大外,其余都是些沿墙掏了射击孔与两旁堆上雪的单人掩体。掩体里面铺了谷草,战士们站在草上向对面岭上瞭望着,也有一些坐在草上吸着烟的。对面岭上隐约地看到一些敌人活动,两辆装甲车在岭上犹豫地动着,慢腾腾像两只推粪的蜣螂一样。

我顺着阵地走。在一个工事里看到个年纪很轻的小战士,他正在收拾他的小铁碗,当我问他怕不怕时,他笑嘻嘻地回答说:"那怕什么?"(这个战士我后来很多次注意到他,在炮火激烈的时候,他那孩子面孔上仍浮着天真的笑。)另外一个机枪阵地上,一个解放来的四川战士站在机枪旁边,当飞机在淡蓝的一点云彩也没有的天空上回旋着扫着机枪的时候,他静静地用自傲的老兵的声调说:"雪地上分不清,飞机上千里镜也打不见,这个我知道的……"另外几个同志笑了起来。

在一个草堆旁边,几个战士正在安爆破筒的雷管,他们是准备打坦克与装甲车的反坦克手。一个指导员在告诉他们应注意的事。等指导员离开那儿以后,我同他们谈起来。我很想了解一下这些马上要与那些钢铁怪物去搏斗的战士们的心理,但他们平静的话音使我打消了这念头,他们说:"它(指坦克)的炮只能打一面,坦克过的时候,只要趴着它就没有办法,这回除了它不来,来了就不能让它回去。"说完他们就去讨论打法去了。

在一个墙角的工事里,团的主任在那儿传达两日来的胜利消息,鼓舞他们的士气,说完了他指着我说:"他是记者,你们打完了,

他给你们登报。"大家都笑起来,我这时有些惶惑(因为比起这些英勇的战士们,我能做的是太少了),有点激动地说:"是的,我一定给你们写。"

我离开那儿不久,旁边的炮兵阵地就沉重地开起炮来。

敌人终于没敢前进一步。但是他不前进并不等于"平安无事"。天黑了,营部里商议如何出击的问题,我们要趁黑夜把侧面三里地庄子上的敌人歼灭或驱逐掉,把我们的阻击面展宽一些。

营部里几个干部蹲在炕上,豆油灯昏黄的光照着他们喜滋滋的面孔。一连副连长跑进来,他把去了枪套的驳壳枪插在腰里,在炕前得意地摇摆着。他们连决定只出击一个排,连委讨论后,他要求率领的意见经过争执被通过了,现在他是来营部领受任务的。分明,他已经很高兴,但他仍要求说:"我们三个排都去不好吗?"营的首长用笑拒绝了这个要求,他听完了关于一连的任务后,就笑着跑回去了。

三连干部先来了,他们的任务是去袭击,营长交代了任务以后说:"你们要完成任务啊!"两个连的干部一齐回答:"放心吧!"很快地走出门去。

其他各连干部都来了,营长谈了情况和任务,向一连说:"你们两个排在家,机枪连一挺重机配属你们,敌人要来,你们一定要守住,守到最后一个人也要守住。"一连干部答应了一声,没说什么,显然,他们对不能参加出击是很不痛快的。

出击的时间是十点半,我裹了大衣倒在炕上,不一会就睡着了。

※　　※　　※

半夜,我被搅醒。其实并没有什么人大声说话,大概是我心里有事,所以一醒过来就马上清醒了。

队伍马上出发,我决定跟营部。因为当我睡着了的时候,任务又有了变动,一营全营都出动;如何出击我却不明白,他们又忙得很,我就决定跟营部走,我想,营部一定指挥着他们,而我一定可以亲眼看到这次战斗的。这到后来我才大大地懊悔。

我们走过一块平铺着积雪的冰泡子,穿过庄子的另一头,登上了一道小岭。一条公路(从法库到铁岭的)斜贯岭上,在岭的斜坡,很多战士在那里做工事,十字镐敲着冻结的土地,叮叮地响着。有一盏军用的联络灯放在斜坡下面,从密密包住的铁门的小孔里,露出香火一样的小光。几门炮已经架起来,山炮和迫击炮的炮口对着广大无际的黑夜。

我们在公路上转来转去,似乎寻找什么,后来又降到一条沟里去。我不时地踩到深深的雪里,雪灌进皮鞋,冷得要命,我想今夜脚一定要冻坏,但不一会队伍又转回庄子里来了。

在一家空空的屋子里,我们休息下来。那间屋子前天还住着敌人的,那一连敌人已经被另一部我军歼灭,屋子里还留有一些子弹和一口大行军锅。为了避免暴露目标(敌人在白天曾向这里打了很多炮),我只能把一盏暗得要命的豆油灯放在炕角下面。

二连长和机枪连长来了,营长向他们说:“一连和三连出击了,三营主攻,他们助攻,二营二梯队,我们是三梯队,队伍不要进房子,找些避风的墙角,把雪扫扫,活动活动,一有任务马上就行动。”说完他叹了口气,在那铺凉炕上倒下来。窗外是战士们在雪地上踏着脚的吱吱嚓嚓的声音。

停了一会,我们的炮激烈地响起来,炮的沉重的出口音和爆炸声在山谷里震动,发着一种金属的巨大响声。炮弹出口,火花在暗夜里闪烁,迫击炮弹飞出后,撒下些火星来,冲锋号在远方的夜海里曲折地颤动着。敌人的炮也一连几发打到我们这屋子周围来，房里的人没有动，窗外的战士仍照旧地踏着脚，雪吱吱地响着。

※　　※　　※

不知什么时候我倒在炕上睡着了，他们要走的时候我很快地醒来，跟了营长弯弯曲曲地钻进一间烟气弥漫的屋子。等进了屋子，才知道是团指挥所。一盏豆油灯和一支细细的洋蜡放在炕桌上，副团长和主任斜躺在炕上，打着鼾，团长在看地图，政治委员在打电话：

"你们打得不错，这一下加强了我们的纵深……缴获的东西送到团里来……你指挥得不错啊！应该表扬的，哈……"

默默站在旁边的营长笑起来，他早就知道了什么，直等他谈完了任务走出门的时候才告诉我：

"三连先打进去了，弄了两门九二步兵炮、两支冲锋机，俘虏了几个人。"

我们回到原来的驻地，带三连出击的副营长和带一连的教导员都回来了。通讯员把苞米饼拿上来，营长吃不下，我勉强地吃了一个，这才看见有六个俘虏坐在对面黑角落的炕上。

看不清他们的面孔，营的干部简单地问起他们话来，一个安徽口音的俘虏说：

"关了十一月份饷，一夜就跑掉十七个，我是今年五月抽出来的，等关了年饷我就开了……"

接着他埋怨营长一听打炮就溜了，没有告诉他们，他像所有被俘蒋军一样说："到你们这边来也好，我一枪没放，二十排子弹还是二十排，都缴给同志们了。"说完他对左右张望一下，好像要找个人来证实他没有打枪一样。

因为大家都困了，简单问了几句就送到连里去，几个连的干部都被召集到营部来，营长说了这次战斗后，就说："派少数人警戒，大家好好休息一下，明天白天大概要有一场恶战的。"

十二月十九日夜于前线

选自《攻无不克》，东北书店 1948 年 9 月初版

◇林　勇

一家人

　　我们工厂的洗衣队,在上月二十一日开始洗衣裳了,厂方给买了洗衣胰子和线。妇女组织了九个小组,独身工友亦是九个小组,她们挑起竞赛,看看哪组洗得好、补得好。头一次洗,一、二、三组共洗了五十多件。女工友说,衣裳太少了,不够洗的,并且决定不用礼拜天洗,可在业余时间。每月每个工友的衣服能洗两次,男工友觉得女工友礼拜天不能在家做自己的营生,就发出号召:我们工友是一家,一定要互助。便由特纺工友成立了互助队,在女工友和老大娘领粮多拿不动的时候,帮助送回家去。又有工友说,在开荒的时候,不叫女工友太出力气,不叫她们挑担子。这样一来,男女工友更加团结。在收衣裳洗的时候,有的男工友觉得自己衣裳脏,不好意思叫人洗,可是洗衣组长亲自到工友宿舍说:"不脏就不用我们洗啦,我们不怕脏!"这样说了以后,工友就把衣服拿出来,嘴里咕念说"太脏啦"。陈殿兰女工友说:"不怕呀!"陈殿兰出了宿舍以后,独身男工友说:"咱们工会的组织,真是一家人,我活了好几十年,没听说过这样的事!"女工友在洗衣时,三组衣裳少,洗完了又帮助二组洗,到下午全补好交给独身工友。她们在十一日一天就洗了一百五十件衣裳。女工友现在又研究出了更进一步把衣裳洗好的办法,决定洗过两次衣服以后,要给他们拆洗被褥,并且保证独身男工友在五一那天都穿得干干净净,决不嘟嘟当当。

选自《"工农园地"选集》,大连大众书店 1948 年 8 月

◇林 耘

迎接永远的欢笑
——记东北全境解放的消息传到哈尔滨的时候

晚上九点钟光景,看完内蒙文工团演出的舞蹈及歌剧回来,我们住的大街——石头道街上,突然热闹起来,歌声、口号声、锣鼓声,一阵又一阵,久久不绝,甚至还响起了鞭炮声……

"沈阳收复了!""庆祝沈阳解放!"

全屋子的人都跑到大街上去了。

大街上不断涌过游行的队伍,行列中出现了庆祝的花灯。

大街上沸腾了,人们快乐得疯狂了!

这是一个多月来为连续不断的胜利消息所鼓舞的热情的顶点——全东北解放出乎意料地迅速地实现了! 东北残余蒋匪,被我军的英勇将士歼灭干净了!

"中国共产党万岁!""人民解放军万岁!""毛主席万岁!""全东北全中国解放万岁!"……

口号声像一座座火山爆发时的巨吼。

146

鼓比雨点打得还急。

欢呼声把房屋都震动了。

又是歌声，又是口号，又是欢呼，又是爆竹……

每一个角落，都传遍了胜利之音；每一颗心，都发出胜利的欢笑。

欢笑和欢笑汇合在一道，哈尔滨在狂欢地庆祝！

三年来，我们每一时每一刻都在以自己的努力，准备着今天的庆祝。

让我们还来准备迎接更大的庆祝，更狂欢，更热烈！——迎接解放平津，解放京沪，解放全中国。

前方将士，仍将以锐利的武器与自己的血肉和意志去迎接！

后方人民，仍将以参军参战、生产支前的热忱和努力去迎接！

迎接最后的胜利！

迎接永远的欢笑！

十一月二日午夜

选自《东北日报》，1948 年 11 月 5 日

◇林　蓝

自卫队起枪

工作团离开于家屯才只有十来天光景，屯子里就传开了谣言。有人说散了的"中央胡子"于江队把枪都埋在深山里，于江还带着他那把连发匣子暗地游走，只等时机一到——吓！枪马俱全，于江底队伍就又拉起来。到那时，"中央军"要升于旅长为于师长了；到那时，谁分了房子、地，哼，他少退一条垄也不行。又有人说"中央军"占了哈尔滨，快到合江省，工作团都跑回佳木斯了。还有人说自卫队长于延春哪是出去卖马呀，那小子心机灵，早骑马跑了。

屯子里不安起来，天一黑，人们就关门上炕，不出去了。

这些话最后才传到农会主任老关底耳朵里，老关把桌子一拍，粗嗓子骂起来："操他妈的！这是哪个杂种小子反动派嚼舌头呀……"老关追根究底地查问起来，追到头，原来这些话都是从被清算的旧屯长家放出的。

老关把旧屯长于麻子叫到公所里，脸一黑丧，就问起口供。到最后，于麻子自己打着嘴巴承认了错误，并答应给自卫队买两支洋炮以补偿他乱造谣言的罪过。

天落黑的时候，老关往于延春家里走，看他卖马回来没有。刚走到往南拐过去的柳树帐子跟前，老关和于延春碰了个满怀。看见于延春掩不住笑的脸，老关可生起气了：

"你咋一出去四五天都不回来呀？人家反动派都造下谣言啦……"

于延春还是笑着，一字不答地拉老关往家里走。老关就气哼哼地说起于麻子如何造谣言，他又如何追查，以及罚于麻子买洋炮的事来。

"洋炮不稀罕，咱快枪有的是……"

于延春底话里有名堂。他让老关上炕坐，然后手一摆，叫老娘们到外屋去，他就小声地和老关嘀嘀咕咕说起来。

原来，于延春卖马回来的路上遇见了靠山屯的小栓子，栓子一见他就埋怨地说："你们这些工作团工作过的屯子有福啦，可就苦了我们靠山边边上的小屯子，散了的胡子都往我们那里躲——前些天，工作团到了阎家屯，王五那小子就带着两三个人躲到我们屯子里老张家，杀鸡磨面，谁敢不接待呀？可是等以后工作团来了那天，我们不又犯了窝匪的罪？这真是，老鼠钻到风箱里……"不等小栓子说完，于延春脑子里打了一个转，就和小栓子一起往靠山屯走。到靠山屯，叫栓子找来了老张家底小牛倌，小牛倌说王五他们明天五更里要起身，正叫老张家给他们预备干粮。于延春连忙往回跑，赶黑前到家，饭没顾上吃就去找老关。

"操他妈的，这可是肥肉端到嘴边上……"老关说着就下炕，唇边溅起了唾沫，"我集合自卫队去！"

"这还行？你打草惊蛇……"

于延春叫住了老关,说人多反而坏事,挑上几个精干的,带上几支枪,头月亮上来起身,赶半夜准到,天明时候于家屯的人就等着瞧吧——看咱们自卫队能行不能行。

于家屯熄了灯的时候,于延春和老关带着人出发了。他们轻手轻脚地走,出了屯才放快脚步。狗惊觉地咬了几声,初起的月亮闪着青光,风从树梢上响过去,夜气寒冷得像冬天了。

第二天太阳上来的时候,于家屯闹翻了天。人们都拥到街上来,孩子们嚷叫着,通讯员敲锣可村喊:"都出来看呀,自卫队起枪捉胡子,捉了于江队三连的班长王五……"人们把于延春、老关他们团团围住,王五和另两个人反绑着,在他们底身后,五个自卫队员一人背着两支枪。人们搬弄着枪栓,咔咔的,都是一色的三八式。自卫队员刘玉山脸冻得通红,眉飞色舞地对大家说:"咱们底队长呀,可真有办法,大门后窗户一把,王五这小子葱油饼正吃得香哩,咱进屋几杆枪就对上啦,往门框子上一吊,没打几下可就说了——枪都插在场院上柴草垛底下。"

人们拥着住公所里走,到造谣言的于麻子家门口又停住了,老关底粗嗓门就朝院里喊:

"于麻子你睁狗眼出来看看呀!看看你老祖宗——'中央军'旅长于江底部下来给咱自卫队缴枪了呀……"

就在当天,于家屯立了防所,四门修了炮楼,又有十来个人报名参加自卫队,日夜站岗放起哨来。

于家屯底自卫队出了名。"五支三八式呀,咔咔的!"人们眼红地传说开来,各屯的自卫队都出动了。在自称是"中央军"旅长的于江队久所盘踞的这一带村落,抓胡子起枪成了一时的风气。

不久,肖正屯起出了一架轻机关,再以后,就有不少散躲在家里的胡子找人求说，到自卫队来投降了。

一九四六年十二月初于佳木斯

选自《东北日报》，1946 年 12 月 27 日

◇ **忠 砚**

苏联厂长

　　中长铁路工厂的苏联厂长刀罗津克，真是处处关心工友，他曾到各地去采粮，很丰富地配给了粮食给咱们。自去年五月反动派实行封锁政策后，东北交通断了，但苏联厂长还是想尽办法给工人采粮和包活干，同时他又平均每月配给一次或两次煤灰给工友，从今年三月到六月已增加了两次工资，每次都增加到一倍半或两倍。在增资的时候，他是按人数平均发下去的，或者每人按四点五到五点，或三点八到四点五，再由职工会和现厂负责人以工作能力及技术高低订出标准后再向工友宣布，征求工友的意见，所以是非常民主的，不像日本统治时涨钱的时候，送过涨钱票给你就算完事，涨得多或少，都不敢有意见，甚至干活好的反而没有多涨，干活少的，只要送点礼就可以多涨几个钱。

　　而苏联厂长呢？在增资以前他是仔细地考虑着，当工友们都下班了，他还和工会王主席在那讨论增资如何才能合理公平，晚上都得到八九点钟才回去，而且厂长怕算不出账来而延迟了开工资，便

152

每日早早地自己亲眼看着要把账算出来。

其他不论什么事，只要职工会提出要求，关于工人的生活、工作、技术、文娱等等问题，只要在可能范围内，他总是尽十二万分的努力去办理和批准，例如职工会要组织的业余生产需要农具等，他笑嘻嘻地说："好，好，一定能给工友解决。"

职工会成立了业余技术学习班，他花两万块钱买了纸给印算数本。最近职工会提出成立工人子弟学校，他欢喜地说："对于儿童，教育是很重要的，不论在人事方面还是应用的桌椅或其他需要物品等，都可由我负责。"

对工友技术的提高，他是非常关心的，时常在干部会议上叫工友们好好跟日本工友学习技术，同时又要日本技师好好教。像最近职工会筹备成立俱乐部，他又要出一笔经费，帮助买娱乐器具。

虽然有时工作少，大家没有活干，但是吃的、用的、花的，工厂仍旧照样给我们，如稍微有活就给我们增加工资，请想想我们的亲人骨肉能这样照顾我们吗？现在咱们住的也是洋房子了。

苏联厂长来后，处处都在提拔中国工友，如今有十六名技师，廿九名技术员，班长有三十名，组长有六十八，在日本当权时代你有天大的能力也不过当一名心腹使役。

选自《"工农园地"选集》，大连大众书店 1948 年 8 月

◇ *罗立韵*

富长清与他的生产小组

富长清是肇东三区七村的武装委员，今年三十三岁，民国二十二年因穷得活不了，由山东逃难到东北，他十三岁起始即和大爷一块给地主耪青，直到去年土地改革时才分得土地五垧八、马一匹、房子一间半，之后即参加村上工作，直到最近展开全面生产后才回到本屯参加生产。

他的生产小组是由张云凤、王素田、李连海和他四家组成的，李连海是被分地主，其余过去都是耪青户，全组共有地三十垧零八亩、马六匹、四户半劳动力、□辆车。因富长清办事公正、心实，庄户地活又懂得多，组上选他为打头的，他即召集全组开会，决定了几项必须遵守的事情：（一）有事合计解决，不能红脸瞪眼。（二）互相帮助，种、铲、蹚、割、拉、打、铡草、抹墙都在一起干。（三）人工换人工一顶一，分种、铲、割、打，四季算账，还不清工者给钱，无钱则以价折粮秋后给，若不然秋后给钱，物价高涨，小户吃亏。（四）人工换马工，二马工顶一人工，或者，无草无料者秋后给八斗粮，有草有料者秋后给

154

五斗粮,现在给三斗料二百草。(五)吃饭,闲工各吃各,忙工给谁家做活则吃谁家,免得招唤上工时这家还没起来,那家还没烧火。(六)铲割如遇下雨,各干各的,因费工一倍。(七)大车、农具坏了大家修理。

克服缺农具、缺粪的困难

因缺农具、缺粪,大家生产情绪不高。富长清随即把全组的农具收集在一起检查了一遍,大部分都残缺不全,他向屯上借了些木头(用完后再算账给钱),向木匠老侯借来斧子等,自己动手修理起来了,张云风也来帮忙,太阳上墙时,别人都回屋吃饭,他一个却还蹲在院子里上犁杖把,三天即修好两个蹚犁、一个大犁、一个压地磙、一个耱耙。六匹马还缺三副长犁套,每副需六斤麻。十八斤麻四家分担,张云风一根麻也没有,也没钱买,富长清就把自己破好的麻给张云风。开始种麦后,每天下工回来,别人都歇了,他却仍在修理农具,已给别组修好一个蹚犁和一个耱耙了。

农具问题解决后即着手解决粪的困难。拾黄粪已不赶趟,富长清提出起壕沟,但大家却不动弹,他就领着老婆,拿着大镐连起了两天,够上三垧地的白茬。这以后,其他的人才动起来,全组十六垧白茬子的粪全部以起壕沟解决了。

送粪的日子,鸡叫他即起,把要用的农具都准备好,再去叫醒每家,亮天前就送出两车粪。送粪时他总是将车先赶到别人地里,待别人的粪送齐了再送自己的,种小麦时也是这样,他的小麦是最后一个下种的。

组上生产情绪逐渐提高,抹房时大家争着先给他家抹,他拒绝了,他把四个半人分了工。两个挑水两个和泥,抹时两个上房两个

递泥,半拉子打杂。两天之内,八间平房、一间粮仓都抹得溜光光的了。

李连海是被分地主,过去连油瓶倒了也不愿扶起的人,开始插锲时他还每天游游荡荡的,由于受到富长清的影响,现在也每天担水饮牲口,铡草喂牲口了。

让井也翻翻身吧

富长清不仅组上的事情抢头干,对屯上的工作也很热心。全屯三口井早就坏了,多少年来都是没水吃,大家说:我们翻了身,让井也翻翻身吧。屯上向地主买了几棵树回来,准备把三口井修理起来,富长清即动员自己一组修理东头的一口井,仅一天时间,井架、辘轳头、井桩子、井裙子、井槽全部换上了新的,来往担水饮牲口的人,无一不称赞富长清生产小组的功劳。

每天晚上,他都起来查更,尤其是最近各屯耕马被偷后他更加操心,还领着民兵和别的干部到外屯去查更,他说:马就是咱们的命根子,没有马,地怎样种呢?

总之,富长清为别人干事就抢头干,利己的事就往后站,不仅组上的人称赞他,全屯的人也没有一个不夸奖他的,都说:提起富长清的好处是没盖的(比不上的意思)。

选自《东北日报》,1947 年 5 月 6 日

李发插犋小组

开罢生产会　回来就插犋

肇东赵文山屯，李发参加了生产会回家，饭也没捞上吃，就到老韩头家，老韩头心里也有这意思，二人一合计就妥了八成，他们又去找马成、董升、董光芜、王子天、吴国富，几家一参考，他们也乐意。一共七家，四十八垧地，九个大马，三个小马，最大的十三岁口，最小的两岁口。劳动力十个，最大的六十五岁，最小的十四岁。七户人家，全部土地、马力、人力都参加了这个插犋组。

插犋组一成立，大家选办事心公、人缘好、庄稼地活又懂得多的李发为打头的。开始几天，王子天的马使出汗了，心里就不痛快，一会儿董光芜又嫌马成的马慢而叨咕起来，李发劝他们，自个儿愿意一块堆插犋就别乱吵吵，王子天他们却说："十个手指头伸出来还有一般长的？"李发心想，开头就不和气，往后日子还长远，事情就难办，他就召集全组开会提章程。老韩头提出："往年给地主扛活，当

157

牛当马,挣的几担粮到秋后地主克扣、出荷,剩不多少,老要孩子吃不饱,还要拉饥荒。如今各个都有了地,买了马,不受人家指使,吃亏便宜都是跟前的人,别叫地主笑话咱。"大家一寻思确实不假,于是全组提出"一人一条心,穷断骨头筋;大家抱团体,黄土变成金"的口号,大家还说,一定同心合伙伺候地,叫地主看看穷人是咋伺候自个地的。

有饭大家吃　困难齐解决

该组一共七户人家,就有五户有困难的。马成种十三坰地,哥儿两个,哥哥去担架队,家里只剩十五岁的小兄弟。老韩头今年六十五,兄弟五十六,一只眼还不好使,连铁锹都拿不起。吴国富种七坰地,最近两个大马一个小马都被偷了。董升种四坰地没有马,吐血吐得还起不来炕。李发家十一口人没有吃粮。在有饭大家吃的前提下,他们自动找对象帮助。李发家没有吃粮,董升借给他四担苞米,无利无息,秋后还。董升没有马,李发就把自己的一匹马借给他。老韩头兄弟两个岁数大了干不动重活,就让他们点种,干点轻活。马成、董升家没有人力,大伙儿就帮他们种,不记工也不还工,他们说,春天谁家都困难,还不起工,到铲地时再记工,若还不起工,秋后粮食下来再给钱。

晚上合计好　白天分头干

他们从春耕到打场,以及拾粪、拉碱土、抹房、铡草、打柴都在一起干。每天晚上,全组的人都集聚在李发的热炕上,合计明天给谁家干活,每个人都干啥,当晚把要用的农具都准备齐全,第二天打头的一招呼,各人就分头干起活来。平日,他们三个人拉碱土,四个人搂柴火，三个人刨粪堆，有时三个人送粪，四个人抹房，一个人晒麦种，剩下两个人捡黄粪、起壕沟。现在他们已抹好二十四间平房，两间小仓，连每家的猪圈、鸡窝都抹了，每家分到两车柴火，二十六垧白茬地的粪全都上够。种小麦的时候，他们套出两副犁杖，每副犁杖一人点种、一人扶犁、一人赶套，其余两人扬粪，十垧小麦三天就种完了。现在他们正赶忙种大田。

插犋好处多　说也说不尽

插犋的好处，他们已总结出好几条：（一）干活时在一家吃饭，只一家早起点灯做饭，省下六家灯油、六个妇女做饭的工。（二）一人干活早晨晚起、晚上早歇，在一起干活就起早贪黑怕落下。（三）人多在地里干活有劲，一个人在地里干活这一垧到那一垧，干起来没个头，一看一大片，看着看着就不乐意干了。（四）一起干活，大车、农具坏了大家修理，比一人修理省钱。（五）一人干活，若长个病、有事出门地就撂下了，大家在一起干，一个不在家地也能给种上。（六）一人送粪，一天只能送两车，又要套车、装粪、送粪、卸粪、喂马，三个人一起送粪，一天就能送十车。（七）一人搂柴火两天一车，三人搂柴火一天就能搂两车半。（八）拉碱土，硬实的人两天只拉一车，软实的人连碱沟都进不去，三个人拉一天就能拉两车，两个人起，一个人赶车回来。

选自《东北日报》，1947 年 5 月 25 日

◇ *罗叔章*

从反特务斗争中纪念"三八"

——去年蒋管区"三八"纪念会特写

伟大的"三八节"又降临了！笔者今天能很轻松、愉快、安定地待在解放了的东北哈尔滨参加纪念这个节日,真感到无比的幸运和光荣！另一方面呢,则深深地羡慕东北解放区姊妹们的幸运,竟于长期敌伪压迫下,于前年八一五,由苏联红军和民主联军的合作,赶走了日本鬼子,很迅速地解放了东北,避免了蒋介石法西斯流毒的残害,这是何等的幸福而值得珍贵啊！因此,笔者更怀念着被压迫在蒋管区的姊妹们！当蒋介石出卖民族国家,将到恶贯满盈的前夕,各地民主运动力量正遭遇空前的逮捕、残杀时,她们必然也会遇到同样的灾难。否则,只好暂时忍耐地退避地下。

幸运的东北解放区姊妹们,享受了民主政治下,土地改革、工农翻身的伟大成果,而没有受到像蒋管区姊妹们,经常和警察、宪兵、特务、流氓等斗争的灾难！

仅以一九四六年,在上海参加"三八节"的经过,向东北姊妹介绍,以供参考,以明真相。

　　一九四六年的"三八节",在上海是一幕热烈、坚强、紧张,吓退了、教训了反动分子的伟大场面;今天已是一年过去,笔者身历,犹如目前!那种热情,就是上海妇女界,九年来饱受敌伪国特压迫积累下来的。去年二月中旬,各方妇女团体(学生、女工、职业妇女)开始政治动员,举行座谈会、演讲会,讨论怎样纪念"三八节",请了由各地复员的民主人士出席,我们曾有一个统计,在三个星期中,许多朋友参加了将近三十次的座谈、演讲等活动。动员之后,原来是和女青年会合作的,筹备会也合开了好几次,不料到了三月三四日,女青年会被蒋特威胁,不敢和广大的队伍合作了,会场改了小的,人数也有限制。青年姊妹们闻讯后发火了,马上号召自己组织上海妇女联合会来主持"三八节"。两天内即召集了五百多代表在八仙桥青年会举行成立大会。警宪、便衣特工到了十多个,女战士们毫不畏惧,即请他们到主席台前来参加,大家表示欢迎,弄得警宪们满头大汗,反而失去了自主。他们要求出去,但她们一个也不放走,仍在进行大会,讨论章程,结果警察求饶说:"我们是奉命令来的,你们的大会的名称不要用联合会,用联谊会吧,让我们好回去销差。"大会觉得已得到了胜利了,接受了他们小小的要求,于是就在反特务包围下顺利地结束了。

　　六日下午才动员调查参加的人数和组织纠察队等。八日早上八时左右,沪西兆丰公园附近已人山人海向公园涌进,中学校的童子军就有十多队,有两个中学校长不愿学生参加大会,将音乐器具收藏起来,童子军在半夜里冒着险将乐器偷了出来。十点钟,大会开始。在这个地点来举行伟大的群众大会,是破纪录的。各单位鲜明夺目的旗帜布满了广场,有人说,在远处和高处看,那些各色各样的旗帜就像在草地上被风飘摇着的花朵一样,美丽极了!

大会十一时开始,主席团包括各单位的代表,除许广平(按:鲁迅先生的夫人)和笔者外,全是年轻力壮的青年。主席致辞和代表演说都很简单,提出的口号是和平、民主、团结、停止内战、实施政协决议、成立联合政府,以及广设托儿所、男女同工同酬等。十二时大会队伍出发游行,警宪大批地在前面领路,再三声明说是来保护大会的。队伍两边是女同学的脚车纠察队和交通队,此外尚有各校各厂的男同学和男工友在外围保卫队伍,再加标语队、传单队等,真成了铁的队伍! 在静安寺、大马路和外滩,平时一秒也不停,继续不断,使老百姓无法横过马路的美国吉普,也只好停止了半小时以上,等待队伍过去。队头已到静安寺,队尾还在公园里(队长两里多路程,有三万多人)。这个伟大、庄严、强壮的队伍,把反动者怔住了。大队安全顺利地到达外滩公园集会后散会,已下午四时。

另外一个卑鄙可笑的镜头就是:蒋政权下的女党老爷们,那天同时在上海首屈一指最华贵的大光明电影院举行纪念会,时间也是上午,那儿本可容一千多人,但据两位参加的记者对我们说:"大光明的位子还坐不满,台上只有几位男士在演讲,但不少人已溜走了,因此我赶到这儿来。"还有她们派了不少人在路上拦阻队伍,不让她们到兆丰公园,要她们到大光明开会去,结果一个也拦不住,且报以白眼,因此,她们不但取消游行,而且提早散会。

这是一九四六年"三八节",上海民主力量和反民主力量的大检阅。我相信,今年的"三八节",在蒋介石反动越来越凶的现阶段,那些千千万万热情的愤激的情绪,一定比去年更强大! 他们是最善于和蒋特敌伪做斗争的,我们在此等候那怒吼的胜利的消息吧!

笔者到东北解放区不久,一切正在学习和认识中,但对于东北解放区的姊妹们，仅提出一点热望：希望姐妹们，尤其是知识分子，要负起责任，放大胆子，鼓起勇气，大踏步地走向民主，走向革命，来团结、组织和动员各阶层的姊妹们参加革命队伍，来巩固、扩大我们的根据地，提早消灭法西斯余孽，赶走美国反动分子帮凶刽子手，完成中国的民主革命，巩固全世界的民主阵线，这样，东北解放区的姊妹们必须以实际行动来纪念今年的"三八节"。

要东北得到真正的解放，占人口半数的东北妇女必须和男子一样地共同努力，而妇女的彻底解放，一定是在民族的彻底解放中来完成的，亲爱的姊妹们，我们团结起来共同参加整个神圣的民主革命事业，为祖国的独立自由而奋斗吧！

选自《蒋管区真相（第三集）》，东北书店 1948 年 4 月

◇罗　烽

哈南前线纪行

一、到前线去

从哈尔滨到陶赖昭一路上,留给我这样一个印象:越接近前线,生活秩序越稳定。双城堡三岔河的市场,像办年货一样地热闹。单是距前线五里地的陶赖昭的一个普通小杂货铺,在当下农忙日子里,每天仍可以收入八千元以上。虽然他们是处在反动派飞机大炮的威胁下,而生活却在平静安逸中。

我向一个小伙计提出问题:"假如国民党反动派打过江来,你怎样办?"他不假思索地用带着笑的声调回答:"老天爷会保佑民主联军挡住反动派的,民主联军也决不能让那些黄鼠狼过来,我恨死了那些专门喝血的东西。"这个小伙计显然没有说明他自己应该怎样办,但他却诚恳地爱好和平,憎恨着吸吮人血的国民党反动派。

接近前线的农民们,早已用行动回答了这样简单的问题了。我刚刚到达双城堡,恰巧遇着一百多徒手的"中央胡子"往车站抽送,而走路的行人都说这是"降来的"。后来我打听到确实消息，才知道不是降来的，原来这一百多"中央胡子"曾偷袭一个没有武装自卫的屯子，他们刚落脚，老百姓就冒着生命危险报告了十里以外的驻军，当天夜里就把他们全部包围缴械。

农村里，类似这样的事情是不在少数的。农民的心眼一天比一天亮了，他们喜欢现在的和平民主生活，他们愿意各尽其力，使十四年的痛苦一去不返。农民自卫队已经开始要求用快枪武装自己，有的也已经达成了愿望，勇敢坚决地和人民的军队站在一道保卫东北的土地。还未达成愿望的，他们有一条最聪明的办法，就是要求参加民主联军。事实上，这样忠实可靠的子弟兵，在我们的队伍中早已占相当大的数目，而且还在源源而来。

二、青年农民热烈参军

我在扶余珠山村遇着一件颇富戏剧性的事情。民主联军某部在上述某庄召开战斗英雄政工人员联席会议。闭幕那天下午，宣传队在平坦的打谷场上，开了一个游艺会，演出了描写农民参军保家乡的独幕话剧《双喜临门》，被邀来看戏的老百姓都很欢迎，这个剧演出是相当成功。游艺会结束之后，我回到民运科的临时办公室已是黄昏了。大家正在吃炒葵花粉，通讯员通报有一个年轻的庄稼人求见民运科副科长。在摇曳的植物油灯下，忽然带进一阵凉风，青年庄稼人已经气喘地站在大家面前，他的脸上显着羞怯的模样。

"有事吗？随便讲吧！"刘同志先开口问。

"想参军……要我吗？"

"完全自愿的？"

"完全，我妈也乐意。"

"谁养活你母亲呢?"

"现在一点儿用不着我,我有爹、两个哥哥、一个嫂子,你不知道吗? 我们一家还分了六垧地哩……"

"分了地你要当兵,怕受苦吧!"

"我本来就给地主扛活。"青年庄稼人感到受了委屈似的,"我不是怕受苦才要参军的,我是恼反动派过来不许咱穷人翻身……"

我心想,这小伙子一定是被《双喜临门》那戏打动了心。刘同志也不约而同地笑问道:"刚才看过戏吧! 你想做模范哪!"

对方仿佛受了侮辱,连忙否认说:"后屯还有两个想要参军哩! 我们老早就打定主意了。科长先答应我吧! 马上我就去找他们也来。"

刘同志点了点头,未等说话,那急性的青年庄稼人已一溜烟奔到后山去了。

三、军民之间

越接近前线,农民和军队的关系越亲密。这是因为人民的军队不单深知用武器和生命保卫人民的利益,而且他们更帮助东北人民实现了"耕者有其田",甚至分担了农民的劳力,帮助农民秋收。

在双城乡下曾发生这样一件事。驻在×村的一个连队,他们接到新的任务要转移到另外一个村子去。农民们听到这个消息都感到很难过和失望,后来他们开会商量出一个好计策,就说"中央胡子"进了村子,请求连队去清剿。连长接着报告立即率全连强行军出动。

当先头部队到达村口时,看见男女老少列队出迎,有提水壶的,有提筐子的,里面装着鸡蛋。连长奇异地问:

166

"中央胡子在哪里?"

"早就闻风逃远了。"农民们异口同声地回答。

因为另有任务,连长下命令原路返回,但是农民们一拥就把他包围起来,随后提出要求,请连长帮助他们分配敌伪土地。这使连长很为难,虽然连长说"只会打仗",却突不出群众的包围。末了还是答应下来,另找连指导员执行这个分地工作,终于满足了农民们的愿望。

四、战士们严阵以待

有一位老战士抗战八年一直到东北,他才体会到一个真理,他喜出望外地逢人便说:"替人民服务"过去虽然常讲,但心里还有点含糊,等到关外亲自帮老百姓翻身时才真正体会了"替人民服务"的这句话。这位战士是追求真理和创造真理的好榜样,但是类似这样的战士,在哈南前线随时随地都可以遇到的。现在他们正在艰苦环境下用他们的智慧研究地雷,用他们的劳力修筑阵地,将他们的生命暴露于监视哨上,监视并准备迎击着隔江的反动派武装。一天下午,一位指战员引导我绕过池沼,跋涉沙岭,进入距离敌人桥头堡垒三百多米远的一处阵地,我听见几个战士正在夸耀地讲论着,炮手昨夜如何准确有效地冲散了一群破坏协议偷修江桥的工兵。其中有一个战士信心十足地说:"美式武装休想过江来!""万一过来呢?"我插问一句。接着另一个战士调皮地回答道:"过来?过来就让他给咱'出荷'!"(注:"出荷"即缴枪的意思,这是战士们发明的术语,带着讽刺意味。)所有的战士都是这样自夸,并且愉快坚决地站在反"法西斯瘟疫"第一线上,担负起防疫清毒的工作。

选自《新生时报》,1946 年 11 月 9 日

◇ 欣　朝

长春市上

一、民主联军的战士在街头

东北民主联军进驻长春不久,市面便拥挤着行人。穿着旧军装的联军战士,与行人磨肩而过或并肩而行,显得那么熟识与亲热,在他们的面孔上,除了表现出一种辛劳奔波的风尘仆仆而外,再也找不到历来中国军队那种逼人的凶威。如果不是事实的明证,几乎没有人相信这些克勤克俭、和善的战士,却又是那么英勇地击碎了那些从各方面装来美式装备的反动军。在县府门前的柏油路上,一个载着五个绿衣战士的马车奔驰而过,一个联军的门岗追上去拦住他们,不是盘问,不是检查,而是告诉他们:"即使是包的马车,上级也不许重重地载着五个军人……"

二、工人区

二道河是长春的工业区,这里有着铁厂、汽车修理厂、造纸厂、酱油厂、咖啡糖厂、烟草公司……住在这区域里的也大都是各业的工人。伪满时代这里一切的生产均充作军用，"八一五"后这些工厂也大都跟着日本帝国主义的垮台而倒闭了，留下的是高耸的烟筒、静悄悄的厂房、贫苦失业的工人。

现在政府正忙于安顿工人的生活并筹划某些工厂的迅速复工。长春烟草公司的复工较其他工厂为早，因为在我军进入市区以前，这里的工人们，就积极地保护着一套完整的厂产，并把它完整地交给了"自家人"——民主政府和民主联军。厂方负责人带领我们来参观工厂的每个部分，我看到几百个男女工人，他们现在是愉快地忙碌着自己的工作，他们正在准备着制造大批的胜利烟卷，来慰劳在前方作保卫战的民主联军。

三、"宫内府"里的新主人

在一片低低的贫民住宅之西，一块荒僻的坟地之东，而高突于长春东北角的，是傀儡溥仪的"宫内府"，它既不似北平皇宫那种封建性的宏壮，也不似近代建筑那么明快潇洒。"宫"前一片空地里是假山、水池与溪流，使人感到可怜的狭窄，"八一五"后，人民以愤怒的报复打碎了宫门，涂毁了墙壁，把"王八洞""王八座"几个字写在溥仪的房间和座位上。宫前的一条马路，过去人们必须低着头走过去，今天却走着仰首挺胸的人群。

现在工人大学已在这里设立，几百个来自各地的各业工人，进出于铜门朱壁之间，他们在发挥着工人富于改造建设的智慧，成为这所房屋的新主人。

四、长春监狱

这是一所八卦形的建筑，当中矗立着一座监视楼，牢房由此向四面伸展开来,据说这所监狱还是建筑在"九一八"之前的,当时的政府拟使它成为监狱的"模范",供外人参观而壮"观瞻",因此设备比较完善。

伪满时代,在这里更扩充了两个规模很大的印刷厂与缝纫厂,一千多个男女犯人,每天由监狱通过地道爬进工厂,来消耗他们的劳动力。

"八一五"后,大批政治犯、国事犯、思想犯、经济犯获得解放了,今天剩下的是一所人间地狱的残迹,当中一间牺牲者的遗物室里,满满堆着的大都是肮脏发臭的农民服装,另一间房子里堆满着镣铐与铁链,被烧毁的印刷厂里灰片纷飞,业已破坏的缝纫厂里机骸纵横,四面狱房虽空而臭气犹存,在阴森森的绞杀台上,钩铁生锈,残绳发霉,一切在象征着法西斯的毁灭。

五、门庭若市的书店

在一条热闹的大街上,到处听到报贩叫卖的声音,这里目前已有《东北日报》《长春新报》《光明日报》三家大报出版。大街两旁有几家已经开门营业的书店,进出着不少买书的人。一个青年店员告诉我们,在开始营业的两三日内,书籍卖出量即较过去增加两成以上,其中尤以毛泽东各种论著、《民主青年》、《民主生活》、苏联名著《勇敢与无畏》及各种社会科学书籍等销路最广。除了那些早已为人民所不容之伪满时代的书籍之外,政府从未限制书店对书报的自由发售和读者的购买,然而在五花八门的图书杂志中,书店老板从实际经验中清楚了应当发售什么书籍,才能适合广大读者的要求,而获得更大的利益与销路。

六、孔雀酒家悠乐空奏

这里中国人、日本人渐渐交杂起来，有着不少的已经营业的饭馆、酒家。在一名曰"孔雀酒家"的门前乐声抑扬，我踏步入内，想吃一点什么，里面没有一个顾客，只有几个打扮得妖艳的日本女侍坐在里面，不等她们开口，我便转身飞步走出。再过去是几家舞场，四门紧闭，已非当日气象。后问饭馆一青年伙计，原来这类酒家舞场，过去生意很好，特别是国民党之"接收大员"受降后，舞场更加热闹。民主联军进驻长春之后，这群主顾也云散烟消了。

七、长春在新生中

再绕到斯大林大街的时候，天已快晚了，大街的中心，不时有来回的电车飞驰而过，电灯也放出了光彩，电线杆上还有忙着接线没有回去的工人。

斯大林广场上的纪念塔，尖顶上一架金色的飞机似在展翅飞翔。南面市府公安局的门口，仍不断地进出着控诉、检举罪犯的人民。西面的长春广播电台，已开始发出东北人民的声音。在播音间里，我看到一个广播员正在习播着今日《东北日报》的社论，他念道："……今天的长春，摆脱了黑暗独裁的伪匪统治，正向着建设新的长春、和平民主的长春前进……"

选自《东北日报》，1946 年 5 月 15 日

171

◇金 人

沈阳的欢笑

一

一九四六年春天的沈阳是没有太阳的。

从南方，从长江沿岸，从海上，吹来了反动的黑色云片，把"八一五"后仅仅被自由解放的光芒照了数月的东北又吞没了一部分。

那时不祥的蓝色旗子在许多东北的城市上飘扬，蒋匪军的得意忘形，美国帝国主义的欢欣鼓舞，使反动派们高兴得忘记了自己的姓名。

难道这是很久以前的事吗？仅仅过了两年零几个月的时间，整个东北已经是属于人民的了。两年多，蒋匪军在东北被消灭了一百多万，而且连他那最精锐的王牌军都在内。这次的秋季攻势，五十天工夫，就全歼了四十余万众的东北蒋匪，把整个东北解放了。两年前的蒋匪会想到他们在东北的下场是如此惨吗？

两年半以前，国民党反动派利用美国的调处为烟幕，实行对东

172

北人民的大进攻,凡是被蒋匪占领的城市,就成了特务横行的世界。沈阳更不会例外,几千几万的青年学生和工农分子被逮捕、杀害,或者送进了集中营。

一九四六年的四月六日,我被蒋匪的特务抓进了警察局,过了二十多天就把我送进了集中营。那时沈阳的集中营才刚成立不到三天。可是过了不到两个月,就抓进去了五千多人。

集中营的黑幕是说也说不完的,拷打杀害是经常的,而最最严重的则是自上而下对"俘虏兵"(蒋特务这样称呼关在集中营的人们)的敲诈,要枪、要钱、要东西,这是那些国民党的贪官污吏升官发财的捷径。

一九四八年的初冬,太阳又照耀在沈阳的上空了。扫除了两年多以来把沈阳人民窒息得不能出气的黑云。

二

沈阳欢笑起来了。

战斗结束后仅仅十几个钟头,我们已经进了沈阳。那时还在深夜,但是安静得很,一点枪声没有,完全不像在白天曾经有过战斗。

十一月三日的一大清早,天刚刚亮,沈阳街上已经挤满了老百姓,他们都满脸浮着欢笑,他们盼望的好日子来到了。

二日我们还在离沈阳数十里的××镇,等候前方战斗的结束时,就看到一队一队放下武器的蒋匪军向北方络绎走去,他们的脸上都笼罩着战争所给他们的疲倦,但却都浮着解放后的欢快。

我曾经问过一个挂着农会臂章的中年农民,对于沈阳的解放有什么感想,他急急忙忙地说:

"这回日子可好过啦!我家仅剩的几斗粮食都被匪军抢光啦,

以后我再不担这个心了,八路军到哪儿,哪儿的老百姓就有饭吃。今天的粮食价钱,和前天的粮食价钱就不能比啦!"

这时正有一队辽北的担架队从前方回来,我拦住一个人,问:

"老乡,你从哪儿来?"

"前方。"

"沈阳怎样?"

"咱们整个浪儿都拿下来啦!"

他说得是如此紧张,如此高兴,使周围的人们都欢笑起来。

我在沈阳遇到的第一个马车夫,他一面赶着那匹慢腾腾走的瘦马,一面诉说:

"你看,这马多瘦!再过一个月就得饿死啦!我自个儿都没饭吃,还能喂它?可是现在有喂的了,几天它就能肥起来啦。我已经吃了两顿白面!如果八路军再不来,连我都得饿死啦!"

沈阳的人民都是兴高采烈地欢迎人民解放军,他们的确把人民解放军看成了救星。因为人民解放军把他们从蒋匪军手里解放出来之后,首先是使他们有了饭吃,工厂开了,有了工作,商店也开了,各行各业都有了生气。

三

工厂号召复工,一下子就有几百工人来报到。电车仅仅两天就恢复了,电灯在第二天就放了光明。电报邮政很快都恢复了。沈阳市的人民觉得惊奇。"共产党真有办法!""国民党三年也没弄好!"到处传着。

学校号召复课,一下子就是上万的中学生来报到。他们不但是全部在校的学生,连那已经失学很久的学生都来报名,要求受民主政府的教育。

有一个从解放区逃到蒋匪区的政府职员，在登记时，他忏悔地说：

"我错了，我错了！为什么我要从解放区逃出来呢？'正统'观念害了我！民主政府叫我当科长我都不愿干，跑到蒋匪区却蹲了三个月监狱，出来后好容易才找到个雇员的位置。最近几个月连饭都弄不上吃，我错了！"

各种工作人员，在军管会号召照常上班、恢复工作时，几乎是百分之百地都来报到。不仅包括了雇员和委任、荐任官，几十名负责的简任官都跑出来要求工作，要求学习。

我特地跑到关过我的集中营去看了一遍，那里已经是混乱破烂成一片。据说，在解放前两天那里曾经暴动过，把它给破坏了。我看了看关过我的屋子，我想："这就是国民党反动派迫害革命者的地方。在我出来之后，不知又害过多少革命青年啊！"

我想起了作家骆宾基，据说也被关在这里过，我竭力想探听到他的消息，有的说被害了，有的说解送南京特种法庭去了，但是到底如何，却弄不清楚。

我走出集中营的大门，回头看了一下，才发现这儿已经不叫"集中训练营"，而改成"爱国青年训练大队"了。这"爱国"二字给我不少启示。这里面被关过的青年，有几个不是爱国青年呢？正因为他们都是热爱祖国的志士，不忍自己的国家沦亡在蒋宋孔陈四人家族手中、沦亡在美帝国主义的手中，他们才起来反对蒋匪的统治，反对美帝的魔爪，因而被特务逮捕关进来的。他们都是爱国青年呀！

当然国民党反动派所用的"爱国"二字是括弧以内的，但今天在我们看来，却成了对蒋匪统治的讽刺。

四

沈阳复活了。

十一月十四日的祝捷大会,家家户户悬旗挂灯,人人脸上浮着欢笑。

"东北永远是人民的了,沈阳永远是人民的了!"

选自《东北日报》,1948 年 12 月 8 日

◇ 金　羽

泥泞的路

泥泞的路让我一个人去走
苦的叶子让我一个人去尝吧

——结束了罢！

我说，今天我这样说了。也许是无端的吧！可是我说给谁呢？身边连一个人也没有，我可是说给我的影子么？我自己也弄不清楚。

面向着一面记忆的窗子，我愀然地眺望着爬行过来的一段灰暗的伏着的路……

沿着那条路，我底心跑得很远，很远……

我的生活，没有法子向别人解说。

我仿佛是雨天的旅人，两只脚陷入泥泞的中途了。起初还是可以向前挪动的，逐渐我觉到一步步地我的脚步沉重了。

我竭力不使它累了我，我拔了又拔。

我深怕它阻碍了我的前进。

可是，脚步愈沉重了。

黎明。

我瞻望着晴朗的天和辽远的乡土，美丽的河山；我乃执拗于捕捉一只新生的梦。

忍着惨痛的分手。

忍着迢遥的离别。

为它，我舍弃了一切。为它，我也供出了一切。我为它起始觉到了生命的可贵与爱情的悠久。

我怕什么侮辱的嘲骂呢？

我怕什么阴毒的谋算呢？

那些，不过是吹来就散了的暴风，就向我刮过来吧！

可是，到了黄昏。

望着傍晚的烟霭，听着响起来了的寺院的钟声，我乃渴望起一个温暖的巢穴，一场团聚的欢笑。

我想到了这些，我就软弱无力了呵！

什么能解救我脱出欲望的狭笼呢？

这众多的欲望，苦苦地缠住了我。用依旧的谄媚来恭维我，用依旧的色香来诱发我。

徘徊，复徘徊。

我底心感到了一点饥渴，一点厌倦。

走不出泥泞的路了。

动摇我的是我自己，痛楚我的也是我自己。

也许，这就是我的宿命么？

我不相信，我不相信。

颠簸在泥泞的中途。

我有的既不是真实的笑，也不是真实的哭；只是糅合着厌世的、悲剧的心情，为我自己诅咒、愤懑、绝望而已。

我自知，这样的日子会载我到极端可怕的境域之中，但我又不愿求救于友情的援手。

我自知，旧的堡垒迟早会被攻落的，要抓紧那些新的事物，新的展开；但我依然摆脱不了可憎的圈子。

我呵！我呵！

我不是无所往了么？在时代的通衢我无所往了呵！

虽然，我的希望还不至于是一片灰烬。

我底梦也并没有变得苍青而死在了自己的手里。

我底心还在向往于那些辽辽，青春的……

直率地，我把泥泞途上的感情安放在这里了。

我既不是想向谁告白我的罪愆，也不复是想吊祭逝水的年华。

我仅仅是歌唱了我自己的寂寞的青春。

歌唱了我自己的寞寞的青春。

泥泞的路呵！你还让我同你伴行到几时呢？

一九四五年十月

选自《东北文学》，1946 年第 1 卷第 2 期

◇周洁夫

复仇的大炮

这是一门漆着黄绿油漆的大炮,当步兵遇见它的时候,常常欢叫着:"看啊!咱们的新炮!"其实它不是新炮,它曾经攻打过长春的"铁石"部队,英勇地守卫过四平,一年后又轰击过四平的守敌。在轰击四平的战斗中,它和本中队别的炮一起,首先进入阵地,向敌发射,把敌人的炮火吸引过来,掩护其他中队的炮安全进入阵地。但这门炮的架尾却被击坏了,正副炮车长英勇牺牲。顽强的炮手们提出复仇的誓词,重新组织人力,继续发射,直到完成任务。战后,这个中队还因为准确射击军部大楼和击毁三辆汽车,得到"铁的连队"的光荣称号。油漆便是那时候漆上去的。在秋季攻势里,这门炮带着血迹、伤痕和复仇的渴望,到处寻求敌人,但始终没有打上,炮手们憋着一肚子闷气,直到冬季攻势第一战——彰武战斗打上了敌人,这股闷气才得到舒展。可是公主屯战斗,敌人缴枪缴得太快,一炮迟了一步,没能打上,新立屯战斗敌人突围被歼,又没能打上,炮手们的心里又生了闷气。

这门漆着黄绿油漆的炮久经战阵,它的历史和来源三炮手于长源知道得最清楚,这门炮一开始为人民服务,他就在这门炮上当炮手。而且这门炮就是他和现在的炮车长杨万清,在"八一五"东北解放以后,亲手从辽阳的日本南大营中拉出来的。

现在这门炮经过五晚上连续急行军,又来到分别两年多的辽阳附近。

二炮手石永贵留在家里看炮。一早,炮车长领着别的炮手们出发构筑阵地。铁锹、洋镐,都被四炮手王振海磨得亮堂堂,挂在炮手们的肩上。他们匆匆赶路,用腿扫开雪壳,踩开道。攻击四平后才参军的五炮手陈宽田还嫌走得不快,催促大家:"快走呵!这回一定要把阵地挖好,早到早挖早点打,别像新立屯一样叫敌人跑出来。"于长源接上话头:"不用着急,步兵早把城围上了,这回保证能打上。"接着他对炮车长杨万清说:"打开辽阳,叫炮回家看看。"大伙都知道自己武器的来历,禁不住笑起来,两腿走得更省劲了。

炮阵地是在城东北角,离炮阵地一百多米站着敌人仅存的一个大地堡,不时往外打枪。炮阵地的地面给太子河上的河风吹得实磴磴的,镐头下去,土块子直崩,于长源的鼻子给土星子崩破,王振海的脸也崩破了,他用袖口擦擦脸,索性脱去棉衣,摘下棉帽子,穿着衬衣欢干。在攻击四平的战斗中,头几天他还是炊事员,由于他在猛烈的炮火下送饭送水,自动帮助挖阵地、上信管,炮手们看中了他,几次要求中队调他到一炮当炮手。要求得到允许,王振海在四平战斗结束前正式成为炮手。

挖到当腰,步兵来攻取这个仅存的大地堡。他们经过的时候,热心地关照炮手:"隐蔽一下吧,一打起来,子弹盲碰也碰上你们了。"炮手们正挖上了劲,依旧头也不抬地抛着土块。爆炸手抱着炸药上去了,机枪和步枪的子弹吼吼飞叫,城上打来照明弹,一颗紧接一颗,每一颗后面跟来一发迫击炮弹。炮手们倒趁着照明弹的强光,在炮弹爆炸声中赶挖了一阵。约莫过了一刻钟,枪炮声打成一个团,炮手们才进附近的房子隐蔽。战斗结束,敌人缩进城里,炮手们又出来赶紧挖,照明弹和迫击炮弹依旧交替打来,机枪弹索索索落在雪地上。王振海穿着衬衫还不断淌汗,他心头着急,和陈宽田的顾虑一样,生怕敌人弃城逃跑。

二炮手石永贵就在炮手们挖阵地的夜晚,紧跟着这门油漆的大炮,在雪道上赶了一宿路,从城西南绕到城东北,踩了七十多里雪道,等太阳露脸才赶到阵地附近。当天,所有炮手只休息三四个钟头,他们检查瞄准具和镜子,重新检查炮弹和信管,擦洗炮膛和炮身。中队长带着炮车长和二炮手去观察地形,标定方向。当晚,大炮就被拉入阵地。炮车的两轮缠上麻袋,这样在雪上行走的时候,不致发出咯吱咯吱的大声。一炮炮手们历来具有顽强的战斗作风和优良的射击技术,"保持一炮的光荣!"这是炮手们共同的誓言。在彰武战斗中,有一发炮弹因为信管拧得不紧没有炸,另一发推进炮膛后露出一小截屁股,关不拢炮闩。攻打辽阳前他们把每个信管都拧到炮弹上试过,把每发炮弹都塞进炮膛试过。他们有个共同的想法:炮弹不爆炸或是临时发生故障,都是不光荣的事情。

一炮进入阵地,炮手们又抢起镐头、洋锹,修理工事,平两轮,把雪块放进筛子,敲碎,再筛到工事上,把炮阵地装扮得和雪地一样。炮阵地两边挖了一个弹药室、一个掩体,都带着脖颈。四平战斗挖的掩体不带脖颈,一颗敌弹落在炮架尾上,以致弹片同时杀伤了正副炮车长。他们记得了这一血的教训。

一炮的炮口对准辽阳城的东北角。城墙转角蹲着一个地堡,地堡左下部敞着两个黑洞洞的枪眼，从里面射出的敌火封锁步兵的前进道路。一炮的任务就是摧毁这座地堡，摧毁这两个枪眼。炮手们掂着镐头和铁铲，发现那边不结实，就修修那边，使它更结实，发现这边不合适，就修修这边，使它更合适。不到发射时间，工具总不离手。经验最多的于长源，不时指点着陈宽田和六炮手张学林，他们两个都是翻身农民，所欠缺的就是技术。

天快放亮，工事也差不多了，炮车长要王振海、张学林回小后方休息，王振海一扭头："我帮助五炮手拧信管！"张学林也提出要求："让我搬炮弹吧。"炮车长要他们下去，原是怕阵地上人挤了，万一削过来一颗炮弹，会增大伤亡，但多一个人总有一个人的好处，既然他们自己愿意留在阵地上打仗，就让留在阵地上吧，炮车长答应了他们。王振海钻进冰阴的弹药室，和陈宽田一起上信管。张学林站在弹药室和炮身之间，准备把上了信管的炮弹递给于长源，节省于长源来回走的时间。

天亮了，雾气慢慢升高。各炮开始向灰蒙蒙的辽阳城发射。钢铁刺在城墙上，城墙上腾起弯曲的和直直的火烟。一炮手马凤森一拉火，第一发炮弹正好穿进城墙上的地堡。

试射变成了效力射，第一发炮弹就把地堡里的敌人打哑。马凤森欢叫起来："大炮能进辽阳城了！"陈宽田眯在弹药室中，看不见弹着点，听声音知道准是打中了目标，他把一颗炮弹递给张学林，仰着头嚷："打吧！你们瞄准打呵！你们打多少，我供多少，包管赶趟。"

观测班长赵玉春过来了。他原来是这门炮的二炮手。他永远记得前一炮车长柳忠厚在四平牺牲的情形：一颗敌弹落在一炮阵地的紧跟前，柳忠厚命令全班人进掩体隐蔽；赵玉春进去得最晚，等他进去后，柳忠厚才进掩体；掩体过小，柳忠厚露出半截上身，一颗炮弹爆炸,碎片正好穿进柳忠厚的胸膛……赵玉春沙着喉咙,首先喊出"为班长报仇!"的号召,他认为班长是为他,为全体炮手们的安全而死的。后来,赵玉春当了副班长,在另外一个掩体里,他正好和排长一块,他硬要排长进里面去,自己用身子护住排长,就像柳忠厚护住他一样。他怕碎片崩进掩体,又用大衣把排长盖上。在中队赢得"铁的连队"的荣誉的同时,一班也得了"团结友爱"的红旗,这主要是由于一班二十一个月没有逃亡,但这件事情应该是团结友爱的最高表现。赵玉春虽然调到观测班当班长,他始终记得"为班长复仇"的誓词。现在他过来了,他要求让他瞄第二个目标——地堡左边的枪眼。

一炮和邻炮向目标发射,一个枪眼给炮弹打下来的土挡住了。机枪原先还在枪眼里突突乱叫,一下寂静下来。第二个枪眼不久也堵住了。一炮打了四发,火口边上的雪给炮弹震掉,在暂停期间,一炮手跳下炮座,和六炮手一同用筛子把细雪筛上工事,重新把工事伪装起来。

赵玉春瞄了两发,就去执行观测任务。从第五发起,一炮开始了效力射,落一颗炮弹,城墙上冒一股黄烟,土块子崩下来,土面子往下撒,好像有人推一车土倒下城脚。一炮打了二十多发,和邻炮加在一起的威力,就把城墙摧毁了一角,打出一个缺口!步兵冲过去,冲过太子河上的冰层,冲近城墙,有几个就踏着这个意外打成的土堆爬上城垛。一炮开始了延伸射击。炮弹扔进城里,割断了城里敌人向我步兵发射的火力。

看到步兵上去的炮手们都为自己的战绩而欢喜:"快点上呵!多上去几个呵!"他们一边射击,一边盼望,但是步兵没能够安全上去,突然,在被打毁的地堡右边的城墙上,射出凶猛的机枪火。在发火处出现新的枪眼。原来敌人早先用砖块把枪眼堵住,蒙蔽了指挥员和观察员的眼睛。现在敌人在危急时机,便去掉砖块,架上机枪,突然侧射我冲锋部队。二炮手和炮车长见几个步兵在河冰上倒下,正焦急间,传来中队指挥所的命令,排长于芳贵紧跟着发出口令,要一炮向新发现的敌人枪眼轰击。炮口调转来对准右边枪眼,炮车长从镜子里一望,急红了眼,他一句话也没说,拾起一张镐头,飞跑出去。于长源和王振海往前一瞅,立即明白班长的意思,也随手拿起镐头,跟着跳出工事。

正对炮口方向的高地上堆着一个雪堆,挡住射界。炮车长杨万清跑到雪堆跟前,一镐就抛飞一大块冻雪,三、四炮手猫着腰随后赶到,步停镐落。他们眼看自己的同志被机枪扫倒,心头冒火,恨不得一下把雪堆铲平。敌人的机枪不断扫射,数不清的子弹唰唰地落到后面柴火垛上,那地方离雪堆不过二十五米,他们全没顾到危险,镐头像铁匠的锤子似的落在冰雪堆上,冰碴子火星似的飞溅,有一块刺破炮车长的手背,他用手套抹一抹血迹,把手套塞进裤袋,又狠命挖抛。王振海的脸上也给刺了一下,他骂了一声,反而抛得更快。不到两分钟,二尺厚的冻雪就被抛向一旁,三个人又迅速跑回。二炮手焦急地望着镜子,他见步兵们在雪堆上卧下,用小木锹把身边的雪迅速抛到前面,临时构成一个雪的掩体。步兵都反穿棉衣,头扎白手巾,看去和雪的颜色一样。但是雪堆只能隐蔽,不可能抵挡机枪弹呵!他已经根据排长的口令测好距离,见炮车长他们一回来,在炮膛内等了一会的复仇炮弹就怒吼着飞上城墙。

这一发炮弹远了,排长喊了一个数字。在作战时节,方向一确定,留下的口令就只是简单的数字了。这一发近了一点,排长又喊了一个数字。这三个数字是按照求夹差的原则喊的,不是逐渐连减或上升。排长于芳贵最早也是一炮的炮手，往后当过一炮炮车长，他曾经对新来一炮的同志讲过这门炮的光荣历史：打长春宫内府四发三中，三发炮弹迫使铁石部队一个营缴枪；保卫四平时以两千七百公尺的距离，打退了从三道林子突入的新一军……教育新同志滋生自尊和向上的感情。现在他镇定地指挥着一炮，在紧急情况下也不表露慌张。

第三发炮弹打到枪眼上部，一个枪眼给崩土闭死。一起打枪眼的邻炮也命中了目标，这挺凶险的机枪停止了叫嚣。爬伏的步兵灵捷地跳起，飞速冲近城墙，踏着土堆爬登上去，搜索着城墙上的敌人掩体。

城墙上的敌人火力点全部摧毁，步兵拥进城里，一炮的炮手们可以下去休息了。一夜没有睡觉，休息是个诱人的词语。休息就是暖炕、开水、热饭和房子。可是炮手们都争着要在阵地上看守大炮，崩破脸的王振海要看守，老炮手于长源要看守，新炮手陈宽田要看守，相互间都催促对方下去休息。而看守大炮却是寒冷、饥饿、口渴和可能遭受空袭。后来三个炮手都留下了。当晚回去，王振海脱掉乌拉，发觉脚拇指头冻青了。

解放辽阳后，这门涂了黄绿油漆的大炮终于进城看看去了——它被炮手们珍爱地围护着，送到城里医治一下架尾上的伤痕，然后，它穿城而过，奔向另一个城市——鞍山，继续向敌人索取血账。

选自《攻无不克》，东北书店 1948 年 9 月初版

建立赵尚志团

珠河农工代表大会的会场设在县政府的大礼堂里面。会场上挂满贺幛、贺联、大小标语，一片鲜红。虽然窗玻璃外层结着冰花，但礼堂里生着个大炉子，却是暖烘烘的。二百五十多个农工代表，面对毛主席和朱总司令的大像，坐满了四行二十八排长椅子。伪满时候这地方是阎王殿，大肚子才有资格进进出出，穷哥儿们站近些，就得挨枪把子，现在居然穿着乌拉，披着破羊皮大衣上这开会。松江省主席冯仲云同志还特地从哈尔滨赶来参加，在大会第一天跟代表们亲亲切切拉了大半天赵尚志将军和抗联在珠河斗争的故事，早先，别说省主席，区长的金面都难见啊。

大会已经开到第三天了。这两天是代表们报告自己的翻身经过，怎样领导大伙儿斗争地主，领导自卫队打"中央"胡子……现在临到元宝区的老韩头——韩志礼做报告，他跳上主席台，站在桌子后面，向代表们报告自己的工作。

他报告完怎样动员三个青年参军，接着说：

"后来郭成连请假回家,他的母亲抱着他哭,我就劝她:'尽忠不能尽孝,你的孩子参加民主联军,他当的是这一份。'(老韩头伸出个大拇指)我又对郭成连说:'恶霸地主的地我们都分啦。蒋介石是恶霸地主头,他来后我们还能翻身吗?'郭成连说:'不能。不打垮蒋介石誓不归!'他坚决回到部队去了。咱们今天要是不团结,蒋介石一过来,咱们就要倒翻过来。(老韩头走到台边,做了个倒翻姿势,立即摇了摇头,放大声音)我们决不能倒翻过来呵!"

"决不能!"台下传来斩钉截铁的回音。

老韩头回到他的座位上,听了两个代表的报告。第二个报告的是乌吉密代表老杨头——杨青山,他最后大声宣布,要把自己的车、马卖掉,买一支短枪,和反动派蒋介石拼命。杨青山喘着气刚坐下,第三个报告者刚起身,韩志礼忽然抢上台去,灰白的胡子抖动着,劈头就问:

"蒋介石是个大坏蛋不是?"

"是!"全场腾起齐一的答复。

"他想叫咱们再做一次亡国奴,咱们应该怎么办?"

"干!"

"反对他!"

老韩头举起一只手,在空中连摇几摇:

"光喊干不行呀。我们要实际地干!"

他放下手,抬起爬满灰白胡须的下巴问:

"怎么干?"

两三个声音在这边那边错落地响起:

"参军!"

"那么你们屯子参军参了多少个了?"老韩头手扶桌沿,头伸在桌上两盆菊花中间,向左一望,又向右一望。

一个低矮的,全脸布满皱纹的老汉从座位上站起来说:

"我们屯子里十八户人家有八名参军的。"他夸耀地向两边望望,倏地坐下。

掌声中另一个老汉站起来,用急快的高音宣称:

"我有四个孩子,三个参加了部队。"

脱口而出的喊好声和轰然的掌声拧成一片。

老韩头挺起胸膛。他的宽嗓音穿过掌声,伸到会场的最末端:

"好! 我们要参军! 我们要成立一个团——赵尚志团! 好不好?"

"好!""好!"短促的、拖长的单音扭结着,起伏着,像一个浪套一个浪。

"咱们元宝镇要打先锋,发动两连人参军! 行不行?"

"行!"在右排后方,在元宝区代表席上,七八个人同时喊出一个声音。

"好! 我们大家都要争取做这个!(老韩头同时伸出两个大拇指头)不要做这个!(老韩头同时挑起两个小指头)"

掌声打雷一样响了起来。老韩头略略弓下腰,承受着大家的拥戴。这样过了半分钟,他才回身向毛主席和朱总司令的半身大像行了个礼,红着脸走下主席台。

这一天晚上,各区代表团回到旅馆,在洋油灯下、蜡烛光下,头攒着头,计算着自己村里能够动员的人数。

第二天——大会第四天,城关区妇女代表梁绍荣诉说她过去的痛苦和现时的欢乐。她说伪满时她的男人是厨子,微薄的薪水养不活一家人,她和孩子只好住在亲戚家里。"八一五"后,民主联军开来了，她们家分得了土地和房屋，日子才好起来，一家人又团圆了。最后她说：

"我感激民主联军，已经把我的儿子送进主力部队。我希望各家都参军才好。"

接着她，史长发上去了。大家都认识他——昨天他曾经用平静的、充满诙谐的语调，报告了他怎样在哈尔滨起出坏蛋一支手枪的故事——却分辨不出他的声音了，他的声音提到最高度，变得尖锐而且近乎破裂：

"我们城关区！要在半个月内，完成一百五十名新军！参加赵尚志团！"

台下起了嘈杂的私语，前排，中排，后排，两三个头并在一起，也有的伸出指头计数。就在嘈杂声中，台上撒下另一个高激的声音：

"现在穷人翻了身，是不是民主联军的力量？（台下喊：'是！'）是，就该补充他们，使大伙儿翻身翻得更彻底。我们亮珠区人口少，已经有一百多人参了军。过去不算，在十天里面还要成立一个赵尚志连队！"

主席台的长凳上站起一个穿黄布衫裤的中年人，他走到台边，口吃着说："我说——"但是他的话给嘈杂声淹没了。他摇着两手，好容易等喧闹声低落一些，才拉开嗓门高喊：

"我说：参军的人还要青年力壮的，不要老头子，不要小娃娃，不要身体弱的。"他是城关区农会主任王开仁，已经有六个小伙子经过他的动员，送到民主联军去了。

"不要地痞流氓！"

"不要斗争过的坏家伙！"

台底下有人大声补充。

在桌子旁边等了好一会的一个青年，再也等不住了，他用血气旺盛的声音宣布：

"我们乌吉密区参军的已经有二百多名。我们还要成立一个半连——一个半青年连。保证没有不够格的。"

帽儿山区的代表接着抢上台，他宣称要成立一个连。保证质量好，没有坏蛋。

那个昨天曾经在台下站起说话的低矮老汉，被主席扶上台。他用低低的却是激动的声调说话。他说他是蜜蜂分区庆有屯的，名叫李怀金，屯里有两家没有年轻人，回去他要再动员五名青年参军。

代表们急骤地开阖着手掌。五百只发亮的眼睛送他下台。

一个结实的，五十上下的老人从主席团坐的长凳上急步抢到台边，上身倾出台外，用宽大的声音喊：

"我们要参军！穷人能翻身！"

喊口号的名叫孙万芝，是抗联的老同志，一家四口都参加抗联工作。

像炮声打到山谷，会场震起了回音：

"我们要参军！穷人能翻身！"

口号声刚落，台上就响起尖高的声音：

"亮珠动员一个连，我们黑龙宫也参加一个连。我们要和亮珠区比赛，可以不可以？"

"可以！"不仅在左排中间的亮珠区代表席上，在各处都掀起大声的答复。喧闹声又塞满了整个会场。

在左中排站起一个脸上泛红的中年人，他穿一套黑棉衣，快步奔上主席台：

"工作队刚到，我害怕。开斗争会，让我大儿子去，我自己躲起来。后来听说工作队是为穷人,我的胆子就大了。参加了几次斗争会,听了几次,慢慢地也跟坏蛋斗争开了,跟他们撕破了脸。大伙儿先选我当屯长,后又选我当仁爱分区的农会主任,工作队张同志常常给我教育,帮助我,我眼下没有什么顾虑了,剖开我的脑子——"他退到一旁,右手指着毛主席的半身像:"是毛主席! 割开我的胸膛是,是——"他气促,脸孔挣得更红:"是毛主席! 他比我亲生父母还要亲! 我有三个儿子,大儿子在基干队,老二在武工队,小的在儿童团。回去我要送大儿子参加主力。"

城关区的人大半都认识他——鄂文宾,八月间,国民党的美制飞机到珠河散发传单,他事后挨家挨户搜集,解释,把一沓沓传单撕成碎片。

一面坡和马延的代表也先后上台:前者宣称要在五天内完成一百五十名;后者要在十天内完成五十名。二十七岁的潘起海最后登台,他激动,声音时时中断。

"我父亲参加抗日联军,在赵尚志部队里当指导员——就是冯主席在会上讲到过的潘指导员。(台下的喧闹声静止了)他给日本鬼子杀害了,要是蒋介石不把东北送给日本鬼子,我的父亲死不了。我要替父亲报仇! 回去就参军,还要动员两名。"

手掌拍红了。心烧红了。

主席费劲止住喧嚷,用嘶哑的声音宣读由主席团仓促拟定的誓书:

"为了保护我们穷人翻身所分得的土地、房屋、牲口,打垮反动派蒋介石,全体农工代表同意成立赵尚志团……"

签名的时候,几十个代表涌上主席台,盖没了台侧的长桌。在一张张写着数字和日期的纸上,他们盖上了方形的、椭圆形的图章,按上了圆圆的、鲜红的手印。——他们要在半个月里面动员一千一百四十名朴实年轻的好农民,建立起一支人民的部队,光荣而响亮的部队——赵尚志团!

这已经孕育的赵尚志团,当它诞生以后,将在赵尚志将军坚持斗争的地区——珠河,和十万翻身农工站在一起,守卫着他们的家乡和土地,生命和自由,决不让天地再倒翻过来。

选自《铁的连队》,光华书店 1948 年 7 月初版

手　枪

在冯仲云主席和哈东分区政治委员张池明同志讲话之后，第三个上台的是乌吉密太平沟代表杨青山。他一头银发，用低低的却是喜悦的音调讲话：

"从前这是省长县长讲话的地方，哪能轮到我们穷人开口！如今我也能到这个台上讲话了，呵，呵，天翻过来了呀！"他笑，露出缺牙。但是他仍然十分拘束，两手总觉没处安放，话句常常中断。他讲了一个钟头，倾倒出往昔的痛苦和翻身后的喜悦。"……我租了两亩地种黄烟，稍带种上些洋菇娘。说是地要归我了，问我要不要。我说怎么不要呀！后沿我把洋菇娘拿出来，给儿童团、工作队同志一块儿吃了。黄烟给了农工联合会做补助金，我一个人要不了这许多呵！……再一说，工作队同志帮我收割、背柴，不吃一口饭，不喝一口水，这为的是什么呀……"

第二天，当元宝区的老韩头报告他怎样动员青年参军后，杨青山又自动上台讲话。第一次，他的声音高亢，他说：

"国民党反动派要来,我就和他拼。我六十多了,扛不了大枪,我家里有一挂车、一匹马,我想把车马卖了,能卖一万五,再买条菜牛。我要把这一万多块钱买支短枪,革命到底!"

晚上,原来是太平沟的自卫队长,现在当了警卫员的狄真特地到代表住的地方旅馆去看他,他对那个青年说:"怎么我一上台,毛主席总对我笑呀!"

在给奖的时候,由县委书记贾嵩明同志授奖。第三个叫到的名字就是杨青山。贾嵩明同志双手给他一面"老当益壮"的红旗,接着又递给他一个红绸包。这里面包的不是别的,正是一支手枪!

没有一次鼓掌这样长久,没有一次鼓掌这样响亮。

杨青山接过红旗,接过红绸包。右手捏着红绸包,两手抓着红旗的下角,站到毛主席的像下边。

台下代表们凝视的眼睛都看到:那面红旗抖颤着,那个红绸包抖颤着。

选自《铁的连队》,光华书店 1948 年 7 月初版

新炮手

炮车在厚雪地中行进。被寒气遮掩的星星,闪散着暗淡的微光,在新划出的两道深辙后面,炮手们紧紧跟着炮车。

像别的炮手们一样,二炮的炮手紧紧跟在二炮后边。他们心里烧得火热。一炮手孙国桢,把帽耳结起,一会耳朵冻麻了,放下帽耳,一会又觉燥热难忍。三炮手周子扬浑身是汗,他渴望着报仇:他的大哥出生才三四个月,就给地主摔死;他的兄弟在德惠战斗中光荣牺牲。他现在用渴求的口气自言自语:"这回千万能打上才好。"

"在后方训练两个月了,袖筒里是猫是虎,这回该见分晓了。"房谊章接上了话。他家七月间来人,说是家里分到一垧多地,吃穿全不愁了。他专心学着技术,他是五炮手,又是候补二炮手。

二炮手张广财却一直在担心一件事情:"第一次打靶,打得准打不准呢?"

二炮的炮手们都是新手,都是一年前才参军的翻身农民。一个多月以前,部队进行了挖苦根的教育。这以后,他们时刻盼着打仗,

在行军中遇到困难艰苦,就咬着牙说:"这困难是蒋介石给的!""找蒋介石算账去!"这晚上他们连过三道陡坡,在少人走的雪道上跋了六十多里,到达目的地,每个人的棉衣棉裤全汗湿了,身体最棒的四炮手王泰和候补四炮手韩福,从裤管上绞落一摊汗水。炮手们的胸口前沿,却抹上一长溜厚霜。

二炮的炮手们进到阵地附近,飞来两颗六〇炮弹,在他们左边二十来步远的地方爆炸。大个子王泰惊了一下,但立刻升起一个念头:"我到前方来干啥? 不是为打蒋介石来的? 怕啥?"仇恨战胜了恐惧,他猫着腰,镇定地进入阵地。

炮手们把大衣摔在地上,拿起铁锹、洋镐,开始修筑工事。敌人的子溜子呼啸着,盲目地从炮手们的头上飞过,张广财寻思着:"早先出劳工修道是为日本鬼子,现在修阵地是为自己,早点修好早点打,停会叫你机枪叫不得!"

大炮拉入了工事。王泰调动架尾,把炮口对准射击目标——高耸的车站水塔。就在这上面,设立着敌人的观察所。他们焦急地等待着发射的命令。

天亮了。透过晨光,能够望见水塔半腰上小玻璃窗的闪光。七点半钟,等待的命令从中队的指挥所发出:"榴弹——瞬发信管,目标——正前方车站水塔,瞄准点——水塔窗户——×千×百,待命放——一发!"

三炮手周子扬把炮弹推进炮筒,一炮手孙国桢拉住拉火绳的一端。二排长检查了一遍,大声地说:"二炮好!"

"预备——放!"

第一发炮弹出膛了。现在这发炮弹打的已经不是假想敌人,而是真正的敌人,这一发炮弹寄托着炮手们复仇的渴望。然而这一发炮弹偏了。

"向右偏差五米位！"观察所报告了弹着点的偏差,然后是"向左修正四米位。"

第二发炮弹打中水塔的左上角,冒起一阵火烟。

"向右修正一米位！"

于是第三发炮弹又带着威胁的啸声飞出炮膛,一阵火烟过去,水塔正中出现一个窟窿。"打中了！""打中了！"炮手们的心灵震荡了,现在真正用自己的手打击了敌人！二炮手张广财更加欣喜,因为在后方的时候,他一直以为自己的炮向左偏差五米位,经过这三发试射,他才真正掌握了这门炮的特性——向右偏差五米位。在弹药室里,五炮手房谊章吃力地上着信管,炮车长李国桢见他一个人供不上,过去帮助。三炮手周子扬把上了信管的炮弹塞进炮膛。敌人的机枪弹不时往二炮打来,打得炮前的防盾当当直响,打到弹药室的顶棚上,把棚上的雪震落下来,碎雪掉在炮车长和五炮手的脸上、脖颈上、手上,他们仍旧专心拧着信管。炮车长在心底骂着:"妈的,扫吧,停会叫你当哑巴。"

水塔上的窟窿越来越多,再也看不见玻璃的闪光,它们已经击成粉末。水塔上的敌人观察所给打跑了,指挥所传来命令:"暂停。"

房谊章拧了一会信管,手就冻了。排长要他用钳子拧,他拧了几个,觉着不如手好使,把钳子放在一边,又用手吃力地拧起来,现在他的手已经拧肿了。排长一发现,叫他代替二炮手工作。在后方,房谊章就常常留意二炮手的动作,一路上又不断向张广财请教,他早想试试自己的技术了。他满心欢喜,拖着冻麻的脚,移到二炮手的座位上。

二炮的射击目标从水塔转移到水塔右边的一个大地堡。房谊章

把瞄准镜中的十字交叉线的支点对准地堡，大声报了个"好！"孙国桢一拉火，地堡附近升起一团淡灰的烟柱。第二发炮弹击中地堡顶，飞起击碎的木材和石块。第三发更准，从正面的枪眼一直钻进地堡，小洞变成黑色的大窟窿。紧接着一连两炮，都击中了目标。从地堡右面的一所房子里，冲出一股步兵，直向地堡扑去，原来我们的步兵在房子里已经等待好一会了。

地堡上出现了红旗。这是步兵占领阵地的信号。房谊章在瞄准镜中寻找别的目标，可是再没有什么需要炮兵摧毁的工事，一时躲脱被活捉的敌人，都逃进了彰武城。这群初上战场的炮手，和别的炮手们一起，已经完成了自己的任务。

炮手们现在可以舒适地吸袋烟了。王泰满意地当着张广财说："二炮手这回不迷瞪了。真有一手。"

张广财活泼地说："到战场上还能迷瞪？我把劲全用在手上、眼睛上了。"然后他用老炮手的口吻加上一句："我还没过上炮瘾呢！"

炮手们都笑起来。掩体里流漾着轻快的烟气。三炮手周子扬却在这时发觉他的胳膊抬不起来了。

※　※　※

第二天晚饭后，二炮又出发参加攻打彰武城。

阵地在一个岗上。构筑工事的时候，敌人的机枪弹比第一次密了。二炮手们的经验也比第一次增多了。韩福、房谊章、六炮手姜贵、候补三炮手申殿祥去抬土，背土坯。王泰上后屯挑水，准备泼火口。阵地上只留下四个人轮替构筑工事。他们先赶修工事的前沿，好挡住敌人的子弹。韩福和房谊章每次都背回六七块土坯，一块二十来斤，下岗空手，上岗满背，他们全身淌汗，把下岗作为休息。敌人不时打过来红色的信号弹，不到两秒钟，背后就跟来一串子弹。

张广财有次刚弯下腰,一颗子弹从他背上飞过,打在后边的棚脚上;姜贵跑到火口前解绳子去背土坯,飞来一串子弹,当当当打在他头上的防盾上。但是枪弹挡不住他们的操作,消不了他们的战斗热情。他们细微地筑好工事,把炮口对准着彰武城内一家烧锅院的红砖大烟囱。烟囱后面是敌人的迫击炮阵地。二炮的任务就是要压制敌人的火力。

红砖大烟囱旁边有个灰色洋楼的尖三角顶,目标是显著的。在张广财眼中,那红色特别刺目。

这是七点来钟,二炮开始试射。第一发跑了,敌人打过来迫击炮弹、机枪弹,炮口前面的雪飞溅起来。"你有千条妙计,我有一定之规。不管你炮火怎么猛,我还是好好地瞄。"张广财想着,修正了偏差。副教导员这时从一炮阵地过来,站在二炮阵地后面的沟中,喊了声:"二炮把烟囱打掉!"他的话增加了炮手们的决心。

第二发炮弹碰上了烟囱,把烟囱左上角打飞了一块。在邻炮的轰鸣声中,听到副教导员喊好的声音。孙国桢的耳朵给震得嗡嗡直响,打到防盾上的子弹也听不大清了。他依旧保持着镇静,平稳地拉着火绳。

二炮炮口中连着飞出的炮弹,咬在烟囱中间,削在烟囱角上,烟囱的腰身越来越细,终于齐腰倒垮,沟里的副教导员拍起巴掌。张广财呼了口气,但新的任务立即来到:要二炮射击烟囱左侧一百米处的目标,据估计那边可能是敌人的山炮阵地。

一打上仗,三炮手周子扬的胳膊又不觉痛了,他比上次更迅速地填装着炮弹。炮弹供给不上的时候,他帮助去上信管。烟囱一倒,副教导员一鼓掌,他寻思:"上级还是叫再打几发吧!"听说射击新的目标,他赶紧又去弹药屋捧过一个炮弹。

可是并没有马上发射。张广财在瞄准镜中发现四棵小树,正好挡住了目标。他迅速站起来,掂上一把镰刀,绕到阵地前方,一直奔到小树近前,仰面躺在雪地上,一手抓住树身,一手用镰刀使劲砍割。第一棵树刚倒,"铿铿"打过来两颗六〇炮弹,同时在右边不远处爆炸。他没有停止,用上一把劲,又割倒了第二棵……第四棵一倒,他就跳起来猫腰跑回,子弹追着他,噗噗噗噗,在雪上打出一个个小孔。

张广财回到自己的座位上。二炮向新的目标发射了。

我们的炮轰鸣着,夹着敌人发射过来的稀落炮声,指挥所的命令听不清了。排长叫姜贵去当联络员。姜贵趴在棱线上,结起帽耳,竖起耳朵,听着指挥所的口令和二炮阵地的报好声,不让漏去一个字,正像二炮手不漏过眼前的每一景物那样。有一颗炮弹在他近前落下,幸亏没有爆炸。他大声传达着口令,浑身发热,忘记自己是卧在雪上。

在另一边,韩福在匆忙地运输弹药,二十来斤重的炮弹,他两手抱着四个,一回回往阵地里送。"快放"的时候,韩福更忙碌了,他用铁锹启开弹药箱的盖子,抱着炮弹进去,又急忙出来。有一次他的铁锹碰到一根树丫子,树丫子在他的左腿上刺了一下,他顾不得细看,启开箱子,抱着炮弹送进阵地。他胸口上的汗直往下淌,跟姜贵一样,他的脸是通红的。

炮弹一个接一个地落入敌人阵地,敌人的山炮不作声了。二炮依然用一分钟五六发的速度,紧咬住敌人阵地不放。指导员跑来告诉一个消息——大家期待的消息:"咱们的步兵进城了!"随着就是"停放"的命令。

伏在炮阵地后面的步兵后梯队,反穿着大衣,迎着中午的阳光,从雪地上扑奔过去。现在又临到炮手们休息的时候,韩福猛觉着左腿麻滋滋的,一拉裤腿,裤管和大腿粘在一起,他猛力一扯,发现左腿肚上有个血窟窿,自然是刚才树枝扎的,他气愤地骂着。王泰却打了个哈欠说:"这回准能睡一觉了。"孙国桢惋惜地说:"要是能进城看看地堡多好!"

※　　※　　※

炮兵总是很难弄清楚他们的战果,二炮的炮手们只能从步兵的口中知道彰武城里的地堡都打翻了,知道有一门山炮给打得稀碎。虽然不知道那门山炮是给哪一门炮打坏的,二炮的炮手们还是满足了,因为这总是炮兵打的。虽然炮兵没有进城,但使步兵安全地进了城。×××师除死掉的全当了俘虏。二炮的炮手们也满足了。

现在,经过七八天的行军,二炮的炮口又对准了敌人——前闻家台的敌人。蜷缩在那里的是××军的军部,×××师师部和一个团。

下半夜,炮口对面升起黄沙沙的缺月,敌人的机枪凶烈地迎面射来。韩福和申殿祥被派到小后方去了,别的炮手们在掩体里面忍耐着,等待着报复的时机。

在构筑工事的时候,炮手们觉着燥热,吞吃雪团解渴;一静下来,站在冻硬的地面,却觉着寒冷。他们跺着双脚,盼望射击。

跟着拂晓,眼前展开一片茫茫的白雾。张广财着急起来,他的目标是一棵树后面的高雪堆,这目标是在晚上敌人放射三颗照明弹的时候找到的,现在树和高雪堆都被大雾吞没了。

攻击的时间到了,从二炮发射出去的炮弹,好像一枚猛力掷进厚雪堆的铁钉,也被大雾吞没。第二发依旧找不着弹着点,打远了还是偏差?张广财捉摸不定。雾逐渐消淡,在第四发上,他发现弹

着点冒起一股白烟,也隐约辨出冒白烟处正是指定的目标,他的心放宽了。

邻炮震响着。二炮照准目标继续发射。五炮手房谊章坐在秫秸上,费劲拧着信管;三炮手周子扬装填着炮弹;一炮手孙国桢一手拉火绳,一手拉栓,让弹壳跳到地上;每打四五发,四炮手就用洗把擦洗炮膛内的瓦斯。一切动作都照旧,但一切动作都熟练了。副教导员又走过来,望着炮手们的合拍的动作。

雾散了,近午的阳光照到炮口上。张广财辨清自己的目标原来是一排盖雪的平房。在目标和阵地间,横着广阔平坦的雪野。

传来"暂停"的口令。不一会,二炮手的眼前忽地出现几个骑兵。他们冲出屯子,后面成列地跟着黄色的、白色的、灰色的人群,羊群似的拥挤着、奔跑着,六〇炮弹和枪弹的啸声密集起来。张广财突然听见副教导员的声音:"敌人出来了,拉炮打! 快打!"

二炮阵地的左前侧是一条大道,骑兵飞快地向大道驰来。副教导员捞过一支步枪,向骑兵射击,炮车长李国桢一脚踏上掩体,端起步枪就打。张广财愣了一下,闪过一个念头:"敌人要把炮夺去了,拉了一年不是白瞎了!"他嚷着"拉炮",跑过炮身后面,孙国桢也从座位上跳下,和王泰、周子扬一起往后拉炮,房谊章赶紧丢掉信管,从弹药室跑出,参加拉炮。一使劲,炮给拉出了阵地。王泰赶紧调动架尾,调转炮口,对准敌人冲出的目标。

骑兵距离只有三百来米,马的颜色都看得清清楚楚。副教导员一枪打中一个骑兵,那家伙一下跌到雪上。

"目标——三百五十,敌人溃兵! ……"

张广财迅速瞄准好,用响亮而短促的声音报了个"好!"孙国桢镇静地拉动火绳,骑兵和炮兵间冒起一股黑烟,但是没有炸到敌人。

距离修正了,第二发炮弹愤怒地穿进敌人的步兵群,王泰一下跳起来高声大嚷:"呵!倒了一大片!再打!"

紧接着邻炮也击中了目标,敌人的散兵给打蒙了,拥挤在一团,有的往前跑了两步又退转来,退转来又拥向前去,尽在原地徘徊打旋。二炮的炮手们又一连放射出两颗瞬发炮弹,一颗炮弹掀翻一片敌人,雪野上增添了红色。

从二炮侧翼冲出一股步兵,刺刀在步枪上闪烁,大衣角飞舞着,向慌乱的敌人冲去。有几个回过头来招呼:"别打炮了!"在别的地方也出现了我们的步兵,分成七八股抄过去。

停放以后,二炮的炮手们才感觉刚才处境的危险,也惊奇自己的力量:怎么五个人就能轻易地把大炮拉出阵地?

炮手们没有时间多想,他们被当前的情景吸引住:当我们的步兵从四面八方迫近敌人时,吓昏的敌人举了手、跪倒了、缴枪了。第一次看到敌人缴枪,而且是黑乎乎的一大片敌人,二炮的炮手们都乐得眯细眼睛,旱烟也顾不得抽了。

在归途上,二炮的炮手们嘴唇大都干裂。原来他们两天没有吃饭、喝水,尽吃炒苞米,啃雪团团,上了火。可是他们依旧用干裂的嘴唇谈说着战斗经过,沿路打问消灭敌人和缴获武器的数字。

第二天晚点名,指导员报告了炮手们期待的消息:

"咱们消灭了敌人一个军部,两个师!咱们苦战了一天一晚……"指导员的话被掌声淹没了。"快走!赶快再打!把东北的敌人消灭完!"二炮手张广财想。这想头也是二炮炮手们——这群已经经历了三次胜利战斗的翻身农民的想头。

选自《攻无不克》,东北书店 1948 年 9 月初版

选　　举

珠河农工代表大会的议事日程进行到最后一项：选举县农工联合会委员。

两天前，各区代表团经过讨论，已经把他们区上成分最好，历史最清白，领导翻身斗争最有功劳，最能为众人办事的人提交给主席团了。

当主席宣布了候选人的名单和选举方法以后，二十四位候选人就被小间歇的掌声送到台上。他们挤着，排成一条线，有半数以上，棉袄和棉裤都打了补丁。有一个肩上和肋下都露出黑色的棉花，这是马延区的王秀明。

代表们辨认着他们。有一个时间台下听不见嘈杂的私语。

刚宣布介绍候选人，右后排站起一个代表：

"我们铁路工人要求选举代表参加县的农工联合会。"

得到同意，他提出一个名字——陈云海。接着另一个工人代表也提了一个。经过附议和简单介绍，于是候选人增加了两个。

先是亮珠区介绍。被介绍的那个候选人就在介绍时单独站出来。第一个站出来的是阎德海，他曾经做过怎样配合军队打胡子和起赃的报告，大家都认得他。接着第二个、第三个，其中也有的做着自我介绍。代表们都静静地听着，直到介绍王秀明的时候，介绍人指着他说："他当了二十三年劳工！"台底下才同时发出惊叹的声音。介绍到从没做过报告或讲过话的候选人，代表们特别注意静听，有几个还拈过抽烟的纸片来记。

介绍完候选人，主席问：

"大家说，该选举几个检票人呀？"

"一区一个。"几个声音同时提议。

八个检票人走到台上，台上忙起来了。三张桌子拼接起来，加上四条长椅，排成一个梯形。候选人都退到桌椅后边。在每个候选人前面都放上一只空碗，碗底下压着一张纸片，写着名字和地区。一盘黄豆从台后托出来，顶上的豆子滚动着。

"代表们都退出去！一个区一个区进来，不要乱！"主席大声宣布，然后重复一遍选举的办法："每人发十三颗豆子，要选谁就在谁的碗里投一颗，可不能在一个碗里投两颗。——哦，先把人瞅准呀！"

"早瞅准了。"是一个妇女的声音。

人涌出去，会场空了。候选人庄肃地站立着。

检票人分了工。两个在门口分发豆子；六个人在台上检视，其中两个兼管投票人的上场和下场。他们自己先投了票。

喇叭和笙箫细乐一齐响起来。投票人排成单行从左门走进会场。

"瞅准人呵，别一下投两颗。"主席又一次嘱咐。

"哪能投两颗啊,不是儿戏事呀!"前五名中有人回答。

一个中年汉子首先上台,他把头伸到桌上,辨认着每个候选人的脸。他缓慢地从桌椅排成的梯形阵前走过,小心谨慎地放着豆子。第二个是个老汉,在放第三颗豆子的时候放得猛了一点,豆子跳出碗外,从桌上滚到地下,他赶紧弯腰去找,在椅子腿跟前找到它,这才呼出口气,轻轻地重新把那颗豆子放到那只碗里。

开始,后一个投票人等前一个上去六七秒钟才上台,慢慢地变成一个紧接着一个了。台上投票人之间只隔着半步的空隙,兼顾上场的那个检票人不住声地喊着:

"慢一点! 等一等再上!"别的检票人从投票人动着的肩膀上望进去,看有谁违犯规矩没有。可是每个投票人都细心察看着候选人的脸,或者低头看一看纸条,才投入一颗黄豆。走过一两个碗,又投入一颗。

一个黑衣白裤的年轻人走到下场处,手里还剩下一颗豆子。他站定,重新往每个候选人的脸上扫了一遍,依旧捏着那颗豆子走下短梯。

喇叭手鼓起两腮,半仰着头,疯狂地吹着铜管,把人心吹得更热。

投票人从左面上台,从右面下台,挨次坐在右排、中排、左排,座位又快坐满了。在二十六个碗里,有的薄薄铺了一层豆子,有的快到半碗。

左门关上了,轮到候选人自己投票。最左面一个走出去,投完豆回归原位;第二个走出去……有几个代表胸口贴在台前横栏上,凝神地看着。

候选人都下了台,归入他们各自所属的代表席。

唱票了。两个人一组,一个数、一个看,一共分了三组。剩下的

两个用本子记。第一个碗里的豆子数完了,唱票的喊:

"孙万芝——一百七十八票——"

声音不够大,底下传来责问:

"孙什么? 大声一点,我们要记一记呢!"

唱票的提高声音,又唱了一遍。在前面几排,好些人在用铅笔记着。不时有人发问:

"谁? 啊——?"

"多少?"

揭晓的时候,记的人又增加了一些,台上也能听见铅笔触纸的嚓嚓声。

在十三名当选人之中,有从没讲过话的王秀明,有做自我介绍的朝鲜农民金德秀,席次排在最末尾的鄂文宾也以一百四十六票当选了。

有人提议再增加两名候补的,于是由工人代表提出的陈云海也当了选。

喇叭声随着狂烈的掌声又一次疯狂地响起来。十五名由群众点定的新状元,全县农工的领导人上台了。他们肩靠着肩,臂膊碰着臂膊。

妇女代表涌上去,从旁桌上拿起大红花和大红缎带,走到这十五位群众领袖身边,把红花扣在他们的衣襟上,把红缎带斜系在他们的腰肩上。

孙万芝从行列中走出,方脸盘上刻着庄严的神色。他朗声宣誓:

"我们被大家选为县农工联合会的委员,我们愿意在共产党的领导下,忠心为穷人办事! ……"

在他后面,十四个人竖起十四只胳膊,严肃地、大声地、清楚地

应和:

"……我们愿意在共产党领导下,忠心为穷人办事!……"

他们紧接着又应和孙万芝:

"不自私,不腐化,领着大家翻身到底!永不变心,永不动摇,坚决革命到底!"

台下静悄悄的。几百只依赖的眼睛盯在宣誓人的脸上。

宣誓一毕,孙万芝忽然两手撑在桌子间:

"从前有句话叫作'饿不死穷汉,富不了胖汉',现在该怎么样来说?"

一个尖锐的、坚决的声音在台下震响起来,每一个人都听得清清楚楚:

"打不垮反动派,穷人翻不了身!"

"对啊!"孙万芝擎起捏着拳头的右臂:"我们穷人要齐心一致,打垮反动派!"

口号声,鼓掌声,喇叭声,像狂风暴雨一样地拧成一片。

十五个戴着大红花、披着红缎带的全县十万农工的领头人,一个一个走下台梯,又和代表们一起步出会场。

在门口,在广场上,三千多名等待已久的城关区群众,和持着红旗、执着红缨枪的青壮少年,迸出了历久不息的庆祝的欢呼。

选自《铁的连队》,光华书店 1948 年 7 月初版

赵尚志团的组织者

会见

工农代表大会后的第六天,在会上首先提出建立赵尚志团的韩志礼到县上来了。这天晚上要开各区工委书记联席会议,好些人坐在我的房子里,谈着工作,嗑着葵花子,房里乱糟糟的。韩志礼一进来,我只说了声:"你来了!"就让他独自坐在炕上。

过了一会儿,乌吉密的杨青山进来了。他披着一件黑色的破棉大衣,腰里别个小手枪,红绸的枪穗子拖到膝盖上。这两件东西我一看就认识:枪是大会奖给他的,红绸就是当时的包枪布。

杨青山发现坐在炕沿的韩志礼,露出缺牙,欢欢喜喜地说:

"啊呀,老韩头!什么时候来的?"

老韩头抢上一步,握住杨青山干枯的手,把他拖到炕上。老韩头先问:

"老杨头!开会来的吗?"

"送新战士来的！"老杨头笑吟吟回答。

"喔！你们送齐了吗？"老韩头显然吃惊了，往前凑了凑，那条半跪在炕上的右腿压着对方的大衣角。

我抓给他们一把葵花子，放在炕旁桌沿上，说声"吃吧"。他们好像没闻没见，只管自谈着。

"这回送来五十三名。咱们安塞村三个围子送来十九名。开会回去我没敢歇，太平沟、北围子、西围子，见天打转转，跟他们宣传。——这成立赵尚志团不是为的咱们大家伙吗？"

"那是呀！"老韩头接着说，把另一条腿拉到炕上。

老杨头也伸上一条腿，现在他们面对面坐着了，伛偻着腰，构成个半圆形。

"我就一层一层给他们讲道理。学着你在大会上讲的办法。"

"嗳——，怎么能说学呢！"老韩头谦逊地说。论年岁，一个五十八，一个六十五，老韩头要短七岁，何况他确实不是傲里傲气的人。

房子里充满谈话声、笑声和嗑葵花子的声音。但对他们两个来说，这些声音好像隔着一道厚厚的墙壁。

"我说：'一个瘸子打得过打不过一个壮汉？你们估量估量。'"老杨头说到这里停住了，看了一眼老韩头。见对方拈着胡子不说话，就自己说下去："他们想了想，说：'敢情打不过吧。'我就说：'我老杨头好比一个瘸子。蒋介石有美国人撑腰，手里有洋枪洋炮，好比一个壮汉。凭我老杨头这个瘸子打呢，大概打不过。可是五个壮汉，十个瘸子打得过打不过呢？'这回大家都嚷起来了：'打得过！'我说：'好！一个年轻人拿上一杆大枪就顶个壮汉；妇道孩子拿上个木耙铁刺就顶个瘸子。你们年轻人去参加军队，拿上大枪。蒋介石要来，壮汉、瘸子，五个十个一起上。人多势众，心齐力强，三个蒋介石也叫他翻三个！'——我就是这么跟大家伙说的,你看行不行?"

老韩头不说行,也不说不行,连连点头。

老杨头眯起眼睛,颤动着薄薄的紫色嘴唇:"这就动员了十九名小伙子。临走的时候,我炒了四个菜,摆了一桌席。我给他们一个个斟酒,对他们说:'这酒是咱们糖房里制的酒,今天拿在我手里,喝在你们嘴里,可就成了状元红了。'……"

"说得切！说得切！"老韩头这回佩服地大声说了。

"我接着又说:'有句古话叫先苦后甜。咱们穷人受了半辈子苦,大口子吞黄连也不敢哼一声屈。共产党八路军一来,咱们算是尝到了甜味。这回你们参加八路军,风里去,雪里来,泥地里蹲,枪缝子里钻,清苦是清苦,可往后打走了反动派,革命成了功,一个个骑着高头大马回家,那时候这股甜味呵,比蜂蜜还甜,比白糖还甜。人总要找个根子靠,靠共产党八路军这个根子,比靠铁柱子还牢固。有共产党八路军就有你们的好日子。上面叫你们往东就往东,往西就往西,切莫三心两意！——好！喝吧!'"老杨头做了个斟酒的姿势,就把话煞住了。

老杨头的越来越高的话声已经把房里的人吸引过来。他一说完,见别人都在望着他,倒有些不好意思。他低头咳嗽几声,向拈着胡子的老韩头发问:

"你们元宝区怎么样了?"

"我们区上呵,一下就有五十来个人报了名。"老韩头精神抖擞地说。

"送来了?"

"我们想等到凑齐了一连人再送。我到县上来就是来问问有军装没有。有军装就拿去先让他们穿上,整整齐齐一齐来。"

老杨头张开缺牙的嘴，正想继续问些什么，乌吉密的一个游击队员进来通知他，说是去哈尔滨的火车已经到站了。

"老韩头！我回哈。回去还有事。"老杨头从炕上拉下腿。老韩头和他一同站起，两个人在炕头紧紧握了次手。可是老杨头一出门，老韩头也跟出去了。我也随后跟出去。走到大门口，他们两个又握了一次手，老韩头这才说："下次见面再细谈吧。"他的语调里含着懊丧，这自然为着他没有尽情向老杨头报告他的工作。

当天晚上，乌吉密区工委书记老奚讲了一件事情，老杨头在大会期间曾经问过别人："毛主席、朱总司令的像哪里能买到？——我花三千元也买！"后来不知道怎么一来，居然弄到了两张毛主席和朱总司令的半身像。他把相片嵌在镶着金边的镜框子里面，挂在墙上，每天早晨总要细细看一遍，这才到各个屯子里去讲道理——白天和老韩头讲的道理。

第二天，飘着小雪花，老韩头心急着回去了。十二点钟光景，火车的汽笛声叫过不久，老杨头又在我的房子里出现了。他又送来一个二十岁的庄稼汉，这个人是他的外甥。他问起老韩头，知道老韩头回去了，有半晌没说话。赶下午，他又一个人乘着火车赶回乌吉密。

牵牛

又过了一天。五号下午，我刚进饭堂，端起碗扒下第一口饭，有人叫了一声"周秘书！"我的眼镜上的水汽还没消尽，模模糊糊看见有个人走到饭桌旁边，随后递给我一卷纸头。我用袖口揩去眼镜上的水汽，这才看清楚那是个低矮瘦小的老头子，有点面熟。他的右手执着一面红锦旗，正中间贴着"光荣村"三个白布剪成的大字。我马上想起来了：他是庆有屯的农会主任李怀金。他曾经在工农代表大会上宣布过：庆有屯只有十八户人家，他回去要动员五名青年参加赵尚志团。大会除了奖给这面锦旗以外，还奖给全屯一头牛。

我先给他找了一副碗筷，安排他到另外一张桌上吃饭，然后展开这卷纸头。纸上用歪歪斜斜的墨笔字写着好几个名字，每个名字底下都有简单的履历，还有一个半寸见方的大盖印："珠河帽儿山区庆有屯工农联合会之印"。

我粗略地看了看就低头吃饭。刚盛了第二碗，李怀金走到我的饭桌旁来了，嘴里嚼着最后一口饭。

"看了吗？周秘书！你看怎么样？"

"看了！看过了！"我不明白纸上写的是什么意思，只好含含糊糊地回答。

他从桌上拿起那卷纸，找了一会儿，指着一个名字给我看。

"这个臧福林没娶媳妇，长得精精壮壮，比你高半个头。"

我仔细看着臧福林的履历，写的是："幼年家贫苦，未能读书，至十二岁参加赵尚志名下儿童团做队长一年有余……"还没看完，李怀金的手指又戳到另外一个名字上，"这个孙士武老早就想参军了，这回算遂了心愿。"

我明白了，这是一张新战士的名单。我急忙问：

"他们都来了吗？"

"他们七个都来了！"

"他们在外面等着？先让他们进来吃饭！"

他的一脸皱纹都挤缩了，扁脸笑得更扁，好像一张蟹壳。

"我一来就把他们交到县上了，怎么能让他们在风地里站着呢！他们要没安置妥，我能有这份心思到这里吃饭？"

"那就把这张名单也交去呀。"

"名单一起交了。这是先写的一份,给你参考参考。"

我的碗里不再冒气了,他的谈话兴趣还是十分高。我拉了他一把:"到我那边去坐吧。"就端上饭碗引他到了办公室。

他在电话机旁边坐下,那面锦旗摊在膝盖上。

"你们屯上超过了两名,真是'光荣村'呀!"我真心地说。

"嗨,嗨,那是大家愿意呵!"他笑着,摆弄着旗角。

想起前天老杨头的谈话,我问他:"你回去是怎么动员的?"

"我早先是炭窑上的。"他答非所问地说起来,"炭窑在花砬子的山沟沟里,窑里有个伙计。那时候围子全给鬼子烧了,十几里地的山沟只剩下那间炭窑。有一天,那是刚吃上新鲜土豆子的时候,吴县长,赵尚志部下的吴大麻子就悄悄溜进来啦。我吃了一惊,赶紧让那个伙计出去望风。吴县长年岁比我大,他要活着恐怕快平六十啦。他说:'老兄弟,有什么吃的吗?我带了十六个弟兄,连我十七个,有两天没吃米粒啦。他们年轻人顶不住。'亏得屋里有小半袋面粉,准备过中秋节吃的。我就把面粉全和上,忙手忙脚烙了两炉子饼,也顾不上是生是熟,用面口袋一装,跟着吴县长就往山上走。走了一阵,只听见底下'哇!哇!'传来一片响。我想怕是来了搜山部队,往下一望,总有三两百鬼子,由国奴带着路奔进沟来。'快走!'我推了推吴县长。转到山背后,就见大石头背后跳出十多个人,都是十七八岁的青年人。吴县长接过面口袋,给他们每人三两个饼,自己一个也没拿,就向秋皮屯那个方向奔去。——这以后我再没有见过吴县长。我把面口袋围在腰里,等底下没有声音了才回到窑里。一看,我那个伙计给打得鼻青眼肿,躺在炕上直哼。他说国奴引着鬼子进窑查问,问有'土匪'没有。他说没有。国奴又问我到哪里去的,他说担炭上街去了。国奴不信,按定他就打,他还是一口咬定是上街去了,国奴才领着鬼子走了。他流着眼泪对我说:'我拼死也不能说实话呀!'——我们沟里的老脖带心实,跟定了赵尚志就死也不背向!"

他歇了口气。我正想把话题引回来,他又说下去了。

"今年正月二十九,中央胡子进了庆有屯。他们进屯就嚷:'中央军来了!中央军来了!'见什么抢什么,衣服被子抢了个光。马也牵走了好几匹——现在三四家才合一匹马。有两个老爷子,一个叫孙常,一个叫朱金科,抢的时候拦了拦,就给胡子用枪崩死了!"

屋里静默了。炉火响着,偶尔发出哔剥的爆声。

"我到死也记得!"他突然爆出了一句,然后放平气声,"开了会回去我就在屯上给他们讲这两件事情。我说:'你们看见了上回胡子抢,就是看见了蒋介石中央军!现在国奴又要领着外国人来烧房子,打受苦的穷老百姓了。年轻人该不该扛起大枪保家乡?这份责任年轻人不担当谁担当?'"

我这才发觉坐在旁边的那个老头子,不但热心、认真,而且是个好的宣传鼓动家。我正想把这个感觉告诉他,他的低而清楚的话声又响起来:

"当时有个十五岁的孩子,小名叫双丁的,他也站起来说:'我也去。'我见他比我还矮两指头,就劝他:'你还是先参加儿童团,学学军歌,明年再参加吧。'还有个平时爱看牌的也要参加,我一想,赵尚志团的人可要好庄稼人才行,没让他来。"

电话铃在我们中间响起来。我拿起耳机,和对方讲了一阵,静了心,准备继续听他讲话。他却望了望玻璃窗外暗下来的天色,站起来说:

"我走了。"

"今天就回吗?"

"明天回。你们挺忙的。"他走到门旁,突然转过身子,"他们问起那头牛,怎么说好?"

"牛?"

"牛还没牵走呢!"

我想起来了。作为奖品的四头牛,其他三头都在大会后两天领走了。剩下奖给他们屯上的那头牛,打过两次电话给蜜蜂区政府,要他们派人来牵,却总没见人来。他今天不提起我倒把这件事情忘掉了,于是我抱歉地说:"我还当牵走了呢。"

"哪里!"他理直气壮地说,"人没有送齐,好意思上这儿牵牛吗?"

"明天走的时候来牵吧。"

"牛在哪? 今天就牵走吧。"

"明天牵不是更方便些?"我确实是替他打算打算:牵来牵去不是挺累赘? 何况那头牛还带着个牛崽子。

"今天牵!"他固执地说,又在原位子上坐下了。

我奇怪起来。但当我看到那张浮着焦急神情的长满皱纹的脸,那双酱色的开裂的手,想起他说的"三四家才合一匹马"那句话,我完全明白了。我马上写了个条子,让通讯员领他到县政府去。

过了一会儿,从窗玻璃中,我看见李怀金牵着一头大母牛——牛角尖端比他还要高一点的大牛,后面随着一只蹦蹦跳跳的牛犊,循着灰白色的大路慢慢走去。执在他左手中的那面红锦旗,在暮色中已经变成酱紫色了。

公、媳

后一天，城关区工委书记老张通知我，要我明天早晨十点钟到电灯公司广场上去参加参军大会。我想到仁爱分区农会主任鄂文宾，曾在工农代表大会上讲过：要让自己的大儿子参加赵尚志团。他的二儿子在武工队，小儿子在儿童团，大儿媳在妇女会，为这，大会奖给他一面"革命家庭"的锦旗。昨天，得到"光荣村"锦旗的庆有屯是光荣地超额完成任务了。那么得到"革命家庭"锦旗的鄂文宾家怎样了呢？他家的大儿子愿不愿意到赵尚志团来呢？

第二天早晨十点差一刻，我就披上大衣向电灯公司走去。天是瓦蓝的，风势大而冷峭，家家烟筒上冒出的烟向东南方飞奔着。

好几个分区参军和欢送的队伍陆陆续续涌来了。花花绿绿的秧歌队和高跷队在队伍前面扭摆，笙箫喇叭在队伍前面吹奏。从打在队伍最前面的每一面大旗上，我没有见到一面是绣着"仁爱分区"的字样。

我沿着街道走去。在三条大街的交叉点，一支队伍过来了。打头的那面旗子给风卷成一团，唑啦啦响着。接着是秧歌队，吹鼓手，于是来了马队。第一匹马上骑着个脸孔吹得发紫的青年。第二匹，第二匹马上呵，却是个穿着素蓝旗袍的少妇。这两匹马都是高大的洋马，昂着的马头比我的头顶高出两寸。我认出牵第一匹马的就是区工委书记老张，牵第二匹马的是城关区张区长。

这两匹大洋马打我身旁擦过。我听见左侧发出一声赞叹：

"真是革命家庭呵！"

我明白了。侧转头，见是个满脸长着麻子的中年汉子。我故意问他："那个妇女是谁呀？"

"鄂会长的大媳妇！头前那个是鄂会长的大儿子。结婚才一个多月，真是革命家庭呵！"

说话间马队过了一半。我赶紧数了数，不算鄂家夫妇，一共是二十四个人，排成十二个双行。

"你认识鄂文宾吗？"我问那个麻脸汉子。

"怎么不认识？别说我是仁爱区的，城关区的人多半认识他：早先他在这街上赶过八九年车。斗争坏蛋的时候头几次没露脸，一露脸可是个铁面无私包文正，软硬不吃，针线不贪……"

在区公所的办公室里，我找到了鄂文宾。办公室里，挤满了各分区的农会干部。意外地，在十来个妇女群中，我发现了鄂文宾的大儿媳，她正在低声跟另一个少妇谈话，那么她还是妇女会的干部了。在这些妇女当中，她长得最高。

我想跟鄂文宾好好谈一谈，就在他身旁挤下，先问了问他的大儿子和媳妇的名字。他告诉我大儿子叫鄂吉运，二十二岁；大儿媳十六岁，叫汪桂英。我正要再问，他们的会议开始了，我只好收起本子。

开大会的时候，鄂文宾被举为主席了。他站到前排一张长桌上，讲了讲成立赵尚志团的意义，就谈到他自己：

"我从安东凤县带着老婆和两个孩子到珠河那年，正碰上事变。那时候我田无一垄，房无一间，出了几年劳工，赶了九年车。我今年四十一，三十六岁那年，我的老婆给特务李成九打了一顿，三天没吃饭，一口气接不上，死了。我拖着三个孩子，好容易把大的养成人，他又到哈尔滨奉仕去了。去年我给大儿子说定了老金家的闺女，请媒人，买彩礼，花了五六百块钱。眼看着亲事定妥了，谁知老金家打听到我家穷，嫌穷，悔了亲。我向谁诉去，怨自家穷呀。后手八路军来了,大儿子不要奉仕,从哈尔滨回来,一家人团圆了。工作队一来,我分到房子分到地,当了农会主任。老金家就再三托人来,要送她的闺女给我大孩子结亲。我不要! 我鄂家人穷志高,你老金家再送十次我也不要!"于是他说到他的大儿子跟老汪家的闺女结了婚;说到他忘不了本才让大儿子参军;说到今天参军的都是穷人家的子弟,一定要坚决用枪杆保卫家乡,打垮"中央"胡子头。

鄂文宾讲完话,够一个连队的赵尚志团子弟兵入席了,坐满六长排桌子。鄂吉运消失在这群披红戴花的青年群中,我费劲也没有找见他。穿着素蓝色旗袍的汪桂英也消失在人群中了。我等待着家属讲话这一程序的来到。——老张曾在匆忙间告诉我,汪桂英是要第一个讲话的。

当黄沙沙的日头快要到屋顶的时候,司仪到底报告到家属讲话这一项。汪桂英突然在前排桌子上出现了。跟她一起出现的是鄂吉运——他站在旁边一张桌子上。

汪桂英有点羞怯,她的被吹得通红的脸上雕着快活的微笑。她说了一句,声音很低,好像是"今天我送我丈夫参军!"人群向前拥过来,旗子在空中晃动。她停顿了好一会儿,才张开口:"今天我送我丈夫去参军!"她笑了,却不是羞赧的笑。她又停顿了一会儿,说:"我送我的丈夫参军! 为革命! ……"听不见了。

看样子她是讲不出别的什么的,我有点着急,这着急在挤在最前面的人们的脸上也能找到。汪桂英却笑着。这时候,鄂文宾跳上桌子,抱歉地说:"我家媳妇嘴笨……"

底下有人打断他的话:"把你一家人都让我们看看!"

经过一阵混乱,鄂文宾的第二个儿子和小儿子也站上桌子。前者背着枪,穿着黄军装,后者比他二哥矮一个半头。他们一家五人

平排站着：鄂文宾在中间，大儿子和大儿媳在左边，右边是老二和老三。

鄂文宾往左偏偏头，往右偏偏头，继续说话："我在大会上报了名：让我大儿子参军。下来一想，这事情不是我命令一下就成的，总得他自己愿意。开完会回家，我对他们一说，老大愿意去，老二没说的，可是扯腿的人来了……"

妇女会的四条方针——"参军别扯腿，家庭别拌嘴，生产多劳动，组织缝洗队"马上在我脑子里跳出来。"扯腿！"我就断定刚才汪桂英说不出话是为着什么原因了。

"他来扯腿了，"鄂文宾往左看了看，"我的小儿子。他哭起来，说：'二哥在武工队，你一天到黑不在家，大哥再一走，挑水、推磨、劈柴都要我做，我做不了！'我一寻思，这话倒有道理。可是老大要不去呢，我只有跳蚂蚁河了。我低头说不出话。这时候我的大儿媳说话了。她说：'三弟！让大哥去！我也是穷人家出身，水也能担，磨也能推，柴也能劈，家里的事由我操作，你安心念书吧！'她一说，老三不哭了，赞成了。"鄂文宾正要往下跳，忽然又竖直腰，对着左右的儿童团，指着他的小儿子，认真地说：

"你们千万，千万不要学我小儿子，千万别扯腿呀。"

大旗、锦旗、小的红色三角纸旗，各色旗帜都晃动起来。汪桂英这时却跟站在对面的一个女人讲话。她原来不在最前面，不知什么时候挤上来和汪桂英谈话的。

鄂文宾和他二儿子、小儿子跳下桌子。老三随手从桌上抓了把葵花子，钻到人群中去。对这么小的孩子就责他"扯腿"，我觉得鄂文宾说得太重了。但是，无论如何，他是把我想要知道的事情都在会上讲了，我可以不必再去榨取他的繁忙的工作时间了。

我满足地从会场左侧挤出去——那边人群比较稀薄。快到门口，我又遇见了那个麻脸汉子。"你也来了。"我随口招呼他一声。

"没开会我就来了。——刚才鄂会长讲的还没有讲全。"

"呵——"我煞住了抬起的脚步。

"鄂会长的儿媳不是妇女委员吗？有两个妇女不大肯让丈夫参军，她知道了就劝她们：'放心让你们的丈夫去吧。看我，结婚不满两个月就让他去了。参军不好我肯放他走吗？'她一说又说来两个。古话说得好：'家兴出贤良！'鄂会长有这么个儿媳妇，真是好福气。"

我不禁回望了一眼，汪桂英仍旧站在桌上微笑。旁边站着她的丈夫。

在回来的路上，突然奇特地泛起一个问题：如果娶来的是老金家的闺女呢？

选自《东北文艺》，1947 年第 1 卷第 3 期

真理的传布者

蒋介石把东北奉送给日本帝国主义以后，英勇的共产党人就拿起武器，领导着东北无数热血志士，在中小城镇、乡村、深山丛林中跟日本强盗和他的走狗们搏战，始终不屈。另一方面，他们还用文字在敌人统治极严的大城市中来传布真理，向居民们指出斗争的方向。在这一战线上，共产党人同样地坚决而英勇，同样地艰苦和不屈。

残忍的日本强盗，对于手拿武器反抗他的人是格杀勿论的。而对于用笔写出真理的人，也采取了同样的残酷手段。因为他们要使东北人民都成为驯良的奴隶。于是这些宣扬真理的人们，就不得不费尽心力，想出各种各样的办法，把光明洒到人民的心头去。

下面记述的仅是曾在哈尔滨出现过的事情。十五年前曾在哈尔滨居住过的人或许还能想得起来吧。

一九三二年五月一日。人们正像平常一样地在街上来来往往，突然一阵连珠的爆裂声和喊叫声响了过来。人们向声音所由来的方向望去,发现一只高大的洋狗飞跑而来,它的背上覆着一张大红纸。当它经过的时候,人们看到了写在红纸上的大字:"纪念五一劳动节！东北工人团结起来！东北人民团结起来！打倒日本帝国主义！"

那条洋狗从这街头窜到那街头,又转入另一条街……有多少人停下脚来看它,就有多少人看到了这红纸上的大字。从这,许多人知道了今天是什么日子,知道自己应该做些什么。

这是怎么一回事呢？原来,有几个聪明而机智的真理传布者,他们把一只有钱人家的洋狗,捉到离它家极远的偏僻的市郊,把写好的标语缚在它的背上,在它的尾巴下系了一串爆竹,点着引线,狗受了惊,就一直奔进热闹的市街,奔回到它自己的主人家去。

翌年的九月十七日深夜。有个年轻人走到街口警察那里去借火,随手递给警察一支纸烟。孤寂无聊的警察也正希望有什么人来聊聊天,度过这个长夜,于是他们两个人便背着风攀谈起来。谈了一会,便客客气气地分手了。

第二天一早,往工厂去的工人,往火车站去的旅客、菜贩和车夫……在街角的白粉墙上发现了八个大字:"打倒日本帝国主义！"那鲜艳的字迹真耀眼呀！围观的人越聚越多了。他们看着,想起了前年今日,想起了前年今日前的平静生活,想起了今天的遭遇……

突然之间,愤怒的叫声响了——那是生硬的中国话。人们带着仇恨的心哄散了。一队日本兵代替了他们的位置——这是一个完整的中队呢,全副武装,仿佛上了战场。有几挺机枪正正对着那几个大字,仿佛书写标语的人就躲在墙壁里层,就躲在几个鲜艳的字里。

这八个大字不是用普通墨水写的,已经钻到墙壁里去了。这不是能够涂抹得去的。

于是一个石匠被叫来了。他接受了凿去这几个字的命令。

石匠自然是个中国人。而且他站得最近，看得最久。他把这鲜艳的字迹全凿掉了，停下了斧头和凿子。

在白粉墙上，依旧赫然显出八个大字："打倒日本帝国主义！"不过现在这几个字是凹进去了，能够用手摸得出来了。

让他凿去，他就凿去，石匠是一点过错也没有的。气得发昏的日本军官除去跺脚骂娘，还能对石匠有什么旁的"膺惩"呢？

后来是把一大片粉墙全凿去了，一中队日本兵才弯着腿回去。但是，当人们经过这道被凿去一片的墙头时，立刻就会在心底映出八个鲜明的大字，因为这件事情很快就在全市传遍了。

为了这件事情日本鬼子还进行了一次全市大搜查，结果呢，自然是一无所得。这事情是两个大胆的共产主义青年团员干的。当其中一个跟警察攀谈的时候，另一个就用拌了煤油的油漆把这几个大字刷在墙上了。

当你在街上走着的时候，忽然一片什么东西飘落在你的面前。你拾起它看，于是你的心跳动了。你会立刻向四面望一望有没有人注意着你。胆小的只在心里记着纸上的话，胆大的就把它揣到怀里去。

你以为是有人在屋顶上或者窗口用手往下散发的吗？不是的，这样做是会给抓去的——过去有些勇敢的人就确实为此被抓而且被杀了。

他们是这样散发的。在风筝的尾端缚上一卷传单，用一根引线接到那根线上，引线的长短随风向、风速和上飞时间决定。引线的末端燃着了，风筝飞起，向市内飞来，于是引线烧着了系着传单的线，线断了，风把传单吹散，传单就飘落下来。或者是他们跑到公共大楼或百货公司的屋顶上，用石块把传单压在屋檐上，用绳子缚住石块，执着绳子的另一端走到易于走脱的地方，风一起，用手一拉，传单飞散了，这才把两手插在衣兜里，从从容容走下楼，杂到人群中去。

最后，让我们讲一下另一种传布真理的方法吧。——同记工厂和老巴夺烟厂的老工人大概还能记得起来的。

当工人们上工或者下工的时候，在走道上或者工房门口，突然有三个人站在那里。一个人脸孔雪白——那是涂着牙粉的，胸前挂着纸条，上写"国民党"三个字。在他背后，有个人鼻子下边画着短胡——那是用墨涂的，胸前挂着写有"日本帝国主义"几个字的纸条。后者把上写五百、一千的"钞票"往前塞过去，前面那个把手伸到背后去接钱，脸上却装着一副颇为威严的神色。在他们旁边则站着一个怒目而视的人，手拿榔头或者棍子，对准着日本强盗的头顶。挂在他胸口的是"工农红军"四个大字。这样的演出每次只有一分钟，甚至还不到一分钟，"演员"就混到观众中去了。但从这活的、肉体组成的漫画中，观众了解了事实的真相——谁是卖国者和谁是爱国者。

这样做是危险的。然而当必须用生命去换取广大人民明白真理的时节，他们是愿意挺身冒险，挺身赴死的。事实上十四年来，有许多年轻而忠实的真理传布者就是这样死去了的。

这样的日子是过去了。让我们——每一个不愿再做第二次亡国奴的人们，都举起榔头和棒子，向着侵略者和卖国者的头上打去吧！

一九四六年十一月

选自《铁的连队》，光华书店 1948 年 7 月初版

◇ 郑　文

机车"青年号"

——牡丹江机务段工友给全国青代及红五月的献礼

提起×××型八二三号机车，谁都知道它已是一个完全不能用的"特等伤号"了，从伪满就破损，鬼子也只能对它摇头，它冷冷地躺在破车线上四五年了，不要说主要机件及动轮等都不知道弄哪里去了，就连车轮也没有，它只剩下了一个空架子和锅炉。要修好它，就得配上二百多种大小零件才行。

眼看机务段所有能修理的破车都一个一个地开出去了，但它还是寂寞地躺在那里不能动转。有一次，铁道部的机车检查组来到牡丹江，看了这台机车，也认为在牡丹江机务段现有的物质条件和技术条件之下是没有办法的，一定要送到大工厂去才能修。于是它也只好躺在那里等待送往大工厂的命令。

今年一月底，老司机王福臣副段长却在职工大会上提出了修复这台"特等伤号"的建议，他说："现在不是鬼子那个时候了，天下变了，只要咱们发挥工人的创造力，一定能修复它。"这个响亮的建议立即引起了工厂主任、技术主任以及全体工友们的注意，大家立刻热烈地提出了保证。甲检部门提出一切零件由他们想办法；旋盘、翻砂、锻冶各部门也都保证完成任务，而且订了一个计划：一、要在本段规定的任务之外来完成它，不能因此影响上级规定的修车任务；二、所需要的零件，除了本段自己能生产的之外，要工友们自己动手搜集，不向行政请求。

这个简明而又干脆的计划立即深深地印到了工友们的心里——这是我们工友们给红五月的献礼呀！

选自《知识》，1949 年第 11 卷第 4 期

◇ 郇景明

我怎样开始给工农园地写稿

我是一个很穷的工人，没念过几年书，知识文化水平太低，所以当大连日报社的王同志来到工厂帮助工友成立通讯小组时，有些较进步的工友们都参加了，那时的我是一个最落后最糊涂的可怜虫，除了工作和吃饭以外，再也不想参加任何活动了。上级号召写壁报我也不写，别人参加通讯小组，我暗想：一个工人，识几个大字，还参加当通讯员，还不是胡闹吗？

经过数月的学习，不论在时事、政治、文化等各方面，我都明白了不少，更明白了写壁报、当通讯员都是为提高我们工人的文化和写作能力，读报纸是为提高我们的知识和政治水准，报纸上有很多的国内国外以及本市的新闻，它叫我们了解今天的世界、今天的中国和今天的关东。

同时我又亲眼见到凡参加通讯社的工友们所写的稿子都在报纸上登出来，并且确是进步得特别快，于是我后了悔：在成立通讯小组时我为什么不参加呢？如也参加了的话，说不定现在我也会写稿子了,心中又在暗想,现在想参加当通讯员不知行不行? 所以在有一天我便问孙聚先说:"我很想参加当通讯员,不知能不能要我呢?"

从此我便被欢迎到通讯小组里了,所以我也是一个通讯员了。

有一次报社王同志来召集通讯员开会,我也参加了。在会上我像木偶一样,一句话也没说,直至结束后,咱们通讯小组长刘同志叫我写块对"工农园地"的感想,这一下可把我愁坏了,怎么写好呢? 幸亏刘同志很详细地告诉我怎样写法,于是我便和老孙开始合作写稿,费了不少时间,总算把这稿子完成了。隔了两天,我的稿子果然在"工农园地"上登出来了,当时我的心中真有说不出的愉快,便和老孙很详细地读了两遍,自此老孙和我便成了合作写稿的老伙伴,对于写稿我也就有了充分的信心和更大胆了。

选自《"工农园地"选集》,大连大众书店 1948 年 8 月

◇ **建　身**

王智富的家

　　王智富在第一次被选上了模范的时候,他还经常和他父亲吵闹,父子不和,王智富便不去关心他父亲的生活。经过一年多的学习和教育,王智富改变了自己对老父和家庭的看法,于是一家老少的关系便好了。

　　王智富的脾气是很暴的,直心眼,大老粗,他当上了模范,他父亲就不大满意,时常地对王智富说:"你还当模范,'中央军'来了,小心你的脑袋瓜子。"王智富一听就气,从不耐心去说服,就对他父亲发火:

　　"我愿意怎么着就怎么着,今后你少管我的事。"

　　于是父子见面就吵嘴,爷俩儿的脾气都一样。

　　王智富对他父亲就抱了一个"死活不该我的事"的态度,这样以后父子感情就渐渐地疏远了。

　　王智富经过一年多的学习和教育,他转变了,认识到了过去自己和老爷子闹别扭是不对的,检讨了自己,他自动地向他父亲解释,对他父亲说:"过去都是我的不对,今后咱爷俩有事要商议,当儿子的有不对的地方,你老人家就批评,我好好地干活来养活你老人家,挣什么,咱们吃什么。"他父亲听了他这些话,也渐渐地爱他儿子了。于是爷俩经常在一块谈家常,王智富又向父亲讲些民主的道理,父子说说笑笑很亲热。六十三岁的老夫子还在家帮助儿媳妇干一些活,自来水冻了就上井挑水。他老人家更爱他那几个孙儿,常在一块玩,教他们猜谜,爷孙喜洋洋。王智富从工厂放工回家,常听着八岁的二小子连红唱生产歌,自己高兴也就哼哼哼哼地学着唱,连红和他的妹妹金娥一面扭一面唱,他也随在后边,爷三个一块唱,一块扭,扭满了屋,唱满了屋,连红的爷爷笑得老花眼儿一条缝,连红的母亲和他大姐姐也乐,连红的哥哥和三岁的小弟弟也鼓掌,一家老少八口人喜喜洋洋。

选自《"工农园地"选集》,大连大众书店 1948 年 8 月

◇ 建　柏

哲别罗斯基和刘登甲

　　港湾所属二码头,从五月一号,来了一位苏联码头长哲别罗斯基。他来了以后,和副码头长刘登甲很亲密,有事两个人在一块商议着办。

　　这位不满三十五岁的码头长,对工作积极的工友,是很爱护的。他看到工友们生活困难,更为了奖励积极工作的工人,把仓库里不能用的破烂草包,及工友每天顺着火车道打扫的煤炭,接二连三地都给了工友,合计起来,破烂草包有两万多斤,煤炭及煤灰一万六千多斤,树皮一万六千斤。为照顾工作积极而工资不是很高的五十一名工人,副码头长刘登甲同志提议说:"首先多分给他们,其余一百四十多名工友也都按着剩余的平均分。"工资低的工友,平均每人得到破草包、树皮、煤炭六百七十多斤,他又号召工友加紧工作,节省公共物资笤帚等等,这可以省下很多钱。

　　哲别罗斯基时常对工友这样说:"只要工友们好好工作,关东地区就会很快地改善起来,什么困难都能克服。"并且他同意刘副码头长的计划,只要每天把主要的工作做完,剩余的劳动时间可以去开荒。

为了感谢我们的领导人,全体工人写了一封信给哲别罗斯基,信里说:"我们最亲爱的朋友,自从您来到二码头,这样对待工友,使得我们政治提高,生活改善,我们愿意在您的领导下,尽心竭力地工作,更加巩固中苏友谊!"毕玉福被这两位码头长感动得说:"今天我们有了这两位码头长,我们的工作哪能不好?"

选自《"工农园地"选集》,大连大众书店 1948 年 8 月

◇赵大同

国民党害得我家破人亡

——蒋军连长刘×东在反蒋大会上的诉苦

我是河南淅川县人，被俘前在蒋军保安第九团当上尉连长，布海战斗被解放。在半年多的学习中，懂了很多道理，更在回忆诉苦运动中，启发了阶级觉悟，使我认识了蒋介石的独裁统治，是一切中国人民遭受苦难的根源，也就是我自己遭受灾难的根源。

我家几世都住在淅川马镫镇，祖父是农人，父亲弟兄三人，我父靠木匠手艺吃饭。民国七年，年景荒旱，又加上兵灾，蒋家军队在夜间就是土匪，肆意抢掠，大门大户他们不敢去，专门欺负穷苦人。有一次，兵匪冲进我家，把衣物抢光，祖父被吊打而死，三婶母被抢走。那时我只十二岁，这个天上掉下来的大祸，把我的心都震碎了。父亲打发我去大祖父家报信，他家给了些旧木板，钉了一口小棺材草草把祖父埋葬了。父亲又东奔西跑地好容易凑足了钱把婶母赎回家来，然而家败人亡的厄运，就从这时落在我的家门。

民国九年，我的家乡遭了更严重的灾难，天灾兵祸害得百姓不得生活,家家哭声,这一年不知饿死了多少人。我家已经没有一粒米粮,成天吃树皮、草根和棉花籽。二叔领着老婆出外逃难去了;三叔和三婶到岳父家去寄食;母亲带着哥哥和我讨饭吃;祖母在三月间饿死了,用破板子钉起来就埋啦。有一天母亲在大户人家央告半天借来些黄豆面,擀了一碗面,我吃了一半吃不下去,叫娘吃,娘也吃不下,娘和我抱着大哭一场。到底是谁拆散了我们一家人,那时候我是不明白的,母亲也不明白。

我十六岁时,哥哥跟父亲学木匠,我到城里永聚禄商店当学徒。每天要挑十几担水,做三顿饭,刷锅洗盆碗,替老板娘抱孩子,挨骂受累,简直就是这个店铺的奴才。我几次打算不干,又怕父亲责罚,只好咬牙忍受下去。以后刘汝明的队伍由城里经过,老板派我去送饭,士兵嫌饭菜坏,连打带骂,逼着我给他们买馒头,回到柜上,掌柜又骂我不会办事,在这两面兼逼的情况下,实在无法忍受了,我才跑回家去。母亲看了我污秽的衣服和苍白的脸色,不由得掉下眼泪来,父亲看了我的样子,只叹了口气,也没责备我。

第二年,父亲托人把我送到德茂全杂货店学徒,在那里除了做杂事和三顿饭之外,还抽时间学算盘,这样干了四年。至民国二十一年,德茂全关门了,我才离开店铺,自己在城里摆个小摊子,勉强维持生活。这年冬天,红军徐向前的部队由城里过,大店铺都关门,躲到城外去,但我仍旧做我的小生意。做了两天,比平常挣的钱还多,第三天红军撤走,"中央军"进了城,货物本钱一下子全叫"中央军"抢光了!我弄得负了一身债,但是还得咬紧牙根,还清债务,没有前途地活下去!

"中央军"走后,我求亲告友由城里的商家借了点货,又照样摆小货摊子。民国二十二年春天,当地国民党民团萧营长故意诬陷,说我在红军进城时发了财，藏有红军的枪支，把父亲抓去吊起来毒打，逼着叫交出枪来。天哪，我们哪里来的枪啊！我不忍得父亲受苦，自己把父亲替换出来，父亲回家，卖了一头牛，典出一亩地，又用高利息借了些钱送给萧营长，这场无妄之灾才算完事。

民国二十六年，国民党征兵，租、税越来越凶，乡保长的勒索，"中央军"的征发，更使人无法遭受，家庭生活一天比一天困难，我看日子真过不下去了，含着眼泪别了家乡骨肉，跑到南阳去投军。那时我所痛恨的是乡保长、萧营长、"中央军"的下级军官和士兵，以为是这一群人害得我家破人亡、妻离子散。所以才打算上军队干几年，得个一官半职好回家报仇雪恨，哪里晓得这是一条错路呢？

我们这些新兵，由南阳押送武昌，在武昌住了六七天，冬天没被子盖，吃不饱饭，后来又送到南昌新兵收容所，十几天没洗过脸，十几个人盖一条毯子，一天只能吃到两小碗掺沙子的糙米饭，还要做苦工，弄得我们如同病鬼一般，每天都有饿死、病死的。我们成天盼望出去当兵，但是毫无希望，那里的兵贩子对我们说："二十多个大队，一队队地轮着走，你们还早呢！"我们一听心就凉了半截，但也只好在里边等着死。以后二十八师派来一个接新兵的副官，因为他是河南人，我们拉拢了一下才算脱出那个监牢。就是在我离家当兵那年，乡保长把我哥哥抓去当兵，以后被日本鬼子俘去送满洲挖煤，一直到"八一五"才被解放出来，但身体累坏了，去年病死在临榆县，做了异乡孤鬼！

我在"八一五"后被编进十四军官队吃一口闲饭，那时我带着老婆和两个孩子，发的饷钱不够生活，没有办法，我的老婆就背着孩子徒步走回遥远的河南，路费花光了，就沿途讨饭往回走，想起来怎不叫人伤心！我在蒋军里干了十年，由士兵爬到下级军官，卖过命，受过苦,日寇投降国家胜利了,我却连老婆孩子都养活不起,给蒋介石卖命就落得这样的下场!

我被解放过来,起初有些恐惧不安,后来对共产党、民主联军有了些认识,才安下心来。在学习中慢慢打通了糊涂思想,逐渐认清了我祖父惨死,祖母饿死,二叔二婶母流为乞讨,哥哥被抓当兵客死异乡,乃至于我的一切灾难,全是独裁专制的黑暗制度造成的,而这个腐朽制度的统治者正是蒋介石! 我第一次认清了我的仇人就是蒋介石,我要向他讨还血债,向他复仇!

选自《从诉苦到复仇》,东北书店 1948 年 5 月

◇赵云华

记马文超

马文超同学在本年八月廿七日病逝了,东大特为他举行了追悼会。他是吉林本地人,原吉林大学的学生自治会主席,平日热心学习,积极工作,质朴而勤奋,事事在同学中起带头作用……

我要记下他一些事迹,就从"八一五"说起罢。

"八一五"光复后,他在吉林省民主政府领导下的行政人员讲习所受过训练,被派到第一中学当教员,干得很积极。不料国民党匪帮在"五二八"那当儿疯狂地开过来了,一位同志临走对他说:"别为国民党做残害人民的事。"他体味和接受这句话。国民党一来,他便向伪校长辞了职,虽然伪校长再三挽留,可是他从此便不登校门一步。

从现实生活中,他以清醒的眼睛看清了国民党的一切。他觉得这不能自己看清了便算,他把自己所有的一些书拿出来,组织大家来传阅,同时在报纸上写起文章来:《闲话偶像》《人的漫笔》……

他进了国民党的长白师范学院读书,一面在校外组织了"星剧社"，在电台上广播普式庚的长诗《强盗兄弟》和自作的《囚徒》。国民党注意了这个剧团，不得不解体了；但他又在校内组织起民歌研究会，搜集小调，打算编歌剧，又成立了新诗研究会，举行了诗歌朗诵。那一天，屋子里挤满了六十余人，有十余人只好挤在屋外，当他朗诵起高尔基的《海燕》时，他用激昂的声调喊出："让暴风雨来得更厉害些罢！"我们的血液都异样地激动着。

反抓丁运动中，他带病出发游行了——他原来是有很严重的肺病的。他在行列中响亮地喊出"保障人权"的口号。沿路的市民拥挤着，以惊愕的同情注视着我们。

他永远以严正而和蔼的态度出现在我们面前，我们总觉得他的诚恳和老实是可亲的，因而我们信仰他。他第一次编的墙报《礼赞》触怒了学校当局，"训导长"刘述先把它撕毁了，又唆使了一帮国特学生来捣乱，散布"莫谈政治"的空气。但在他的感召下，同学们却都支持他，打击了那些国特。他又公开出来教大家学新文字，并出了两期用新文字写的壁报——《长虫》。在三九解放的前一天，正是"三八妇女节"，他与女同学编墙报，出《三八特刊》的小册子，并且喊出了"妇女要解放，首先要争取民主！"这时，反动派已准备弃城逃走，只好徒叹奈何了。

三九解放了，他快活得不得了，首先跑到市里，帮助稳定市民，贴标语，印刷布告。吉大的何教育长到校接收，他白天黑夜地在办公室帮助接收工作，文字上、口头上，他无时无刻不在为同学解说一切。直忙了一个多月，各事才就绪。他对工作是那样的严肃，有耐性，任劳任怨，把握原则，一丝也不肯苟且。同学们是爱戴他的，选他做了自治会的主席。他的耐性态度和牺牲精神是一直不会叫我们忘记的。

当时学校有公费和私费生，在学校服务的学生是一律公费的，他把他自己的职务让给了真正困难必须公费的同学，他说："这样能使他继续学习，又能给民主政府省一个人的负担！"而他自己却仍旧服务不倦。他还向可以私费的同学进行解释："今天不同了，现在吃的是老百姓的米，能省一粒，也为解放战争多增一分力量！"他的感召，不知说服了多少同学。

宿舍里发生了偷盗的事，他找到了那有嫌疑的同学，耐性地调查，严密地审询，费了三四天工夫，结果偷盗者果然说出了事实。不幸积劳过度了，在处理这同学的会议上，他的血涌上了喉头，含了满口的血走回家中。不料这就是他在我们中间的最后一次，他的病没有能好起来，他竟死了，他只有二十七岁。

我们现在在学校里听着钟声上课，在夹峙的林荫道上走着时，常要想起他汗流浃背地拿着锹镐开荒时的情形。我们在庆祝长春解放扭着大秧歌时，也想到他那时在秧歌队中戴着黑框眼镜咧开着大嘴笑。那时，我们是怎样怕开荒劳苦和以秧歌为羞耻啊！我们现在还有人穿着他送的鞋子的，他自己的鞋底却漏着大窟窿；我们手边的书报，有许多还是由于他的劝说，或从他的小兜里摸出的钱订购的。

我们现在渐渐地明白了，他的进步，是由于许多进步书籍和鲁迅先生的著作的养育，但更直接的，却是他在体察了旧制度的黑暗之后，早从心里就勇敢地接受了共产党的革命事业的感召。

选自《文艺月报》，1948 年第 1 期

◇赵国有

老王讲故事

"哈哈！你们这些小伙子又围着我让我讲故事，我就讲讲咱们工人从老中国到现在受苦受难的历史吧！我连现在一共经过四个'朝代'了，这些说也说不完的苦处都亲身经过，亲眼看见过，大概地谈谈吧。"

"咱们工人从来就受着大地主、大资本家和军阀们的压迫剥削，工人是像牛马一样地活着，一辈子吃不饱穿不暖地替这些吃人的家伙们卖命，死了的时候扔到野地里，让野狗吃了肉又啃骨头，白骨头到处都是……"老王说到这，语气沉重起来。青年工友们也不像往日听故事那样高兴了，他们严肃地听着，因为这是些多么痛心的事呀。

"老中国的时候，工人比不上牛马，每天天不亮就得起来干活，夜间得干到半宿，哪有个一定的钟点啊！诸位工友想想，牛马干活还有休息的时候呢。"

"学徒的时候就更不用提了，成天价给人家倒尿盆子、带小孩、

243

煮饭,稍有个一差二错的就非打即骂,三年满徒,不满徒想不干的得赔饭费钱,真是比卖给他们还蝎虎,有病有灾的时候就更倒霉了,活着没人管,死了喂野狗,残废了饿死。"

"后来外国人侵略咱们,设立工厂,工人渐渐多起来,大地主和外国人合资开办,用尽了毒辣的手段剥削工人,给很少的工资,使工人不能离开工作岗位,把工人锁在机器跟前,好像笼子里的鸟一样,一直干到死。他们骂工人是'臭手艺棒子顶风臭四十里',那时工人想娶个媳妇都没有给的呀!"

"打日本鬼子占了咱东北以后,这十四年的罪你们这些年轻的也尝到了,我不必细说,大概谈谈吧!小日本顶尖(奸),有的是辣害(狠)办法对付工人,成立什么'劳动兴国会',用这个玩意限制工人,不能随便移动,每月克扣工资,说是作为储蓄金,每月工作不到二十五天的送去当劳工,又要'勤劳奉仕',处处派特务监视,犯罪的事就多了,例如经济犯、国事犯、思想犯等等。工友们被残杀了的无法计算了。人谁没点病,可是有了病就要被扔到火坑里活活烧死,被烧死的家属没法过,也只好死。说是消毒嘛,这消毒就是要命,大火坑里烧死了咱们多少弟兄啊!……"老王说到这流下泪来。青年们也都在揉眼睛。

"今天盼明天盼,好容易盼来'八一五'这一天,中国胜利了谁不高兴?那天我连饭都没好好吃,说实在的,苏联红军和咱们的军队把小日本打垮那前,我心里高兴是高兴,可就有点不捞底。蒋介石派了一群虾兵蟹将和接收大员到咱这,当兵的就抢东西、强奸妇女,当官的就娶小老婆贪大污,大员们一进工厂先把东西盗卖换了金条,用飞机往南运,把机器东搬西弄,工厂不到一年就都垮台了。他们说什么资遣,把工友都打发家去喝西北风,工友们挨饿受冻,豆饼都吃不上，成天价饿着肚子还得去给他们修堡垒，有的被捉去当兵。这些狗军队比鬼子还辣害，霸占良家民女，杀害无罪的同胞，才两年多的光景，大家就都没法活下去了。我这么大年纪就没遇见过这样的政府和军队，所以老百姓给他们起名叫'遭殃军'，天下就没有这么坏的一帮流氓军队。"

"像漆黑的夜晚盼星星盼月亮，可把共产党人民解放军给盼来了，三下五除二，东北全解放了，豁啦一下子就晴了天。人民政府发救济金、救济粮，饿得快死的人也好了。工厂复工，这一来救活了人，又救活了机器，满街锣鼓喧天，老辈没看见过，大姑娘小媳妇也扭起秧歌来。"

"工厂里成立工会，给工人谋福利，领导咱工人学习、进步，工友们在文化、政治、技术方面都提高了，又实行劳动保险，像我这种年纪的人，往后也不愁老了没人养活啦。你们小伙子们更抖起来了，这往后的天下还不是你们的么，哈哈！"老王说到这大声笑起来，青年小伙子们也都破涕为笑了。

选自《文学战线》，1949 年第 2 卷第 3 期

◇ 赵　群

离开蒋匪军
——解放战士王×文谈话

一、我先缴枪

我家住在彰武县,一家大小好几口人,专指我卖烟卷为生。今年五月,国民党叫我这个独子也去当兵,其实是蒋匪的区公所想向我挤个二三十万元钱用。我哪有这笔钱! 就被吓跑了。他们便把我父亲绑去做押头。我一想,在外边往这藏往那躲的,不定早晚也得让抓兵的给抓去,不如回去。回来后到城里好容易托个亲戚(机枪连长和他是干亲),求他给我和连长说说,让我暂时在机枪连躲躲身子,准备赎我父亲。

我在机枪连里是顶一个上等兵的名,原来的那个兵已经逃跑了。上等兵饷每月是四千八,我躲了两月仅领着一千六,家里孩子哭、老婆叫,无吃无烧,每月光拿摊派就得两三万,实在活不下去。我三番五次想开小差,也没成功。我本是小买卖人出身,哪会打仗啊! 打第一仗时把我吓个手脚发麻;第二仗后边有当官的拿枪逼着

246

打，当时我只图保住自己的命就行。

十月七号八路军打彰武的大炮响了，我本想随心愿地把军衣脱掉好回家，被连长看见了说："你想逃跑吗？不行，叫八路抓着最低打你一枪，完了点天灯。"我一想怎的还不是死，不如等八路来哀告他给我个痛快算了。正站在那里出神，又被班长看见，他就慌慌张张地拿枪要打死我，非逼我跟着走不可，我就随着人家往外跑，刚出西门，便听见对面八路军喊："缴枪饶命！"我就在被解放的二百六七十人中第一个缴了枪。

二、大压子

我们（蒋匪军）××团×连长姓程，尽做败类事。有个上等兵丁怀玉，是伪国高毕业生，在通辽娶个伪女国高毕业的媳妇，搬到彰武来。他家住得离花园不远，丁的媳妇天天早上到花园走走；连长也常去。有一天连长一眼看中了她，便想法要把她弄到手。回来问别的兵，知道是丁怀玉的媳妇。于是叫丁怀玉往连部搬，假说能照顾。这样以后，连长可方便了，早晨不出操，叫别人替，天天上丁怀玉家去泡蘑菇（耍赖），连哄带吓唬的，日久就叫他给强奸了。偏巧又出了个上等兵理发员想当"撬客"，也常上丁的家去，所以惹得连长大发醋意，告诉丁说："你媳妇不正道，应当管教管教。"从此丁回家不是一天一顿，就是一天两顿地打他媳妇。丁的媳妇心想嫁个不大离的丈夫，现在反受了他的虐待，自己的身子还叫连长给玷污了，就喝大烟自杀了。

蒋匪军里头尽是这些肮脏事儿，倒霉的是咱们东北老百姓。我如今离开了那个黑暗的处所，心里可高兴哪。

选自《从诉苦到复仇》，东北书店 1948 年 5 月

◇ 赵 彝

农村杂记

一

金自强起来的时候,我已经醒了。看外面天还黑着,睡意很浓,眼看着金自强走了出去。按每天的规律我想他是喂马去了。我又睡过去。不知有多久醒来一看,北炕上放了桌子,大概要吃饭,桌上放着豆油灯,外面还黑着,朦朦胧胧的,似乎有七八个人吃饭。我慢慢清醒了,背着身子穿好衣服到外面去。弯月高挂在天空,天仍在黑着,只有昏昏的月色照着这已活动起来的村庄。

从外面回来,他们已经准备好豆籽要套马下地了,等他们走了以后天色才有些发白。

二

"集中力量种好大田,抓紧空隙突击开荒"的社论发表后的第五天(四月二十五日),屯子里掀起种大田的热潮。"大哥,咱们组得几天能把大田种完啊?"同学在问。"用不了十五天,要不下雨有十一二天差不离。""得胜屯说十五天种完,咱们十三天就种完它,大旗得给咱们拿来,狗熊旗给他们插上。""咱们要先种完就帮别的组种,好抢大旗。"无论是在歇气的地头上、赶着犁杖的归途,或吃饭前后闲唠嗑、挑水喂马的时候……到处会听到要抢大旗的谈论,大家都充满了胜利的信心。就在这抢大旗的口号中,每一个同学也因情况的不同或多或少地参加了春耕大生产运动。

摇起了鞭子,赶着五匹健壮的牲口,拉着犁杖,准备开始一天的工作了,我跟在犁杖的后面,带着欢悦的心情在拂晓的天色中到田地去。

"赵彝!赵彝!"是王俊臣同志的声音。我立刻放下鞭子,暂时离开我现在的工作——扶糠耙——踏着垄沟,边迎边问:"干什么?""我们组老乡看你扶糠耙,他们说没见过女的下地扶糠耙,想叫你去扶大犁试试呢。"扶犁!我很久就想要试试,但是听说扶犁是最难干的活,怕扶跑了茬惹老乡不愿意,所以虽有心学,因有这层顾虑一直没扶过,今天有了这样好的学习机会,我高兴极了。我就跟着王同学跳着垄沟奔向十一组。老乡笑着告诉我:"你眼睛只看着'托头','托头'往哪边歪,你手就往哪边使劲,不用看铧子。"我用心地领会着老乡教给的门道,在赶套的喊出"驾……驾……"之后,我大胆地使用着农民和土地斗争的武器,开始学习斗争的技术了。

太阳歪在天空,阳光照在身上热乎乎的不好过,我敞开棉袄,已快晌午了。李大哥说:"咱们歇歇再干。"在这头气活里我扶出了三条半垄(每垄五百弓),中间跑了三回茬,地土硬的地方老乡接着扶了二十来步,老乡说笑着,男同学打趣着唱着,我脸红着,汗流着,我们是多么愉快啊!

在歇气的时候,李春宗大哥说我扶大犁真有劲,一定要和我攀腕子,我说:"攀腕子不行,我手腕子没力气,咱们拉吧,看谁拉过谁。"于是我和这位朴实的农民开始较力了。结果拉了一个平扯。李大哥总说:"你真行!真有劲!"虽然我再三告诉他不是我真有劲,只是手滑没拉住,说什么他也不信了。

喂完了马,我们又说着,笑着,唱着,流着汗,红着脸"驾⋯⋯吁⋯⋯"地干起来了。男同学偷偷地和我说:"老百姓真是进步了,这要是过去,别说拉手,就是说话也磨不开呀!"

三

同学们在下地之前拿着报纸、《新庄农》杂志等准备给老乡读。每到歇气的时候,大家坐在地头上,同学读报老乡听着。有的眼睛看着马嚼草料,有的仰卧在地上,有的倚在读报同学的身上听。下雨阴天或在工作闲隙里大家就闲唠嗑。农民诉说他们过去在地主的压迫与剥削之下的苦痛生活。栾玺说:"在'满洲国'那前儿当过三年劳工,吃的是橡子面,穿的是破麻袋,天天累得直不起腰来,'捉弄'得不像人样⋯⋯"一位五十八岁劳而又苦的老大爷张迎申说:"早先我们爷四个盖一床破被,盖上这边露了那边,盖上那边又露了这边。我拉扯着这几个孩子可不易啦!冬天出去打柴不敢出远了,身上没衣服穿,手冻得像猫咬的似的半天不敢挠抓。现在分了两床被,有盖的了,身上这衣服也是分的。"贫农王财的女人说:"我去捡豆子,老昌家(地主)娘们说我'上一边捡去,怪碍事的,一股味'。"女代表张桂芬说:"咱们早先薅草是给大肚皮,晒得直迷糊,累个贼死,现在翻了身分了房子、地,是给咱们自己干了,咱们能不好好干吗?那时候吃苦挨骂、受冷受冻咱们熬过去了,现在咱们能忘本吗……"又说，"我给老周家（地主）当团圆媳妇，黑咕咚起来点火，困得睡着啦，老周婆子一脚踢在我脑袋上，鼻梁子磕在灶门脸上，现在还留着一块青呢。"……

唠完了嗑，挑起扁担、水桶，拿起笤帚，抱了柴火又开始继续工作，一边唠着，一边干活，搓苞米，做针线……我们就是这样通过了劳动，通过闲唠嗑和老乡打成了一片。

我从切身体验农民生活与听老乡诉说地主的罪恶中，更进一步认识到中国过去社会制度的不合理，地主荒淫无耻的生活是建筑在农民一滴血一滴汗的痛苦上的。农民从春到夏，从秋到冬，从扶犁点种到翻蹚，到收割，到打场，一年忙到头，但是粮食呢？却给地主灌进了仓！坐在炕头上，地主肥了笑了，躺在地里的农民却饿得累得瘦了死了！几千年来极不合理的现象，今天在毛主席领导下的解放区内彻底改变了。平运之后每个人全有土地种，全有衣服穿（下乡亲眼见到的）。我们更要解放全中国的老百姓，坚决地也必定地消灭地主阶级，打倒蒋介石为首的统治集团，建立我们自由幸福的新中国。

选自《文艺月报》,1948 年第 1 期

◇ 草　明

被迫离开了老家

　　我还没有成年,我的家就破碎得七零八落。我念书时,我的所谓家,仅是一个哥哥,一个嫂嫂。其他的,有在外谋生的哥哥,此外还有一兄一妹,但流浪的流浪去了,寄养在亲戚家的寄养去了。

　　我的最低限度的生活费和书费,是在外谋生的哥哥负责的。有妻、有家的哥哥,生活比较好,但在经济上他完全不理我,我和他们的关系,也就只是每星期去一次,维持维持表面上的关系而已。因此,九一八抗日运动被当局禁压以后,我的精神怎样地苦闷,我怎样开始写小说,后来又怎样地加入了左翼文化斗争的运动里,他们是完全不知道的,所以我的行动很自由。

　　那时候,我和同志们办了一个通俗的小刊物。刊物是完全用当地老百姓的口头语写作的(那种语言和北方话距离很大),城市里的工人和店员很爱看,但是大学教授们却骂这是有辱高尚的文学圣境。青年学生里面,有一部分人同情和赞助,但是大部分都不赞成,或即使赞成那样的内容,也不赞成用地方话来写,原因是他们看不惯。

不过无论如何,销路很好,这就够鼓励我们的工作情绪了。于是我们更编了一些通俗小唱本、文艺小册子等。从编辑到发行,都是我们自己动手办。因为这样可以直接得到读者们的意见。可是不幸得很,当我挟着一大包印刷品的时候,给我哥哥瞅见了,他要了一份去看,知道草明就是我。他看了以后很不满意地责备我说:

"为什么里面尽写上那些烂脏的事情,连我们乡下丝厂里的腐败情形你都写上了! 唉,'丢那妈'(他妈的之意)也写上了……你还是不要和那些朋友合作了吧,还是好好念书吧!"

这个哥哥在经济上他不供给我,可是在思想行为上他却管起我来了。我解释了一下,遮掩了一些事实,对付过去了。

但是,倒霉的事情又来了,一向被学校认为"品学兼优"的我,因为功课成绩的低落,因为旷课早退增多,更因为在学校里推销左倾的刊物,而被学校当局注意和监视了。不过为了团结更多的同学,为了利用这公开的地方来进行工作,我仍想尽方法留在学校。

一直坚持到一九三三年,有一天,一位同志来告诉我,陈济棠已下密令通缉我和×××先生。那位先生躲到乡下,我即连夜秘密逃亡到上海,利用了租界的掩护,继续左翼文化斗争的活动。

我被迫离开了家,离开了学校,离开了可恋的老家。

问良心说,我的家和学校,我没有一点留恋的意思。只是,我那可爱的南方、熟悉的南方,那一群和我关系热熟了的、穿着脏衣粗布的读者们,和我一道工作的亲爱的同志们(有好些已牺牲在统治者的屠刀下面),我舍不得离开你们呵! ——但是,我被迫离开了你们,被迫离开了老家呵!

我确信有这么一天:我回到了老家,我的脚实实在在地、痛痛快快地踏在我生长的土地上,和一些熟悉的老友,和更多没见过面的兄弟姊妹们拥抱。

一九四六年八月底于哈尔滨

选自《东北日报》,1946 年 9 月 7 日

从奴隶到主人

打个比方：缠绵的阴雨天突然出了太阳，从深渊的矿洞钻出跑到山顶，或爬出了水窖走到锅炉旁；但这种种对比明显的改变，都比不上被八路军所解放的工人们从奴隶到主人的改变来得生动、鲜明和叫人惊叹！我举晋察冀龙烟铁矿公司工人为例。

过去，敌人配给工人们的粮食是掺了沙子的小米，和上白土的高粱面、黑豆面和大麦面（工人们最恨这种大麦面）。小菜根本吃不上，一般用盐水下饭，好一点也不过是些咸菜。穿的呢，是破烂不堪的衣服，没有被子，好些人连破衣服都没有，就披上一块麻袋片，甚至一块牛皮纸。解放以后呢，他们每个人都换上了新衣服，有绸棉袄、细布棉袄、羊皮袄、半新的呢衣服。即令是卖力气和整天与煤炭为伍的焦炭股工人，也都穿上齐整的衣服和完好的鞋袜。吃的是小米、白面、萝卜、土豆和肉。好些工人的孩子每天吃上一两个鸡蛋，孙德龙的孩子没有糖就不喝开水。

这种巨大的改变，是因为八路军一来，就给工人以救济，跟着工资提高了，物质生活便实实在在地改善了。不过我们不能单单满足于物质生活的改变。我们看看他们的文化生活吧。

工人们普遍地得到从工作时中抽出来的一小时的学习，他们普遍地办自己的黑板报、壁报或油印报，经常读工人报，不识字的有读报小组，文化高的自己阅读《晋察冀日报》。由于生活的安定，工人们的业余学校开办起来了，妇女识字班也吸收了一部分的工属。职工子弟学校由一所而增至两所。他们各单位都出了通讯员，他们不客气地表扬自己队伍里好的和批评还没有完全纠正的缺点。俱乐部里自己排演新旧戏剧，此外乒乓球、象棋都是工友们所喜爱的。

而过去，他们因为干活过重，缺乏营养，弄得筋疲力尽。电气工友马得山描写他们的过去说："说我死了呢，我分明每天都在干活、吃饭；说我活着吧，我却麻麻木木，一点生气都没有。"敌人害怕八路军，经常布置特务监视工人的行动。一位苦力工人说："两个人站在一起小声说句话，就说你是八路，我们只得离开了工厂就钻进自己的铺上，在屋里也不敢说话，因为狗腿子的耳朵就贴在墙上。"吴绍山回忆他八年来受敌伪的非人压迫时，痛苦的记忆犹压得他脸上充了血，眼睛含了泪水，但当他猛想起现在已经解脱了那种奴隶的情况的时候，他就仿佛噩梦刚醒似的跳起来说："他妈的，那个时代早已过去了，为什么一说起来就像昨天的事一样，还难过得很呢。"

因为这种种惊人的改变，无怪敌人在时每天做五十个螺丝母的，现在可以做二百一二十个，过去三天旋一个皮带轱辘的，现在两天旋三个，过去故意往串套里浇水消火以破坏窑底缸砖的焦炭工人，现在是推车的催促抬焦的，抬焦的催促出窑的了。怪不得又有一次，敌人来叫救火时，工人们等吃完了饭，估计已烧得差不多了，才懒洋洋地提着铁桶跑去"雨后送伞"。可是在解放以后的今春，某

256

机关失火，三分会的全体工友用最敏捷的动作拿了家伙跑到大烟最浓的地方去扑救。过去，看见日本职员便远远避开，现在工友们很自然地坐在经理室里谈话，和厂长说笑……

凡这种种，如果你问他为什么，工友们的回答会很简单："因为过去是奴隶，现在是主人。"工人的光明感受特别敏锐，在选举时，他们会拥护实际替他们谋幸福的人，他们关心并援助国民党区受压迫、受屠杀的工人。"四八"事件发生后，他们痛悼失去了自己心爱的革命前辈，纷起要求参加公祭。他们渴望着早日恢复交通，痛恨国民党不顾信义进行内战……虽然只有半年光景，工会里已涌现大批优秀的工人干部。他们善于组织自己的力量，启发别人和清除个别的坏分子。

换句话说，工人们在民主政府领导下，解脱了奴隶的命运，当了主人。而从奴隶到主人的过程是那么生动和自然，使人又一次想起我们的先驱者的话：工人是最优秀的阶级。工人原是中国的主人，世界的主人。

一九四六年四月于龙烟

选自《解放区散记》，东北书店 1949 年 4 月

工人艺术里的爱和恨

再没有比工人的爱和恨更鲜明，更富于阶级性的了。从沈阳工人的艺术里，我们完全可以看到这一点。这里我举几个例子。

"八一五"后，国民党派一个叫李大胡子的去接收皇姑屯铁路工厂（原皇姑屯总机厂）。那个李大胡子也和其他的国民党接收大员一样，拼命搜刮金条、银钱。工友们本受了十四年小日本的气，现在看见日本投降了，心里说不出的高兴，都擦好机器，等待着久经失去的祖国的抚慰和撑腰，谁知国民党的大员来了却是搜刮金钱，中饱私囊，不顾工友的死活。工友们就大失所望，并且十分气愤。后来一位工友气不过，便画了一幅漫画：一个大黑胡须的拿着个大耙，把金、银、元宝、流通券拼命往自己身边搂；旁边有人拿起笤帚帮着扫，也有连扫带捡的。这幅画悄悄地贴在大楼的前面。第二天清早，轰动得全厂有一千多工友围着来看，大伙看着画直乐。

虽然那一位工友后来因得罪了当局者，暗地里受着折磨和压迫，但是"李大耙"却代替了"李大胡子"的名字。这幅漫画，不但非常深刻地讽刺着李大胡子的要害,同时也讽刺了典型的"八一五"后国民党的接收大员的要害。无怪大员们看了恨,工友们看了乐了!

这一次沈阳的解放,工人们也用画,用文字和歌谣去咒诅国民党集团,回忆痛苦的过去,歌颂共产党和人民解放军。

一位工友画了四大家族围着桌子流泪伤心,桌面上有一张报纸登载着国民党军事的失败,四大家族脑里正想着他们失去了的金条、元宝、大城市、工厂和矿山。

另一个工人描写那黑暗的过去说:"……他们的美国飞机天天在头上嗡嗡地飞,好像一群马蜂,到东北来把老百姓的血汗吸吮跑了,又飞回来再吸。老百姓瘦死了,即使活着的在路上走着,也不过是些死尸幌子。"提起吃米糠和豆饼,工人们愤怒地写道:"米糠和豆饼,原是牲口吃的东西,但是沈阳工友连米糠和豆饼也吃不饱啦。应该叫全世界的人都知道国民党在我们沈阳,工人连吃畜生吃的东西都吃不饱!"

国民党的空前的饥饿政治,使得沈阳的劳动人民一天也不能再忍受,他们恨透了。他们用最痛恨的字眼去咒骂他们。

这就怪不得他们对那从黑暗与饥饿里解放他们的人民解放军表示了那么诚挚的感谢,对共产党和毛主席表达了衷心的爱。

旋盘工人张裕民画了一幅画,他勾出了东北的地形,火车头冒着烟,拖着长长的列车,正往关里奔去。他是那么正确地估计了形势的发展,并那么生动地鼓舞工友们努力多制火车头,支援前线,争取全国的胜利。

车辆厂一位锤工宋俊峰在他的画里写道:

"画出工作苦埋头,不知忧虑不知愁,欢迎解放全中国,一切铁路咱去修,努力增产努力干,造成无数火车头……"

另一位工机分厂工友韩秉勋在诗里叙述他解放后的快乐说：

"解放工人乐，工厂复了工，人人有工作，大家有饭吃，从此不挨饿。"

工人们同样以热烈的心情去迎接新的歌剧《白毛女》。许多年轻的工友看完剧回来后，激动地说："早看《白毛女》，咱就早革命了。"随着他们坚决要求入短训班受训以求进步。又有工人说："看了《白毛女》，才知道为什么要平分土地。"一个老的工人摇头晃脑地叹息着说："没看见过这样的戏，全是老百姓的事，全是咱们要说的话……"

现在工人正以愉快轻松的心情唱着新歌。

一九四八年十二月十一日

选自《解放区散记》，东北书店 1949 年 4 月

哈牡线上

——孩子们的控诉

半年多没有坐火车，铁路交通事业竟随整个民主建设而突飞猛进，真叫我惊喜。经哈尔滨车站到牡丹江车站，旅客一点也不会感到杂乱、争先恐后之苦，因为到处都有人指导。铁路沿线的大多数工作同志，都是那么严肃、认真，同时又那么和气，处处证明他们在竭力替人们服务，不是因饭碗而对人们卑躬屈膝，不是因居高位而盛气凌人。车站播送着前方接连不断的胜利的消息和悦耳的音乐，候车人被新的慰藉所鼓舞，将更精神饱满地踏上他们的旅途。

车开动以后，我注视窗外，欣赏着野外的风光。分得土地的人们正以很高的热情播种的播种，锄草的锄草。在民主政权下生活的人民，到处开辟着幸福的园地，到处洋溢着往前发展的新气象。

突然，隔壁预备车厢里有儿童哭泣的声音，扰乱了我的思索。我亲往一看，原来是几位执法队的战士在盘查一个十一二岁的儿童。他是那么憔悴瘦小，眼睛充满了思虑，正像一只被捉住的小狐狸。

经过了一番抵赖，在战士们的多方劝导之下，他终于承认了是国民党派他来做侦察工作的。据战士说，像这一类的小特务，他们在火车上已捉了七八个了。

这个被蹂躏的小孩在哈市道外马路上被骗往长春，受特务训练一个月，然后被派回来工作。他受训期间，他那一团共有五六百儿童，都是十一岁到十六岁。团长十六岁，参谋长才十五岁。他们的任务是造谣、侦察、放毒、爆炸等。

"我到长春后，才写信告诉我母亲。"被蹂躏的儿童哭诉着，"训练完毕后，我被送进哈尔滨去侦察了一回，那一回三个人劈了两万块钱，到家时，只剩五千元了。母亲一见我便骂我、打我，说我没良心，民主政府分给咱们地和房子，我却在做破坏民主政府的勾当。她句句话都是实在的，但是那是我情愿的吗？他们很多都是不愿意的。"

"我告诉我的班长，说我要退出了。他恐吓我，说我吃过他们的饭，穿过他们的衣服，花过他们的钱，不干就要打死我，于是又迫着我上××飞机场侦察了一次，第二次的钱他们不给我，说第三次'工作'时才给我第二次的钱，可是母亲死也不放我出来了。"

"我两头做人难，我不愿意入他们的伙，可是他们迫着我，他们要杀我，他们要杀死我……"他恐惧地说着。

战士们用一切耐心去说服他，列举许多事实说明解放区的种种胜利。他含着泪倾听着。

"你想想，蒋介石比你大得多吧，可是他在山东、山西吃了两次大败仗，现在长春被包围，上海、南京那些他坐镇的地方，人民都反对他，罢工、罢课、罢市的，眼看他的江山坐不了几天了；你比得上他么？他垮台，你奔谁呢？……"

战士们又说自己如何参军，在四平等处如何打败蒋军，又解释政府的宽大政策，最后端出自己准备的高粱米饭请他吃。

小孩吃饱了饭，天真地呼呼睡着了。过一个小站时，他那受挫折的、不安的魂魄又醒转来了。他焦灼地瞪着眼，最后他跳起身来，挽着战士的手臂，坚决地请求着：

"我参加你们吧，我不走他们那条路了。你们收了我吧。这样我才对得起我妈，对得起民主政府。"

"你不干，他们要杀你呢？"战士认真地问。

"不，我在火车上工作，有你们在，他们不敢把我怎的，因为你们有枪啊！"

"假如你在火车上工作，碰见你的班长，他悄悄要迫你回去，那怎办？"战士又替他设想着。

"哼，那容易，我不会悄悄指给你看，让你们把他抓起来吗？我跟着有枪的人就不害怕！只怕你们不宽大我，我没脸回去见我妈！"

"到牡丹江后，我往司令部替你说去。只要你说老实话，只要你诚心改过，政府会宽大你的。"

小孩这才稍稍安静下来，用他的小小的拳头，用他愤怒的眼泪和滔滔不绝的事实来控诉国民党迫害弱小儿童的罪恶，揭发他们的种种阴谋。

"有一次我问连长，为什么尽要我们这些小孩呢？他说，因为人家（八路军）不注意小孩，'工作'起来方便。我又问他，假如民主政府发现我干这个勾当，把我家里分得的地和房子收回去怎么办？把我枪毙了又怎么办？你听他怎样回答我呢，他说，那可没有办法，收回就让他收回。说到枪毙，他说是应该的，为国牺牲是光荣的。呸，他们的鬼国家！他不知道我母亲和弟弟妹妹都靠地和房子过活，他不知我是我妈的大儿子，妈的全部希望都放在我身上！……"他说着便又伤心地哭起来。

"我又问他，什么时候才让我们回家念书，他说把共产党消灭以后，我们干什么都成。我说人家军队那么多，怎样消灭得了，长春不是又给包围住了吗？他这一来发起脾气来了，大声说：'蒋委员长有这个决心，保管成功。你没有听团长说过吗？什么时候消灭得了共产党，你问团长去。'"

"我不，我要跟你们走，我不走他们那一条死路。我参加你们的军队，妈一定会高兴，她一定会高兴！"

火车头以雄伟的力量带领着旅客和他们的希望奔向前程。历史的车轮也以她那无可抗拒的力量，带领进步和民主的力量——人民的力量奔向前程。

这个受了蒋记法西斯特务政策毒害的孩子，在民主政府的爱护和解救下，将获得新的生命。他眺望着窗外，不自觉地唱起"没有共产党就没有中国"来。

战士问他道："你也会唱这个歌吗？"

他不好意思地点了点头，随即又理直气壮地说："我不是已经下决心参加了吗！"他们俩不约而同地笑起来了。

一九四七年六月九日于镜泊湖畔

选自《东北日报》，1947 年 6 月 20 日

龙烟的三月

　　没有风,难得的龙烟三月的早上。温暖的太阳升起来,驱散了春寒,驱散了朝雾;朦胧的龙烟脱去了睡衣,露出了她的壮丽、凝重的姿身。

　　龙烟区入口处,高耸着十个一排并列的粗壮的鼓风炉。远远眺望,它们仿佛是一队停泊着的军舰。鼓风炉的对面,是一座兀立着的,直径十二米、高六米的水塔。它好像是龙烟的哨兵,严肃地、沉默地监视着它周围的一切。稍稍往南走,便是一座宏大的两层建筑物——工人们叫它"大楼"。"大楼",在敌人统治的时候,它是一个多么可怕的名字啊。人们走过,不敢正眼觑它。在那里,它定下了多少残酷的剥削制度,想出了多少恶毒的刑罚和阴险的怀柔政策,它吮吸过多少中国工人的血,葬送过多少生命——现在啊,现在完全改变了,工人们愿意跑到"大楼"去,他们可以把腰杆挺得直直地通过门岗,不需要九十度的鞠躬便可以和和蔼的工作人员谈论工作和学习,甚至聊天。工属们抱着孩子上那儿找妇联会主任。因为,

龙烟铁矿公司的办公厅在那儿,区公所、妇联会和他们自己的工会都在那儿。

在鼓风炉和"大楼"的前面,有一条铁路的支线,它是联络庞家堡和烟筒山交通的。急性的火车头,呼呼地从那群战舰的烟筒似的炼铁炉前通过,从立体式建筑的"大楼"前通过。向来以自己那严肃的长长的躯体自傲的列车,这时候未免觉得相形见绌,脚步也加快了。车头所过之处,冒起了一缕一缕白烟,白烟的消和长与列车的行进有着协调的节拍。列车隐蔽在地平线下的时候,白烟便像弹棉机上的棉花似的一团一团地从地平线上跳起来。

炼铁厂的工人们辛勤地工作着,焦炭股的工友们因为以碎屑的炭末烧成整块焦炭的成功而提高了生产情绪。修理炼铁炉的赶紧工作着。机器厂里面的马达在飞快地转,机械也在飞快地转,机器工人是机器的使用者,他们正竭力想办法使生产品增加。敌人在时,他们想尽办法偷懒,欺骗敌人;现在,他们却高兴把产品增加,竟有增加到几倍以上的。

水道科里三部七十五匹马力的吸水机给全龙烟区运送甜水,电力厂是全区最辛勤的工作者,它是各部分机器动力的源泉。

上工的汽笛响过了以后,分布在方圆七八里地的工人宿舍区显得清静了一些,一幢一幢齐整地排列着的宿舍,从破窗户传出了孩子的哭闹声。户外的母鸡,因为春暖的季节到来,下蛋的报讯叫得更频繁。女人们穿过洒满了阳光的道路,上邻居相好的屋里串门去。这时候她们正忙着选举的事。

"过去,敌人在的时候,我们自己的事都不让我们自己来管——工资给克扣啦,高粱面里沙子太多啦,今天冻死十多个,昨天病死二十几啦……过的是鬼的生活。现在,吃的是小米、白面,穿的是布衣服,过的是人过的光景,还要让我们自己来管理国家大事,娘们儿也有份……熬了那么些年,到底还能享几天福。"一位老太婆说。

"哼,你享的是民主福,享的是八路福。没有八路来,没有民主政府,我看你去享什么福!你没听说么?重庆工厂打伤几十个工人,用枪打的呢!咱们当家的昨天捐了两百块钱,寄到那边去援助那儿的工人。"

"孩子的爹也捐了钱,大伙都捐了,听说还有捐五百元的呢。"

是的,前两天工人里面正掀起了一个募捐的热潮——他们知道了重庆中国毛织厂工友被警察和特务屠杀之后,大伙十分愤怒,自动地捐钱出来援助他们,还要通电抗议。在民主的地区里愉快地生活着、工作着的工人,并没有忘记那遥远的、还在水深火热中的大后方的工友们;他们比以前团结得更紧密,誓死做他们争取民主、争取生存的斗争的后盾。

除了工作,工人们用很高的热情来参加每天一小时的学习,提出许多生动活泼的问题。此外,他们还组织起自己的通讯小组和工人俱乐部。过去敌人统治下,离开了工厂便钻到铺上去的工人们,现在有充分的自由去说话和对外报道,有浓厚的兴趣和时间去娱乐与休息。他们还计划筹设一个规模较大的合作社,以清算斗争胜利后拍卖曹老二等的财产的所得充作资本。

工人们辛勤地工作着,"大楼"和各厂部的工作人员繁忙地工作着。他们之间,只有一个信念:以集体的努力使龙烟区内每个高矗的方形的烟囱都冒出黑烟,以集体的努力把龙烟铁矿公司建设成新民主主义政权下新的企业化工厂的典型。

在远远的那边,围绕着龙烟,围绕着宣化市,有还铺缀着白雪的连绵不断的群山。它们在早晨,散发那种种迷人的浅紫、淡蓝和乳

色的水蒸气。有了它们，龙烟显得更美丽、可爱。这儿的空气是恬静的、清爽的，它随同民主的气息，让人们喜爱地呼吸着。

太阳渐渐升高，整个龙烟浸润在温暖的三月的阳光里。在早饭后一小时之内，至少有二三十队雁，穿过灰蓝色的天空从南方回来。这灵敏的候鸟，这因畏寒而一度离开过的候鸟回来了。它们掠过龙烟上空的时候，似乎看见下面那巨大的改变而惊叫起来。它们似乎感染到人们的愉快的生活，因而同情地欢呼起来。

一九四六年三月二十一日于龙烟

选自《解放区散记》，东北书店 1949 年 4 月

鲁迅忌辰在北平

看到北平文化界纪念鲁迅逝世十周年的纪念会的消息,实在叫人痛心和惊异。鲁迅逝世纪念会,各解放区都公开召集群众大会,表扬鲁迅的生平事迹,然而北平偏到二十号才能举行,只能是小型的座谈会,而且在秘密的地方召开,原因是受了当地国民党反动派的压迫,不能公开举行。

对死去的人施行压迫,也真是国民党独裁政治的末路!鲁迅生前受尽了国民党的迫害,不能做一切公开的活动,光是笔名和化名就数也数不清(当书刊检查大人发现了他这个笔名的时候,他已采用了那个笔名),更谈不到离开上海一步了。那时候因为鲁迅活着,有腿走路,有手拿笔写文章,难怪反动派监视和检查得那么严。现在他已死去十年,难道还怕他的灵魂跑到北平去不成?

说也奇怪,哪怕鲁迅活着受监视也罢,死后受限制也罢,他的思想却是锁也锁不住,封也封不住,无限制地到处散布的,反动派禁止北平文化界召开纪念大会不免枉作小人。独裁政治越没落,手段就越无耻,这是个定律!

鲁迅死而有知,谅会替活人摇头感慨:"人有幸与不幸,有生在自由的解放区,有活在地狱似的蒋管区。噫唳!"

十月末

选自《东北文艺》,1946 年第 1 卷第 1 期

杀不了

——悼李公朴、闻一多两先生

中国法西斯走到了末路，手段就越来越卑鄙了。他利用了美国的兵器，大规模强征老百姓，发动内战来屠杀和平的老百姓和抗日有功的战士还嫌不够，再来一个暗杀政策。

暗杀，其实是反动派的老花样，远的有暗杀廖仲恺先生，救国会史量才先生，近的有李兆麟将军，最近在昆明一星期内暗杀了两位坚决为民主而斗争的老战士李公朴先生和闻一多先生，这表明了反动派决心要彻底扼杀民主，决心要扩大内战。这个暗杀政策，是配合国民党向各个解放区——尤其是东北——大规模的进攻；和蒋介石借口避暑，实则终止和平谈判等等事实是完全一致的。

不过我们可以老老实实地告诉反动派：爱国志士是杀不了的，民主是扼不死的。如果不相信，那就请看看，廖仲恺死了，但是无数新的革命战士遍布全中国，为革命事业而奔忙，史量才的肉身死了，但他的爱国精神传给无数青年。在我们解放区的边沿，有不少的李兆麟将军在指挥善战的健儿给进攻的反动派以无情的打击。而在昆明,在上海,在北平和各个城市,数不清的李公朴和闻一多正为民主事业而奋斗。

内战十年,抗战八年,老百姓都需要休养生息了。大家需要吃得饱,穿得暖,说话有自由,人权和财产有保障。一句话,就是大家需要民主。

过去的许多志士,为了实现人民这个目的而牺牲了,李公朴、闻一多两先生也是为了实现人民这目的而贡献出自己的生命。他们的死是光荣的,我们在此谨致沉痛的悼念和崇高的敬意!

他们的死,将成为每个爱好和平民主的人士的力量。而反动派的暗杀政策却使反动派在死亡的天平上添上了一块砝码。

一九四六年七月二十六日于哈尔滨

选自《东北日报》,1946 年 7 月 31 日

沙漠之夜

——巨人的呼唤！

我们行军中最困难的一天，也就是我们最奇妙、美丽和受感动的一天。

过了××，我们在沙漠地前进。为了要避开沙的丘陵，汽车乃在草地上奔驰。草高过膝，长得又肥又美，车轮碾过的地方，草贴服地倒下去，画出了两条灰色的轨道。一堆一堆的沙丘，一片接连一片的草原，没有人家，也没有看见牲口；汽车就在沙丘之间旋转，在无限长的绿色的毯子上往前飞奔。

美丽的草丛下常有沼泥坑，使我们的汽车轮子陷下去。遇到这样的情形，为了减轻车子的重量，人们跳下了车，并且动手推起车子来了，发动机一响，一、二、三——嗨呦——人们呼喊着，使着劲，没有成功。第二次，没有成功。第三次也没有成功。马达在那里生气了，咕噜咕噜地叫。铁锹、木板都应用上了。后面的车子赶到之后，强壮的都跳下来帮忙推，一、二、三——嗨呦——吱，吱呜呜呜——人多力量大,汽车开动了。人们欢快地跑着步,重新又坐上汽车,后面的车子就改了道。刚刚畅快地走了一段路,浮松的沙层又来和我们作对,深深藏着车轮子;现代化的交通工具,在这儿失去了它的作用。司机小心地开动马达,人们又跳下车来,呼喊着,用劲推着。可是车轮子在原来位置上气急不停地转,沙粒子却在下面得意地跳和狞笑。女同志火了,也动手帮着推;抱着娃娃坐在车子上的妈妈,样子虔诚而焦灼,只好瞪着眼珠子来代替她们的盼望。这恼人的行进,占据了半天。

傍晚,西北边冒起了浓黑的雨云,暴雨来了。有帐篷的车子,马上把篷蒙起来;没有帐篷的,油布、雨衣、伞子,不期然地便集中起来。孩子和妈妈首先得到了保护,病弱的和女同志也得到了保护,健壮的同志便把草帽戴起来抵挡雨点。

凡是中共所领导的队伍里面,就有这么一种优良的作风:享福的时候,大家一齐享;有困难的时候,年轻力壮的首先来担当,孩子、病人、母亲得到优待。

重重的困难,给人们克服了,但时间耽误了,直到夜色降临,我们仍没有找到大道。指挥部发出命令:就地露营。我们就在百方里之内没有人家的沙漠上住下来。

第一个难题困恼我们:没有水,没有柴火。队长们一声号召,大家便在微朦的夜色里结队到处去找水源,找柴火。半小时以后,在两里以外寻到了一条小溪;刚被雨水湿透的枯草和小树枝一捆一捆拖回来,堆砌着像小丘似的排列着。挖灶,淘米,生火,各人都有任务。

这个车子上粮食不够,那个车子上粮食富余,两下一匀,大家都可以吃饱。这个同志盖的太单薄,马上有人分一条毯子给他。谁给虫子咬了，医生便忙着上药。负责同志不顾疲倦，亲自跑到人群中，询问大家的困难和安慰司机。可能解决的问题，他马上给解决了，并慰劳司机每人两盒香烟。

给浅蓝色的雄伟的夜幕笼罩下的无边无际的草原上，篝火到处燃起来了。排列着的车的影子，数不尽的人的影子，睡铺解开了，碗盆摆设着，小孩因饥饿和瞌睡而叫闹……那敏捷地活动着的影子和闪烁不定的火光交织着，顿使这死寂的沙漠像灌上了血液似的活了起来；而那带腥气的草原的香味和草原下特有的恬静，却叫人们胸怀变得宽畅，生活将更充实。在火光的映耀里，每一张面孔都流露着一种不可遮掩的愉快，简直叫人不相信他们正处在那么疲乏、物质条件又那么困难的境地里。

月亮升起来了。呵，鲜红的月亮升起来了。读者诸君，你们看见过沙漠上的月亮吗？沙漠上的月亮是红色的，像落日那样红。

这鲜红的月亮，是辽阔而荒凉的沙漠上的明灯，是恬静的天空里的跳跃的心脏，是这一群旅行者亲昵的伴侣。有了她，人们的愉快变成了狂喜，人们将把疲劳驱逐得一干二净，并且会认为这一次的因困难而露营是一生中难得的幸福的奇遇！

歌声在草原上浮动起来了，男的、女的、高音、低音，他们在歌唱什么呢？在歌颂人民的领袖毛泽东么？在歌颂这伟大的时代，还是歌颂生活的幸福？他们在赞美沙漠之夜吧？这浸润在狂喜的境界里的人们，叫人多么羡慕呵！这不怕困难，没有忧愁的人们，叫人多么嫉妒呵！不，他们不是没有困难，而是善于去克服困难——用自己的脑筋，用自己的手，用坚强的信念和百折不挠的精神去克服困难。他们不是没有忧愁的事，而是不用悲观、失望去对付烦扰——因为他们学会用科学的态度和群体的力量去解决问题。他们不是没有缺点,反过来说,他们每个人都有若干缺点,只是他们能够虚心接受别人的意见和及时纠正自己,他们能在为人民服务的事业中,在中共的正确的领导下不断教育自己和改进自己。

他们的歌声此起彼落,在沙漠上盘旋,在草原上缭绕,那声调是那么健康,又那么热情,它曾经震动过辽阔的沙漠,感动过美丽的月亮。

夜深了,沉溺在快乐和劳动里的人们疲困了,睡着了。

夜给人们赠送一种礼物——给人们盖上一层轻盈的夜露。

除开人们的鼾息,除了放哨者的脚步声,这蒙蒙浑浑的一片沙漠地,再没有别的声音,憩睡是那么甜蜜,夜却那么短促。

虽然在梦里,人们仍在追寻着美丽的境地。人们仿佛觉得有一只巨大而温暖的手在抚摸自己的头发,又觉得有人给自己拉上被子,盖住被夜露湿透了的双肩。最后,人们仿佛听到了一种沉着而又有力的呼唤:

"去,东北的人民在召唤。去,为东北人民翻身的事业献出你们最大的智慧和忠诚!"

呵,那是谁的呼唤?那是毛主席的呼唤!

呵,那是巨人的呼唤!

人们为这呼唤而惊醒了。起床,整装,到出发的时候,火一样红的太阳已经在东边透露出来了。

这长长的汽车的队伍,在黎明中一致地朝东北方前进!

一九四六年八月五日于哈尔滨

选自《解放区散记》,东北书店 1949 年 4 月

沈阳工友的控诉

胜利的人民解放军进了沈阳，温饱、自由和希望也随着降临到沈市劳动者的家。十万元的生活维持费，使数月来吃豆饼和糠还吃不饱的工人家庭买上了几十斤米，吃上了咸盐和油。工友们脸上泛上了久已消失的红光和愉快的笑容。成群的电力工友争向军事代表诉说："前几天，咱饿得腿儿一点儿劲也没有，连这个梯子也爬不上去。""大衣也拿去卖了，被子也卖了，可是还不够两天吃的。自从解放军来了，粮食多了，贱了。这几天，女人和孩子吃上了高粱米，高兴得了不得。"北市区六保的工属李大嫂怨恨未熄地对区上的同志说，她娘因为上了年纪，长期吃豆饼糠皮，患着严重的肠胃病。陈大嫂提起她那饿死的儿子还在伤心不已。一个工厂的护士说，她们工厂里的工友们除了外伤以外，尽是闹肠胃病的。

提到反动派威胁工人加入国民党和三青团，那位二十几年的转床老工友冷笑着不住地晃脑袋："听说不加入，饭碗便保不住了。我就说，把咱名字也写上吧。头一个月掏了三万元，第二个月掏了六万元;第三个月,哼,吃都没吃的,谁还拿钱!"

今年五月间,皇姑屯机厂连欠了两个月的工资,后来说十五号先发十五万元,第二天呢,又说只发十万元。工友饿得实在没劲,愤怒之下,便集体爆发了怠工,持续三天之久。等到工资发下来时,米价涨了一倍,粮食买不上几斤。原来是那些头子利用这些工资预先囤购了粮食,他们的荷包倒肿胀了。这一次,厂长挨了打,他就恼羞成怒,不几天,十几个工友便被捕了。被捕时蒙上眼睛,过堂时也蒙上眼睛;灌辣椒水,吊打。高志诚因为灌的辣椒水太多,至今身体肿胀,半年来起不了床,生命垂危。机厂工友异口同声控诉道:"饿还得干活,野蛮无理也不许人家吭气,国民党,咱早就恨透了,只是没处说! 咱从早到晚盼解放军来解放咱,解放军迟来几天的话,咱们多饿死好多人,老天爷真有眼!"

许多工厂的工友都以愉快的调子说:"好了,现在复工了。""该好好干活了,现在工厂是咱自己的了。"

铁西区、皇姑屯、大东区、北市区,重新冒起了黑烟。这些黑烟,汇合起来成为巨大的烟柱,在沈市十五里地外便望得见。这巨大的烟柱,已消灭了饥饿和黑暗;这烟柱,充满了力量和兴盛。它是中国人民第一个工业城市的标志,也是东北劳动人民为支援全国的解放战争,早日打垮蒋介石,建立自由幸福的新中国而努力的标志。

一九四八年十一月十五日于沈阳

选自《解放区散记》,东北书店 1949 年 4 月

他们这样进入了新年

新年到了,早晨,浓烟弥漫了皇姑屯火车站。通红的太阳好容易冒出了头来,却又立刻给冰冷的空气凝冻住了。它缓慢地,颤巍巍地抬起了头,才又慢慢地披上它越来越光芒四射的盔甲。

※　　※　　※

黑烟和红艳的朝霞把东方渲染成一片浓烈的颜色。这片颜色遮蔽了皇姑屯铁路工厂,返厂工作的工友们呼吸着这浓厚的煤烟,更意识到自己生在中国工业的首都里,并且是这工业都市的主人、创造者。七点还没到,太阳刚冒出了火车站,他们精神饱满,急忙进厂,立刻开始干活了。

这是什么缘故呀?这几天,新年快近啦,工友们上班得更早,手也更勤快了。这是什么原因呢?啊,原来他们各人都有心事呢。他们要在一月份预定的活计外,加修两个火车头,准备庆祝北平和南京的解放——加修"北平号""南京号"。几个先发起竞赛的青年工友可了不得:每天嫌太阳出得迟,落得早;走起路来恨不得三步并成

279

两步;回到家里也吃不好睡不宁,不是说屋里的饭做得迟,便怨孩子哭闹。年老的工友还沉得住气,既不急躁,也不泄气,脚踏实地去干。他们都有一个共同的心理:要保证加修"北平号""南京号"计划的完成。"话已经说出去啦,咱不能自己拆自己的台呀。"

他们在竞赛大会上说:"我们在新民主主义建设旗帜下,提高觉悟,支援全国解放战争。在新的大胜利将临时,我们要把破车修好,把死车复活。"他们的心多么诚,他们的话多么壮!

※　　※　　※

铆工匠高景水是著名爱打架的,伪满时他常把日本人打败了。有一次他被日本人报复,吃了两天官司。他跟日本人干电焊活好多年了,日本人存心不让中国人学配制电焊条,因此他不会配制。日本快投降的那两天,他便一手揪了日本人的领子,要他教会他配制电焊条,日本人为了活命,只得把方法教授他。国民党进沈阳后,高景水瞅着他们不对劲,只会搂钱吃喝玩姑娘,越瞅越不顺眼,于是把自己刚学得来的本事藏起来。一直到今年沈阳解放一个多月后,他才死心塌地地相信工厂是自己家的,才开始配制电焊条。适巧电焊匠刘振生和他怀着同样的心事。刘振生过去曾经偷了日本人制电焊条的小本子,逃避了好几年。现在也欣然和高景水合作,共同动手,自己掏钱买药料,试验了三回,最后一回才成了功。这一成功,将解决缺乏电焊条的困难。当壁报的通讯员访问他们,问他们为什么得了秘诀这些年,今年才拿出来,他们笑答道:"国民党时代,那不是咱们的国家,给他们操这份心干什么呀!"

一时,旋盘老工友韩忠柱也积极提意见,如何用稻草灰退火,如何保护锅炉里的螺丝钉。风泵匠李子熙发明了风泵盘根代用品,还摆手叫通讯员切莫在报上表扬他。他老实得连话也说不上来,他说："这是小事，不要上报，这会笑话人的。待我过了年以后，发明大的，再上报吧。"

※　※　※

说到过新年，工人们准备各种娱乐节目，更是喜气洋洋。有一个工友在壁报上写道："去年的新年，咱也庆祝，但是拖着饿乏了的腿，含着眼泪去庆祝，庆祝那吃豆饼也吃不饱的新年。"也有历述着过去怎样在高利贷逼迫下过新年的。因此他们都异口同声地感谢并歌颂共产党给他们带来了饱暖，还带来了解放的新年。他们画了许多彩色画和漫画，写了许多诗歌，编了许多短剧、双簧、相声、顺口溜，歌颂他们的幸福，歌颂自己的政党中国共产党和人民的领袖毛主席。

沈阳的工人，每庆幸现在的一分快乐时，总忘不了过去不久的一分痛苦。忍受过长期痛苦的人民，他们懂得珍惜翻身后的快乐和幸福，懂得用更大的力量追求未来的更大更多的快乐和幸福。

解放了两个月的沈阳工人，就这样地进入了新年，进入了解放后的第一个新年！

选自《解放区散记》，东北书店 1949 年 4 月

一周年

去年"八一五"这个可纪念的日子,由于苏联红军最友善的援助,由于民主联军的英勇战斗,东北人民从十四年悲惨奴役的生活里解放出来了。民主政权到处建立着,人民的生活有着崭新的改革。

你相信吗?"八一五"以前在东北老百姓面前耀武扬威的日本人,现在低着头走路,或在中国人率领下勤快地劳作。你相信吗?过去不可一世的罪大恶极的战犯和日本的狗腿子们,吃东北人民的肉、喝东北人民的血的大汉奸姚锡九等,由于广大人民的要求,民主政府把他们正了法,并把他们的财产分给穷人们。你们相信吗?过去自称奉天人便有罪,现在人们可以高呼中华民族万岁,可以拿无限的热情来拥护自己的民主政府。过去胡匪到处为患,现在给联军打得七零八落。

你看见吧?在北安五区,在双城,在绥化南家洼子,在许许多多的乡村,已经实现了耕者有其田。扛大活的,现在有了自己的地来养家活口。你看见吧？新华印刷厂由于厂长尊重民主，自行引退，工人们乃选了自己心爱的厂长，上下一致努力，使生产改换了面貌。老巴夺卷烟公司实行了劳资两利的分红制，开辟了发展工商业的新方向。你看见吧？过去念着不许印上祖国两字的教科书的青年学生们，现在自动起来清算文化战犯冈田的罪行，并组织起自己的力量，成立了民主青年联盟。你看见吧？哈尔滨成立了临时参议会，那儿有绅士、名流、工商业界、学生、妇女、工人、农民的代表，那是真正的民意机关。还有各省人民代表联席大会，开诚布公地交流着党政军民各方面的意见，彼此誓以团结来巩固并发展已建立起来的民主政权。

仅仅在一年里头，东北能够起了那么大的变化，那是因为东北老百姓有那艰苦奋斗十四年的光荣历史，有可惊的智慧和创造力，而中共领导下的民主联军和三三制产生的民主政府却正好是领导、保护并发扬东北人民的光荣历史以及他们的智慧和创造力的，因此造就了如此光辉灿烂的成绩。

"八一五"——让我们来纪念这可爱的日子吧。今后让我们拿出百倍的努力来巩固已有的业绩，创造更大的成果以纪念这可感的日子吧！

八月十二于哈尔滨

选自《东北日报》，1946 年 8 月 15 日

在胜利声中跃进

——记"北平号"机车的修复

一九四九年开始,在人民解放战争的捷报频传声中,沈阳皇姑屯铁路工厂工人即以昂扬的雄姿,崭新的劳动态度,在工业生产战线上跃进。

皇姑屯铁路工厂工人在一月份内除预定的活计外,加修两台已作废的火车头——"北平号"和"南京号"。他们的口号是"叫死车复活,迎接北平、南京的解放"。"北平号"已于十八号落成。

在修车的过程中,形成了一规模相当大的生产热潮,这不仅说明解放仅两月的工人大部分觉悟已提高,并且还证实了他们在团结互助中所产生的不可战胜的力量,显现出当家做主后的节俭、耐劳的精神和克服困难的智慧。

"北平号"原是个死车,走行部和管子完全没有,水柜铁板全烂啦,风泵、水泵、天顶板、内火室后管板等都缺,是个十分残缺、国民党时代被扔在大北门的死车子。但现在修好检查的结果,牵引力能保证原限——死车不仅复活，而且变成个新车。

修复中大批的积极参加者里面有几个工友，如韩忠柱、范效睢，在伪满和国民党时代都是著名会偷懒、会溜号的。韩忠柱溜号不计其数，但解放后他极力提倡白灰退火，改造床子，这回他每天除了旋二百个螺丝外还加二百个"丝对"，还成天嚷没活干。范效睢大个子，打架必赢，日本人也没奈他何。他经常到工厂转一圈，叫别人替他挂下班的牌子，自己便回家打麻将，现在自动日夜加班。马贵薪最会磨洋工，现在他改造了焦子炉来烤锅炉门下壳，解决了缺乏瓦斯的困难，并省了三分之二的工。在订一月份的生产计划时，职员们因缺氧气与电石而害怕完不成任务。但是电焊工人高景水从过去的创造精神的基础上，用电焊来代替瓦斯割铁板。这不仅解决了全厂的困难，"北平号"也因此得以更顺利地完成！赵文泰以电焊熔接干气管与气门代替钉铆或瓦斯熔接，这样不仅特省工省料，还大大提高了质量。

过去最会磨洋工的人都积极起来了，谁还愿意落后？于是大部分工人都热心地卷进运动里，连头几天还说风凉话的周宾才也受了感动，在最后一天晚上开了夜工压铜字。翻砂、锻冶、电风、制材，各部门都尽着自己的力量来配合工作。许多工友虽然没有直接参加修"北平号"，但在这热潮下也改进了工作。

旋盘工张文玉在那几天要娶亲，他便选了星期日结婚，并把七天例假献给"北平号"。星期日不歇班的人，每天加点的人，多得真没法算。宋广福带头的"报奋勇"小组从六号到十七号起，食宿均在厂内，连日带夜干。

在这样紧张热烈的情况下，技术主任李景渭也加了点。一技师感动得摇头感叹说：

"伪满十四年加上国民党三年,十七年来我没有见过修得这样好的车子。工人们三天三宿没睡觉地干活,我头一次看见!"

工作科长也说:"以后订生产计划,要打破过去的标准,要估计到群众力量。"

工友张光远把家里的水表玻璃献了出来装在"北平号"上。郭秀峰献出贵重的千分尺。

一些受过国民党的愚弄和毒害,参加过各种伪组织的工友,也纷纷在这热潮里积极工作,争取在为人民立功中洗掉自己的污点。

在收集这次运动的事迹的时候,"北平号"竞赛运动里的挑战者宋广福等主张大量表扬工友们的事迹,坚决拒绝各报记者披露他们自己的名字。他们简朴地说:"这件事,少了谁也不成,大家都有功。主要表扬大家。"他们睁着十分疲劳的眼睛,不怕麻烦地推荐着谁谁多少天没睡觉,谁加了多少天班,谁解决了技术和器材的困难,谁捐献了什么。

这是高贵的工人阶级的品质。他们深知团结才有力量,他们从互相联系的生产过程中深刻地体会到工人谁也离不了谁,离开了大伙,便什么事也干不成。

他们多么谦逊又多么善于带动大伙向前进!他们特别强调要表扬几个较落后,然而也开步走的工友。他们的谦逊绝不是出自礼貌和客套,而是为了把工作做好和深信团结才有力量——这是先行者的一种可贵的自觉。

"北平号"的落成,就这样考验了皇姑屯铁路工厂的工友。这两个多月中,他们在生产战线上从一步一步地走,到开始跳跃地前进。

有了共产党,有了英明伟大的毛主席,工人们十分放心!他们一扫从前在不幸和饥饿的奴隶命运里所养成的懒散和自私,代之以主人翁的自觉的新劳动态度。

在胜利鼓舞声中,解放仅两月余的沈市工人,以他们昂扬的雄姿和崭新的劳动态度,在生产战线上开始跃进!

一九四九年一月十七日夜

选自《解放区散记》,东北书店 1949 年 4 月

咱们的女区长

解放后半个月的沈阳，街道上十分热闹。北市场南边那一趟马路挤得水泄不通。人们刚刚让出道来等十辆美式卡车通过，马车和三轮车立即又把道堵上；从东西两头来的汽车的喇叭便焦急地喊叫，人们和车子又只好迅速地让出道来。人们像潮水似的涌来涌去，汽车却像波浪一般往前奔跑。

那一天上午，六保一位甲长从保上下来，一路走一路对他的住户嚷着："区长下来了，咱们的女区长下来了，你们回家等着。"他那一套旧的媚上的作风还没有完全改，挥着手对别人下命令。

"什么？区长？她能下来！你不用想啦。"李老太太想起半年前一个国民党的营长，骑了一匹大红马在马路上飞跑作乐，把住户杨家的小孩踏伤了。找他赔医药费时，那营长大笑道："你不怪你孩子挡我道，还怪我的马踏着你的小孩。它是马啊，人还比不上马懂事？"后来那小孩死了，姓杨的告他。他便买动官家，诬姓杨的是八路探子，还逼他离开沈阳。看够了国民党当官的凶相的老太太，她怎能相信现在的共产党的干部能上老百姓家来探望？

"共产党的女区长？她，她肯进咱家？"

住户七嘴八舌地问。甲长顾不上逐个逐个回答。一边急忙走一边挥手命令大家："赶快回家，她就在后边啦，就要来啦……"

赶马车老刘屋里的哪里肯听，抱着吃奶的孩子，站在门外只管等待那位女区长。她的六岁小孩和三岁小孩也趁着热闹，在她的大腿前后转来转去。不远的地方，果然有穿着棉制服的两位干部来了，一男一女，女的二十七八，男的二十四五。他们都挟着本子，慢慢走过来。女干部先笑着向老刘家里的打个招呼，说："大嫂你住这里吗？"显然是关里的口音。

"是呀，区长，请到咱家歇会儿。"刘大嫂鞠躬回答说。

"我不是区长，我是区上工作的。"那位女干部十分和蔼地笑答着。她说话是那么自然，好像和老刘家里的早就相熟似的，一点也不像过去区上的官。跟着，她进了屋，就问长问短，问她家里几口人，靠什么收入养活家口，过去吃的啥，眼下吃的啥。老刘家里的忘了那位女同志是区上来的，也很自然地热心回答她："那还用说，头前几天，吃的是豆饼和糠，不用提啦，你瞅，还剩一大块豆饼没吃了的。这几天，吃上了高粱米啦！"她一面说一面点头称赞着："解放军到了哪疙，哪疙就有粮食；天气也暖和啦！"她滔滔不绝地只管说。

"那么，你掌柜的每天可以挣多少钱？"这时，另外一个女同志问。她是刚进屋里来的。老刘家里的只顾回答先来的那位女同志，没有注意有客人进来。这时她回过头来，抱歉地向后来的女干部点头。她打量这位女同志，穿的也是半新的棉制服，年纪四十左右，样子十分亲切、老练；只是身体较瘦弱，脸上很黄，似乎带病。

"好的那天挣个十万八万，少也挣个五六万。"刘大嫂没拘束地回答道。

"够吃么？那么，够吃么？"她亲切地问刘大嫂说。

"够吃啦，足够啦！你瞅瞅，头前几天，孩子饿得连炕也不愿下，这两天小脸上有点血色啦，连蹦带跳地到处跑。"

"有吃有穿，那好嘛。还有些啥困难呢？有困难时不妨说。这里还有散俘么？"

"没啥困难啦，同志，谢谢你。散俘也没啦。咱们盼到了头啦！"她望着那位脸色带黄的女同志，满意地笑着说。

"那就好，好得很。王同志，你在这儿唠唠吧，我上那家去。"她便走了。刘大嫂送走了那位亲切老练的女同志，回到屋里来，问道：

"她身板不如你强吧？"

"对了。她打十七八岁起便参加了革命，奔波劳累，二十几年来吃了不少苦头。在早，她因为要打日本，跟着共产党军队从南边跑到北边，走了两万五千里，跨过大雪山，走过大草原，住露天，吃野草，哪样苦没受过！后来几年，又在蒋管区做秘密工作，蒋介石把她逮捕起来了，坐了几年的监狱，身体哪能不坏？"

"唉！作孽，真作孽！"老刘家里的沉重地摇头叹了口气："说来说去，她为的全是咱们老百姓解放的事！咱也总算盼到解放军了，只是你们受累啦。她也是区上的吗？"

"她是区长。"王同志答道。

"哦，她是咱们的区长！"她突然跳下炕，想追出去找回来她的区长，但是她马上又把自己按捺住了，回到炕上，盘上腿，嘴里叨咕着："哦，原来是咱们的女区长！"她意识到自己是个女人，所以说到女字时，特别顿了一下，仿佛自己也有无限光荣似的。她原是个爱说话的女人，这时因为兴奋，便滔滔地说下去，用很多的愤慨述说国民党的区长如何如何。

"在早,不用说是区长,就是保甲长咱也惹不起!他们当了官,就有钱,有了钱,就吃好穿好,娶上两三个小老婆;他们放个屁也好使唤。说到女人,长得漂亮的便吃香,也不管你有本事没本事。有了个漂亮姑娘全家便有了靠……"

王同志好容易等她说够了,才起身告辞。刘大嫂送走了客人,还抑制不住兴奋,跳下炕来,扫扫炕头,又上炕,很想对孩子们说几句,但他们又不懂事。她在炕上待了一会,到底还是按捺不住地走出门外,一走走到隔壁那两个织袜子的工人家里。她一见着他俩,便描述着适才区长怎样上她家,区长二十几年来怎样为老百姓的解放事业受苦,把那两个年轻的工人说得全神倾听。刘大嫂刚一住嘴,那个年轻工人马上接着说:

"咱们的女区长啥都问到啦,知道咱吃饱了,吃好了,她就高兴啦。"

刘大嫂正想要说话,另一个又接上说:

"她还叫咱好好生产,以后说个媳妇,成家立业。嗯,咱活了这么些年,几时看见过这样的官。世界真变了样!"

在一间久已停工的玻璃厂里,围住了一大堆人——那里有该厂失业转为小贩的技师、工人和附近的居民。他们正围着他们的女区长,谈论到这间工厂的历史和复工的计划。在不知不觉间,人们对自己的区长好像对待自己家里人一样。李老太太也在里头,争着回答她的新区长的许多询问。

一时,全甲的住户都到处说着同样的事情,称赞着共产党的干部。那间玻璃工厂的技师正在兴奋地按照区长的指示做着复工的计划;四位失学的青年和区上下来的干部谈了话之后,准备投考学

校和训练班,以便接受进步的知识,能够为人民服务。

这些市民,怀着各种不同的心情和期望谈论他们的政府和领导人,他们从此有了倚靠,有了希望和光明。受日本帝国主义奴役了十四年,又经国民党两年七个月的饥饿、独裁、黑暗的统治的沈阳市民,这时才恍然觉悟到自己是那么迫切地需要一个真正能保护自己的民主政府。

一九四八年十一月底于皇姑屯机厂

选自《解放区散记》,东北书店 1949 年 4 月

◇ 胡宗锷

在"大石房子"里

这座大楼房的门前有一个园圃，现在虽然被白皑皑的雪遮掩着一层，但雄立在里面，枝干上积着厚雪的树，比在百花盛开时节反而庄严得多。它的左右有一条平坦的马路，呈半圆形伸到它的后面，通到这座大楼房的门前。这条路上的雪完全被汽车压得紧贴着地皮，上面鲜明地留下了错综的汽车轮子印。这座房子就是被哈市几十万人叫惯了的"大石房子"——有名的用石头建筑成的"铁路总局"房址。今天在这里面，设着电务段工友受苦难死亡家属的灵堂。

把穷人的灵堂搬到"大石房子"里，这还是第一次，就是祭祀穷人，早头也没见过。过去也祭祀过，可是那都是大肚皮。

我一步一步走上台阶，正想拉门进去，忽然门被推开了，里面出来几个抱着孩子的女人，听到她们说：

"早日这里咱们能进来？我说赶快来看一看！"

"可真是进不来呀！"

从她们身上的衣服，可以知道她们是工友的家属。有的披着男

人的黄外套,有的戴一顶油黑的皮帽子,她们高高兴兴地都来了,也许早饭都没顾着吃饱,穿戴齐,顶着风就来了。

当我跨进灵堂时,屋里寂然无声,使我感到一种悲愤的情绪扑到心上来,我默默地闭了一下眼。首先走到灵位前,看到死亡家属的名字。灵位的两旁挂着许多挽联,从笔体上看来都是工友们自己写的。他们不拘于形式,把久闷在肚子里的话写了出来。有一副看完后,我感到自己身上轻快多了,特别多读了两遍,才把它记了下来:

> 看过去黑暗之社会专制独裁的天下大肚皮怎说怎有理
> 瞧现在光明的宇宙解放自由之国家穷小子有冤也能伸

这时有一位工友过来招呼我,他说这一次会布置得很匆忙,随着向我解释摆满全屋的东西的各种意义。我跟随着他的口气,才四周全部地看了一下,当时便使我在这一间面积不大的屋子里,呼吸到工人阶级伟大的友爱精神。

客人还没有来,而电务段的工友也正在忙着贴最后几张壁报。但是他们肯定地说,客人一定能准时来,不会过早或是过晚。他很客气地告诉我:

"铁路的表到处是一样的。"他的意思是说,铁路工人是最遵守时间的。

电务段工友的家属,有的和他们一早起就来了,因为她们对墙上画的、写的,或摆设的东西早已明白了,所以便都到剧场聚会去了。这时我想起方才那位工友对我说的:

"今天穷人不但活的翻身了,连死的也翻身了。"可是应当加上一句:女人也翻身了。她们也感到这是自己的事,所以便热心地老早地到了会场。

听见那位工友说的话,我便性急地看起来。墙上贴满了画、报纸;屋里摆满了各种东西:那是皮大衣,那是布,那里是毡鞋、毛衣、毛裤、大人衣服、小孩衣服……还有一袋一袋的粮食以及金银首饰。最后我看到了那个金镏子,它闪耀着金光,被放在一个小碟子里。这些东西是在诉苦祭祀死者大会后,电务段工友于一天半的时间捐出来的,帮助其他贫苦工友的东西。他们的部分壁报和捐出来的东西,很清楚地摆出了两个世界:一个是过去,一个是共产党领导下的今天。过去的是被欺榨;今天的是穷哥儿们翻了身和相互团结友爱着。壁报上一封工友邓立清给赵锡舜工友的信是这样写的:

锡舜工友:

追悼会开会时,我坐在你身旁边,看见你穿的裤子,确实难以遮体了,挡风恐怕是更不可能。

现在这条裤子是我往日穿的,虽然它不新,但比你那条还强一点,希望你不要嫌乎,多少也可挡点风,穿上罢。

又一个消息这样写道:

王玉雪拿出他母亲临死时给他的纪念品金镏子一个,互助给贫苦的工友。

看完这些后,我是多么想和他们认识啊!

在壁报上看来,在诉苦会他们找到了穷根,挖到了过去穷人为

什么受大肚皮、有钱人们欺压的原因。招呼我那个工友对我说：当他们诉说出父母是被大肚皮、地主逼死的时候，他们都泣不成声地喊了出来，要向喝穷人血的大肚皮、地主复仇。女工友孙志杰讲到被旧社会压榨的情形，几次晕了过去，但她还是要继续说下去。最后是一位工友送出来一针强心剂，她才把她的冤苦全诉了出来。起先她还怕那逼她当女招待的丈夫来找她，什么事情都不敢说。可是全段的工友替她撑了腰，她那吃喝嫖赌的丈夫要来找，就捆起来关他。自那次诉苦会后，她被过去遭遇刺激太深，记性不强的脑子，也比从前清晰得多了。而且这次演的剧就是由她身世编写的《迈出地狱上天堂》，还是她主角。

会场的人渐渐多了，把门口都淤塞住。忽然一位工友高声地喊：

"诸位首长，请往里走，从这里看到那边。"

拥挤的行列向前移动了一下，但是那位工友又喊道：

"各位工友，这都是工友捐给日子艰难工友们的。可是大家的日子都是一样的苦。"他向前走了一步又说道："同志们，这是于驷先工友拿出的他妹夫藏在他家的东西，他妹夫曾经在伪满做过警察坏蛋，现在已经在乡下被斗争了。这次诉苦后于工友认清了敌友，便把东西献出来了。同志们，往前走。"

这时我才注意到了摆在那边一排的东西，墙上还贴着一张于驷先工友献出这些东西的自白书。他很真诚地讲出来未经过诉苦会前的顾虑，现在他清楚认识到他妹夫就是他的阶级敌人，决心把东西拿出交给穷苦的工友弟兄们。

做引导的那位工友，又在高声地解释着。当他喊着客人的时候，我深深注意到他怕招待不周而产生的拘谨样。也许他对客人的称呼，煞费心机地考虑过。他曾喊过"诸位首长""各位工友"，最后喊着"同志"，使我感到一种他要做好主人的强烈印象。以后的日子正是要这样过下去呢！

全屋充满着伟大工人阶级新生的力量。这使我在融入这个气氛的短短时间里，也感到自己正跟随着他们而成长壮大着。我不由想起了我们的毛主席，我感激和愉快地笑了出来。

当我正要随着人流，走向剧场的时候，从对面挤过来一个老太太，我看见她两眼闪着光，脸上充满着慈祥，径直地挤到放金银首饰的桌旁，向旁边的招待女工友紧张地说道：

"大姐，这个——我……"她把右手的银镯子退了下来。

"曹大娘，是你，看完了吗？"那个女工友一看是曹莉筠工友的母亲，忙招呼着说。

"这个，我也捐上它。"老太太急忙把左手上的银镯也退了下来，一把塞到女工友的手里，像有些不好意思地说道。

"曹大娘，它跟你一辈子啦。"女工友被感动地说。

"人家那些有用的东西全捐出来了，我戴这个也没有用。咱家里也没有什么旁的好东西。"曹老太太很痛快地说了出来。

曹老太太转过身走了，我看见那位女工友，手里捧着镯子，出神地定立在那里，一直望着老太太走出去的背影，才想起要把这件事出"快报"传扬开去。

我再次留恋着会场，舍不得出去。最后是起初招呼我的那个工友，叫我和他一齐到剧场去。

"票！"我们走到俱乐部的门口，守门的工友开玩笑地向我们说。

"坐火车头来的——免票。"领我的工友笑着说。剧场已被老人、媳妇、孩子挤满了，我好容易在最前面的边上找到了一个位置。工友们上上下下地忙着，一会从台上下来一个人，一会又上去一个人。他们是那样紧张高兴。有的上下台子干脆就不走台阶，从上面往下一跳或是从下面往上蹿。幕被上下的工友时常扯得离缝，需要总有一个人在那看管着。

"这是头一抹呀，可出头露日了！"坐在我旁边的一个老爷子含着眼泪，情不自禁地向我笑着说。

"以后日子更好了。"我也欢喜地加上了一句。

"早头，我小儿子也在电务段，修理电线叫电打死了，那时谁还管哪？家里又没有钱，我只好把身上的衣服脱下来卖掉，对付四块板，才把他送出去。他有福气活到今天，就是看一眼也好啊！"老爷子感伤着说。

台上的电铃响了，主席简单地报告下面是由工友自编、自导、自演的《迈出地狱上天堂》及《邓禹顺逃荒》两个剧，这全是工友亲身遭遇的，而由亲身遭遇的工友演主角。接着是由工友李庆章上去讲话，他有力地说出："过去穷小子就像叫地主扎在口袋里，今天共产党给我们把口袋解开了。我们要瞪起眼睛，瞅准谁是敌人，谁是我们自己人。"最后他提高了声音，更激昂地喊出了："弄好三个月、两个月预算，我们要支援前线，打蒋介石去。"在他激昂的余音里，由一个年轻的妇女搀扶着一个老太太走上了台，她说：

"这个剧就是演我家的事呀，过去啊受的苦，你在家哭两声，人家还说那是人家的房子，咱就不敢哭啦。还有一宗呢！我不是给有钱的人家奶孩子啊，把自己的丫儿饿死啦，人家不让咱给孩子奶呀！这回八路来啦，才能把事说出来，还把咱家的事演出来，告诉大家有钱的人欺负咱们。我心里好啦！"

"大娘，好了大娘，不要哭啦，这会不是好了吗？"台下和大娘哭成了一片，主席也流着泪过去劝大娘。

"我好啦,在那个会场的牌位上呀,也把我孩子的名字写上去,我就像是看见孩子啦。"老太太哭得再无力说下去了,几个人好容易才把她扶下去。

铃声再响的时候,剧开幕了。一共两个剧,可是我不知在什么时候,已和台上的人共同在哭泣着。演员没有什么装作,他们演出了真实的感情。台下寂然无声,起先是有人忍耐地低声抽泣着,可是后来终于闷不住了,都放量地哭着。他们看见了过去,他们要复仇啊!

天黑了剧才完,在回来的路上我还一直想着《邓禹顺逃荒》。在这次的铁路电务段工友联欢联苦大会中,我像从多少年以前一直走到了今天。过去受苦难的日子是一去不复返了!

选自《从奴隶到英雄》,新民主出版社 1949 年 6 月初版

◇ **胡　昭**

乡间七日

九月二十四日

走的时候，太阳出来不高，徐风拂面。我们唠着、笑着，离开榆树县城。

路旁老百姓底房檐下面，都挂满了一串串红红的辣椒，像小红旗插遍了各处。——可不是，它们好像还在随风飘动……

十几里路，不大一会儿就走完了。

村长没在家——下地了，他家底一个七八岁的小女孩子领着我们去找。她总是走在后面，让我们不知道从哪儿走。我说她："你倒快走啊！"她又跑了起来，让我们跟也跟不上，只得抬起脚来轻轻地跑。

过了几片高粱地，就到他们底豆地头上了。村长在低着头割地，看见我们来，笑着走出来，和我们握手。

我把介绍信交给他，他看完点了点头。我问他：

"你念过几年书？"

"一天也没念，就是翻了身以后，才学了几个字。"

他要和我们一齐到屯子里去，我们没让。他开始割地，我们又和那小孩走了回来。

村长有一匹非常好的大马，怕丢，他把它放在里屋，自己就睡在里屋炕上看着它。他常对人说："几百辈子没有一匹马，好容易分到了一匹，丢了还行啊！"

本来打算和村长住在一块，但他就不让，说："这屋一股马粪味！"我们说不怕马粪味，也不行，到底给我们另找一家住下了。

九月二十五日

我们这家房东姓所，老两口子领两个儿子。老儿子参军了——光荣状贴在墙上。大儿子三十多岁，娶过一个媳妇死掉了。二儿子是傻子，给他说了媳妇他不要，又退回去了，在地里干活，常常忘记吃饭，太阳落了才回来。

老太太的头发掉了，只剩下短短的一点，披散着；好讲，讲起来就没头，东也讲西也讲，弄得人答不上来。她笑着对我介绍自己：

"……老太太就是疯疯癫癫的，会看眼睛，谁用着我当时就去，屯子里都管我叫'所二快'……"

大伙说，她非常愿意招待公家人，家里又方便——没有年轻女人，所以屯子里来工作队、担架队，都往她家送。有一次在她家住两三个民夫，她把留给二儿子的干粮都拿出来给他们吃，说："你们怪不容易的，吃点吧！"

老头七十多岁了，不说话，不能干重活，但也总不闲着，推碾子又拉磨……没事就坐在窗台上，眯起眼睛瞅他这半辈子没有过的，现在属于自己了的院子、房子……一切。

我找了一个打谷子的场院，一边帮助他们捆那打完了的谷草，一边和他们唠嗑。这老乡非常满意换工，说：

"若是一个人哪，可愁死了，半天也干不多少，瞅着干不出活来，就更不爱干了。"

我问他："从前屯子里就知道换工吗？"

"从前没有。打解放后分了地才学会——这是共产党教给的法子。"

把这屯了解了一个概括以后，我们贪着黑到靠河沿的巴家屯去。

九月二十六日

太阳还没出来，东方一片绯红，像婴儿的面颊。不知道为什么，乡间的天空，也另外有着一种美。

我慢慢踱到河沿上去。

东方的水面上已露出半边太阳，它底光像一个盛满了水的杯子，四外漾溢着……红色的、白色的、金色的……奇怪地变幻着——我数不清它变的次数——这么快，就在我数它的时候，整个的红轮，已经升起来了。

抑制不住地，不自觉地，我开始歌唱，声音顺着水面散开去。

一个老乡扬小豆，我蹲在旁边看。

木锨起处，扬起一片灰尘，一颗颗紫红色的小豆落了下来。不大一会儿,地上落了很多。堆在一起的小豆,不像是一颗颗小粒垒成的,而像用一块紫色的玉雕塑的,并立刻出来一个个小小的圆点,每一个小圆点都闪着光彩。如果你仔细看,你底影子就在里头……是,它就是玉,农民们就指着这玉(当然不只这一色,另外还有各式各样、各色的"玉")生活。

河水被轻风吹着,掀起一道道微波。一只小船在河心打鱼,我和张好奇地跑去看。

那老乡一边撒网,一边问我们:"同志! 多咱到这屯子的?"

"昨下晚来的。"张答,又问他,"多吗?"

"不少,我才来不大一会儿,就打有五六斤了。"

"你怎么不割地呢?"我问。

"地都割完,拉家去了。"他把网拉上来,一个个地捡着,"头年地没侍弄上,一春一夏全靠它活呀。"

晚上出去。繁星下窥,冷风吹着。

九月二十七日

张家店屯有个幺许氏,和她丈夫一块干活,赶车、装车她都会。他俩把一垧半地谷子拉完,又拉了不少小豆。

我们去看她时,她正拿着叉子挑着谷个子,她丈夫接着垛。看见我们,都笑着招呼。

和一个老乡的车到地里拉地去,车上的两个人是爷俩,父亲五十多岁,儿子三十来岁。路上那年轻人捡了一个谷穗扔在车上,忽然被风飘掉,那老头又跳下车去捡了起来。

——农民们对庄稼的爱,真是比对自己底儿子还厉害!

九月二十八日

今儿在王家屯开党的小组会,我们又赶回去。没有告诉屯长,我们就又跑到所老太太这儿来;她比以前更亲热地给我们扫炕,不让她扫,她偏要扫。

晚上,会在村长家里开始了。全村各屯的党员都赶了来,每个都乐呵呵的。

大家汇报了各屯底秋收情形,党员与支部的动态……以后,田有当大伙说:

"昨儿下晚妇女团开会时,富农王增林问:'开会要公要母啊?'他看不起咱们的会,人还能叫'公、母'吗?——当时我就说了他一顿……"

"他骂咱们?"没等他说完,就有不少人说,"得加小心,防备着他们啊!"

田有又自己检讨了没把他交给群众处理的错误。

在豆油灯下面,一个个被太阳晒得发黑的脸,都显得更坚定、刚毅。

——这就是党底战斗力量底源泉,必胜底把握啊!

回来时,所老太太还点着灯等着我们。

九月二十九日

和一群小孩到不远的菇娘地去。

正在秋收,没有人来卖小工——捡菇娘,没有卖的。我们要自己捡一点,给园子底主人——董老太太钱,她不肯,告诉我们:可以自己捡些吃,但是不要钱。于是,我们就吃了起来。和我们一块来的小孩也吃,董老太太笑着逗试他们说:"你们吃这干啥,你们也没给国家做事!"

——她之所以让我们吃菇娘,是因为我们(这个"我们",不只是指我俩,而是指我们底人——帮助他们翻身的八路军、共产党)给国家(这"国家"里,有作为一个国民的她)做了事(她种庄稼的地就是分到的呀!),给人民做了事。

九月三十日

今儿离开乡下,回县了。——这一次的乡下生活又结束了!我除了惋惜着这次的离开,还希望着下次的乡间生活更早开始!

以前读那些风花雪月的东西,觉得秋天是"凄凉"的、"难堪"的……但现在看见这一堆一垛的庄稼,觉得秋天可亲得了不得。真的,秋天是农民最好的时候呀!

选自《文艺月报》,1948 年第 3 期

◇ **胡贸成**

金安和三次上火线

　　金安和是双城担架二大队一中队的担架组长。他从双城动员民夫参战开始,到现在共经过城子街、德惠、靠山屯三次战斗,上了三次火线,抢救伤员有十二名之多。

　　他今年三十七岁,家住双城东面东官村。在伪满的时候,是个一贫如洗的贫户,兄弟俩靠着整天给大户种地、扛活,才算是养活了一家六口。"八一五"后,他在双城公安局做事,民主政府又给他家里分了五垧好地,日子也就一天天好起来了。这次因病回家休养有两个月了,当政府号召动员民夫参战,帮助民主联军保卫自己的土地时,他就第一个自动报名参加。他说:"民主联军流血拼命为了啥?咱老百姓帮助民主联军抬伤号也不就是为了自己吗?"他又被大家推选为小组长,他对他的组员说:"跟上我就不用怕,碰上国民党要砍头由我担当,枪子不长眼到处飞,由我金大胖来替你们挡。"

　　一中队被分配到某部五二部,在二月二十一日晚上,他们紧随着该部"铁五连",参加了城子街歼灭战。当队伍从东沟逼近城子街时,西南角上敌人的机枪火力像炒爆豆,下大雨似的扫过来,咱们英勇的战士伏在雪地上被压得抬不起头,这可火了我们的机枪手:"有你的,老子也让你尝一尝美国味。"一阵集中火力,敌人的火力逊色了,战士们一声怒吼,越过了开阔地,在清脆的机枪叫声和炸弹的爆炸下,冲上对面的小坡。一个同志倒下了,他挂花了,金安和看着心痛,大个子一跃,在机枪火力的掩护下,贴着雪地向前爬去,子弹交织地在头上飞着。"嗖"的一声,在他左面爬着的张文明的帽子给打掉了,他摸一摸光头说:"老金,大难不死必有后福。"他们就在无比的大胆和细心下,抢救下第一个伤号。他吸了口烟告诉我说:"同志,说真话,我一点都不怕,机枪响声还怪好听的呢!"又吸了口烟说:"部队正打得起劲的时候,蒋介石还派他的美国飞机用降落伞送东西来慰劳我们呢!"

第二次,一中队参加了德惠战斗。夜晚,在我军炮火猛烈的轰击下,他们随着部队顺着被敌人砍倒了做障碍的柳树堆,从西南门摸入了大街,战斗正激烈地进行着,满天飞着红绿色的信号弹,一团团的黑烟升向天空。金安和沿着墙边,肚子贴到地皮,爬着来回抢救伤号。有一次当他正爬到一座破墙的边上,"轰"一声,一个炮弹就落在近旁,金安和感觉腿上一阵重,他想:"这下自己也挂彩了。"他伸一下腿,哎!说也奇怪,腿还能动,腿上的泥也掉下来了,他回头一看,原来是旁边的破墙被炮弹的爆炸震塌了,一部分泥、砖正压在他的腿上。他就在这一夜连续不断地抢救下八个彩号,他告诉我说:"天将明时大家都饿了,我们在一个地堡里却找到了煮熟了留着孝敬我们的大米饭,这个孝心,我算是领情了。"

我军在大踏步的后退以后,又向靠山屯进行了自卫的反击战。金安和和他的组员又一次上了火线。他和他的组员说:"我们要第三次完成任务，要大胆细心，要保持没有一个伤亡。"当进攻开始时，他又号召大家说："我们至少再抢救三个伤号就凑足一打，建立了功劳，回家也光彩。"在火力掩护下，战士们越过了鹿寨，爬上土堡，其中的一个倒下了，金安和又一次地不顾他的大个子，爬近了伤号。这时敌人的火力压住了他，而同时离身不远的鹿寨又着了火燃烧起来，他伏在地上感到给火烤得难受，但是他更知道，伤号流了血，若再烤火一定更难受，他就躺在伤号和烧着的鹿寨当间，他想："有我胖子挡着，伤号总该好受一些吧。"在敌人机枪被我军摧毁后，金安和才把这伤号带下来，他笑着告诉我说："在靠山屯只抢下三个伤号，倒恰巧合上一打，他们（指他的组员）说我有先见之明呢！"

最后，他从被地擦破了的衣袖破洞里，抽出棉絮在手里揉着，两眼望着窗外，低声地说："同志，部队的辛苦，我不想说了，就是将来革命成功了，可是要好好地、大大地慰劳他们一下呀！"

选自《血肉相联》，东北书店 1947 年 8 月

◇南　云

战地行

愉快的行军

部队由××屯出发了。一路上我尾随一中队的炮车穿过了长长的行军行列,步兵战士们玩笑似的吆喊着,惊动了拉弹药车的马,马飞驰起来,有几次几乎把炮车弄翻,战士们仍是嬉笑地鼓着掌,炮手们也毫无怨言地答以亲切的微笑。

中午,部队休息了,战士们都围着看炮。不知道是哪个团的小鬼指着炮口说:"对！就是在四平同我们一块打仗的炮,跟俺团里的美国炮差不多。"不知道是谁插了一句说:"对呀！在四平××军的一个营不就是被这炮消灭的吗?"

下午,部队仍在一片悠扬的歌声和无邪的戏谑中,沿松花江岸,向敌后挺进了。

"种殃"军统治下的老百姓

黄花岗一个姓张的老乡告诉我下面一段事实:国民党军到达该

屯后就实行打猪打鸡运动，现在该屯连小鸡都绝种了，当时也有人去向他们的官报告，却反而被加以"破坏军誉"的罪名而遭到罚款，这样的就有三个人。

老乡开始以对待国民党的态度来对待我们，看见我们的军队总是说："老总，屯长是后有的……""不能叫老总，要叫同志。"同志们纠正他们说。"同志要什么说话吧……""老乡，我们是民主联军，是老百姓的军队，一点也不麻烦你们，没有房子我们住院里也行。"我们每到一个屯子就给老乡挑水、扫院，老乡们大受感动。同志们很耐心地解释说："我们也是老百姓，民主联军就是老百姓的子弟兵。"

日久见人心，老百姓是最公道的裁判人。房子，老乡自动地让出来了。部队每到一个村庄，老乡们忙着烧水："同志喝碗水，歇歇再走。"部队出发了，老乡们忙着握手送别："同志走了，多会再来，在盼你们啊！"

国民党的士兵是好的

国民党的士兵是好的，但是受了反动派的愚兵政策，士兵们都变成傻瓜笨伯。在靠山屯我问过一群俘虏，他们说：

"我们来东北，当官的都说是来接收、剿匪，前两天他们还说：'共产军杀人放火，现在还没有裤子穿，不敢出门。'谁知道今天我们就被抓住哩。现在才知道我们是受骗了，比如我们被抓住之后除了缴枪以外，私人的东西不但没丢，反而发了几百元的优待费。我们再也不愿跟他们当炮灰了。"

选自《东北日报》，1947 年 1 月 30 日

◇哈欣农

从诉苦到报仇

一笔血债

×连×班的战士苗春同志,在诉苦当中,很悲痛地吐出他受苦的经过。他是河北省滦县泽巴庄人,家里十五口人,没房子没地,一年到头过着苦日子,大哥在东北做小买卖,他父亲领着他二哥和三哥种梁国福的地。梁国福是有名的大地主。苗春八岁的时候,年成不好麦子瞎了,家里正在发愁,梁国福来要租子,他父亲说了很多的好话,但梁国福非要不可,在临走的时候说:"走着瞧!"腊月三十那天全家正准备过年,梁国福领着一百多个"中央军",把苗家包围了,接着进来四个"中央军",把他父亲和三哥捆起来,连推带拉地拖到屯外的小河边枪毙了,回来又逼着苗家大小挖坑,将苗家十来口都踢在坑里活埋了,只剩下苗春和他母亲、两个妹妹。那天晚上苗春和他娘哭了一夜,第二天老太太一早就起来了,什么也没拿,就带着苗春和他两个妹妹,到东北伊通去找他大哥。虽然找到了,但大哥

311

不到一年就病死了。

战场复仇

东北光复后,苗春就被国民党捉去当兵,今年夏季攻势才被解放过来。在诉苦当中,他的苦激起了全连的愤恨,全连宣誓:"打倒国民党反动派,给苗春全家报仇!""给全国被国民党杀害的人民报仇!"

苗春同志经过诉苦后,每天积极练习投弹、瞄准,放下碗就投弹。打乌拉街时,苗春想:"报仇的时候到了!"战斗开始,他就冲在最前头,缴了三支枪,俘敌三名。打六十号碉堡时,他两次冲锋都被手榴弹打回,当他第三次冲到铁丝网时,全身三处负伤,鲜血直流,他还咬着牙一定要冲上去,可是他已经爬不起来了。他对二排长说:"你们要给我报仇呀!"他望见同志们占领了碉堡才下了火线。

选自《从诉苦到复仇》,东北书店 1948 年 5 月

◇幽　仁

农村行

一

在一条漫长的公路上，来往过着行人。"喂！你看道西的一群人在铲地呀！"他惊异地问着我。我徐徐地向他解释着说："同志，你听我给你慢慢地说吧！他们是栉比村的住户，往年你走在路上是看不见这样好风光的。你看那一伙人最前面那个穿黑褐色裤子的，上身没有穿衣服，露出那健壮的胸膛，被太阳晒得黝黑的，便是那一群生产小组中打头的呀！"丢下其他人有二十步远，从远远就会听到二十多人的铲草声唰唰地前进着。在二十多人的右边便是一副大犁在吱吱吱地蹚着铲过的垄沟，谁都不肯落后地追着，时时还嚷出几声"追呀！追呀！"地里的"窝浪"（鸟名）在晴朗的天空上，吱吱地叫着。"这便是今年比往年不同的地方了，大家都团结在一起，成立生产小组，互助铲地，今天给你铲，明天我铲，谁也不亏谁，他们用记分法、争红旗来鼓励大家干活竞赛。同时大家在一起铲，还有许多

313

好处。"他听了我的话，只是嘴里不住答应。我看他很高兴听，又继续地说下去："第一个好处是随铲随蹚，苗不受晒，根儿不受伤，第二就是人多干活有兴趣，能多做活，第三个是能鼓励二流子也好好生产，大家竞赛，看谁到底干得好……"我一直说完，他还是在哼哼地应着："真是八路军，到处为人民打算呀！"这是他最后的一句话。天上的太阳被一块白云遮着，立刻阴凉起来，吹得道东的水田出了波纹，青蛙在草中呱呱呱乱叫，一大群马吃着地头的嫩草。

二

当我走到路旁的一个小村庄范家村时，看见路已修理得整整齐齐的，往年这门前的大路总是泥泞不堪，车马一到这就会泞住呀！如今路两旁挖成小沟，路上铺满了废砖块，用土垫得十分平坦。进村到了一个革命家属李守田家，他家就在农会院内东厢房，屋里很干净，屋地里十几只小鸭活泼地跑来跑去，四周墙上还贴着标语和毛主席像，两旁裱着对联，好像是早先供的神佛一样。他家只六口人，哥俩参军，母亲和小弟弟在家，二妹妹已经出门了。这真是一个好革命家属呀，从来不会仰仗农会的，都是自己干。李大娘看我们来，离远就迎出来，脸上笑出一道一道的皱纹。

三

外头已经黑了，走在一条窄小的路上，路旁马兰花香直扑鼻内，蚊子满天乱嗡嗡，时时打在脸上。我们将进了李家村口时，有人在远处问了一声："谁！"我回答一声："二区的！"村里人又在回答了："站下！"等了半天，不见动静，我们确不敢乱动一下，唯恐发生其他事情。就在这时，又有叫着说："先空手来一个！"我走上前去，见四个拿扎枪的站在墙围里，把我问了个详细才领去见了村长。我们因为走了一天道感觉有点疲倦，在不知不觉中便入了梦乡去……第二天天刚亮，"铿嗃"一声响遍了全村，我们被这钟声给唤醒，村长过来问我："昨晚睡冷了吧?"我答："不冷! 不冷!"

房东老大娘很早就起来了，炕上的被子早就叠得整整齐齐的，坐在炕上叼着烟袋吸烟呢! 我很纳闷地问老大娘说："你们早晨为什么敲钟呀?""同志你们不知道，咱们这村每天早晨都是这样的，村长每天都要早起，打钟叫大伙儿起来做饭、喂牲口。"说着话，武装委员已走了进来，问我："同志，昨夜受惊了。"我客气地说："你们村夜间真严密呀!"

选自《牡丹江日报》,1947 年 6 月 21 日

◇拜　特

骤　雨

一

一年，又逝去了。

新年的起始，照例不免要感慨一番，欢欣一番，或许要牢骚一番……

去年的一年，值得感叹的，值得欢欣鼓舞的……太多了，不是吗？去年——抗战十四年的祖国胜利了，被压迫而忧郁的民族，又得到了自由，沉闷了十四年的民族，又开始活动——我们又重新地做了祖国之民。这一年啊，多么有意义……又是多么值得纪念啊。

二

过去的二十多个新年，除掉了童年是过得没有痛苦，后来的新年，便不能过得舒服了。许许多多的悲愤、刺激……偏偏在新年里，叩上记忆的门来。尤其是去年的新年，我整个地在惊悸与恐怖的气氛里面度了过去。

万象更新，去年的年末，我正在一家出版社做着编辑。在工作之余，译成了一册五万字左右的随笔，那书原来是一个日本人写成的，内容是描写他在蒙古地方教书时候身边的一些琐事，附带地研究些蒙古问题，还有一些讨论东北的问题，文章的形式虽然是随笔，内容却有许多地方很值得人玩味。

记得里面有一段是：

"……治国平天下，然后讲安居乐业。在中国民众层里，不论有智和无智，不拘他们是否有这种强烈的意识，他们的生活理想未曾不在这里吧。中国人的'生活乐'若和西洋人单纯的个人主义想在一起，是绝对错误的。中国的民众是在现实的生活里，不忘他们的美梦的。他们所说的'治世'里面，是含有'理想乡'的憧憬成分的。在大陆上许多日本的青年们喊道义、论思想，可是最当注意的便是，对于事物的判断和认识是否清楚。单独地看，每个满蒙人自然是没有什么特别了不起的地方，不过不要忘掉他们的背后，俨然地闪灼着四千年来文化的光辉，有那样生活原理的他们，也不会那样地单纯吧。"

三

现在看起来，这类的文字固然平淡已极，可是在当时，光复前一年的现在，正是日本人气势最盛的时候，能有这样一篇文来刺激麻木的同胞，不是一件比较痛快的事吗？

还有一段是他提到了蒙古，第一次向学生们讲话的时候，他说的是蒙古话，在他的小说作品里面也这样地记载着：

"……语言是民族存立的关键、生命，国破山河在，只要有语言的存在,国是不难于恢复的⋯⋯"

那时候,书局是受伪治安部的嘱托,要印些小说之类的册子,分给当时的国兵来读。在那种要求下,我便开始找材料,第一、二、三期,都是用些短篇小说之类的东西马虎过去,第四期,我便写成那部题名为《骤雨》的册子,马马虎虎地送了检阅,书便发了出去。责任已毕,我自然也可以消闲几天,更何况又值新年在即,于是我便到影院去荡了一会。回到家里,家人告诉我说书局有事,要我明天早上早些去。

到了书局,经理告诉我××署关于书的事,必须要和我联络一下,希望我马上就去,我当时就意识到,说不定是《骤雨》作了祟。

××股的官吏,颇客气地和我对谈了一个多钟点。

"⋯⋯你写这书的动机是什么呢?"他颇世故老练地问我。

本来我写那书的动机,是打算用那书里面的几个精彩的地方,泄一泄久压在胸里的民族的悲愤而已,但是这又怎敢向他告白呢?

"也没有什么,我觉得那文章写得很美,所以便把它译了出来⋯⋯"

"只是为了文章美便可以随便地翻译吗?即或是那篇文章写得好,可是经你一翻译,便失却了原来的意义吧!"

"⋯⋯不过我觉得我译得很忠实⋯⋯"

"大意是不差,不过有许多地方,可以看得出来里面有你的感情存在⋯⋯有借题发挥的地方啊!尤其这书是给军人看啊!⋯⋯"

接着他指出来两三个地方给我看,又谆谆地告诫了我一番,叫我以后注意,才放我回来。过了几天,那未曾卖出的书,便全数地收回禁止再卖⋯⋯

一个新年就在那样的心境下,打发走了。

四

语言是民族存立的关键、生命——国破山河在，只要有语言文化存在，那民族，是一定会复兴的。

这话如今，仅隔一年便实现了。

"书荒"在沦陷的十四年里，的确是不可否认的事实，而且我也是受"书荒"害的一个呀！入了中学，求知欲在燃烧着我的心，我饥渴地寻求着我要读的书。我酷嗜着文学，于是我想向朋友们借些世界的文学作品，我痛苦地东奔西跑的结果，意外地竟借不到几本，而且朋友们都胆小地说：

"看书要小心些，免得惹出来麻烦，西洋的作品最好要避免些……"

"文学的东西还不要紧吧……"

"话虽是那样说，不过还是避免一些才好呢……"

借不到，买又买不来，读书欲在逼迫着我，正像一个饥渴着白米饭的人，在找不到白米饭的时候，勉强地吃些高粱米，也可以充饥的。于是我开始找日译的本子，好在译成日文的西洋文艺里面，倒没有什么天照大神、天皇之类的东西，所以还可以勉强地读下去。

光复后，由各方珍贵地搜集一些名作来读，我才更重新地觉得出来，读日译书，真有隔靴搔痒之感了。

过去所中的书毒，须要立刻地洗清的，同时我又感到，被介绍到中国来的各国文学太不完整了，日译的书，固然不好，不过在量的方面，还真说得过去，世界上的剧本、诗、小说，无遗漏地都被译成了日文，连中国的经、史、哲学，也早被翻译过了。这一些的确是我所赶不上的。

五

饿了要吃，冷了要穿，这是做人最基本的欲望，也就是生存欲——是最原始的欲望，但是除掉了这欲望以外而喜欢写写的人，还有要发表的欲望，尤其是青年人，不管自己的东西写得是怎样的糟糕，也都希求着把它发表出去。

不过，看看过去的十几年，允许我们发表的都是些什么？

沦陷期间，整个的文坛，都变成了清一色的宣传机关，大致分起来，那期间可以分作三个时期：第一个时期，是在伪满建立之初，侵略伊始，人心动摇，于是整个的文坛，都以协和为中心而事宣传；接着便是以农村开拓、出荷为文章的中心而谈文了；最后，英美与日本宣战之后，便将笔当枪，大击英美，高唱灭敌了。其中固然有一部分文人，始终不表示什么，只写些无关痛痒的文字，可一篇文章之中，除却了真诚之外，还有什么？一些"伪装""失却生命"的东西，却也占据了东北文坛的大部分了。

寂寞了十四年的文化界啊，这回到了自己建设的时候了。能够创作的，要尽量地创作，能够介绍的，要尽量地介绍，要把我们的文化界尽量地充实一下，同时要救救这些饥渴着读书的可怜人群吧。

选自《东北文学》，1946 年第 1 卷第 2 期

◇ 叙　真

机枪班长打突击

　　四连拿下柳罐屯北面的一所大院,五连再向前发展,就被鹿寨、铁丝网挡住了,掩护冲锋的机枪出了故障,破坏障碍的器材又没在手,敌人借着碉堡、低堡、房子,组成三面火力,封锁得突击部队睁不开眼。五连两次猛冲没有突破,营里又传来急令:"敌人可能逃跑,要趁热打铁,赶快再冲!"在这困难紧急的时候,机枪班长叶青芳,早已抱着牺牲了的同志的冲锋式,瞅着前面负伤的同志,急得火烧心:"你躺着吧,就给你报仇!"心里盘算着:"鹿寨不算密,铁丝网不太高,我若领着冲过去,用冲锋式一'胡拉',管把敌人打乱了。"这时他听连长、指导员说:"再冲锋可不好带呀!"叶青芳听着就跑过去问:"什么事?是不是再冲锋?"连长说:"再组织二次冲锋。"又向指导员说:"再叫九班长带突击班去吧!"叶青芳抢着说:"九班长虽挂点轻花不要紧,但完成任务也困难,我要带突击班。"连长打了个转,果断地说:"到了困难的时候,你最奋勇,突击班就给你吧!"

　　叶青芳他们九个人组织了突击班。九班韩焕才,在全营是出名的胆小鬼，胡万祥比韩焕才还胆小，因为他俩都是副班长，所以叶青芳编成三个组后，二三组叫韩焕才、胡万祥带，他带一组。

叶青芳在头里拉成一线队形就要冲，正好敌人打起一个照明弹，五连长一把拦住说："等照明弹一灭再冲。"就在这刹那间，叶青芳想起他在三班当战士的时候，三班长李心海个人倒很勇敢，但缺少带人的技术，一冲锋就向班里说："跟我冲！别落下！听见了没有？"但回头一看，人都落下了。叶青芳接受了这个经验，他想："我不在最前头，叫韩焕才组在头前，胡万祥组在后尾，我在中间，韩焕才小胆我督促，胡万祥小胆我拉他，这样，小胆的我也带他上去。"

三个组冲过铁丝网，冲在院墙根伏下，敌人就朝着这边猛烈地打起来！叶青芳说："别看敌人打得很密，早晚有停的时候，他一停，我打一梭冲锋式，你们手榴弹就跟过去，二组就猛冲占领房子。"等敌人弹火一断，他跪在二组后面就招呼："打……冲……"韩焕才带领着三组占了房东北角，胡万祥占领了两面，敌人弓腰就跑，叶青芳举枪打倒两个。房半拉有两个低堡，正打着枪，低堡半拉有溜房子，窗口上安着机枪朝外打，叶青芳吩咐说："先迂回过去，拿下前面的大院，把后尾的敌人截住，先占依托地，敌人封锁也不要紧！"这时，班里有人提出："咱与连部失掉联系，连长没来命令怎么行？"叶青芳说："这是机动完成任务的时候，等命令敌人就先跑啦，拿下房子再报告。"

他机动地指挥大家拿下大院后，五连长也上来了，当时给他记了一大功。

选自《阶级的硬骨头——献给冬季攻势的英雄们》，

东北书店 1948 年 11 月

◇姜树人

李海山诉苦

从我妈死去以后,我就和我爹给人家扛大活,十二那年就放猪,时常因猪上地被东家打骂。

记得我十六那年给张三麻子扛活,皆因我放猪晚了一点,张显耀把我按在地下好一顿打,次后我急了,当时拿起棒子把他也打了几下。我十几岁小孩子哪能打过他呢?他这回看着我打他了,他也急了,把我打完后就不让我在他家干活了。我跑到我爹那一商量,叫我爹给我想个法。正在那阵子,听说哈尔滨卖洋工挣钱多,还轻巧不累人,合计好了之后,我们爷俩就上哈尔滨去了。

到了哈尔滨很巧,遇着叫卖洋工的,我们爷俩就去了,到那一看是修飞机场,大伙干得都不太使劲,我们爷俩拼命地干,不论日本子在不在,我是一个劲地干,在这干有三个多月吧,等一算账,钱都叫把头给搂啦。这时节快要到冬天啦,也不能动土了,日本子就把我们爷俩赶出来。我们爷俩一算计说咱回家吧,我爹说:"家啊!咱哪有家。"当时我一听爹的话,说得我好伤心,我就哭了,我爹看我哭他也哭，我们爷俩大哭一场，我爹边哭边说："咱爷们真太苦了。"后来一个工友把我们爷俩送到电业局去卖工夫，谁知道电业局的活还累还险，天天都压死人。我们爷俩看着这个险，不干又不行，我们爷俩又哭了。第三天轮到我爹下地穴了，那时地穴谁也不敢下，下去十个好了能上来五个，不下又不行，等第二天我爹上来了，虽说没有死，吓病了，在那养病又不行，我打算和我爹走，日本子又不让，后来千方百计，磕头作揖地才设法回了家。

这回又没挣着钱，到谁家去养病也不行，次后只好到我姐家去养。等我爹病好以后，正好快开春，我们爷俩遂跟地主侯玉田家里讲好，我爹打更我放猪，到第二年我爹和侯玉田种瓜分青，叫我给他家做饭，年蓄月赚、省吃俭用地挣了几个钱。侯玉田看我们挣了几个钱，红了眼，就串拢我爹看牌（赌钱）。我爹本来不会看牌，侯玉田说："我给你把招。"就这样三串拢两串拢我爹有点活动心思，我爹是个老实人，再加上侯玉田老说看面子，我爹一想就凭侯六爷跟我一个穷小子老讲面子，别不开通，再说就是输几个也应当顺顺这个人情。当天晚上就看上了，一下去就没捞着底，越输越想捞，越捞越深，一气把我们爷俩二年挣的钱完全输净，我爹一股火就病了，还正赶上那屯子闹窝子病，连我也有病了。次后病得更厉害，侯玉田就说话了，叫我快点滚，我一想心里很难过，在他家扛几年活，好容易挣几个钱都叫他们串拢去了，这阵儿钱没有了，又病了，还往外赶，我就得给他说拜年话，后来他说我爹不行了，得往外抬，我一看我爹还不要紧，我说："六叔呀！你老修点好吧！我爹死不了，这阵儿你把他抬出去，外头那么冷不得冻死吗？"侯玉田说："扯他妈王八蛋！还没死？都出解尸汗了，往外抬吧！"他们一窝蜂似的把我爹抬出去了，抬到房门时，我爹把门一把拉住了。那阵儿我爹虽不会说话,他的哼哼声还很大,侯玉田把我爹的手从门上拉下,抬着我爹就送到场院去了。次后不大一会儿,我爹的哼哼声音更大了,我又起不来,病得很厉害。次后听我爹的声音好像小了,我真急了,当时咬着牙挺起来,一点点地爬出去,好容易爬到了我爹的身旁边。我用手在我爹的嘴上一摸,还有一口气,我想这样再冻下去准死,自个儿一伤心就昏过去了。在我醒了的时候,侯玉田站在我身旁,骂我说:"叫他俩死在一块吧!往棺材里装!"我自个儿说:"不能死呀!六叔你老做点德,千万别往棺材里装。"侯玉田说:"快装,快装!"在这个时候我姐夫来了,他说:"先不要装,看那样死不了,后来要再重就到我家去。"侯玉田当时答应了,我姐夫把我搀到房里去,他就走了。侯玉田又进了房,问我说:"你爹吃药钱和买棺材钱这么些,你能给吗?"我说:"六叔你老放心,我好了挣钱一定给你,一年不够二年,早早晚晚准能还够你。"当天晚上侯玉田告诉我说:"你爹已经死了,你就不用惦着了。"我那会儿说不上怎那么难过,我的眼泪都干了,他又说:"得找个人看着你,别死在屋里。"次后我说:"好吧!"遂雇了一个姓王的看着我,侯玉田告诉姓王的说:"看他不行就往外拉,不要死在房里。"顶过半夜吧!我觉着心里难受,昏昏沉沉地我就过去了,等醒来之后一看,身上是姓王的老头给我盖的麻袋,我出了一身透汗,自个儿觉着轻巧一点,心里也有了底。不一会儿,侯玉田又来了,问我说:"你怎样,心里有底呀? 不大离就赶快。"我说:"不要紧,心里有底。"

从打出这一身透汗之后,我的病一天比一天见好,侯玉田告诉我坐着,不许我躺着,他对我监视得特别厉害。等我的病刚刚见点好,能支持一些了,他叫我给他们做饭,我不干不行,强支持到锅台旁边去取米,身上一点劲也没有,把一个盆打了,他立时就打了我两个耳光子。他的小老婆叫我给她劈柴火,我说不能劈,她有气了,自个儿去劈,把碗架子磕倒了,反而怨我不给她劈,又打了我几下子。他当时又和我要钱,我说没有,他说你有东西也行,我说家里就有一个小破柜,他说你家还有一个吊炉呢?我不愿意卖,他迫我,没法就把吊炉拿来卖给他,明明能值一千多元钱,他只给三百元钱就买去了。

这阵儿又快到讲活的时候了,他又使上了手腕,叫我再给他扛活,说给我一垧好地种瓜子,另外还给我八百元钱。我和他讲好了:地是上等地,不论大小工都由他出。我自个儿也很满意。等到种地的时候,他给我的却是最坏的地,我问他,他说这地好,我说不好,后来他没啥说的了,许可多给三亩地。等种上了以后,我一打听别人,人家都说是六亩地,我问他,他说是一垧三亩,我也没法跟他争,只好吃点亏。等到瓜子出来以后,被虫子都给吃了,我坐地里伤心地哭了一场,我说:“不要地了,给我钱吧!”他说:“哪有那个好事,你想法把那点地种上。”后来我到很远的地方买来的早谷子,一共是三升,他说他给种,打发我干别的去,不叫我看。他给种得特别稀,才用了一升谷子,剩下的谷子他用了。到秋天一割,才割了一百二十捆,收到场院,他明明知道我用钱,他就是不给我打,我催他好几回还不给打。次后我想把割下来的谷子卖给后院的老王家,跟老王家一讲就妥了,给两千五百元钱。偏偏又叫侯玉田知道了,他到老王家说:“你们这家人家真‘隔路’,人家小孩子干了一年不容易,为啥花那几个钱买他那些谷子!”王家一想这事情也对,若是买的话好像占便宜似的,说啥也不要了。我跟侯玉田说:“你为啥不叫我卖?”侯玉田说:“你等着柜上有工夫给你打多好,何必卖呢!”我说:“等不了啦,再等几天更冷了,我还得买衣服呢！"侯玉田说："那你实在等不了，就卖给柜上吧！何必卖给外人呢。"我说你要也好，侯玉田说："我也不少给你，照着七百块钱。"我说："人家老王家给我两千五百块钱，哪能差那些呢？"当时侯玉田急了，他说："你愿意也得干，不愿意也得干。"我一想眼瞅着到了冬天啦，我怕他把我赶出去，我又和他好好说："你老不在乎这几个钱！"次后只给一千两百块钱，我只好吃亏，一个穷人有啥招可想。他又说："你不要到街上去买布了，我家里啥布都有，还不能多算钱。"我就在他那买了十几尺布，拿到我姐姐那去做。谁知道那布太硬了，做不上，拿回去换，他又不许可，只得用那布好好歹歹地做上了。我问他布的行市多少钱，他老说好说，不能多算，到了算账的时候，坏布合我十二元一尺，别人只卖六元钱，多合一半，黄棉布合我二十五元钱一尺，别人卖十八元钱，他还问我贵不贵，我说："别人好布卖十八元钱，坏布卖六元钱。"他说："我这行市不贵，你若是怕贵，给我布。"本来他也知道我没有钱买布，我又吃一下子亏。另外，我爹死那阵用他一口棺材，合我七百元钱，那阵棺材好的值三百元钱，我一想吃亏吃到底吧！只要不往外赶就行了。次后屯子哄哄闹斗争了，都说劳金能分地，侯玉田对我说："斗谁他也不能斗咱爷们，咱爷们有人。"我一想也对，人家有钱啥都买动了。次后他叫我走，我不愿意走，他说亏他钱不要了，另外又给我五百元钱。我想要走，另一个劳金告诉我先别走，说是几天就能分两垧好地。我听着这话很乐，在我姐姐家里等着分地，等几天也没信。侯玉田上我姐姐家里去看着我了，他说："你等着分我的地呢！那你可瞎想，你也不想想，我们家你六哥当上了大官，谁还敢分我呀，那不胡想呢！"我一想对呀，别等着了，次后我就参军了。之后听说把他抓住了，我打算立时回来搞他，因我们上珠河，没能去上。到

珠河以后，听说把他枪毙了，我这口气才出了。

（常安区积极分子训练班姜树人记录）

选自《从奴隶到英雄》，新民主出版社 1949 年 6 月初版

◇ 姚　立

渤海湾上的火

海浪成天围击着这周围不到十几里的海岛，像将要把它吞下似的。海岛上的山，都是半秃了的，山上只剩下几棵老松，老松只剩下几根枯树干了。

岛上十几家人家都缩在这坐北朝南的山坡上，从这里到海边去很近。

每天吃过了饭，人们都跑到风凉的地方——海滩上那四块大木头轱辘上。今天王大爷也参加进来了。

大伙围着王大爷，让他讲这次到国统区的遭遇。王大爷虽然身体还健康，可是脸上的皱纹一道一道，都皱皱在一块，显示出他已经衰老了，头发和胡子也都半白了。一年四季老是穿着那么一套自家机布做的短袄裤，裤脚总爱挽在腿弯的上边，不穿鞋。皮肤晒得很黑，从来不吵嘴，不打架，说起话来总是笑嘻嘻的、和和气气的，当水手的都愿随着他出去。只从这回回来，他好像心情变了，人也变得更老了。

王大爷从嘴上移下烟袋,吐了口粗气,慢慢地讲出这一段不幸的遭遇——

一天,天还没亮,几颗星仍在闪烁着光芒,阵阵的浪声伴随着水手们的歌声,不很大的向南吹去的风送走了一只三十多橹的"大脚子"和一只十几橹的"二脚子",每只后尾拖着一只小舢板,漾漾地随着向前走……

渐渐,陆地和岛的影子一点也看不见了,四边只是青的天空、白色的云和荡漾着的大海洋。舵手按着规定好了的航路谋量着向前驶去。

天黑了,一片很低的浓云,从东边、从北边阴上来了,大雨下来了,闪着雷光,雷响在头上,浪也怒吼起来。水手忙着洗刷舱盖,船老大稳重地随着船颠动着,站在船头上,东顾西望地察看着。

突然船老大回过身来,像发现了什么大声喊:"前边有海火(有鱼的意思)。"水手放下手里的家把什忙着上了小舢板,"二脚子"跟着把有鱼的地方围上了个大圈子。鱼围起来了。"大脚子"上的水手,听着船老大的指点往上拉网,边唱边拉:"嗨哟! 嗨哟!"放银光的鱼一条条一堆堆地往舱里掉,雨还在下着。"嗨哟! 嗨哟!"……

满舱了,每个人的脸上浮现着笑容,拖着小舢板转换了方向,直奔烟台驶去。

风平浪稳,船徐徐地驶进了烟台口子,还没有靠"帮",就上来两个"中央胡子"要鱼,给了三条还嫌不够,非得要一大筐。最后说了一套叽里咕噜的南方话,像是骂人又像在吵嘴,跟着一个从腰里掏出十万元钞票来,往船板上一摔,气哼哼地上了划子,回岸去了。

王大爷说到这里愤恨地说:"你们想想,十万元在烟台就只能买一条鱼,他们要去一大筐,大伙评评理,这个买卖像什么?"停了一下："这还不要紧，傍下黑挎着娘们一对一对满街上穷逛，没有钱找娘们，就剥下那'中央皮'穿上破衣裳出去抢。那里的人都说叫他们闹得一天到晚不能过安稳日子。"说到这里，才回来的老孙插上嘴说："你当他们还懂得人味?！谁不知道是一些遭殃的军队！"王大爷把话头又转到自己的遭遇上去——

鱼在当天卖完了，给司令送点礼，起了个许可证把卖鱼的钱统统买了粮，装上船。把旁的事处理完了，船就在那天下午开出口子，不到二十里，就碰上"中央船"，"中央胡子"非要把粮给留下，说什么都不行，连证明都给撕碎，就连二十几号人的口粮也都拿去，船老大央求央求都被打了，后来船老大又伤心又气愤地说："咱们反正也不能饿死，不在这里受洋气！"大伙只得把船里的粮底子收拾收拾，拖着两只小舢板垂头丧气地往回奔。

船上的人都无精打采地坐在船板上或躺在船板上，互相议论着抢粮的事情：

"'中央军'是人么?！不让咱们吃碗饱饭，把粮都给抢去！"老张接着老孙还没说完的话，就气哼哼地说："反正咱们是哑巴吃黄连，自己的苦处自己知道，'中央胡子'还管你受罪还是受苦！"

"管怎么说吧！他不能把咱们劳把力得来的粮给抢去啊！"

"在国统区还有不受他妈的臭气的，你当还有咱们老百姓的活路么?！"老张说着说着就骂起来了。没有人理他，都知道他的脾气，让他自己在那里骂。祖宗三代都骂到了，但他的气还没消，看没有人理他，闭上嘴索性躺在那里不动。

船是由大水手和老穆两个掌舵，缓缓地随着浪的一起一落，向前走着。这两个人也同样在想着这件事。

老穆突然喊了一声："不好了，前边有军船，快起来！"离开舵跑到舱里又喊了阵。大伙都"毛了神",大水手把船掉过头向左开去。已经来不及了,军船上的照明灯把船上几个人影都照出来了,特别晃眼。大伙赶紧加上橹帮着使劲摇。军船拉笛的声音,他们都没顾得听,都想拼命逃出去。但终于被军船上下来的小汽艇追上了。

当头上来一个歪戴军官帽的,瘦得像只骆驼,脸黄得像个大烟鬼。后边跟上一群兵,上来就拥到舱里,胡搜乱翻着水手仅有的财物。

那瘦骆驼站在那里洋洋得意地问:"船老大在哪里? 快出来!"梅毒嗓子,哑得叫人听着都觉得恶心。

船老大拿了一盒烟到那只瘦骆驼跟前说:"老爷辛苦了,抽口烟歇歇吧!"话还没说完就听"啪!"的一声,把船老大手里的烟打掉,用美国的大皮靴乱踏着:"谁抽你们穷八路做的土烟!"又狠狠地用脚踩了几下:"谁叫你不站下船? 他妈的拉笛你们都听不见! 你们一定是八路使用的船。"

船老大客气地说:"俺们都不是八路。老爷拉笛小人真的没听见,俺这船的确是老百姓的。""什么老百姓? 你当老百姓是些好人啊! 他妈的,勾结八路! 再说谁叫你喊老百姓,不准你说!"啪啪就是四五个嘴巴子。

张天顺越看越生气,两只眼睛像冒出了火,走向前一把拖过船老大,瞧着那官瞪了一眼说:"你还不让活么?"

"不让你活! 你能吃了我不能!"

"……"张天顺想要回答,被船老大拉了一下,意思是不让他说话。

"我看你这小子不详细,来人把他绑起来!"

上来几个兵,腰里已经装得满满的,手里拿着一只手表,想递给官。

"等以后回去再分。"痴笑了一下说:"快绑起来!"几个兵上去绑张天顺,没弄得住。瘦骆驼火了,上去不分青红皂白就打,把张天顺气得脸发紫,嘴唇发抖,再也忍耐不住,这毛三枪的脾气就一拳把瘦骆驼的左眼打青了,鼻子出了血。几个兵赶快来前扶,有的兵把大栓拉了一下:"不要动!动就开枪!"两个兵上前才绑起来。

瘦骆驼说:"把他拉到军船上,枪毙了这小子!"船老大吓慌了,向他央求:"老爷你饶了他吧!"瘦骆驼说:"你看这八路没打死我啊!""老爷,你开开恩吧,他家还有五十多岁的老妈妈要他养活呢!你开开恩吧!咱们都是中国人。"官瞪着眼睛说:"哼!他妈的中国人,今天非枪毙了他不可!"

"啪!"的一声枪响了。是从那美国造的手枪口放出的,大伙千真万确地看见,他们用美国的手枪打死了他。

张天顺的尸首躺在那里,一动也不动,从天灵盖那个窟窿里流出的血,淌在船板上,淌到海里去。

船老大和大伙都愤怒地向着那瘦骆驼要人,他毫不在意地说:

"没有关系,这点小事算不了什么,我一回都打死过二三十。""你为什么随便就打死人哪!""你能问我罪辜不能?他妈的不识抬举!不给你个眼色看看你不会知道!"

他又回过头来对兵命令:"你们快把这些混蛋赶过去,他妈的,拉笛叫你们站下,你不站下,这是犯军法的!"接下看着兵说:"快点赶!"又吩咐一个兵去拿汽油。

"中央胡子"像捉鸡一样把大伙赶到"二脚子"上,船老大离开"大脚子"不一会,"大脚子"有火光呼呼地烧起来,通红的发着火花的火舌,伸到桅杆上、帆上,伸到船的全身,伸到张天顺的尸首上,伸到大伙和船老大的心上。眼泪流在他们愤怒的脸上。

大伙想去扑灭火,但是军船把大伙的船拖到离"大脚子"很远的地方才放松。

火烧得更大了,照亮了渤海湾,照得半个天都发红。船渐渐开始沉,张天顺的尸首也在沉,三十多年血汗挣来的"大脚子"在沉,大伙过去对国民党仅有的一点幻想也随着沉!沉!沉下去了。

大伙怒吼了,一条心,一个声音:

"走! 回到老家去,那里有咱们的民主政府!"

"走! 我们忘不了这条船和这条人命!"

船载着大伙的愤怒回来了。

王大爷说到这里,用手抹了抹那衰老的眼角,抬起头看了看围在他周围的人:"我老啦,再没有几天活头了,我得撑着到那报仇的一天,假使我不能活到那天,你们千万给我想着这笔血债,这笔大血债啊!"

选自《大连日报》,1948 年 8 月 17 日

◇骆惠敏

北安巡礼

记者于五日前抵北安。此地近国境线，为东北解放区后方之一重镇，因与外界素少往来，故在某些不据事实之造谣下，曾被人视为神秘之区。据记者日来多方观察，则包括天气奇冷与物价低廉在内，北安给予记者印象，绝无丝毫意外感觉。此间晴天晌午，亦在零下廿五度之下，滴水成冰，大地龟裂，室内生旺炉，通常亦在零下五度左右。据马车夫谈：此时距真正冷天，尚有一大半路程。他说："真怪，咱们的队伍来了，天气也热和起来了，去年九月天气就比这阵冷得多。"北安处草原之中，且附近又有森林，燃料本应无问题，但敌伪时代一切均受限制，故向来冬天对于居民为一莫大威胁。今日一般居民穿着虽仍多褴褛，但据记者访问贫户所见，无一家炉中无柴烧。另一现象即北安穷人虽有，但乞食者从未遇见，原因一为生活容易，二为物价便宜。北安左近为克山、拜泉等地，产粮之丰（主要为小麦）为全东北之冠，均以此为集散，故除布棉等物，百物皆廉。上等白面每斤才十五元，猪肉一斤三十元，老肥鸡每只亦不出六十元。做任何一小事或摆小摊，一日三餐，可免忧虑。所以居民说："现在干哪行活不好呢？为什么要去当乞丐遭人白眼？"

按北安系一茅房聚集而成之小镇，因地处交通要道，伪满时设市，为北安省省会，光复后改县，为我国极北省份黑龙江之首府。居民仅有三万，商业向不发达。当前嫩江省主席彭济群撤走后，其所收编所谓"光复军"之伪匪，曾聚集于此，盘踞数月，日夜抢劫，买卖几全歇业，居民相率逃亡，使此新兴小城，遂一度沦入荒凉。现各商业在当地民主政府扶持下相继复业。受害者回述当初，犹咬牙切齿。记者曾听所有马车夫谈此同一故事："光复了，我们左盼中央，右盼中央，结果中央派来是一些什么挺进军、光复军，拉座不给钱不用提，动作不迅速，还要挨打挨骂，结果拉了一整天，连马吃的草料都买不起，简直就是他妈的土匪。"但现在，他说："拉小半天，马吃的人吃的全有了。"一个马车夫当记者经过北安唯一长街时说："你老看看这些店，现在谁都抢把好东西摆在外面，怕别人看不到，但你没看那时，连门都没家敢开。"一个百货店的老板语记者："想不到我们盼望了十四年的竟是这样一些胡匪，而相反，倒是他们骂作'共匪'的人救了我们。"他自觉荣耀地告诉记者，已送其唯一的儿子进了此地之军政大学。他说："从前我们受人骗，说什么共产共妻呀！流血清算呀！所以我们很怕共产党，谈起他们时也和反动派一样叫他们'共匪'，可是我活得这么大（近五十岁）才晓得，咱们中国为什么没有早富强，就是这样的'匪'还太少了，所以我决心把我唯一的儿子也送去加入了。"

使新生北安更富生气的，为迁此不久之军政大学。这就是抗战时期之抗大。记者目睹与记者同时至该校参观之某中学学生，住上二星期后，竟全体不走，嗣经军大负责人再三劝说，才勉强送走。该校当局为此类似亲劝,曾费不少精力。记者来北安后即住该校,生活其中,始知它之所以为青年所倾心,绝非偶然,简言之,即所学实际,作风民主,学习思想绝大自由,尤其民主自由一点,非目睹者绝难想象其可成为事实。在此绝无敷衍上课情事,亦无一低头贴耳之奴隶。曾有不少父母误听谣言,以为军大即为共产党之变相抽丁,入校之后即编送前线,所以强要其子女回家,彼等到校目击一切后,不但打消原意,并自此为军大做义务宣传,现几乎每日均有成批青年投奔前来。校当局正为设备不够而着急。据记者所知,现军大有四校,分设六处,第一期学生近万,毕业后即按志愿、能力、需要三项分配工作。所谓毕业即失业,甚至需要自杀,在此地听来成为荒诞之神说鬼话。学生分子自高小学生至大学教员(高中学生居多),自佃农儿子至大地主女儿(小资产阶级居多),自十六岁少年至"不惑"之辈(廿三岁左右者居多),且包括蒙人、汉人、朝鲜人。在此革命熔炉中,阶级种族界限已尽消除,小学生如大学教员一般能干,"不惑"之辈和小伙子一样年青活泼。彼等已在人民心目中树立信仰,为一般人民引为学习榜样。一个读过几年书的商人曾如此告记者:"北安地气倒像真不坏,不然哪会有这样多贵人到这里来?"记者按:现在军大总校所在,即伪满杀害青年无数之北满关东军司令部原址。

选自《西满日报》,1946 年 12 月 18 日

◇ 振　亚

漫谈秧歌

秧歌在中国广大人民中间，是有着一段悠久的历史。本来，无论在东北或华南，无论在农村或城镇，都是受着广大群众所热烈欢迎，所喜闻乐见；但是，在今天却有一部分人在反对着它。

秧歌是群众中的集体文娱活动，是一种民间的艺术，本来，在给群众以正当娱乐，在提高群众的政治文化水平上，是有着极大意义和作用；但是，在今天却有一部分人在另眼相看着它，感到有了这种艺术，是下流人才扭的。

因此，在扭秧歌中，必然地要遇到许多阻碍和挫折的。（如实话报上载的《冬假中的秧歌运动》一文中所写之例）——可是，为什么曾产出这些在主观上认为很合理，而实际是些错误的看法呢？为什么会遭到一些反对呢？这点，只要我们回顾一下，过去在旅大，在东北所流行的秧歌时，便不难了解了。

在日寇的统治时代，它使用了各种强压手段，在压制秧歌的正常发展，使秧歌慢慢流于贫弱、庸俗，甚至淫荡的歧途上去。记得在

338

所谓"大东亚战争"的紧急时分，就连过新年也不许中国人扭秧歌；为了请求这共同娱乐的准许，也不知花费了多少金钱、面子等，更不知遭受到多少凌辱和打骂，我们忘记不了的。去年日寇投降的八一五后，大连人民该是怎样狂欢鼓舞，疯狂地起来组成秧歌队，尽情在大街小巷上扭的情绪呢？

另外，在日寇残酷的奴化政策下，它发展了鸦片馆、窑子等黑暗地方，培养了大批的无业游民、地痞流氓等，群众享受不到任何教育，得不到任何的正当文化娱乐生活。因此，就在这恶劣的环境中，秧歌也随着被这些人当作开心剂了！的确，有些地方是太丑恶难看，以至在我们脑海中，留下了这样的印象，唯有下流人才配扭，我们扭将要失掉"身份"的，必须要根本反对。

但是，能不能说就因为如此，而完全把群众中间的娱乐一扫而去呢？我们说不可能的。即便退一步说能够的话，那么，试问：像苏联的音乐大会，美国的跳舞等水平较高的娱乐，是否能在中国人民中间，开展起来呢？毫无问题，在现阶段是不可能的。

所以，在今天想要提高群众的文娱生活，开展群众教育，使民间艺术能有更充实的内容，就必须要合乎广大群众的兴趣和要求，来适当扭扭秧歌。这将是洗刷过去腐败颓萎落伍的新型秧歌，像东北文工团的《血泪仇》《兄妹开荒》等等，要利用旧的形式，换成新的富有教育意义的内容。然后，在这个基础上，再使它更充实更健壮地发展起来。

在关东等解放区，秧歌已经成为广大群众生活中，不可缺少的一部分了，农民、妇女、儿童们在生产工作之余，都自动地起来组织秧歌队,来调剂自己的生活。内容完全是适合自己的现实要求的,是属于人民自己的作品。

选自《大连日报》,1946 年 12 月 26 日

◇袁文孝

笑

这是去年的事情。我们学校才成立不久,从天津回来了一位朋友,到学校来玩儿,刚巧那一堂没有我的课,便坐下来寒暄了一番。

起初先谈了一些关于天津当时的情况,后来便把话头扯到了个人身上。我知道这位朋友是在交通部所属的某机关里做事,她赞扬南方人对于女性的"温柔体贴",她表示这次回家乡来看看并且还想找点事情做,教育界也可以。我对她讲,此地的建设工作比较艰苦,做起来恐怕要吃力,但是她好像并不理会。

"你还很忙吗?"她打断了我的话。

"不太忙。"我等着她的下一句。

"不常到外面去玩玩儿吗?"她好像明知道我不常到外面去玩儿,所以又赘了一句,"天天坐这里?"(她环视了一下屋子的周围)"多闷得慌呀!"

"倒也没有什么!"我也周围环视了一下。

她看了我一下,好像感到意外。

"晚间该有工夫吧?"

"嗯。"

"不去跳舞吗?"

这倒使我感到有些意外了:

"跳舞?"我摇了摇头;但是我的这个动作被误解了,她以为我看不起跳舞……

她依然在笑着。但是,她笑的是我这个人太幼稚,连跳舞都不会。

"不会的话,我教给你好啦。"她很自然,但并不肯定。

"不过……"我在努力思索另一个——即或学会了也不能到舞厅里去跳舞的理由。这时她收敛了笑容在候着我的下文。

"跳舞是要花许多钱的呢!"我很快地想起来了。

但是,这句话却使她大笑了,笑出了声音,声音里包含着奇怪和绝对的不相信。

"你们学校有多少学生?"她突然地这样问。

"一千名左右。"我有些莫名其妙地应付。

"有一千多个学生难道没有钱花?"她笑得好像连她自己都不能抑制住。

下课铃声响了,笑声和铃声混杂在一起。门开了,走进一位同学来,他的服装是那样地使我感觉到朴素。他见客人笑,他也笑了。

我在他们不同的服饰上认识出客人所以那样笑的原因——她是才从"天津"回来的啊!于是我也笑了。

选自《关东日报》,1947年6月6日

◇袁玉湖

锉股的"火车头"

张殿九是东北铁工厂制锉股的模范工友,他在日本统治时代,是在码头上给人家拉过小车的,所挣的钱叫作良心钱,每月七八块,再加工头还要扣下一份,所剩下的只有四五元,并且车子坏了还得自己花钱修理,后来他又到大信洋行去跟汽车。有一次到周水子去拉货,走在半道上两辆汽车碰着了,张殿九真不走时,又从车上跌下来,当时就昏过去了,伙友们抬到医院去医治,柜上却不肯给钱治伤,自己求亲拜友才把跌坏的伤养好了。他就在这样黑暗的生活里度过了十几年。

现在他才翻身啦,在东北铁工厂干活,当他知道了现在的工厂和过去是完全不同的,尤其他是从被压迫中爬出来的,当然工作更积极了。他耐心向别人学习技术,不但学会使用机器而且也学会修理机器。

他以前根本就不明白,现在在他的努力下,从打锉料一直到成品,所要经过的廿三四回手续,他都学会了。

张殿九把技术都学会了，但他一点也不自私，例如初到锉股四个女工，过去什么也不懂，张殿九耐心教给她们怎样把摇把，怎样锉法，脚又是踏在哪里，又把详细的理由对她们说明。就这样四个女工都学了锉锉，并且锉的质量也很好。

尤其在赵运时期，可把老张忙坏了，首先把自己的生产计划定出来，又去推动了全股工友都定出了计划来。

张殿九自己的计划里有一条保证刮四百八十支锉刀，在赵运初步开始，他总是不放心女工们，怕她们做不好，他就时时刻刻去帮助她们，并且帮助炉上点火，一直等到赵运还有十一天就要结束时，其他的计划都完成了，就是四百八十支锉刀没有完成。

一等模范于振德问他："老张你计划锉刀刮完了吗？"老张很自然地说："你就不用怕，咱能完成，就是白天完不成，咱不会晚上掌灯干吗？"

他就这样开始在晚上干，每天晚上都干到九十点钟才放下工具，计划当然是完成了。

有一天正午，我到锉刀股去，吃饭笛已经拉过了，工友们都去吃饭，但看见炉边站的一位高高个子满脸冒着大汗，原来就是张殿九，他在那里退火。该股长介绍说："老张像这样的事情是常常有的，每天他要点火，他早晨早早起来把炉子生好，等工友们来就干活。下班的笛响过了，工友们都下班了，张殿九和一等模范于振德还继续在工作呢！所以张殿九在创模结束，便被工友大伙儿一致拥护，选他为模范了，说他是锉股的'火车头'呢。"

选自《"工农园地"选集》，大连大众书店 1948 年 8 月

三次献物

近来工友向工厂献工具的热潮，又轰动了起来，这已是第三次啦。记得头一次，是在前年。工厂开工不些日子，成品股工友王者善，看到机械股干活风钢刀不够用，就从家里拿来两块风钢献给机械股做车刀。在那时候，这是头一次使工友们感觉现在的工厂和工友比以前是完全不同了，纷纷都说："日本人在这里时，往家偷，都不得手，现在还往工厂里拿。"此后没几天，就有很多工友，大批往工厂献工具。

第二次，是在去年"五一"节前，开展创模运动时，全厂各股相互挑起竞赛，都争着要提前完成任务，但机械股风钢车刀又不够用啦，厂方一时还买不到，于是二等模范周庚午等，在休假日自己到街上找着买来用，影响了很多工友，又献出大批的工具。如戴天运献两个"管子丝板牙"，按市价值三万多元。

这一次带头的还是机械股，车床子工人尚克成，还是新来的工友，来到该厂不到十天，拿来风钢两块，锯条八打多，还有钻头等。

接着该股积极分子曲志道，在一天早上扛来一小箱子的工具，值市价四万多元。厂方经理乐得急忙打开，一面看，一面往桌子上摆，一张四尺宽五尺长的桌子，摆得满满的，钻头、钻裤、钻卡子、管子、丝锥等十多样，四十多件。工友们都纷纷跑来围着看。保管股梁工友看过，惊讶地说："哎呀，简直地把工具房顶啦！"工会委员刘工友说："这些工具，在日本时往外拿，真不容易啊！被鬼子看见啦，最轻也要坐四年五年的监狱！"

第二天，李工友又拿来一个十二寸大砂轮。

选自《"工农园地"选集》，大连大众书店 1948 年 8 月

存 目

丁洪

九勇士追缴榴弹炮

于一

靠山屯蒋军的覆灭

于永

人为的饥荒

于海鹏

民众街的儿童团

于毅夫

十五年来悲惨的回忆

　　——为纪念"九一八"十五年而作

万里

蒋管区文教漫谈

山松

喜悦

也竞

国民党收复区农民生活

马寒冰

八面山中

欢迎三五九旅胜利归来

南渡长江

王玉山

想起国民党的廿六旅

王向立

攻占沐石河

王焰

解放昌图第一功突击队第十连

七勇士回来了

王暖

攻占北山集团碉堡

　　——四平战斗通讯

史通

辽吉蒋占区人民的觉悟与斗争

立人

唱吧！咱们有了地

换了一个新容貌

邢路

长岭山之战

　　——本溪保卫战英雄事迹之一

吉戈

血肉相联

西虹

登峰攀树抢伤员

第一班力夺天险

反坦克英雄班

老爷岭围歼记

模范班

抢救英雄登科

则鸣

忆哈尔滨

伍延秀

南征北战的英雄

　　——司汉民同志

仲云

纪念沉痛的"九一八"

华山

长吉冰岛

光辉的攻坚战例

　　　——四平总攻击战斗通讯

光荣属于勇士

　　　——夺取四平敌军部大楼记

火网下的红旗

艰难的任务交给我

　　　——记四平功臣那庆林

其塔木战斗的英雄们

强攻锦州外围主阵地

四平之战最后一幕

万金台三勇士

义州四小时

字字血泪话四平

刘白羽

光明照耀着沈阳

哈尔滨之春

英雄的四平街保卫战

刘宁

神炮手唐学增

刘仲平

过老爷岭

　　　——途中杂记之一

刘英建

乡悲

汤荡

由上海到沈阳

安犀

五四断想

麦波

"海龙王"的受审

苏旅

胜利

　　　　——从锦州到沈阳

四平新生

李伟

炮战四平街

人民的战争

　　　　——记靠山屯战斗

天险争夺战

"突围"

李衍白

黎明升起

　　　　——巨大变化的东北一年间

辽宁八月

彤剑

老百姓的话

沈尹

他们站起来了

张蓓

"俺们的办法多!"

　　　　——汤原香兰区大屯纪事

陈隀

一切为了前线

林念奚

开大门的英雄

　　　　——记某团战斗英雄管国仁

林朗

记蟠龙大捷

松丁

由哈尔滨到长春

松北

我回到了家乡

国长远

突进文家台

352

周洁夫

大炮打开辽阳城

铁的连队

夏葵

伊通街的保卫战

　　——记吉林省参议员郑老先生的谈话

于凤平

殷参

争取胡子自新

　　——记一位同志的口述

郭水若

四平争夺战

唐克

爆炸勇士

黄慧珠

蒋管区的妇女生活

萧军

闲话"东北问题"

杂谈节录

再话"东北问题"

常工

城子街歼灭战

攻占义县

锦州英雄

进军沈阳

西线纪实

新站之战

雪地立功

原人原枪

董桂梵

重伤后冲锋俘敌的三英雄

程航

三千斤炸药十二次爆炸

　　　　——四平攻坚战中记英雄李广振

完成艰巨任务的英雄

　　　　——四平攻坚战中的吴宝珠同志

一个人俘敌八十

　　　　——记四平战斗英雄韩庆丰

舒群

沈阳漫记

鲁琪

北大荒的跳单鼓

慕伊

我从北平来

谭成

烧锅炉的人

颜一烟

成长于白山黑水之间

　　　——《祖国的土地》

澍民

在印刷厂里

戴夫

在长春西郊

戴清

苦难中的蒋区青年

丁玲等

"八一五"致苏联作家信

张一林、家骝

肉搏坦克

敬　　告

　　《1945—1949 年东北解放区文学大系》为展现东北解放区文学的整体风貌而编辑出版。丛书选取此间最具代表性的作品,以纪录这段波澜壮阔的历史时期内东北解放区所发生的翻天覆地的变化。由于丛书所收录的作品众多,时代不一,加之编辑出版时间有限,至今尚有部分收录作品未能与原作者或继承人取得联系。为保护作者著作权益,我社真诚敬告:凡拥有丛书所选录作品著作权的,请与我们联系,我们将按照国家规定及时付酬。

　　感谢社会各界对我们的理解与支持。

黑龙江大学出版社